CHRISTINA POLL

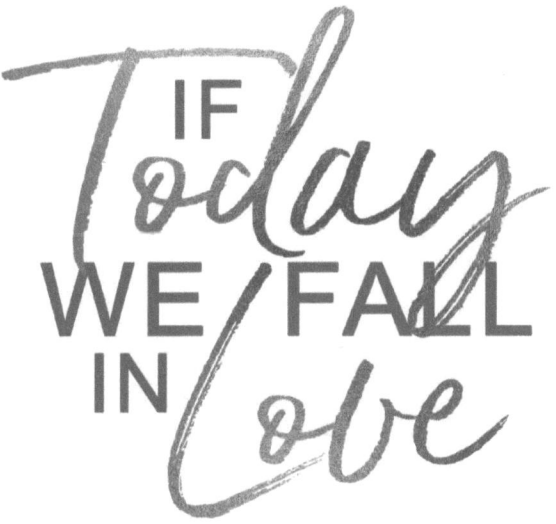

IF TODAY WE FALL IN LOVE

VANCOUVER
ISLAND
DREAMS

IMPRESSUM

Alle Handlungen und Charaktere in diesem Roman sind frei erfunden. Jedwede Ähnlichkeiten mit realen Personen oder Handlungen wären rein zufällig.

Bibliografische Information der Deutschen Nationalbibliothek: Die Deutsche Nationalbibliothek verzeichnet diese Publikation in der Deutschen Nationalbibliografie; detaillierte bibliografische Daten sind im Internet über dnb.dnb.de abrufbar.

Die automatisierte Analyse des Werkes, um daraus Informationen insbesondere über Muster, Trends und Korrelationen gemäß §44b UrhG („Text und Data Mining") zu gewinnen, ist untersagt.

Covergestaltung, Lektorat und Buchsatz: NH-Buchdesign – www.nh-buchdesign.com

Verlag: BoD · Books on Demand GmbH, In de Tarpen 42, 22848 Norderstedt
Druck: Libri Plureos GmbH, Friedensallee 273, 22763 Hamburg
ISBN: 978-3-7693-2125-8

If you can dream it
You can Do it

Walt Disney

Für den, der mein Herz
schneller galoppieren lässt.

Und für alle,
die geliebt und verloren haben.
Gebt nicht auf.

Liebe Leser:innen,

da „If Today We Fall In Love" schwierige Themen aufgreift und potenziell triggernde Inhalte enthält, findet ihr am Ende eine Triggerwarnung. Diese enthält Spoiler für das gesamte Buch.

Ich wünsche euch viel Spaß beim Lesen!

Alles Liebe
Eure Christina

Playlist

James Arthur – Just Us
Kelly Clarkson – Because Of you
Shawn Mendes – Fallin' All In You
James Bay – One Life
James Blunt – You're Beautiful
Ronan Keating, Bryan Adams – The Way You Make Me Feel
Rixton – Appreciated
Eric Clapton – Wonderful Tonight
David Nail – Whatever She's Got
Luke Bryan – Play It Again
James Blunt – Tears and Rain
Freya Ridings – Lost Without You
James TW – You & Me
Sunrise Avenue – Nothing Is Over
Boyce Avenue, Jennel Garcia – Demons
Ryan Kinder – Stay
Marnix Emanuel – You Are Amazing
Bea and her Business – Born To Be Alive
Liv Harland – Dancing in the Sky
Joshua Hyslop – Home
Eylie – Singing Without You
Jamie Miller – No Matter What
Leona Lewis – Footprints in the Sand
Lights Follow – Live Your Beautiful Live
Christina Perri – human
Niall Horan – Science
ClockClock – Fight For Love

Prolog

SAVANNAH

Ein Buch ist wie das Leben, und doch auch wieder nicht. Ein Buch erzählt eine Geschichte, die schon festgeschrieben ist. Man könnte zu einer beliebigen Seite blättern und lesen, was dort geschrieben steht, ohne den Anfang oder das Ende zu kennen.

Im Leben kann man nicht einfach vorspulen.

Doch was, wenn man es könnte? Würde man dann den Blick für das Wesentliche, das Hier und Jetzt, verlieren, um drauf los in die Zukunft zu rennen? Würde man die Vergangenheit später bereuen? Wenn man die Vergangenheit dann überhaupt noch kennt?

Oder würde man sich vor lauter Angst vor der Zukunft verkriechen, sich zusammenrollen und keinen Schritt weitergehen? Würde man sein Hier und Jetzt verschwenden für das, was in entfernter Zukunft passiert?

Man würde gewiss viele Sachen anders machen – aber mit den schlechten würden ebenfalls die guten Dinge ausradiert werden.

Vielleicht würde man seine Zeit auch anders nutzen.

Ich wünschte, ich hätte meine besser genutzt.

Oder was heißt meine Zeit – ich lebe ja noch.

Ich meine die Zeit mit meinen Eltern.

Schweigend sitze ich in der Nische auf der Fensterbank in meinem kleinen Wohnzimmer und starre hinaus in den Regen, die Tasse in meiner Hand fühlt sich kühl an von dem erkalteten Tee.

Wie alles in mir.

Das aufgeschlagene Buch in meinem Schoß wartet nur darauf, gelesen zu werden, doch irgendwie kann ich mich nicht auf die Geschichte konzentrieren. Meine Gedanken schweifen immer wieder zum letzten Buch und lassen keinen Platz für eine neue Story.

Ich liebe das Lesen. Anders als bei Filmen gibt es dem Leser den Raum, das Geschriebene im Kopf selbst auszuschmücken und sich die Personen vorzustellen.

Als Kind habe ich dicke Wälzer innerhalb von Tagen verschlungen. Als ich älter wurde, war dann anderes wichtiger – Partys, Jungs, Alkohol.

Doch seitdem meine Eltern tot sind, ist dies wieder unwichtig. Ich lasse mich lieber von meinen Bücherwelten in ihren Bann ziehen, wünsche mir manchmal sogar, ein Teil dieser magischen Welten zu sein. Eine wichtige Rolle in jemandes Leben zu sein. Ein Happy End zu haben.

Allerdings rufe ich mir oft in Erinnerung, dass die Protagonisten meist viel mehr durchmachen müssen als ich, um zu ihrem Happy End zu gelangen. Und bin dann wieder froh, dass mein Leben nicht ganz so schlimm ist.

Seufzend beginne ich nun doch zu lesen. Früher habe ich immer zuerst das Ende gelesen, heutzutage hüte ich mich davor. Die Autoren halten oft unerwartete Wendungen für uns bereit, und auch wenn wir mit dem Ende nicht immer einverstanden sind, zerstört es die Spannung der Geschichte.

Genauso ist es mit dem Leben. Wenn wir wüssten, was passiert – wie würden wir dann handeln?

Nach einigen Seiten lege ich das Buch wieder weg. Ich bin definitiv noch nicht bereit für eine neue Story.

Na gut, dann gehe ich eben laufen.

Dass es wie aus Kübeln schüttet, stört mich nicht besonders.

Auf dem Weg ins Bad komme ich an Max' Körbchen vorbei, in dem der Beagle genüsslich schlummert. Als ich mich vor ihn auf den Boden knie und sein dichtes Fell kraule, gähnt er herzhaft.

»Na, alter Junge? Alles klar?«

Wie zu einer Antwort legt er seinen Kopf in meine Hand und sieht mich aus großen dunklen Knopfaugen an.

Max ist bereits dreizehn und mittlerweile merkt man ihm sein Alter leider an. Früher habe ich ihn immer mitgenommen, wenn ich laufen gegangen bin, doch daran ist nicht mehr zu denken. Wenn er vor die Tür geht, dann nur um seine Notdurft zu verrichten.

Ich kraule ihn noch einen Augenblick, bevor ich in meine Sportkleidung sowie Laufschuhe schlüpfe und durch das Treppenhaus laufe, um von meiner Wohnung im zweiten Stock hinaus ins Freie zu treten. Sobald ich einen Fuß auf das nasse Pflaster des Bürgersteigs setze, fühle ich mich augenblicklich befreiter. Ich stecke mir meine Kopfhörer in die Ohren, jogge los und lächle zufrieden in mich hinein – im Regen laufen zu gehen bedeutet auch, keinen Menschenmassen ausweichen zu müssen, die sich sonst auf den Straßen Edmontons tummeln.

Meine Füße tragen mich in Richtung eines kleinen Parks, der direkt an die Stadt grenzt und von meiner Wohnung aus in nur wenigen Minuten erreichbar ist. Dies ist meine absolute Lieblingsstrecke, gerade weil sie etwas abgelegen ist und mich den Großstadttrubel vergessen lässt.

Über den nassen Asphalt trabend freue ich mich, endlich das satte Grün der Bäume anstatt ständiger Häuserblocks um mich herum zu haben.

Plötzlich bemerke ich ein Motorengeräusch hinter mir, was seltsam ist, denn dieser Park ist für Fahrzeuge jeglicher Art gesperrt. Zum Glück habe ich mir angewöhnt, die Musik nicht allzu laut zu stellen, um meine Umgebung weiterhin wahrnehmen zu können.

Ich schaue mich um und entdecke einen schwarzen Lieferwagen. Ein mulmiges Gefühl keimt in mir auf, doch er überholt mich und der Fahrer scheint mich gar nicht weiter zu beachten.

Als ich gerade erleichtert ausatmen will, legt das Gefährt einen scharfen Stopp direkt vor mir ein und der Fahrer stellt den Bulli quer auf den Weg. Bevor ich reagieren kann, wird die Schiebetür am hinteren Teil des Fahrzeugs aufgerissen, ein Mann steigt aus und packt mich. Schreiend schlage ich um mich, doch der Griff des Hünen ist unbarmherzig, als er mich in den Lieferwagen zieht.

Kapitel 1

MATT

Ich bin erschöpft.

Erschöpft von diesem Tag und auch von den Tagen zuvor. Ich habe nicht richtig geschlafen, komme abends erst spät ins Bett und muss morgens wieder früh raus – wenn ich an solch langen Tagen überhaupt noch nach Hause fahre.

Ich steige aus dem Wagen und die kalte Nachtluft umfängt mich wie eine frostige Umarmung. Es ist erst Mitte September und doch merkt man, wie die Abende hier in Edmonton kühler werden. Schnellen Schrittes lege ich die kurze Strecke von der Auffahrt bis zum Haus meiner Eltern zurück und laufe die Veranda hinauf. Schon beim ersten Tritt auf die hölzernen Stufen bellt Duncan laut und ich vernehme seine Krallen, die über den gewienerten Dielenboden kratzen, als er zur Tür sprintet.

»Duncan!«, ruft mein Vater.

Ich öffne zunächst die Fliegengittertür und drehe dann den Türknauf der Holztür. Kaum habe ich sie einen Spalt geöffnet, springt Duncan mir in die Arme. Er ist so groß wie ein Kalb und ich versuche lachend, mein Gleichgewicht wiederzufinden, während ich den Deutschen Schäferhund kraule. Sein ganzer Körper bebt vor Freude, als meine Finger durch sein dunkles, fast schon schwarzes Fell fahren. In seinem Wurf ist er der Welpe mit dem dunkelsten Fell gewesen – und genau deswegen habe ich ihn ausgesucht. Schmunzelnd schiebe ich ihn nun sanft ein Stück zurück.

»Hi, Buddy.« Lachend lasse ich mir die Arme von ihm abschlecken, bevor ich den Blick hebe. »Hi, Dad«, begrüße ich meinen Vater, der sich gerade aus seinem ledernen Sessel stemmt. Das Wohnzimmer wird nur von einer Stehlampe dahinter in spärliches Licht getaucht.

Alles ist noch genauso wie früher.

Dads alter Sessel in der hinteren Ecke links von mir, daneben das dunkelrote Sofa. Davor ein Couchtisch aus dunklem Massivholz, ein Bücherregal an der gegenüberliegenden Wand. Der Kamin zu meiner Rechten, in dem am heutigen Abend jedoch kein Feuer brennt. Der riesige dunkle Teppich auf den Dielen.

»Hi. Anstrengenden Tag gehabt?«

Seine Augenringe heben sich deutlich von der blassen Haut ab. Ein Blick auf meine Armbanduhr bestätigt, dass es bereits ein Uhr nachts ist.

»Ja, leider.« Ich mustere meinen Vater. »Du hättest doch auch schlafen gehen können, Dad.«

»Ach was«, winkt er ab. »So sehe ich dich wenigstens mal.«

Ich nicke nur und schließe ihn in die Arme. »Kann ich Duncan in den nächsten Tagen noch einmal vorbeibringen? Im Moment ist es echt verrückt auf dem Revier.«

»Immer noch wegen des Mädchens, das entführt wurde?«

»Ja. Leider gibt es noch keine Spur.« Ich wende mich an Duncan, der aufgeregt hinter mir steht. »Dann wollen wir mal, was, mein Großer?« Ich wehre ihn sanft ab, als er an mir hochspringen will, bevor ich meinem Vater auf die Schulter klopfe und mich dann zum Gehen wende. »Danke, Dad. Gute Nacht.«

»Wünsche ich dir auch, mein Junge.«

Ich öffne die Tür zur Veranda und trete hinaus in den Garten. Das Licht des Bewegungsmelders hüllt die gepflegten Blumenbeete, die der ganze Stolz meiner Mutter sind, in dunkles Schimmern. Meine Eltern wohnen recht ländlich, somit kann Mom ihre Liebe zu einer großen Gartenanlage hier ungestört ausleben. Früher hat sie einen kleinen, heimeligen Blumenladen in der Stadt betrieben, während mein Dad eine erfolgreiche Autowerkstatt geführt hat. Seitdem beide in Rente sind, widmen sie ihre Aufmerksamkeit liebevoll ihrem Grundstück etwas außerhalb von Edmonton.

»Du solltest dir wirklich mal ein paar Tage frei nehmen und dich ausruhen, findest du nicht?«, ruft mein Dad mir hinterher, als ich zu meinem Wagen laufe.

Meine Mundwinkel heben sich zu einem Schmunzeln. Ich habe meinen Eltern noch nicht erzählt, dass ich in wenigen Wochen für ein halbes Jahr eine andere Stelle auf Vancouver Island antreten werde.

Um genau dies zu tun.

»Keine Zeit dafür, Dad!«

Duncan springt auf die Rückbank, als ich die Tür meines Trucks öffne. Dad steht auf der Veranda und hebt eine Hand zum Abschied. Ich tue es ihm gleich, bevor ich mich auf den Fahrersitz schwinge.

Die letzten Wochen auf der Arbeit sind anstrengend gewesen und ich habe deshalb keine Zeit gehabt, meine Eltern zu sehen oder Freunde zu treffen. In meinem Kopf mache ich mir eine Notiz, mir dafür in Zukunft wieder mehr Zeit zu nehmen.

Auf dem Weg nach Hause drehe ich das Radio lauter, um einem meiner Lieblingssongs auf einem Country-Sender zu lauschen – ›Whatever She's Got‹ von *David Nail.*

Duncan liegt auf der Rückbank und schnarcht zufrieden vor sich hin. Lächelnd lasse ich den Blick über die Skyline schweifen, die ein Stück entfernt vor dem nächtlichen Himmel aufragt und vom hellen Vollmond angestrahlt wird. Die Lichter der Stadt ragen hoch hinauf und machen die Sicht auf den Sternenhimmel unmöglich.

Auch das ist etwas, auf das ich mich in Zukunft freue.

Den Sternenhimmel sehen zu können – auf Vancouver Island.

Abgelenkt werden meine Gedanken von den Nachrichten. Ich drehe die Lautstärke ein Stück auf, um die Nachrichtensprecherin besser zu verstehen, denn es geht – wie in den ganzen letzten Tagen schon – nur um ein Thema: die Entführung von Savannah Roberts.

»*Die Polizei hat immer noch keine neuen Erkenntnisse über den Aufenthaltsort der jungen Frau*«, teilt die Dame ihren Zuhörern mit.

Seufzend konzentriere ich mich wieder auf die Fahrbahn vor mir.

Es stimmt leider. Seit Tagen arbeiten wir schon an dem Fall, doch auch nach zahlreichen Hinweisen wissen wir nicht, wo sie ist oder was genau ihr zugestoßen ist.

Mitten in der Nacht schrecke ich hoch.

Zunächst weiß ich nicht, wo ich bin oder wer mich geweckt hat, doch dann werden nach und nach die Umrisse meines Schlafzimmers sichtbar und ich bemerke Duncan am Fußende meines Bettes, der sich genüsslich streckt und gähnt.

Ich fahre mir mit einer Hand übers Gesicht und schaue dann auf mein Handy, welches der Grund für mein Aufwachen ist.

Seitdem Savannah Roberts verschwunden ist, stehen wir vom ERT-Team, das in Extremsituationen eingreift, quasi jederzeit auf Abruf bereit.

Auf dem Display erscheint der Name meines Teamleiters.

»Ja, David?«, nehme ich den Anruf entgegen und fahre mir mit der anderen Hand erneut übers Gesicht, um mich zum Aufwachen zu zwingen.

»Matt. Wir wissen, wo sie ist. Wir brauchen alle Einheiten vor Ort.«

»Verstanden.«

Das bedeutet im Klartext: Schwing deinen Hintern zur Dienststelle – und zwar sofort.

Nach diesen Worten legt David auf. Er klang gestresst. Kein Wunder, wenn man bedenkt, wie viel – oder besser wenig – Schlaf wir alle in den vergangenen Tagen gehabt haben.

Mit einem Blick auf die Uhr stelle ich fest, dass es gerade einmal vier Uhr nachts ist. Ich habe also weniger als drei Stunden geschlafen.

Seufzend schwinge ich meine Beine über die Bettkante und stehe auf, sehr zum Missfallen von Duncan, der unmissverständlich grunzt.

»Ich weiß, Dicker. Ich muss schon wieder los.« Ich tätschele ihm den Kopf. »Wenn es zu lange dauert, rufe ich Dad an, dann holt er dich. Alles klar?«

Ein erneutes Grunzen folgt, doch wahrscheinlich eher aus Reflex, als dass er mich wirklich verstanden hat.

Lächelnd gehe ich ins Bad.

Als ich keine halbe Stunde später auf der Dienststelle ankomme, sind noch nicht alle Einsatzkräfte eingetroffen. Es wurden mehrere ERT-Teams, also Spezialeinheiten, auf die Entführung angesetzt, doch auch andere Kommissare tummeln sich unter den Leuten im Besprechungsraum.

Ich gehe zu Peter hinüber, einem Kollegen, mit dem ich die Ausbildung für die Spezialeinheit gemeinsam absolviert habe und mit dem ich im selben Team bin.

»Weißt du schon irgendetwas?«

Peter schüttelt den Kopf. »Nein, Hutch und David haben sich noch nicht blicken lassen.«

Lucas Hutch ist unser Einsatzkommandant und autorisiert David sowie die anderen Teamleiter.

Just in dem Moment, als hätte er gehört, dass wir über ihn gesprochen haben, fliegt die Tür zum Nebenraum auf und Hutch kommt, gefolgt von David und weiteren Teamleitern, in den Besprechungsraum gerauscht.

»Okay, Leute.« Hutch lässt seinen Blick über unsere Köpfe schweifen und schnaubt missmutig. Seine Lippen verziehen sich zu einer schmalen Linie und seine Augen erinnern an die eines Greifvogels.

Hutch ist ein guter Einsatzleiter. Er ist fair, präzise und kennt alle Stärken und Schwächen seiner Leute, was im Gefecht Gold wert ist. Doch dieser Blick jagt selbst mir einen Schauer über den Rücken. Er gilt jedoch nicht uns, sondern den Umständen.

Es ist für alle eine enorme Stresssituation und jeder will nichts weiter, als diesen Fall endlich aufzuklären.

»Wir warten noch einen Moment.«

Offenbar fehlen einige Leute. Ich schaue mich um und kann weder Ash noch Tom oder Leon entdecken, die ebenfalls Teil unseres Teams sind.

Innerhalb der nächsten fünf Minuten jedoch sind fast alle eingetroffen, sodass Hutch erneut die Stimme erhebt.

»Okay, Leute«, wiederholt er seine Worte von vorhin. »Wir glauben zu wissen, wer Savannah entführt hat und wo sie und ihr Entführer sich aufhalten, dank eines Hinweises zu dem gestohlenen Fahrzeug.« Hutch legt eine Pause ein und schaut in die Runde.

Das gestohlene Fahrzeug, ein schwarzer Bulli, ist seit der Entführung unsere heißeste Spur. Jetzt einen Hinweis dazu zu bekommen, könnte ein echter Gamechanger sein.

Dann wendet unser Einsatzleiter sich dem Bildschirm hinter ihm zu, der fast die gesamte Wand einnimmt.

Er zeigt ein großes Waldstück, das ein wenig entfernt von Edmonton liegt. Ein Fleck in Form einer Stecknadel erscheint darauf, wie es aussieht auf einem Feldweg, der in einen kleineren Ort führt.

»Hier wurde der Wagen gestern am späten Abend gesehen«, eine zweite Stecknadel ploppt mitten im Wald auf, »und hier befindet sich ein Campingplatz.« Hutch wendet sich wieder an uns. »Wir haben mittlerweile durch mehrere Anhaltspunkte und Überprüfung seiner letzten Aufenthaltsorte die Vermutung, dass es sich bei dem Entführer um Steve Boucher handelt. Er ist, wenn man so will, ein entferntes Familienmitglied von Savannah Roberts. Als ihre Großmutter Martha Roberts starb, heiratete ihr Großvater, Henry Roberts, erneut, und seine zweite Frau, Jane Boucher, hatte eine Tochter. Diese starb leider sehr früh an Krebs und hinterließ einen Sohn, der allerdings auf die schiefe Bahn geriet und gerade im Zusammenhang mit Drogen sehr auffällig war. Jane und ihr Enkel hatten laut unseren Kenntnissen auch Ewigkeiten vor ihrem Ableben kaum Kontakt. Bleibt also die Frage, wieso er die Enkelin vom Mann seiner Großmutter entführt hat. Es liegt nahe, dass er es auf das Erbe abgesehen hat.«

Ich seufze auf. Als uns die Entführung von Savannah Roberts bekannt gegeben wurde, haben wir alle ein Briefing zu dem Fall erhalten. Von einem Passanten, der vor wenigen Tagen in einem Park am Stadtrand spazieren gewesen ist, haben wir erfahren, dass er mit ansehen musste, wie eine blonde junge Frau in einen schwarzen Lieferwagen gezerrt wurde. Er hat sofort die Polizei verständigt, doch natürlich war der Lieferwagen schon weg. Auch wenn er uns kein Kennzeichen nennen konnte, hat er uns den Wagen beschrieben – und diese Beschreibung passte perfekt zu der eines kürzlich gestohlenen Fahrzeugs, weshalb dies unser wichtigster Anhaltspunkt ist.

Als dann am selben Abend auch noch ein Freund von Savannah Roberts diese als vermisst gemeldet hat, haben wir eins und eins zusammengezählt. Dieser hatte sich mit Savannah treffen wollen, konnte sie dann allerdings nicht mehr erreichen und hat ihre Wohnung aufgebrochen und verwüstet vorgefunden.

Sowohl die Eltern der Vierundzwanzigjährigen, William und Emilia Roberts, als auch der Großvater und dessen Frau sind im letzten Jahr bei einem Flugzeugabsturz ums Leben gekommen.

Die Familie besitzt eine der größten Marketingfirmen des Landes, ›Marketing and Communication Roberts & Sons‹, die von Savannahs Urgroßvater gegründet wurde und seit mehreren Generationen von der Familie geführt wird. Noch immer sind nicht alle Einzelheiten darüber bekannt, wieso das Privatflugzeug der Roberts abgestürzt ist, doch man geht davon aus, dass es sich um ein Attentat gehandelt hat – auch wenn das bislang nicht bewiesen werden konnte. Da die Roberts eine sehr wohlhabende Familie sind, wäre Geld definitiv ein mögliches Motiv für die damalige Tat.

Und um Geld scheint es jetzt auch zu gehen.

»Das allerdings ist eine Frage für morgen«, nimmt Hutch den roten Faden wieder auf. »Jetzt heißt es erst einmal, Savannah Roberts in einem Stück nach Hause zu holen.«

Einstimmiges Gemurmel erfüllt den Raum.

Hutchs Blick ist eiskalt. Gnade Gott dem Arschloch, der das Mädchen entführt hat, sollte er ihn in die Finger bekommen.

Dann stellt unser Einsatzleiter seinen Strategieplan vor und geht mit uns alle Eventualitäten durch, sollte Boucher sich tatsächlich mit Savannah auf dem Campingplatz befinden.

Eine knappe halbe Stunde später stehen wir alle mit unseren Waffen, den ›300 Blackouts‹, und in Spezialausrüstung bereit und warten auf unseren Teamleiter David, der die Operation auf dem Feld leiten wird. Ich nehme auf dem Fahrersitz des GMC-Suburbans platz, unserem Spezialfahrzeug, während David sich neben mir niederlässt. Die anderen steigen hinten in den Sub ein.

Auf der Fahrt ist es ruhig, alle hängen ihren Gedanken nach. So sehr wir diesen Nervenkitzel kurz vor den Einsätzen mögen – es steckt immer auch ein Funken Nervosität dahinter.

Denn obwohl das Vorgehen von A bis Z durchgeplant ist, weiß man nie, wie die andere Seite reagieren oder wie die Situation sich entwickeln wird.

MATT

Als wir auf dem Campingplatz ankommen, ist es noch immer dunkel. Die ersten Sonnenstrahlen des Tages lassen sich hier draußen im Wald nur erahnen, da die Bäume ihr Licht verschlucken.

Nur ein einziger Camper steht auf der kleinen Lichtung, ein altes, abgeranztes Ding, das definitiv schon bessere Tage gesehen hat. Von dem gestohlenen Fahrzeug fehlt jedoch jede Spur.

»Die anderen sind fünf Minuten hinter uns«, gibt Peter zu verstehen.

»Wir gehen schon rein.« David weist uns an auszusteigen und den Camper zu umkreisen. Wir strömen auseinander und ich schleiche, dicht gefolgt von Ash und Tom, um die rechte Seite des Campers herum. David führt die Truppe auf der anderen Seite an.

»In Position«, gibt David durch. Wir alle sind mit einem Funkgerät miteinander verbunden, um uns jederzeit absprechen zu können.

Außerdem nimmt jeder eine besondere Rolle bei solchen Einsätzen ein – David ist der Teamleiter, ich bin Zweiter, falls er ausfallen sollte. Ash ist der Breacher, der für uns verschlossene Türen aufbricht. Leon ist unser Medic, Peter und Tom die Sniper.

Ich will mich gerade vor der Tür positionieren, um sie auf ihre Verschlossenheit zu überprüfen und Ash im Notfall das Signal zu geben, uns Zugang zum Inneren zu verschaffen, da bedeutet David uns durch ein Funksignal zu halten. Ich schaue vorsichtig an der Schnauze des Campers vorbei und mir stockt kurz der Atem.

Vielleicht fünfzig Meter vor dem Wagen stehen zwei Personen, sie werden fast von der Dunkelheit unter dem dichten Blätterdach verschluckt.

Steve hat uns also erwartet. Woher hat er nur gewusst, dass wir kommen?

Erst jetzt bemerke ich: Die beiden Personen stehen nicht einfach nur nebeneinander, sondern dieser Mistkerl hat das Mädchen am Arm gepackt – und hält ihr eine verdammte Pistole an die Schläfe.

Wir alle stocken mitten in der Bewegung und versuchen, die Lage einzuschätzen. Wir sind zu sechst, drei auf jeder Seite des Campers, er ist allein. Allerdings hat dieser Mistkerl seine Pistole auf die junge Frau gerichtet und offensichtlich Hintermänner, die ihm mitgeteilt haben, dass wir kommen. Weit können also auch die nicht sein.

Verstärkung für uns ist unterwegs, doch wir wissen nicht genau, wie lange sie brauchen werden. Und unser Überraschungsmoment haben wir eindeutig verspielt.

Wir laufen langsam weiter auf die beiden zu, unsere Blackouts im Anschlag und auf Boucher gerichtet, die Umgebung ebenfalls beobachtend. Obwohl ich an Extremsituation gewöhnt bin, beschleunigt sich mein Atem.

Jetzt dürfen wir nur keine Fehler machen oder das Mädchen ist tot.

»Stehen bleiben!« Steve weicht unbeholfen einen Schritt zurück, das Mädchen mit sich ziehend. Er ist Mitte dreißig, also nur ein paar Jahre älter als ich selbst, doch er erscheint viel älter. Man sieht dem Mann mit schütterem, dunklem, strähnigem Haar den jahrelangen Drogenkonsum definitiv an. Er wirkt fast schon knochig und die abgetragenen Klamotten schlabbern nur so um seine hagere Statur. Bouchers Gesicht ist kantig und hat kaum Farbe, seine Augen sind eingefallen – ein weiterer Hinweis auf den Drogenmissbrauch.

David bedeutet uns innezuhalten, nicht aber die Waffen zu senken.

Wir stoppen an der Schnauze des Campers, Steve atmet schwer. Der jungen Frau stehen Angst und Entsetzen ins Gesicht geschrieben.

»Zulu-7 – Ich versuche T1 von der Flanke aus zu eliminieren«, vernehme ich Toms Stimme an meinem Ohr.

»Verstanden, rück aus«, erwidert David leise.

Tom, der hinter Ash gelaufen ist und damit nicht in Bouchers Sichtfeld war, zieht sich zurück und versucht sich seitlich von Steve zu positionieren, um nach Möglichkeit einen Kontaktschuss zu platzieren und das Ziel – Boucher, Target-1 – zu eliminieren, während wir ihn ablenken.

»Was wollen Sie, Steve?«, fängt David ein Gespräch mit dem Entführer an, um Zeit zu gewinnen, bis Tom sich positioniert hat und das andere Team eintrifft.

»Was ich will?«, ruft Steve aus. »Was ich WILL?« Er spuckt uns die Worte entgegen, schließt für einen Moment die Augen und fletscht dann die Zähne wie es ein bissiger Hund. »Ich will Gerechtigkeit.«

Ich schnaube kaum merklich. Das sagt gerade er.

»Gerechtigkeit wofür?«, hakt David nach und schleicht sich langsam weiter zu den beiden hinüber.

»Gerechtigkeit dafür, dass meine eigene Grandma mir keinen einzigen Cent hinterlassen hat! Diese kleine Göre hier hat alles bekommen!« Steve ist außer sich und sein Gesicht tiefrot angelaufen.

David hält inne und schätzt die Lage neu ein. »Aber denken Sie, dass Sie so Gerechtigkeit bekommen? Wenn Sie sie jetzt töten, bekommen Sie das Geld auch nicht. Ist es das, was Sie sich erhoffen?«

»Diese kleine Schlampe hier soll mir einfach geben, was mir gehört, dann lasse ich sie gehen.« Er zieht Savannah noch näher an sich heran und schreit ihr ins Ohr. »Vorher nicht, hast du mich verstanden? Ich werde nicht zulassen, dass ausgerechnet du kleines Miststück mir mein Leben zerstörst!«

Savannah zuckt zusammen und ein leiser Schluchzer entfährt ihr. Sie schließt die Augen und bemüht sich, ihr Zittern unter Kontrolle zu bringen.

Mir gelingt es nicht, Blickkontakt mit ihr aufzunehmen, da sie zu sehr auf ihre Angst konzentriert ist. Wahrscheinlich kann sie meine Augen durch die Dunkelheit und meinen Schutzhelm sowie die Schutzbrille sowieso nicht ausmachen.

»Zulu-7 – Ich habe Sicht auf T1, aber keine klare Schusslinie.«

David holt tief Luft. Er möchte gerade zum Weitersprechen ansetzen, da kommt ein Auto näher.

Leider hören nicht nur wir es, auch Boucher sieht von Savannah auf und blickt hinter uns.

»Scheiße, da kommen noch mehr von euch?« Er wirkt gehetzt.

Wir schieben uns wieder näher an die beiden heran.

»Steve, bleiben Sie ganz ruhig. Wir sind nur hier, um Ihnen aus dieser Situation zu helfen. Geben Sie uns zuerst Savannah, dann reden wir weiter. Nehmen Sie Ihre Waffe runter und kooperieren Sie.«

Boucher wirft den Kopf in den Nacken und stößt so etwas wie ein Heulen aus. »Und Sie denken, ich glaube Ihnen? Dass nach all dem, was ich getan habe, wieder alles gut wird? Verarschen kann ich mich allein, Mann!«

»Dann machen Sie es nicht noch schlimmer, als es schon ist! Geben Sie uns Savannah und ergeben Sie sich, Steve. Wenn Sie jetzt kooperieren, wird sich das gut für Sie auswirken.« David geht weiter auf die beiden zu.

»Bleiben Sie stehen, verdammt!« Bevor unser Teamleiter reagieren kann, zielt Boucher mit seiner Waffe auf ihn und feuert drauf los.

Es geht alles viel zu schnell.

Boucher trifft David am Oberschenkel, sodass dieser einknickt und aufschreit. Boucher schießt unkontrolliert weiter und zwingt uns, in Deckung zu gehen.

Ich ziele auf ihn, doch er benutzt Savannah als Schutzschild, sodass ich keine klare Sicht auf ihn habe. Ich fluche.

»Zulu-7 – kein Kontaktschuss auf T1 möglich, bleibe dran.« Toms Stimme klingt gepresst.

»Bist du okay, David?«, rufe ich unserem Teamleiter zu.

»Ist nur ein Streifschuss. Seht zu, dass ihr sie lebend da raus holt!«, schreit er schmerzerfüllt zurück. Eindeutig ein Befehl.

Während Leon zu David eilt, luge ich hinter einem Baum hervor und sehe, wie Boucher Savannah mit sich zieht bei dem Versuch, rückwärts weiter in den Wald zu laufen. Schreiend schlägt sie mit den Armen und Beinen, doch sein Griff ist fest. Viel fester, als man es ihm durch seine schmale Statur zugetraut hätte.

Ein paar Warnschüsse abfeuernd wage mich weiter vorwärts, allerdings schießt Boucher immer noch wie wild um sich.

Ich bete, dass das andere Team sich beeilt, denn diese Sache gerät langsam außer Kontrolle. Solange Boucher Savannah als lebenden Schutzschild benutzt, können wir nicht viel ausrichten.

Savannah tritt ihrem Entführer gegen das Schienbein, sodass dieser flucht und fast zu Boden geht.

»Du Miststück!«

Diesen Moment nutze ich, um näher an die beiden heranzukommen und hoffentlich einen Schuss auf ihn abfeuern zu können, ohne zu riskieren, Savannah dabei zu verletzen.

Boucher sieht mich jedoch und feuert mehrere Schüsse in meine Richtung. Zurückfeuernd suche ich Schutz hinter den Bäumen.

In dem Moment scheint Steve zu erkennen, dass er so keine Chance auf ein Entkommen hat. Schnell und zielstrebig zerrt er Savannah weiter in den dichteren, düsteren Wald, wo er hügeliger wird. Da er durchgehend Schüsse abfeuert, habe ich Mühe mitzuhalten.

Plötzlich durchschneiden weitere Schüsse die Luft und an ein Vorankommen ist nicht mehr zu denken. Ich kann nicht ausmachen, wie viele Personen nun zusätzlich auf uns schießen, doch sie schießen erbarmungslos. Kugeln fliegen um uns herum durch die Luft, prallen von Bäumen ab und zwingen uns in Deckung zu gehen. Scheinbar hat Steves Hintermann Verstärkung organisiert.

»Da sind noch mehr!« Peters Stimme dringt an mein Ohr und ich nicke nur, darauf bedacht, weiterhin Schutz zu suchen.

»Seine Badgers müssen uns kommen sehen haben, das erklärt einiges. Aber warum greifen sie jetzt erst ein?«

»Keine Ahnung.«

Seine Badgers, Bouchers Hintermänner, sind uns an Waffenstärke deutlich überlegen.

»Zulu-8 an Zentrale – wir könnten wirklich Augen in der Luft gebrauchen, stehen unter starkem Beschuss!«, ruft Ash direkt hinter mir in sein Headset.

»Verstanden. Ich sehe, was ich tun kann.« Hutch klingt wie immer völlig ruhig – eine weitere seiner Stärken.

Ich luge um den Stamm des Baums herum, hinter dem ich sitze.

»Gib mir Deckung!«, rufe ich Peter zu, der nickt und das Feuer eröffnet, während ich zum nächsten Baumstamm hechte. Wir tasten uns weiter vor, kommen allerdings nur langsam voran.

»X-Ray!« Peter deutet auf seine Blackout.

Das ist das Codewort dafür, dass seine Munition leer ist – wir nutzen es, damit der Angreifer nichts mitbekommt. Während ich ihm Deckung gebe, wechselt er sein Magazin, bevor wir uns langsam weiter vorarbeiten.

Auf einem steilen Hügel löst Savannah sich plötzlich von dem fluchenden Steve. Es sieht aus, als hätte sie einen Tritt in seine Weichteile platzieren können, woraufhin sein klammernder Griff sich genügend gelockert hat, damit sie sich rauswinden konnte. Sie stolpert los in unsere Richtung, doch Boucher schießt mit schmerzerfülltem Gesicht drauf los, zielt sogar auf sie. Da Savannah weiter auf uns zu rennt, habe ich die Hoffnung, dass er sie verfehlt hat.

»Scheiße!«, sage ich mehr zu mir selbst und versuche, ihr entgegenzulaufen, aber Boucher und seine Badgers schießen wie wild um sich, während er sich weiter von uns wegbewegt. Allerdings können wir nun ohne Bedenken unser Feuer auf ihn eröffnen und versuchen, unser Ziel zu erwischen, doch er ist trotz Savannahs Tritt zu flink und schon zu weit weg im Feuerschutz seiner Männer.

Als die Schüsse endlich verstummen und Boucher hinter etlichen Bäumen verschwunden ist, stürzen Peter und ich auf Savannah zu.

»Wurdest du getroffen?« Wir ziehen sie hinter einen dicken Baumstamm.

»Ich glaube nicht.« Ihre Stimme zittert.

»Check sie durch«, sage ich zu Peter, während ich um den Stamm herum luge und prüfe, ob jemand uns anzugreifen versucht. Per Funk bekomme ich mit, wie Ash und Tom die Verfolgung aufnehmen.

Peter tastet unterdessen Savannahs Körper nach Blut ab.

»Matt.«

Ich schaue zu ihm und stöhne auf – an seiner Hand klebt Blut. Auch Savannah sieht es und ihr steht Entsetzen ins Gesicht geschrieben. Hoffentlich bekommt sie jetzt keinen Schock.

Es ist völlig normal, dass Angeschossene den Schmerz durch das ausgeschüttete Adrenalin nicht direkt bemerken und somit nicht wissen, dass sie angeschossen wurden. Außerdem konzentriert sich der Körper in solchen Situationen erst einmal darauf, lebenswichtige Organe mit Blut zu versorgen, also kann es passieren, dass zunächst keine Blutung auftritt. Doch als Savannah sich jetzt auf dem Waldboden niederlässt, quillt das Blut aus einer Stelle an ihrem linken Oberarm hervor.

»Wo noch?«

»Oberschenkel«, gibt Peter knapp zurück.

Ich ziehe mein Med-Pack, ein kleines Erste-Hilfe-Set, von meinem Gürtel und eine Spezialschere hervor, mit der ich ihre Hose aufschneide.

»Streifschuss.«

Peter drückt eine Kompresse auf Savannahs rechten Oberschenkel.

»Scheiße«, entfährt es mir, als ich das Oberteil durchtrennt habe. »Durchschuss.«

Die Wunde an ihrem linken Oberarm sieht bei weitem schlimmer aus, dunkelrotes Blut sickert aus ihr heraus. Ich presse je eine Kompresse auf die Eintritts- und Austrittswunde, doch die Blutung ist nicht zu stoppen.

Unterbewusst bekomme ich mit, wie Peter unsere genaue Position per Funk durchgibt und Hilfe anfordert. Zum Glück hat Boucher sie nicht in den Bauchraum oder nahe am Herz getroffen.

»Der Notarzt ist auf dem Weg. Sie können aber keinen Hubschrauber schicken, dauert zu lang und er kann hier sowieso nicht landen.«

»Alles klar.« Ich sehe in Peters ernstes Gesicht. »Wir müssen ein Tourniquet anlegen.«

Er signalisiert mir durch ein knappes Nicken, dass er verstanden hat.

Gerade als ich das Tourniquet aus meinem Med-Pack nehmen will, bemerke ich Bewegung um uns herum. Das zweite Team ist eingetroffen. Tannennadeln stoben auf, als sie schlitternd zum Stehen kommen.

»Ist einer bei David?«

»Ja.« Gus nickt keuchend. »Leon ist noch bei ihm.«

»Okay. Gus, hilf mir mit ihr!« Ich schaue Peter an. »Geh mit den anderen.«

Peter und das zweite Team sprinten in den Wald in die Richtung, in die Boucher verschwunden ist, um Tom und Ash zu unterstützen, die dem Ziel bereits auf den Fersen sind.

Gus kniet sich neben mich und besieht sich Savannah. Da unser Medic bei David ist, muss er als Medic vom anderen Team einspringen. Das viele Blut bemerkend, sieht er mich mit einer Miene an, die ich nicht zu deuten vermag.

»Nimm die mal weg.« Er deutet auf die Kompressen, die ich auf die Wunden gepresst halte. Das Blut quillt nur so aus ihrer Schusswunde am Oberarm. »Durchschuss. Wir müssen ein Tourniquet anlegen.«

»Hab es schon hier.« Ich reiche Gus mein Tourniquet – ein Abbindesystem, mit der die starke und lebensgefährliche Blutung gestoppt werden soll – und sehe dann Savannah an, die mittlerweile am ganzen Körper zittert.

»Savannah, Süße, wir müssen ein Tourniquet an deinem Arm anlegen, um die Blutung zu stoppen.«

Ihre Augenlider flattern, als sie meinen Blick sucht. Angst steht in ihren glänzenden, bräunlich schimmernden Augen, was in dieser Situation überhaupt kein Wunder ist. Und doch sind diese Augen die schönsten, in die ich je gesehen habe.

»Das wird wehtun, aber wenn wir es nicht machen, wirst du verbluten.«

Ein Wimmern entfährt ihr und sie ist schrecklich blass im Gesicht.

»Ich bin hier, nimm einfach meine Hand. Okay?« Als ich die ihre ergreife, fühlt sie sich eiskalt an.

Gus streift ihr das Tourniquet über.

»Bereit?«, fragt er Savannah.

Diese nickt schwach und ihr Atem beschleunigt sich merklich.

Unter ihren unversehrten Arm greifend stütze ich sie, während Gus den Knebel vom Tourniquet dreht und somit das Band durch Rotation verkürzt. Als der Druck sich erhöht, entfährt Savannah ein kehliger Schrei, der durch Mark und Bein geht.

»Ich weiß, das tut weh, aber du musst durchhalten, alles klar?«, versuche ich sie zu beruhigen, doch Savannah sackt unter mir zusammen.

»Scheiße.« Damit sie nicht umkippt und Gus weiter arbeiten kann, halte ich sie fest. »Savannah! Hey, kannst du mich hören?«

Keine Reaktion, sie sitzt einfach gegen meine Brust gelehnt da.

»Zulu-4 an Zentrale – Das Opfer hat das Bewusstsein verloren, haben ein Tourniquet angelegt. Ist der Krankenwagen unterwegs?«, gebe ich Hutch per Funk durch.

»Verstanden. Krankenwagen ist unterwegs, zehn Minuten.«

»Fertig.« Gus fixiert den Knebel und zückt einen Filzstift, um die Zeit, zu der die Aderpresse angelegt wurde, auf die vorgesehene Stelle am Tourniquet und auf Savannahs Stirn zu schreiben. Es darf nur bis zu zwei Stunden angelegt sein, danach läuft das Opfer Gefahr, durch den Blutstau seine Gliedmaßen zu verlieren.

Wir legen Savannah hin, um ihren Kreislauf zu entlasten. Blonde, mit Tannennadeln übersäte Haarsträhnen kleben auf ihrer Haut. Ich streiche sie aus ihrem dreckigen Gesicht.

Die Minuten, bevor der Krankenwagen eintrifft, scheinen nur schleichend zu vergehen. Gus und ich haben Savannah in die stabile Seitenlage gebracht und in dieser Position in eine Rettungsdecke gewickelt. Ich halte meine Hand gegen die Wunde an ihrem Oberschenkel gedrückt.

»Scheiße, das dauert alles zu lange.« Gus blickt auf seine Uhr und schließlich zu den SUVs, die in circa 800 Metern Entfernung am Wegesrand stehen. »Wir müssen sie zum Sub bringen und dem Krankenwagen entgegenfahren, das mit den zehn Minuten haut nicht hin. Wer weiß, wie lange sie über den Waldweg noch brauchen, und sie schaffen es hier sowieso nicht ganz her.«

Zweifel keimen in mir auf. »Wird sie das schaffen?«

»Sie muss.« Sein Blick ist fest.

Schnaubend stimme ich zu.

»Du hebst sie hoch, ich halte ihr Bein, damit die Blutung nicht wieder stärker wird. Alles klar?«

»Okay.« Ich beuge mich näher zu Savannah, doch sie ist immer noch bewusstlos.

Meine Güte, sie ist so zierlich, so verletzlich. Ein Kloß sitzt in meinem Hals, als ich die junge Frau langsam an mich ziehe. Gus hilft mir, sie richtig in meine Arme zu betten, bevor ich mich aufrichte. Sie ist so federleicht – ein weiteres Indiz dafür, was sie im letzten Jahr und in den letzten Tagen durchmachen musste. Aber das spielt jetzt keine Rolle. Jetzt muss sie erst einmal überleben.

Wir gehen schnellen Schrittes auf die Subs zu und kommen dabei an David und Leon vorbei.

»Ist sie am Leben?« Davids Miene ist schmerzerfüllt.

»Ja, aber sie ist bewusstlos. Geht es dir gut?«, antwortet Gus im Gehen.

»Ja, macht euch um mich keine Sorgen.«

Weiter auf einen der Subs zu eilend, bemühe ich mich, die Hecktür zu öffnen. Mit Savannah in den Armen klettere ich in den Wagen und setze mich auf eine der Bänke, während Gus ihre Beine auf dem Leder ablegt. Ihren Kopf auf meinen Schoß bettend, bringe sie in eine halb liegende Position und streife mir Helm sowie Schutzbrille ab.

Währenddessen steigt Gus vorn ein und wendet den Wagen, um mit Vollgas die Straße, die in die Stadt führt, zurückzufahren.

Nur wenige Minuten später kommt uns der Krankenwagen entgegen. Gus schaltet unsere Sirene an und stellt den Wagen in einer rasanten Bewegung quer, sodass der Krankenwagen nicht weiterfahren kann. Dann steigt er aus und eilt den Rettungskräften entgegen, die ebenfalls ihr Fahrzeug verlassen haben und im Laufschritt auf unseren Wagen zu kommen.

»Jetzt wird alles gut«, murmele ich Savannah ins Ohr und drücke sanft ihre Hand. Kalter Schweiß ist auf ihrer Stirn ausgebrochen und sie ist schneeweiß im Gesicht.

Scheiße.

Die Wagentür wird geöffnet und ein Sanitäter streckt seinen Kopf herein. Er hat eine Glatze und ist etwa um die vierzig. »Ist sie mittlerweile bei Bewusstsein?«

»Nein.«

Er gibt seinem Kollegen Bescheid, der wesentlich jünger zu sein scheint.

»Ihr Kollege hat uns schon knapp erzählt, was passiert ist. Wir müssen sie auf die Trage bekommen.«

Zusammen beginnen der Sanitäter und Gus Savannah sanft aus dem Wagen zu heben, während ich weiter ihren Kopf stütze und sie erst loslasse, als sie sicher auf der Trage liegt. Der andere Sanitäter legt ihr sofort einen Zugang, bevor sie sie eilig in den Krankenwagen schaffen.

»Fährt einer von Ihnen mit?« Der glatzköpfige Sanitäter sieht uns fragend an, während sein Kollege sich um Savannah kümmert.

Ich schaue zu Gus. »Fahr du mit, vielleicht kannst du helfen.«

»Sicher?«

Als ich nicke, springt Gus in den Wagen, bevor der Sanitäter die Türen schließt, sich hinter das Steuer setzt und eilig davonfährt. Die Sirenen durchbrechen auch nach mehreren Kilometern noch die Stille um mich herum.

Tief durchatmend fahre mir mit der Hand durchs Haar.

Hoffentlich schafft sie es.

Erst jetzt bemerke ich das Blut an meinen Händen und putze sie notdürftig an meiner Hose ab, bevor ich den Sub zurück zum Einsatzort fahre und zu David jogge.

An einen Baumstamm gelehnt sitzt er da, Leon presst eine Mullbinde auf seine Wunde.

»Ist sie im Krankenwagen?«

»Ja. Deiner müsste jeden Moment hier sein. Sind die anderen schon zurück?«

»Nein.«

»Soll ich noch eine Einheit anfordern?«

»Ist schon auf dem Weg, mit Hunden und allem drum und dran.« David deutet ein Lächeln an. »Weit kommt das Arschloch nicht.«

Hoffentlich.

Ich setzte Helm sowie Schutzbrille wieder auf und greife nach meiner Blackout, die ich auf meinen Rücken geschnallt habe.

Dann folge ich den anderen in den Wald.

Kapitel 3

SAVANNAH

Von Geflüster geweckt öffne ich sachte die Augen. Mein ganzer Körper schmerzt und mir entfährt ein leises Stöhnen.

Ich weiß nicht direkt, wo ich bin und warum mir alles weh tut – besonders mein Oberarm.

Als ich nach links schaue, finde ich einen dicken Verband um ihn vor, außerdem ist er in einer Schlinge fixiert vor meinen Körper gebunden. Neben mir piept ein Monitor leise vor sich hin.

Ich bin im Krankenhaus.

Erinnerungen an das Geschehene drängen sich an die Oberfläche. Steve, er hat mich …

Tränen steigen mir in die Augen. Wieso hat er das getan?

»Schwester, sie ist wach.«

Mein Blick folgt der Stimme und fällt auf zwei Männer, die vor der geöffneten Tür stehen und zu mir herübersehen. Wenig später kommt eine Krankenschwester auf mich zu.

»Hallo Savannah. Wie geht es Ihnen?« Ihre Stimme ist freundlich und sie greift nach meiner Hand.

»Ich weiß nicht … Ich habe Schmerzen«, stammele ich und winde mich etwas, was den Schmerz leider nur verstärkt.

»Kann ich mir vorstellen, Sie haben ganz schön was mitgemacht. Ich hole den Arzt.« Lächelnd eilt sie davon.

Mein Blick gleitet zurück zu den Männern vor der Tür. Einer der beiden trägt eine Polizeiuniform, der andere geht auf Krücken. Was tun sie hier? Und wozu die Polizei?

Wenige Augenblicke später tritt eine junge Ärztin durch die Tür und schließt sie hinter sich.

»Hallo Savannah. Wie geht es Ihnen?«, wiederholt sie die Frage, die die Krankenschwester mir ebenfalls gestellt hat. Es scheint hier eine Art Standardfrage zu sein.

»Ich habe Schmerzen im Arm«, gebe ich auch ihr zu verstehen und schaue wieder zu den Männern hinüber.

»Kann ich mir denken. Wissen Sie noch, was passiert ist?« Sie bleibt neben meinem Bett stehen und versperrt mir die Sicht auf die beiden.

»Ich wurde angeschossen, oder?« Es klingt zögernd, obwohl ich mir ziemlich sicher bin. Ich kneife die Augen zusammen und reibe mir mit meiner unversehrten Hand über meine Stirn, die sich unweigerlich in Falten legt.

»Ja. Wir mussten Sie operieren. Aber Sie hatten wahnsinniges Glück, dass die beiden Polizisten so schnell gehandelt haben. Ich weiß nicht wie, aber Sie müssen einen wirklichen Schutzengel gehabt haben.« Sie lächelt.

Vier.

Vier Schutzengel.

Erneut steigen mir Tränen in die Augen.

»Sehen Sie einmal her.«

Sie leuchtet mir mit einer Lampe in die Augen und ich folge dem grellen Licht, womit die Ärztin zufrieden scheint.

»In ein paar Monaten werden Sie wieder auf den Beinen sein. Die OP ist gut verlaufen«, meint sie und richtet sich auf.

»Monate?«, stoße ich krächzend hervor.

»Na ja, Sie haben eine sehr schwere Verletzung erlitten. Ihr Muskel wurde geschädigt und Sie müssen, sobald die Wunden an Arm und Bein verheilt sind, langsam mit der Physiotherapie anfangen. Das geht leider nicht von heute auf morgen.« Entschuldigend zuckt sie mit den Schultern. »Ich lasse Ihnen noch ein wenig Schmerzmittel bringen und dann sollten Sie sich erst einmal ausruhen, in Ordnung?«

Ich nicke, dann fallen die Polizisten auf dem Flur mir wieder ein. »Was wollen die beiden Männer dort draußen?«

»Darauf warten, dass Sie aufwachen.«

»Wie lange habe ich denn geschlafen?« Stirnrunzelnd sehe ich sie an.

»Schon eine ganze Weile, das ist aber völlig normal. Ruhen Sie sich aus, ich werde sie nachher zu Ihnen schicken.«

Damit geht sie hinaus und wenig später kommt eine Schwester herein, die mir etwas in den Tropf spritzt. Bald darauf wird der Schmerz in meiner Schulter erträglicher und ich falle erneut in einen traumlosen Schlaf.

Als ich das nächste Mal aufwache, sitzt ein Polizist auf einem Stuhl neben meinem Bett und schaut auf sein Handy. Es ist ein anderer als heute Vormittag, sein Haar ist dunkel und einige Strähnen hängen ihm leicht in die Augen. Ich bewege mich ein wenig und sofort schaut er mich an. Als er erkennt, dass ich wach bin, legt er sein Handy zur Seite.

»Hallo Savannah.«

»Hallo.«

Ich reibe mir übers Gesicht und versuche, dieses benommene Gefühl abzuschütteln. Anders als vorhin scheint nun nicht mehr helles Sonnenlicht in mein Zimmer, es wird lediglich in das orangefarbene Licht der untergehenden Sonne getaucht. Bei dem Versuch mich anders hinzulegen, fährt ein pochender Schmerz in meinen Arm und ich kneife die Augen zusammen.

»Hast du Schmerzen?«

Ich nicke, ohne die Augen zu öffnen, und höre, wie er aufsteht und aus dem Zimmer läuft, nur um kurz darauf mit einer Schwester zurückzukehren.

»Sie haben Schmerzen?«, fragt diese nett und beugt sich leicht zu mir.

»Ja.«

»Ich gebe Ihnen noch ein wenig Schmerzmittel. Sie haben den ganzen Tag geschlafen, das ist gut.« Sie richtet sich wieder auf und spritzt etwas in meinen Tropf. »So, es wird gleich besser werden. Soll ich das Kissen noch anders hinlegen?«

»Können Sie es vielleicht ganz wegnehmen?«

»Klar.« Sie hebt mich leicht an meiner heilen Schulter hoch und zieht das Kissen behutsam unter meinem Kopf hervor. »Besser?«

Ich nicke und verspüre tatsächlich weniger Schmerzen, da ich nun gerade liege.

»Ich bringe Ihnen etwas zu Essen, ja? Sie müssen ja ganz hungrig sein nach all dem Schlaf.« Lächelnd verlässt die Schwester das Zimmer und ich schließe erneut die Augen.

Warum nur bin ich immer noch so müde?

Da fällt mir der Mann wieder ein.

»Was machen Sie hier?« Meine Stimme klingt heiser.

»Erinnerst du dich daran, was gestern passiert ist?«, fragt er leise.

Als ich nun in seine Augen blicke, kommen mir diese seltsam bekannt vor. Dieses satte Moosgrün, das so durchdringend ist. Doch ich kann mich nicht an sein Gesicht erinnern oder wo er mir bereits begegnet sein könnte.

Eindrücke der vergangenen Tage drängen sich an die Oberfläche. »Steve …«

Weiter komme ich nicht. Ich kann es nicht aussprechen. Kann nicht in Worte fassen, was er mir angetan hat.

Wieso?

Was habe ich *ihm* denn getan?

Hasst er mich etwa so sehr?

Meine Grandma ist vor vielen Jahren verstorben, ich war noch jung, vielleicht zwölf. Sie war lange Zeit herzkrank und letztendlich hatte ihr Herz aufgehört zu schlagen. Als mein Grandpa dann fünf Jahre später wieder geheiratet hat, waren alle überglücklich, denn meine Grandma hatte sich immer gewünscht, dass er nicht den Rest seines Lebens allein verbrachte, sondern eine Frau finden würde, die ihn wieder lächeln ließ.

Diese Frau hatte er in Jane gefunden. Sie war liebevoll, gutmütig und immer freundlich, und sie brachte meinen Grandpa tatsächlich wieder zum Lächeln. Alle schlossen sie direkt ins Herz, und auch wenn Grandma nie vergessen wurde, mochten wir Jane sehr.

Doch sie brachte einen Enkel mit in die Ehe, ich schätze ihn auf Anfang 30. Steve war verzogen und überhaupt nicht von dieser neuen Ehe angetan. Wie Jane immer sagte, kam er nach seinem Vater, der ein Alkoholproblem hatte und gewalttätig wurde, weshalb ihre Tochter nicht bei ihm geblieben war. Nachdem diese allerdings viel zu früh an Krebs verstarb, geriet Steve auf die schiefe Bahn.

Als sie meinen Grandpa geheiratet hatte, sagte Steve sich von seiner Grandma los, obwohl die beiden sowieso immer nur sporadisch Kontakt hatten, da Jane die Hoffnung in ihn nicht aufgeben wollte.

Deshalb kenne ich Steve so gut wie gar nicht. An einer Hand kann ich abzählen, wie oft ich ihn in meinem Leben gesehen habe.

Ich schließe die Augen.

Konnte es an einer Hand abzählen.

Das dürfte nach den vergangenen Tagen wohl nicht mehr ausreichen.

»… hat dich angeschossen«, beendet der junge Polizist den Satz und durchbricht somit meine Gedanken.

Ich blicke ihn an und nicke wieder schwach. Tränen steigen mir in die Augen und ich kann nicht ausmachen, was ich gerade fühle.

Alles und nichts. Es ist, als würde eine Welle über mich einher brechen wollen, aber nur ein taubes Gefühl erfüllt mich. Es ist reiner Selbstschutz. Denn wenn die Taubheit nachlässt, wenn mein Schutzwall bricht, wird diese Welle über mir einbrechen und es wird keinen Halt mehr geben. Nichts wird sie aufhalten können. Sie wird alles mich sich reißen und mich zerstören.

Die Zimmertür öffnet sich erneut und die Krankenschwester von vorhin kommt mit einem grauen Tablet in der Hand herein. Sie stellt es auf dem Tisch neben meinem Bett ab und hilft mir, mich in eine sitzende Position zu bringen. Die Schmerzen in meinem Arm haben dank des Mittels zumindest so weit nachgelassen, dass ich mich etwas aufrichten kann. Mit einer Fernbedienung fährt sie das Kopfteil des Bettes hoch und ich lehne mich, dankbar für die Stütze, wieder dagegen.

Unter einer Haube befindet sich ein Teller mit warmer Gemüsesuppe und Brot. Sie duftet würzig nach Liebstöckel und zaghaft probiere ich, ob mein Magen bereit für etwas Nahrung ist. Tatsächlich grummelt er laut nach dem ersten Bissen, also löffle ich die Suppe langsam aus und bediene mich an einem Stückchen Brot.

Der Cop hat sich indes seinem Handy zugewandt und beobachtet mich nicht beim Essen, wofür ich ihm äußerst dankbar bin.

Als der Suppenteller leer ist und ich den Tischaufsatz von mir wegschiebe, steckt er es wieder ein. Suchend schaue ich nach der Fernbedienung für das Bett. Sie liegt bei meinen Beinen, doch als ich mich danach strecken will, schießt ein Schmerz durch meinen Oberarm und ich ziehe scharf die Luft ein.

»Hier, lass mich dir helfen.« Der Polizist nimmt die Fernbedienung und drückt einen Knopf, sodass das Kopfteil des Bettes langsam nach unten gleitet.

»Besser?«

»Ja, danke.« Für einen Moment schließe ich die Augen, bis sich nicht mehr alles um mich herum dreht.

»Habt ihr ihn gefasst?« Meine Stimme ist kaum mehr als ein Krächzen und ich öffne nach ein paar Sekunden die Augen, um zu sehen, ob er mich überhaupt verstanden hat.

»Nein.« Er schluckt. »Er ist geflohen und wir konnten seinen Aufenthaltsort leider noch nicht ausfindig machen. Deshalb wird immer …«

»Wie, noch nicht ausfindig machen?« Erschrocken will ich mich aufsetzen, vergesse aber den Schmerz in meinem Arm bei dieser ruckartigen Bewegung. Mir wird schwindelig und ich lasse mich wieder aufs Bett zurücksinken, meine rechte Hand auf meine Augen gepresst, aus denen die Tränen nun hervorquellen. Panik keimt in mir auf, doch die Schmerzen drängen sie zurück.

Der Cop steht von seinem Stuhl auf und tritt näher an mein Bett heran.

»Hey, es wird alles gut. Deshalb wird immer einer von uns vor dem Zimmer Wache halten, in Ordnung? Dir wird nichts passieren.«

Mir fehlen die Worte. Vor Verzweiflung, vor Schmerzen, ich weiß es nicht. Aber gerade kann ich nicht reden. Ich versuche mich auf etwas anderes zu konzentrieren, aber die düsteren Gefühle lassen sich nicht verdrängen. Ein Schluchzen entfährt mir.

Scheiße. Kann ich denn gar nicht mehr aufhören zu heulen?

Plötzlich fällt mir Max ein. Ich nehme die Hand vom Gesicht und sehe den Cop entsetzt an. »Ich muss nach Hause, ach du meine Güte, wieso habe ich nicht schon eher daran gedacht!«

Ich will mich aufsetzen, doch eine Hand drückt mich sanft, aber bestimmt in die Kissen zurück.

»Mal langsam. Wieso musst du nach Hause?«

»Mein Hund, Max, er ist jetzt seit …« Oh Gott, wie viele Tage war ich weg? Vier? Fünf? »Scheiße, ich muss zu ihm!« Ich stammele vor mich hin und kann keinen klaren Gedanken fassen, weiß nur, dass ich jetzt nach Hause zu Max muss.

»Savannah …« Bedrückt sieht der Cop mich an, von dem ich immer noch nicht weiß, wie er eigentlich heißt. Doch das ist im Moment völlig nebensächlich. »Wir waren am Tag deiner Entführung in deiner Wohnung. Max war ein Beagle, richtig?«

Ich kann seinen Blick nicht deuten.

»Ja.« Dann dämmert es mir. »Moment mal, war?!«, stottere ich und die Panik legt sich erneut wie ein kalter, nasser Mantel um mich.

»Ja.« Nun sieht er mich definitiv mitleidig an. »Es tut mir unendlich leid, Savannah. Als wir nach der Vermisstenmeldung in deiner Wohnung ankamen, war alles verwüstet. Jemand ist dort gewaltsam eingedrungen.« Er sieht zu Boden. »Wir konnten nichts mehr für deinen Hund tun. Jemand hat ihn erschossen.«

Entsetzen durchfährt mich. Nicht realisierend, was er gerade gesagt hat, starre ich ihn einige Sekunden lang verständnislos an.

»Erschossen?« Das Klingeln in meinen Ohren übertönt meine krächzende Stimme.

Der Cop nickt.

Schwärze umhüllt mich. Ich kann nichts mehr sehen, nichts mehr wahrnehmen. Es fühlt sich an, als würde jemand die Luft aus meinen Lungen saugen und mich gleichzeitig in eiskaltes Wasser tauchen. Ich falle und kann nicht zurück an die Oberfläche. Ich will schreien, doch kein Laut kommt aus meiner Kehle.

Ich bin leer, ich fühle nichts.

Und dann alles auf einmal. Es bricht über mich herein wie ein Orkan, der alles zerstören wird, was ihm in die Quere kommt. Alles mit sich nimmt.

Tränen quellen aus meinen Augen, ein erstickter Laut presst sich aus meiner Lunge hervor. Ich presse meinen gesunden Arm auf meine Augen und beginne hemmungslos zu schluchzen. Gleichzeitig fühlt meine Kehle sich wie zugeschnürt an.

Mein Körper bebt und ich weiß nicht, wo er beginnt und wo er aufhört.

Ich nehme körperliche Schmerzen wahr, doch es ist mein Inneres, das mich zerreißt. Wie durch einen dichten Nebel spüre ich, wie jemand sanft meine Hand am Ende der Schlinge umfasst und sachte drückt. Die Matratze senkt sich an meiner linken Seite leicht hinunter, als der Cop sich auf die Bettkante setzt.

Schweigend lässt er mich einfach nur weinen. Sekundenlang, minutenlang, stundenlang. Ich weiß es am Ende nicht mehr.

Ich weiß nur, dass Max das Einzige war, das ich von meinen Eltern noch hatte.

Und nun ist er fort.

Ich habe diesen Hund geliebt. Max war für mich da, in den dunkelsten Stunden meines Lebens. Er war immer an meiner Seite. Hat auf mich aufgepasst, mir zugehört.

Max war der Grund, dass ich jeden Morgen aufgestanden bin. Nur ihm zuliebe habe ich gegessen, bin einkaufen gegangen und habe einen Fuß vor die Tür meines schicken Appartements gesetzt.

Ohne ihn wäre ich verrottet wie alter Fisch in der Restmülltonne.

Doch nun ist er nicht mehr da.

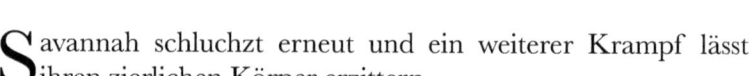

MATT

Savannah schluchzt erneut und ein weiterer Krampf lässt ihren zierlichen Körper erzittern.

»Es tut mir so leid, Savannah.« Wieder sage ich diese Worte, die nicht das Geringste an der Situation ändern können.

Sie erwidert nichts, nur die Tränen rinnen wie Sturzbäche ihre Wangen hinab. Ihren gesunden Arm presst sie sich auf die Augen.

Ich weiß nicht, wie lange wir so ausharren, bis sie sich beruhigen kann. Sie in die Arme zu schließen, wage ich nicht. Zum einen, weil ich nicht weiß, wie stark ihre Schmerzen sind. Zum anderen habe ich keine Ahnung, ob sie es wollen würde. Ich kenne sie ja gar nicht.

Irgendwann jedoch kommen keine Tränen nach, wahrscheinlich weil sie keine übrig hat, und ihr Körper zittert nicht mehr so unkontrolliert.

Es vergehen weitere lange Minuten, bis sie ihren Arm von ihrem Gesicht nimmt und es in Richtung des Fensters dreht. Ein orangefarbener Sonnenstrahl trifft auf ihre Haut, und obwohl sie gerade geweint hat, sieht sie umwerfend aus.

Ich räuspere mich. »Ich weiß, dass deine Eltern und Großeltern ebenfalls gestorben sind. Da es sich hier um einen Spezialfall handelt, können wir eigentlich keinem anderen Bescheid geben. Wenn du aber einen Freund hast, den wir anrufen sollen, spreche ich mit meinem Boss und sehe, was sich tun lässt.«

Die letzten Worte kommen zögerlich. Eigentlich ist die Anweisung von David klar gewesen − niemand darf etwas über Savannah und ihren Aufenthaltsort erfahren, solange Steve Boucher frei herumläuft. Dieser Fall ist absolute Verschlusssache.

Doch ein Mensch kann nun einmal nur so viel ertragen. Und Savannah stößt gerade an ihre Grenze, was ich ihr nicht verübeln kann. Dass kein Vertrauter da ist, der sie trösten kann, macht die Situation nicht einfacher.

Aber sie schüttelt nur leicht den Kopf. »Den gibt es nicht.« Nachdem sie sich mit der Hand übers Gesicht gefahren ist, sieht sie mich an. Ihre Augen sind von den vielen Tränen verquollen, ihre Wangen gerötet.

Mein Blick fährt zu ihren Augen zurück. Sie schimmern in einem hellen Braun und ziehen mich sofort in ihren Bann, genau wie zuvor im Wald. Dann realisiere ich, was sie gesagt hat, und nicke leicht.

»In Ordnung. Dann wird es dabei bleiben, dass niemand erfahren darf, wo du bist, bis dein Stiefcousin ...«

»Bitte, nenn ihn nicht so. Das ist er nicht«, unterbricht sie mich. Ihre Stimme ist mit einem Mal messerscharf.

»Okay, tut mir leid. Bis ... Steve Boucher gefasst ist.«

Sie nimmt es so hin, keine Diskussion. Wie unglaublich müde und traurig sie sein muss. Wie viel Leid kann ein Mensch ertragen, bevor er endgültig zerbricht?

Erneut bricht Stille zwischen uns aus. Ich sitze noch immer auf ihrer Bettkante und halte ihre Hand, und sie entzieht sie mir nicht. Vielleicht sucht sie nach der einzigen Art von Trost, die sie gerade bekommen kann. Vielleicht realisiert sie es aber im Moment auch einfach nicht.

Ihr Blick schweift wieder zum Fenster, hinter dem sich aber nur weitere Gebäude erblicken lassen. Ihrem Beispiel folgend sehe ich der Sonne dabei zu, wie sie langsam am Horizont und schließlich hinter den unzähligen Betonblöcken verschwindet.

»Wie geht es jetzt weiter?«, fragt sie nach einer gefühlten Ewigkeit.

»Morgen kommt unser Boss und wird deine ... Situation mit dir besprechen. Es ist aber immer jemand von uns hier, also ruh dich ein wenig aus.«

»Meine Situation? Was gibt es denn da zu besprechen?« Sie sieht mich skeptisch an.

Ich lächle schwach. »Morgen werden wir dir alles weitere erklären. Bis dahin musst du dich leider gedulden.«

Savannah schnaubt und schließt müde die Augen. »Okay.«

»Okay. Ich bin gleich hier, wenn etwas ist.« Ich lasse ihre Hand los und spüre, wie der Druck in der Matratze nachlässt, als ich mich erhebe und mich auf meinen Stuhl zurückziehe.

»Wer hat mich eigentlich als vermisst gemeldet?«, fragt sie leise und schaut mich an.

»Hm?«

»Du hast gesagt, dass ihr nach meiner Vermisstenmeldung in meine Wohnung gegangen seid. Wer hat mich denn als vermisst gemeldet?«

»Oh, achso.« Ich nicke und erinnere mich an den jungen Mann, der mir etwas skurril vorkam mit seinem Hipster-Look und seinen roten Haaren. »Ich bin mir nicht mehr sicher, wie er hieß. Jack vielleicht?«

»Jay?« Sie kneift die Augen zusammen.

Jetzt erinnere ich mich. »Ja, genau.«

»Okay.« Sie dreht den Kopf zur Seite und ich setze mich zurück auf meinen Stuhl. »Ich nehme an, dass er mich nicht besuchen kommen darf?«

Bedauernd schüttele ich mit dem Kopf. »Leider nicht, nein. Wir haben ihm mitgeteilt, dass wir dich gefunden haben – mehr ist leider nicht drin, bis wir wissen, wie genau das Gebilde um Boucher aussieht. Tut mir leid.«

Savannah schnaubt. »Jay hat damit ganz sicher nichts zu tun.«

»Mag sein.« Ich lege den Kopf schief. »Allerdings kann auch er sich verplappern oder als Köder benutzt werden.«

Sie seufzt, widerspricht mir aber nicht weiter.

Ich ziehe gerade mein Handy aus der Hosentasche, als Savannah sich räuspert.

»Wie heißt du eigentlich?«, fragt sie und dreht den Kopf erneut in meine Richtung.

Ich halte in der Bewegung inne und sehe sie an.

»Matt«, sage ich mit einem Lächeln.

»Matt«, wiederholt sie. »Ich bin …«

»Savannah.« Mein Lächeln wird breiter. »Ich weiß.«

Kapitel 5

SAVANNAH

Am nächsten Morgen wache ich auf und fühle mich wie vom Zug überrollt. Ich richte mich ein wenig auf und schalte das Licht über meinem Bett ein, da die Vorhänge vor dem Fenster zugezogen sind.

In der Nacht habe ich kaum geschlafen. Albträume haben mich heimgesucht, und wann immer meine Augen geschlossen waren, sah ich Steves Gesicht vor mir. Oder Max, wie er blutüberströmt in seinem Körbchen liegt.

Seufzend reibe ich mir mit meiner Hand einmal über mein verquollenes Gesicht.

Wenig später, als eine nette Krankenschwester mir mein Frühstück bringt, erhasche ich einen Blick auf den Flur. Vor meiner Tür sitzt ein Polizist, den ich hier noch nicht gesehen habe.

Matt scheint der Einzige zu sein, der sich in mein Zimmer wagt – wieso auch immer. Die anderen habe ich nur draußen sitzen sehen, doch darüber bin ich nicht traurig. Gerade jetzt mag ich meine Privatsphäre mehr als sonst.

Ich esse mein Käsebrötchen, trinke den Tee und genieße die Sonne, die uns die letzten Septembertage ein wenig mit ihrer Wärme versüßen möchte. Eigentlich habe ich keinen Hunger, nachdem Matt mir gestern erzählt hat, dass Max tot ist.

Eine Träne kullert bei diesem Gedanken über meine Wange. Doch mein rational denkendes Ich zwingt mich, wenigstens eine Hälfte zu essen, da ich innerlich weiß, dass meine Genesung und die Entlassung aus diesem Krankenhaus unweigerlich damit zusammenhängen.

Und ich möchte hier so schnell wie möglich raus. Krankenhäuser machen mich wütend.

Eine Schwester kommt ins Zimmer gestolpert und verkündet, dass heute Vormittag einige erste Untersuchungen nach der OP anstehen. Nach der Visite, in der der Arzt mir auf meine Frage hin erklärt, dass der Wundschlauch in der Schulter noch einen Tag drinbleiben muss, werde ich in meinem Bett aus dem Zimmer gerollt und zum Röntgen sowie MRT gefahren.

Der Polizist weicht mir dabei keinen Schritt von der Seite, obwohl er diskret Abstand hält. Wüsste ich nicht, dass er da ist, würde ich ihn wahrscheinlich nicht einmal bemerken.

Es ist schwierig, mit den beiden Verletzungen aus dem Bett zu kommen. Ich bin gestern nur kurz aufgestanden, um ins Bad zu gehen, und das endete in einem kleinen Desaster. Meine Beinverletzung ist, wie der Arzt mir versichert hat, nicht allzu schlimm, aber die Schmerzen sind es. Wenn ich mein Bein belaste, durchzuckt es mich wie ein Blitz. Doch mithilfe der Schwestern kann ich mich auf die Pritschen im Röntgen und im MRT manövrieren und bin schließlich froh, dass alles geschafft ist.

Als ich zurück in mein Zimmer komme, bin ich so müde, dass mir sofort die Augen zufallen. Ich fühle mich, als wäre ich einen Marathon gelaufen, und falle völlig fertig in einen traumlosen Schlaf.

Ich wache abermals von einem leisen Geflüster auf. Als ich die Augen öffne, blinzle ich verschlafen in Matts Gesicht.

»Oh, sie ist gerade aufgewacht«, teilt er seinem Gesprächspartner am anderen Ende der Leitung mit, bevor er auflegt.

»Hey.« Er sieht mich mit einem kleinen Lächeln an, während er sein Handy in die Hosentasche schiebt.

»Hey.« Verschlafen fahre ich mir mit der Hand über die Augen.

»Beobachtest du mich eigentlich gerne im Schlaf?« Grummelig richte ich mich ein wenig auf.

»Wer sagt, dass ich dich beobachte?« Er zwinkert mir zu.

»Na ja, du hast gesehen, dass ich aufgewacht bin, also …«

Ich zucke mit den Schultern. Und vergesse dabei erneut meine Verletzung. Fluchend winde ich mich und versuche so, dem Schmerz auszuweichen – natürlich ohne Erfolg.

»Ich bin kein Spanner, Savannah. Aber ich denke, dadurch, dass ich darauf getrimmt bin, jede noch so kleine Bewegung zu bemerken, fällt mir so etwas auf.« Nun ist es an ihm, mit den Schultern zu zucken.

»Hm«, erwidere ich und sehe ihn direkt an.

Seine Augen sind grün, das ist mir gestern schon aufgefallen. Moosgrün, um genau zu sein. Er trägt einen Dreitagebart und hat seine schwarzen Haare heute unordentlich nach oben gegelt. Es sieht trotzdem umwerfend aus und erweckt den Wunsch in mir, mit meiner Hand hindurchzufahren. Wenn er lächelt, kommen gerade weiße Zähne zum Vorschein, umrundet von vollen Lippen, mit denen er bestimmt schon die ein oder andere Frau um den Verstand geküsst hat. Wie er wohl aussieht, wenn er richtig lacht? Innerlich schelte ich mich für diesen Gedanken. Ich habe jetzt wirklich andere Probleme.

Sein Alter kann ich schlecht einschätzen. Vielleicht ist er Ende zwanzig, Anfang dreißig, doch ich kann es nicht genau sagen.

Als ich bemerke, dass er mich ebenfalls mustert, sehe ich beschämt weg. Ich habe noch kein einziges Mal in den Spiegel geschaut, seitdem ich aufgewacht bin, und kann mir nur ausmalen, wie ich aussehen mag. Mit fettigen Haaren und ungeschminkt nicht gerade so, wie ich mich in der Gegenwart eines fremden Mannes, der noch dazu so gut aussieht, wohl fühle. Ich bin gestern zwar kurz im Bad gewesen, musste aber aufpassen, dass ich nicht zusammenklappe, und bin schließlich nur mithilfe der Schwester ins Bett zurückgekommen. Sie schob es auf die Folgen der Narkose, doch ich habe etwas anderes im Verdacht. Ich kann diesen Wundschlauch, der aus meiner Schulter baumelt, nicht sehen und ekle mich vor dem Anblick. Umgezogen – oder besser gesagt, mir eine Hose angezogen – habe ich mich dann hier im Bett.

Apropos – ich sehe an mir herunter. Bisher habe ich nur Sachen aus dem Krankenhaus bekommen, die irgendjemand hier mal vergessen haben muss. Meine eigenen Sachen habe ich nicht hier.

Auf meine Frage an den Arzt, wie lange ich denn im Krankenhaus bleiben müsse, hat er heute Morgen nur die Schultern gezuckt und gemeint, dass es von der Abheilung meiner Verletzungen abhängen würde.

Ich seufze. »Besteht vielleicht irgendwie die Chance, dass ich meine eigenen Klamotten bekomme?«, frage ich Matt mit einem weiteren Blick an mir herunter.

»Ich denke, das lässt sich einrichten.« Matt lehnt sich lässig in seinem Stuhl zurück und faltet die Hände in seinem Schoß. »Mein Boss und der Arzt werden gleich kommen, um dich auf den Stand der Dinge zu bringen, wenn du dich gut genug dafür fühlst.«

»Okay.«

Keine Ahnung, was ich noch mehr erwidern kann. Wenn ich jetzt anfange, ihm Fragen zu stellen, wird er mir sowieso ausweichen.

Ich schlucke. Es gibt allerdings eine Frage, die mir auf der Seele brennt. »Was ist mit Max passiert, nachdem ihr ihn gefunden habt?«

Matts Schultern versteifen sich. »Bist du sicher, dass du das wissen möchtest?«

Ich nicke. Ein Zittern durchfährt meinen Körper, doch ich muss es erfahren. Muss wissen, ob sie ihn einfach beseitigt haben oder ob ich ihn irgendwo besuchen kann.

»Okay.« Matt richtet sich ein Stück auf. »Wie du dir ja vorstellen kannst, konnten wir ihn nicht in deiner Wohnung lassen.« Er zögert. »Da wir uns allerdings vorstellen konnten, dass du gewaltsam irgendwo festgehalten wirst, nachdem wir deine Wohnung in dem Zustand vorgefunden haben, haben wir den Beagle von einem der hiesigen Tierärzte abholen lassen.« Entschuldigend zuckt Matt mit den Schultern.

Er braucht nicht weiterzusprechen. Ich weiß, dass Tierkörper dann vernichtet werden. Und ich weiß auch, dass es so sein muss.

Trotzdem hat Steve es mir genommen, mich von meinem Max zu verabschieden und ihn zu einem Tierbestattungsunternehmen zu bringen. Dann hätte ich wenigstens seine Urne gehabt.

Ich schnaube.

Er hat ihn mir überhaupt erst genommen.

Bitterkeit durchfährt mich und Tränen kullern aus meinen Augenwinkeln. Dieser Mann hat mir so viel genommen. Wie zur Hölle kann man mit dem ganzen Schmerz, mit dem man konfrontiert wird, fertig werden?

Die Polizei kann nichts dafür, am allerwenigsten Matt. Und trotzdem bin ich gerade auf jeden und alles wütend.

Fluchend versuche ich, mein Zittern unter Kontrolle zu bringen, doch es gelingt mir nicht. Also lasse ich es einfach zu, presse mir die Hand auf die Augen und weine.

Schon wieder.

Matt spricht mich nicht weiter an und unternimmt auch sonst nichts, wofür ich ihm dankbar bin.

Als ich mich einigermaßen wieder unter Kontrolle habe, suche ich noch einmal das Bad auf, um mich frisch zu machen, bevor der Arzt und Matts Boss ankommen. Ich schlage die Bettdecke zurück, greife nach der Flasche, in die ein Schlauch mündet, der in meine Schulter führt, und stehe wackelig auf. Heute Morgen musste die Schwester mir noch helfen, da mein Kreislauf nicht fit war.

»Brauchst du Hilfe?« Matt ist von seinem Stuhl aufgesprungen und steht nun neben mir.

»Nein, ich denke, ich schaffe es allein. Aber danke.«

»Okay. Falls doch, ruf einfach.«

Nickend tapse ich davon.

Im Bad hänge ich die Flasche umständlich auf einen Ständer und mir kommt das Frühstück fast wieder hoch, als ich den blutigen Inhalt sehe. Ich kann es kaum erwarten, dass er endlich gezogen wird.

Schnell konzentriere ich mich auf etwas anderes, bevor mein Kreislauf wieder schlapp macht, und es klappt erstaunlich gut. Doch als ich aus dem Bad herauskomme – ich habe meine Zähne geputzt, mir, so gut es mit einer Hand geht, einen Schlag Wasser ins Gesicht geklatscht und versucht, meine mittlerweile fettigen Haare zu bürsten – bin ich total fertig und schweißgebadet. Schon wieder.

Meine Schritte sind etwas zu schnell bei dem Versuch, das Bett zügig zu erreichen, und sofort taucht Matt neben mir auf und nimmt meinen gesunden Arm, um mich zu stützen. Ich lasse mich aufs Bett sinken und schließe für einen Moment die Augen.

Die Flasche, die ich in der Hand halte, nimmt Matt mir ab und hängt sie an den Ständer neben meinem Bett.

»Danke«, murmele ich.

»Kein Problem.« Matt setzt sich wieder auf seinen Stuhl und schaut auf die Uhr, sagt aber nichts.

»Wie kommt es eigentlich, dass du dich zu mir ins Zimmer setzt und die anderen Cops sich draußen im Flur aufhalten?«, frage ich ihn und deute mit dem Kopf auf den Stuhl, der vor meinem Zimmer steht.

Matt blickt sich um und zuckt dann mit den Schultern. »Keine Ahnung. Vielleicht haben sie Angst vor dir.« Er zwinkert mir zu. Er neckt mich. Will er meine Stimmung aufheitern?

Als ich nichts erwidere, weil ich nicht genau weiß, was ich darauf erwidern könnte und zudem nicht in der Laune für Scherze bin, fährt Matt fort.

»Na ja, ich glaube, ich fühle mich verantwortlich.« Er schluckt. »Weißt du, ich war da. Hätten wir anders oder früher reagiert, lägst du jetzt vielleicht nicht hier. Außerdem habe ich erste Hilfe geleistet. Ich möchte also wissen, wie es dir geht.«

Diese Worte meint er ernst. Ohne Sarkasmus, ohne Scham, nicht einmal ein Lächeln umspielt seine Lippen. Er sieht mich einfach nur an.

»Du … warst da?«, frage ich trocken. Mein Mund fühlt sich plötzlich pappig an.

Er nickt.

Ich versuche mich zu erinnern, kann sein hübsches Gesicht aber nicht mit diesem schrecklichen Tag in Verbindung bringen.

Doch plötzlich ist da etwas. Eine Stimme.

›Alles wird gut.‹

Ich halte inne.

Es war *seine* Stimme.

Als ich ihm in die Augen schaue, bin ich mir nicht sicher, was ich darin zu sehen glaube. Schmerz? Trauer? Hoffnung? Verzweiflung? Alles auf einmal?

Und dann trifft es mich − diese Augen. Diese moosgrünen Augen, von denen ich gestern bereits dachte, dass ich sie schon einmal gesehen habe.

Ich habe sie schon einmal gesehen. Im Wald, nachdem Steve mich angeschossen hat. Es war Matt, der neben mir gekniet und meine Wunden versorgt hat.

Einen Augenblick lang hält er meinen Blick fest, dann schaut er weg und fährt sich mit einer Hand durchs Haar.

Und sieht dabei einfach umwerfend aus.

»Ich glaube, ich erinnere mich«, flüstere ich und sein Blick liegt wieder auf mir.

Doch keiner von uns muss nun noch etwas sagen.

Kapitel 6

SAVANNAH

Eine halbe Stunde später, Matt und ich haben die meiste Zeit mit peinlichem Schweigen verbracht, kommen der Arzt – Dr. Giovanni, er hat morgens schon die Visite gemacht – und Matts Boss herein. Zumindest nehme ich an, dass der Mann auf Krücken Matts Boss ist.

Ich bin schon lange nicht mehr so dankbar gewesen, jemanden zu sehen, und das nur um diesem Schweigen zu entkommen.

Beide begrüßen mich und Matts Boss stellt sich mit dem Namen David vor. Der Arzt lehnt sich rechts von mir an das Fenster, Matt überlässt David seinen Stuhl. Dankbar lässt er sich, die Krücken neben sich abstellend, darauf plumpsen.

»Savannah, wie geht es dir?«, fragt David.

Matt steht nun links von mir an das Fenster gelehnt, von dem aus man von meinem Zimmer auf den Flur blicken könnte, wären die Gardinen nicht zugezogen. Er ist mir nun noch näher als zuvor und macht es mir deutlich schwerer, mich zu konzentrieren. Mir fällt abermals auf, wie gut er aussieht, wie er dort mit verschränkten Armen an dem kleinen Fenstersims lehnt, die Beine an den Knöcheln überkreuzt.

Und seine Uniform macht die Sache auch nicht gerade besser.

»Äh, den Umständen entsprechend, denke ich«, stammele ich an David gewandt eine Antwort und versuche Matt auszublenden, der meinen langen Blick bemerkt und eine Augenbraue hochzieht.

Ich sage bewusst nicht ›den Umständen entsprechend gut‹, denn das wäre gelogen. Gut geht es mir definitiv nicht. Aber ich will aus diesem Krankenhaus raus.

David kommentiert meine Aussage nicht weiter. »Weißt du noch, was in den letzten Tagen passiert ist?«

Ich nicke und schlucke schwer. Sind sie gekommen, um mich darüber auszufragen? Wahrscheinlich, oder? Sie wollen sicherlich alles wissen.

Doch ich weiß nicht, ob ich dafür schon bereit bin.

Vor allem, nachdem ich erfahren habe, was Steve Max angetan hat.

Erneut steigt Wut in mir auf, doch ich zwinge sie nieder. Jetzt gerade ist nicht der richtige Augenblick, sie an die Oberfläche kommen zu lassen.

»Gut, das freut mich, das heißt, du hast keinen Gedächtnisverlust erlitten.«

Ich schüttele den Kopf. Zumindest hoffe ich es.

»Ich denke, das können wir ausschließen«, schaltet sich Dr. Giovanni dazu. »Ich werde nur kurz mit Ihnen den weiteren Behandlungsplan durchsprechen. Was Sie die letzten Tage erlebt haben, würden die beiden Herren danach gerne mit Ihnen besprechen, wenn Sie sich dafür fit genug fühlen.« Fragend blickt er mich an.

»Ich denke, ich habe keine Wahl, oder?« Mein Blick fällt auf die beiden Polizisten, der eine in Uniform, der andere in Jogginghose und auf Krücken. Hat David sich bei dem Einsatz verletzt? Vermutlich.

»Wir versuchen es einfach, und wenn es zu viel wird, hören wir auf. In Ordnung?« Matt lächelt mir zu und ich nicke stumm.

»Okay, bevor wir damit loslegen, kann ich Ihnen sagen, dass ich mit dem OP-Verlauf sehr zufrieden bin, das habe ich Ihnen heute Morgen ja bereits mitgeteilt. Auch die Röntgenbilder und Aufnahmen aus dem MRT sehen sehr gut aus. Sie hatten wahnsinniges Glück, Miss Roberts. Es wird zwar eine ganze Weile dauern, den Muskel wieder aufzubauen, den wir flicken mussten, aber das bekommen wir schon hin.«

»Wie lange muss ich denn im Krankenhaus bleiben?«

Der Arzt zögert kurz und wirft David einen schnellen Blick zu. Dann seufzt Dr. Giovanni und sieht mich ernst an. »Genau darum geht es, Miss Roberts. Ich würde Sie gern noch zwei, drei Wochen hierbehalten und dann tägliche Physiotherapie anordnen, damit wir sicher sein können, dass alles gut verheilt. Aber die beiden Herren sind anderer Meinung.« Er scheint damit David das Wort zu übergeben.

»Savannah, als Steve Boucher nach den Schüssen in den Wald lief, ist es uns nicht gelungen, ihn aufzuspüren. Soll heißen, dass wir zurzeit nicht wissen, wo er sich aufhält.«

Bei seinen Worten läuft ein kalter Schauer meinen Rücken hinunter, obwohl Matt mir gestern bereits dasselbe erzählt hat. Sie haben ihn also noch immer nicht gefunden. Deshalb sind weiterhin die Cops zu meiner Bewachung abgestellt, was David mir bestätigt, als er fortfährt.

»Die Sache ist nun, dass wir nicht wissen, was Boucher im Schilde führt. Oder was sein nächster Schritt ist. Er war ganz klar hinter dir her und hat es geschafft, dich in seine Gewalt zu bringen. Damals waren wir alle unvorbereitet, aber du warst gesund. Jetzt bist du seinetwegen verletzt und wir werden nicht zulassen, dass er dich ein weiteres Mal in seine Gewalt bringt.«

David sieht Matt an.

Dieser fährt fort. »Deshalb halten wir es für das Beste, dich für eine Weile untertauchen zu lassen.«

Verwirrt schaue ich zwischen den beiden hin und her. »Wie, untertauchen?«

Matt macht eine Geste mit seiner Hand und steckt sie dann unentschlossen in die Tasche seiner Hose. »Na ja, es ist so, dass wir vermuten, Boucher könnte dich wieder fassen. Und dann wissen wir nicht, was er tun wird. Du bist verletzt und er weiß, wo du wohnst. Auch wenn wir dich rund um die Uhr absichern, können wir nicht ausschließen, dass er es vielleicht trotzdem schafft, dir zu schaden. Er muss ein Netz aus Leuten aufgestellt haben – allein hätte er den Wald niemals unbemerkt verlassen können. Er hat Hintermänner und wir wissen nicht, um wie viele oder wen es sich hierbei handelt.« Er fährt sich mit seiner Hand über die Lippen. »Deshalb würden wir dich gern eine Weile in eine Art Schutzprogramm aufnehmen, bis wir ihn in Gewahrsam haben.«

Meine Gedanken überschlagen sich. Ein Schutzprogramm? Wo? Wäre ich ganz allein? Für wie lange?

Tränen steigen mir in die Augen, auch wenn ich eigentlich gar nicht heulen will. Doch mittlerweile fühlen sich meine tränennassen Wangen fast normal an.

»Und wenn ich das nicht möchte?« Meine Stimme bricht.

»Ich verstehe, dass das alles viel auf einmal ist.« Matt macht eine kurze Pause. »Hör zu, Savannah. Wir müssen dich von hier wegbringen, sobald es dir ein bisschen besser geht, okay? Wir wissen nicht, was Boucher vorhat. Wir werden so lange gehen, bis sie ihn haben.«

Verwirrt blinzele ich. Habe ich mich verhört? »Wir?«

»Du würdest mich begleiten.«

Wie, Matt begleiten? Wohin?

Ich muss sehr verdutzt aussehen, denn David klärt mich auf.

»Matt wird über den Winter in den Westen Kanadas fahren und dort eine Station in einem kleinen Ort unterstützen, nachdem ein Kollege dort krankheitsbedingt ausgefallen ist. Was ich im Übrigen noch immer nicht gutheiße.« David sieht Matt an, doch der zuckt nur mit den Schultern.

»Mit großer Wahrscheinlichkeit wird Steve irgendetwas planen, also ist es sicherer für dich, dich nicht in deiner gewohnten Umgebung aufzuhalten, bis wir ihn gefasst haben. Da wir dich in deinem Zustand«, bei diesen Worten hebt er beschwichtigend die Hände, »aber nicht einfach irgendwo abladen wollen, habe ich nach Alternativen gesucht. Da Matt sowieso für ein paar Monate seinen beruflichen Horizont erweitern will, oder was weiß ich, was dieser Nonsens sonst soll«, ein weiterer Blick in Matts Richtung, »habe ich angenommen, dass es das Einfachste wäre, wenn du ihn für einige Zeit begleitest. Er hat schon zugestimmt, jetzt liegt es an dir.«

Diese Neuigkeiten lasse ich erst einmal sacken.

Damit hätte ich nicht gerechnet, mit nichts von alldem. Ich dachte, dass ich nach ein, zwei Wochen im Krankenhaus wieder nach Hause gehen und weitermachen könnte. Soweit man nach so einer Erfahrung weitermachen *kann*.

Aber jetzt steigen Wut, Hass und Trauer in mir auf und unwillkürlich auch die Tränen in die Augen. Was habe ich Steve nur getan, dass er zu solchen Maßnahmen gegriffen hat?

Ich weiß es nicht. Aber es ist alles verdammt unfair.

Mit meiner unversehrten Hand wische ich mir über die Augen.

»Sorry, aber es ist ein bisschen viel.« Meine Stimme klingt nicht wie meine eigene. Entschuldigend sehe ich zuerst David und dann Matt an, in deren Augen Verständnis aufblitzt.

»Matt bricht in einer Woche auf. Es ist mit deinem Arzt abgesprochen.« David deutet auf Dr. Giovanni, von dem ich schon ganz vergessen habe, dass er sich ebenfalls in diesem Zimmer befindet. »Du würdest bis zu eurer Abreise im Krankenhaus bleiben und dann mit Matt zusammen mit dem Auto in den Westen fahren. Da du natürlich die Nummer eins in den Nachrichten bist, müssten wir uns noch etwas einfallen lassen, wie die Leute dich nicht sofort erkennen … Aber dazu ein anderes Mal mehr. In British Columbia sollte es dagegen kein Problem sein, vor allem in einer so kleinen Gemeinde. Hier ist es von Vorteil, dass deine Vermisstenmeldung im hiesigen Umkreis gestreut wurde. Ich werde versuchen, die weitere Verbreitung von Nachrichten aufzuhalten oder zumindest zu unserem Vorteil zu nutzen. Und wir machen nicht publik, dass wir dich gefunden haben. Das sollte auch helfen.« Schnell weicht er aus, als er meine Bestürzung wahrnimmt. »Denk in Ruhe darüber nach, es ist auf jeden Fall die vernünftigste Idee. Für Physiotherapie und nachträgliche Behandlungen wird natürlich gesorgt, und auch die Kollegen vor Ort werden von Matt eingeweiht.« Davids Mundwinkel verziehen sich zu einem Lächeln. »Wir denken wirklich, dass es das Beste ist, wenn du eine Weile untertauchst und Matt begleitest.«

»Ich beiße auch nicht, versprochen«, fügt Matt bei dem Versuch hinzu, mich aufzumuntern. Bei genauerer Betrachtung spiegelt sich in seinem Blick jedoch so etwas wie Besorgnis.

David steht auf und sieht mich besorgt an. »Ich weiß, es ist viel auf einmal, und es tut mir wirklich sehr, sehr leid. Ich überlasse es Matt, mit dir über das Geschehene zu sprechen. Es muss nicht heute sein, aber rede spätestens morgen mit ihm, in Ordnung? Wir müssen alles wissen, was uns weiterhelfen kann.« Er hält kurz inne. »Und ich weiß, es ist viel verlangt, aber damit es uns gelingt, dich untertauchen zu lassen, darfst du mit keinem darüber sprechen. In Ordnung?«

»Okay.« Es ist sowieso nicht so, dass ich eine Menge Freunde habe.

Einen Augenblick lang denke dann an Jay und Veronica. Die beiden sind meine besten Freunde, schon immer gewesen.

Sie waren die Einzigen, die mir auch nach dem Tod meiner Eltern erhalten geblieben sind. Alle anderen habe ich aus den Augen verloren. Nicht, weil ich sie nicht mochte oder etwa andersherum. Seit dem Flugzeugabsturz habe ich mich nur sehr verändert, wollte nicht mehr jedes Wochenende Party machen und Alkohol trinken. Ich habe mich zurückgezogen, und so ist der Kontakt langsam abgebrochen. Veronica schaut noch ab und zu vorbei, mit Jay treffe ich mich häufiger. Ich weiß, dass er auf mich steht und mehr von mir möchte, allerdings sehe ich nicht mehr als einen guten Kumpel in ihm.

Auch mit meiner Verwandtschaft sieht es eher mager aus. Meine Mutter kam gebürtig aus Deutschland und ist damals für meinen Vater nach Kanada ausgewandert. Die Familie ihrerseits lebt also in Deutschland. Väterlicherseits bestanden meine Verwandten aus meinen Großeltern, Dad war ein Einzelkind. Und sie alle sind nun seit einem guten Jahr tot.

Ich schlucke den Kloß in meiner Kehle hinunter.

»Okay.« David reißt mich aus meinen Gedanken und wendet sich an Matt. »Alles weitere überlasse ich dir.«

»Wir kriegen das schon hin, David. Versorg du dich mal lieber selbst, sonst kriegt deine Frau irgendwann doch noch einen Anfall«, witzelt Matt.

David zieht nur eine Augenbraue hoch, klopft Matt auf den Rücken und verlässt dann, Dr. Giovanni im Schlepptau, mein Zimmer. Froh darüber lasse ich mich zurücksinken.

Matt lässt sich wieder auf seinen Stuhl fallen. Eine Weile schweigen wir beide und hängen unseren eigenen Gedanken nach. Erleichterung durchströmt mich, weil er mich nicht drängt, sondern mir die Zeit lässt, die ich brauche. Irgendwann muss ich ihm berichten, was passiert ist, aber es muss nicht jetzt sofort sein.

Etwas später bringt eine Schwester Tee und Kuchen, das Mittagessen scheine ich verschlafen zu haben. Sogar Matt reicht sie eine Tasse und während sie ihn anlächelt, beugt sie sich für meinen Geschmack etwas zu tief zu ihm hinunter. Matt scheint es nicht zu stören. Ich verdrehe die Augen und mache mich an meinem Erdbeerboden zu schaffen, der für eine wahre Geschmacksexplosion meiner Sinne sorgt. Der Boden ist schön fluffig, die Erdbeeren fruchtig-süß.

Matt unterbricht irgendwann das Schweigen. »Wo wir gerade dabei waren, dass du niemandem etwas erzählen darfst. Dein Handy hattest du nicht bei dir, richtig?«

Kopfschüttelnd runzle ich die Stirn. Ich bin mir nicht einmal sicher, wo mein Handy sich derzeit befindet.

»Okay. In deiner Wohnung haben wir es nicht gefunden, als wir vor ein paar Tagen dort waren.«

Dass es ausgerechnet dort liegt und unbeschadet ist, war auch eher unwahrscheinlich. »Bedeutet das, dass Steve es hat?« Die Wut auf diesen Mann wächst immer weiter.

»Vermutlich, sicher sagen kann ich es natürlich nicht. Wir haben versucht es zu tracken, als du verschwunden bist, aber es gab keine Spur.« Matt versichert mir allerdings, dass er sich morgen früh erkundigen wird, ob es schon etwas Neues gibt.

»Musst du jetzt eigentlich jeden Tag hier sitzen?«

Matt lacht und mir fällt auf, dass es sich wahrscheinlich so angehört hat, als würde mich seine Gesellschaft stören. Hitze schießt in mein Gesicht.

»Nicht, dass ich das nicht gut finde, aber du hast doch bestimmt Besseres zu tun, oder nicht?«

»Nein, schon gut. Ich bin gerne hier.« Seine Mundwinkel verziehen sich zu einem spitzbübischen Lächeln. »Wie du jetzt ja weißt, ziehe ich bald für eine Weile weg, da lohnt es sich nicht, noch neue Fälle aufzunehmen. Und außerdem – wenn wir bald so etwas wie WG-Partner werden, können wir uns doch besser kennenlernen.«

Kein Schalk. Er meint es ernst.

»Wir werden also zusammenwohnen?« Hätte ich mir ja denken können. Keine Ahnung, warum dieser Umstand mich so verblüfft.

»Ja.« Zu mehr kommt er nicht, denn ein Vibrieren unterbricht unsere Unterhaltung. Matt schaut hinunter auf sein Handy und geht entschuldigend vor die Tür, um ein paar Telefonate zu erledigen.

Mich zurücklehnend schaue ich aus dem Fenster. Wie ist mein Leben nur so aus der Bahn geraten?

Passend zu meiner Stimmung fängt es an zu regnen, der Sonnenschein von vorhin hat Platz für düstere Wolken gemacht.

Dicke Regentropfen prasseln an das Fenster, und als ob die Wassermassen mich beeinflussen, laufen mir die Tränen wieder über die Wangen. Ich bin es leid zu weinen, doch ich kann nichts dagegen tun. Also lasse ich all meine Gefühle zu und meinen Tränen freien Lauf. Ich bin erstaunt, dass ich überhaupt noch welche übrig habe.

Eigentlich kann der Körper doch nur so viele produzieren, bis keine mehr vorhanden sind. Hoffentlich tritt das bald ein.

Ich fühle mich so leer, wie nur eine Hülle sein kann. Die leere Hülle von Savannah Roberts, einstiges Partygirl der High Society. Früher war ich lebhaft, wild und frei. Doch diese Savannah gibt es schon lange nicht mehr.

Jetzt gibt es nur noch diese Savannah, die schwach ist, leblos und ab demnächst auch nicht mehr frei.

Und ich weiß nicht, ob die alte Savannah jemals wieder zurückkehren wird.

Ob sie es überhaupt kann.

Matt kommt wenig später wieder ins Zimmer. Seine Schicht ist zu Ende und vor der Tür wartet schon ein Kollege, der ihn ablösen wird. Auf die Frage, was er mir morgen aus meiner Wohnung mitbringen soll, sofern es nicht beschlagnahmt wurde, schreibe ich ihm eine Liste. Als ich sie ihm gebe, glühen meine Wangen. Ich habe erst gezweifelt, so etwas wie Unterwäsche auf die Liste zu setzen, aber es nützt ja nichts. Wer sonst kann mir diese Sachen besorgen, vor allem, da ich kein Handy habe und meine Wohnung wahrscheinlich abgeriegelt ist?

Matt verzieht jedoch keine Miene, als er die Liste begutachtet, und verspricht, die Sachen am morgigen Tag mitzubringen.

Kapitel 7

SAVANNAH

Am Abend wird der Polizist auf dem Flur von einer Nachtschicht abgelöst.

Verdutzt werfe ich einen Blick auf die Uhr, denn es ist erst neun Uhr, der Kollege saß also gerade mal drei Stunden vor meiner Tür. Na ja, vielleicht wird er anderswo gebraucht.

Ich schaue zu dem neuen Polizisten hinüber, bin mir jedoch sicher, diesen noch nicht hier gesehen zu haben.

Am nächsten Morgen bekomme ich den Schichtwechsel nicht mit.

Nach dem Frühstück kommt der Arzt zur Visite. Da in den Wundschlauch nach dem gestrigen Abend keine Wundflüssigkeit nachgelaufen ist, können sie ihn wie angekündigt ziehen, verkündet der Arzt froh.

»Ich zähle bis drei, okay? Es könnte ein wenig schmerzen«, warnt er mich vor und ich hole tief Luft. »Eins, zwei …«

Weiter zählt er nicht, denn schon bei ›zwei‹ zieht er den Schlauch mit einem kräftigen Ruck hinaus.

Mir entfährt ein kleiner Schmerzenslaut. Es fühlt es sich so an, als würde jemand mir ein Stück Fleisch aus dem Körper reißen, in etwa so, als wenn man einen Stöpsel mit Unterdruck aus einem Abfluss zieht.

Mir wird kurz schwarz vor Augen und ich muss mich einen Moment sammeln, bevor ich auf die Frage vom Arzt, ob alles in Ordnung sei, nicken kann.

»Okay.« Der Arzt lächelt. »Die Fäden sind nicht weiter dramatisch, das werden Sie kaum merken. Ich denke, das Schlimmste haben Sie überstanden.« Er drückt kurz meinen Arm und verlässt dann den Raum.

Mein Schlafrhythmus hat sich zum Glück wieder einigermaßen normalisiert.

Ich habe die Nacht zumindest ein paar Stunden geschlafen, bin nun so weit fit, dass ich nicht das Bedürfnis nach mehr Schlaf habe, und schaue fern, um mir die Zeit zu vertreiben.

Um eins klopft Matt kurz an meiner Tür, bevor er das Zimmer betritt und mich mit einem einfachen »Hey« begrüßt.

Ich begrüße ihn ebenfalls und schalte den Fernseher aus.

Matt bleibt vor meinem Bett stehen und reicht mir einen Kaffee. »Wie geht es dir?«, fragt er und schiebt seine Hand in die Hosentasche.

»Besser.« Ich schaue auf den Kaffee. »Das ist wirklich lieb, aber gerade kann ich den Gedanken an Kaffee irgendwie noch nicht ertragen.« Ich beiße mir auf die Lippe. Eigentlich liebe ich Kaffee, doch als ich jetzt in den Becher hineinschnuppere, wird mir augenblicklich übel. Vielleicht hängt es damit zusammen, dass Steve mir im Wohnwagen immer nur Kaffee zu trinken serviert hat – Wasser schien er als Getränk nicht zu kennen. Die braune Suppe hatte die Bezeichnung ‚Kaffee‘ absolut nicht verdient und schmeckte nach abgestandenem, verseuchten Abwasser. Da ich mir den Kaffee in einem Krankenhaus nicht gerade besser vorstelle, verzichte ich lieber noch eine Weile.

»Oh, sorry. Lieber heiße Schokolade oder einen Tee?«

»Ich nehme gerne einen Tee, danke.«

»Alles klar.« Lächelnd nimmt Matt den Kaffee wieder entgegen und stellt den Becher auf den kleinen Tisch. »Na ja, mehr für mich«, fügt er mir einem Grinsen hinzu. »Ich habe übrigens noch etwas für dich.«

Mich aufrichtend sehe ich Matt hinterher, der sich bückt und eine schwarze Reisetasche vom Boden klaubt. Er reicht sie mir und verkündet, dass alles darin sei, worum ich ihn gebeten habe. Dann huscht er aus dem Zimmer. Ich öffne sie und schaue hinein. Der vertraute Duft meiner eigenen Sachen steigt mir in die Nase und ich atme einmal tief ein.

Als ich ein wenig herumwühle, um mir Klamotten zum Anziehen herauszusuchen, fällt mir ein Bilderrahmen in die Hände. Das Bild darin zeigt mich und Max, es ist schon eine ältere Aufnahme, doch ich sehe dort unglaublich glücklich aus.

Ich weiß noch, wie meine Mom dieses Bild von uns beiden aufgenommen hat. Es war im Sommer vor vier oder fünf Jahren, am Ferienhaus meiner Eltern.

Im Hintergrund ist der Lake Ontario zu sehen, an dem sich die Blockhütte befindet, und Max liegt hechelnd auf meinem Schoß, während ich im Gras sitze und ihm den Bauch kraule. Obwohl mir schwer ums Herz wird und eine verirrte Träne sich aus meinem Augenwinkel stiehlt, muss ich dennoch lächeln. Die Aufmerksamkeit und seine Streicheleinheiten hat er unglaublich geliebt.

Wenig später kommt Matt mit einem dampfenden Becher zurück ins Zimmer und reicht ihn mir.

»Danke.« Ich nippe an dem Getränk. Es ist grüner Tee, mein absoluter Lieblingstee.

Matt setzt sich auf seinen Stuhl, trinkt einen Schluck Kaffee und stellt den Becher zur Seite. Dann deutet er auf das Bild.

»Ich hoffe, es ist okay, dass ich es eingepackt habe. Ich dachte, es heitert dich vielleicht etwas auf.«

Mir die Träne von der Wange wischend, stelle ich das Bild auf meinen Nachttisch. »Danke, das ist wirklich lieb von dir.«

Obwohl mich das Foto aufwühlt, macht es mich gleichzeitig glücklich. Es erinnert mich an bessere Zeiten, die hoffentlich auch in Zukunft wieder auf mich warten werden. Dann stehe ich langsam auf und bringe meine Sachen zum Kleiderschrank.

»Ich gehe mich kurz umziehen«, lasse ich Matt wissen und verschwinde mit meinen Klamotten im Bad.

Als ich in meine eigenen, vertrauten Sachen schlüpfe, umfängt mich eine wohlige Wärme, die ich seit Tagen nicht mehr gespürt habe. Es gestaltet sich jedoch schwieriger als gedacht, mich zu waschen und mir dann mit meinem verletzten Arm ein neues T-Shirt über den Kopf zu ziehen, doch mit etwas Geduld gelingt es mir. Es fühlt sich unglaublich gut an, in meine eigene, frische Unterwäsche und danach in eine Leggings zu schlüpfen. Es ist sogar meine Lieblingsleggings. Sie ist schwarz und am Bund sowie an den Knöcheln weiß abgesetzt. Unwillkürlich muss ich lächeln. Matt kann es unmöglich gewusst haben, trotzdem hat er zu dieser gegriffen.

Mit meiner unversehrten Hand stütze ich mich auf dem Waschbeckenrand ab und schaue meinem Spiegelbild in die Augen. Kann das wirklich ich sein? Das Mädchen, welches mir entgegenblickt, sieht so gar nicht aus wie mein früheres Ich.

Viel hagerer, düsterer. Ein dunkler Rand umrundet ihre Augen. Genau die Augen, die früher nur so vor Lebensfreude gestrotzt haben, sind jetzt trüb.

Ich muss mir eingestehen, dass ich scheiße aussehe. Nichts erinnert mehr an die strahlende Savannah Roberts, die ich einmal war.

Noch einen Moment länger blicke ich den Zombie im Spiegel an und reiße mich dann von dem Anblick los. Halbherzig wasche ich mir das Gesicht und lasse kühles Wasser über meine Handgelenke laufen, um meinen Kreislauf wieder in Gang und Farbe zurück in mein Gesicht zu bringen. Wenigstens hat eine der Krankenschwestern heute Morgen meinem Wunsch zugestimmt und mir meine Haare gewaschen, das ist immerhin ein großes Plus.

Als ich mir dann die Schlinge wieder umlege und aus dem Bad trete, habe ich viel länger gebraucht, als das Umziehen normalerweise in Anspruch genommen hätte. Matts Blick ruht auf mir, bis ich mein Bett erreicht habe, und auch dann wendet er ihn nicht ab. Fragend ziehe ich die Augenbrauen hoch, doch er verzieht keine Miene.

»Was ist?«, frage ich eine Spur zu forsch.

»Gar nichts.« Nach kurzem Zögern wendet er seinen Blick ab.

Eine Weile sagt keiner von uns etwas, doch dann richtet er sich ein wenig auf.

»Ich weiß, dass du dich wahrscheinlich nicht gerne daran erinnerst, aber wir müssen deine Aussage aufnehmen.« Er hält kurz inne. »Erzählst du mir, was genau passiert ist?«

Ich atme kräftig aus. Es muss sein, aber ich bekomme allein bei dem Gedanken, das Geschehene noch einmal durchzugehen, Bauchschmerzen. Und ich weiß nicht, ob ich froh sein soll, dass Matt derjenige ist, der mich befragt.

Nickend richte ich mich ebenfalls etwas auf. Meine Haltung will ich diesmal bewahren.

»Ich nehme das Gespräch auf, ja? Reine Routine.« Er lächelt und versucht, die Stimmung etwas aufzulockern.

Auch ich verziehe meine Mundwinkel, doch zu einem Lächeln lassen sie sich nicht überzeugen.

»Okay, erzähl einfach von Anfang an, was passiert ist.«

Matt ist näher an mich herangerückt, hält Kugelschreiber und Papier bereit und positioniert das Aufnahmegerät zwischen uns auf dem Nachttisch.

Erneut atme ich tief durch und erzähle Matt dann alles, soweit ich mich daran erinnere.

Ich bin joggen gewesen, als auf einmal ein schwarzer Lieferwagen von hinten an mich herangefahren ist. Leider war ich gerade in einem eher abgelegenen Stück im Park, wo zu dieser Zeit nicht viele Leute unterwegs waren, zumal es wie aus Eimern gegossen hat. Ein Mann, den ich nicht kannte, ist ausgestiegen, hat mich gepackt und in den Bulli gezerrt. Natürlich wehrte ich mich, hatte aber keine Chance gegen diesen Schrank. Man verband mir die Augen, deshalb wusste ich nicht, wohin wir fuhren. Später zerrten sie mich dann in einen Wohnwagen und nahmen mir die Augenbinde ab. Als ich Steve entdeckte, bin ich zuerst froh gewesen, habe aber schnell gemerkt, dass er hinter all dem steckte. Sie fesselten mich und Steve fragte mich wütend über das Erbe meines Großvaters aus. Ich wusste nicht einmal sicher, dass ich es antreten würde, da der Prozess noch in vollem Gange ist. Da er der Enkel von Grandpas Frau ist, hat er wohl auf einen Teil des Erbes gehofft.

Meine Hände liegen zitternd in meinem Schoß. »Außerdem hat er mir erzählt, dass er hinter dem Anschlag auf meinen Grandpa, Jane und meine Eltern steckt.« Es fühlt sich an, als säße ein dicker Kloß in meiner Kehle. »Steve hat den Flugzeugabsturz verursacht.«

Bei der Erinnerung an dieses Gespräch, an die Art und Weise wie Steve mir diese Tatsache an den Kopf geknallt hat, bekomme ich eine Gänsehaut. Eine Träne kullert meine Wange hinab und ich schließe für einen Moment die Augen, bevor ich die Kraft aufbringe, Matt anzusehen.

Dieser blickt mich wie vom Donner gerührt an. »Das hat er gesagt?«

Meine Kehle ist wie zugeschnürt, als ich bejahen will.

»Kannst du seinen genauen Wortlaut wiederholen?« Matts Miene versteinert sich.

Ich versuche mich zu erinnern und Steves Wortlaut wiederzugeben, doch ich bin mir nicht mehr sicher, wie er lautete.

Was vor allem daran liegen mag, dass mein Gehirn versucht, diesen schrecklichen Moment zu verdrängen.

»Kein Problem.« Matts tiefe Stimme klingt ruhig, als er meine Verzweiflung bemerkt. »Aber dann haben wir zumindest einen Anhaltspunkt und können dem nachgehen.«

»Wusstet ihr davon?« Zögernd blicke ich Matt an und weiß nicht, ob ich die Antwort darauf wirklich wissen will.

Er zieht die Augenbrauen zusammen.

»Dass Steve dafür verantwortlich ist, meine ich.«

Matt schluckt. »Seitdem wir dich aus seiner Gewalt geholt haben, hatten wir die Vermutung, dass er ebenfalls hinter dem Anschlag steckt. Wir konnten bisher allerdings nichts beweisen. Aber jetzt können wir neu an die Sache herangehen.«

Einen Moment ist es still und jeder hängt seinen Gedanken nach. Vielleicht will Matt mir auch einfach ein wenig Zeit geben, was ich unglaublich nett finde.

»Ist sonst noch etwas passiert?«, fragt er nach einer ganzen Weile.

Ich schüttele den Kopf. »Nein. Steve hat versucht aus mir herauszukriegen, wie er an das Erbe herankommt, weil mein Grandpa und meine Eltern mir vermutlich alles vermacht haben, aber das Verfahren zum Antritt des Erbes läuft wegen des Flugzeugabsturzes noch. Bis ihr mich also befreit habt, ging es nur so weiter. Wutausbrüche seinerseits, ausfragen, schlafen so gut es eben ging, sobald er mich wieder eingesperrt hat.«

Matt legt den Kopf schief. »Woher wusste Boucher, dass wir in jener Nacht kommen würden?«

Mir ist schon gestern aufgefallen, dass Matt und David Steves Nachnamen benutzen, wenn sie über ihn sprechen, trotzdem zucke ich zusammen. Bis vor ein paar Tagen verband ich nichts Negatives mit diesem Nachnamen. Jetzt ist es allerdings anders, und dieser Name jagt mir regelrechte Schauer über den Rücken.

»Ich bin in der Nacht davon aufgewacht, dass jemand laut an den Wohnwagen geklopft hat. Steve hat geöffnet und ein Mann hat durchgegeben, dass Autos zu dem Campingplatz unterwegs sind. Daraufhin hat Steve mich aus dem Wagen gezerrt und dann wart ihr auch schon da.«

»Er hatte also definitiv Späher.« Matt fährt sich mit einer Hand durchs Haar.

»Ja.« Ich schaue zu, wie er sein Haar durchwühlt. Bei jedem anderen sähe dies wahrscheinlich schrecklich aus, doch Matt wirkt so nur noch umwerfender.

Nachdenklich schaut er ein paar Minuten ins Leere.

»Hat er dich … angefasst?«, fragt er schließlich und schlägt dabei die Augen nieder. Das kenne ich so nicht von ihm – normalerweise schaut er mir immer in die Augen.

Verwirrt sehe ich ihn an. »Nun, klar, er hat … Ach so.« Meine Stimme erstickt und ich muss mich räuspern. »Nein, hat er nicht. Nicht so wie du meinst. Ich denke, das wäre selbst für ihn zu viel gewesen.«

Matt macht sich Notizen, bevor er mich wieder anschaut. »Hat er dir sonst etwas getan?«

»Ich habe ein paar Ohrfeigen kassiert, da er mit meinen Antworten nicht zufrieden war«, gestehe ich und laufe rot an. Scham überkommt mich. Wieso nur ist mir das peinlich? Weil Steve mich geschlagen hat? Dieses Gefühl ist völlig fehl am Platz, und doch kann ich nichts dagegen tun.

»Okay.« Erneut macht Matt sich Notizen und befragt mich noch zu einigen Dingen bezüglich des Erbes, das vermutlich der ausschlaggebende Grund für meine Entführung war, doch ich kann ihm keine Antworten darauf geben. Ich weiß, dass meine Großeltern nicht arm gewesen sind, das sind wir ebenfalls nie gewesen. Doch über das gesamte Erbe wurde bis heute geschwiegen. Und es interessiert mich auch nicht, wenn ich ehrlich bin. Lediglich die Firma der Familie ist bereits an mich überschrieben worden.

Als ich das sage, lacht Matt auf und zwinkert mir zu. »Es sollte dich vielleicht interessieren, wenn Boucher so scharf darauf ist.«

»Vielleicht.« Ich lasse mich zurück in die weichen Kissen fallen. All das Geld der Welt ist mir egal – meine Liebsten werden trotzdem nie mehr zu mir zurückkehren.

Matt bittet mich, noch einmal alles zu erzählen, und unterbricht mich dabei immer wieder mit Zwischenfragen. Als wir endlich fertig sind, ist es Viertel vor vier und ich fühle mich wie ausgeknockt.

Erleichtert atme ich aus, als Matt das Aufnahmegerät ausschaltet und die Sachen in seiner Tasche verschwinden lässt. Meine Hände sind schwitzig und ich fühle mich nicht wohl in meiner Haut.

»Möchtest du kurz an die frische Luft?«, fragt er lächelnd.

»Darf ich das denn?« Verblüfft sehe ich ihn an.

»Klar, ich bin ja bei dir.«

»Aber gleich ist Visite und …«

»Die können ein paar Minuten warten, wir gehen nicht lang.« Er steht schwungvoll von seinem Stuhl auf. »Komm schon, das wird dir guttun.«

Froh über den Tapetenwechsel gebe ich nach und stemme mich aus den Kissen hoch, greife aber nicht nach Matts ausgestreckter Hand. Kritisch beäuge ich den Rollator, den mir eine Krankenschwester ins Zimmer gestellt hat, und gestehe mir niedergeschlagen ein, dass ich ihn für einen längeren Spaziergang brauchen werde. Mein Bein schmerzt immer noch, vor allem wenn ich es belaste, und somit ist es gut, wenn ich mich an etwas festhalten kann.

Resigniert greife ich danach und bugsiere ihn langsam durch die Tür, die Matt mir aufhält, was sich mit einer Hand schwerer gestaltet als gedacht.

Kapitel 8

SAVANNAH

Einige Tage später ist es endlich so weit. Ich darf mein Krankenhauszimmer verlassen und stehe nun mit Sack und Pack vor Matts Wagen, der meine Habseligkeiten für mich im Kofferraum verstaut.

Am vergangenen Tag haben David und Matt Simon einen Besuch abgestattet. Er ist schon immer Dads rechte Hand gewesen und ihm habe ich bis auf Weiteres die stellvertretende Leitung der Firma übertragen, bis ich mich selbst stark genug für die Verantwortung fühle. Sie haben ihn über meine bevorstehende Abwesenheit in Kenntnis gesetzt und ihm mitgeteilt, ich würde mich melden, sobald ich könnte. Einzelheiten haben sie ihm nicht verraten, da wir noch nicht wissen, wer Steves Komplizen sind. Auch wenn ich mir es bei Simon nicht vorstellen kann.

»Man weiß ja nie«, meinte David nur.

Matt ist heute in ziviler Kleidung unterwegs. In seiner Jeans, seinem verwaschenen Long-Sleeve und den Boots sieht er nicht minder gut aus als in seiner Uniform. Noch immer hat er mir nicht gesagt, wo genau wir hinfahren. Lediglich, dass es irgendein kleines Dorf in British Columbia ist.

Duncan, Matts Hund, der uns ebenfalls begleiten wird, wie ich am Abreisetag erfahre, wuselt zu unseren Füßen herum und kann es offensichtlich kaum erwarten, endlich loszufahren. Meine Gedanken schweifen zu Max und ich bedauere, dass er uns nicht auf dieser Reise begleiten wird. Obwohl ich bezweifle, dass ihm die lange Autofahrt gutgetan hätte, und nicht glaube, dass er und Duncan sich gut verstanden hätten – immerhin ist Duncan ein aufgedrehter, junger Hund –, hätte ich meine Fellnase gerne bei mir gehabt.

Es spendet mir etwas Trost, dass er bis zu seinem Tod ein schönes Leben bei mir hatte, und mit einem Blick Richtung Himmel schiebe ich meine Traurigkeit beiseite und konzentriere ich mich aufs Hier und Jetzt.

Ich verabschiede mich von meinem Ärzteteam, das sich in der letzten Woche rührend um mich gekümmert und mir noch schnell eine Mappe mit allem Wesentlichen zusammengetragen hat. Matt und ich werden uns vor Ort um weitere physiotherapeutische Maßnahmen kümmern.

»Also dann«, Matt stemmt die Hände in die Hüften, »wir können los. Bist du so weit?«

»Ich denke schon.« Mit einem flauen, aber gleichzeitig befreiendem Gefühl, da ich endlich aus dem Krankenhaus raus bin, steige ich in den Wagen. Trotzdem ist mir ein bisschen mulmig zumute, als wir vom Parkplatz fahren und wenig später auf den Highway biegen. Ich habe Edmonton schon einige Male verlassen, aber noch nie seit dem Tod meiner Eltern. Es fühlt sich an wie ein neuer Lebensabschnitt, doch ich weiß nicht, ob ich bereit dafür bin. Vor allem unter diesen Umständen.

Nachdem wir in einem Supermarkt das Nötigste eingekauft und ich noch etwas Bargeld abgehoben habe, weil es mir in naher Zukunft aus Sicherheitsgründen erst einmal nicht möglich sein wird, lassen wir Edmonton hinter uns und ich sehe wehmütig in den Seitenspiegel von Matts Pick-Up. Die Lichter der Stadt lassen den Himmel selbst am frühen Morgen erstrahlen und vertreiben die Sterne der Nacht. Die Skyline funkelt, als ob sie heute besonders hell leuchten möchte, um mich gebührend zu verabschieden. Ich werde Edmonton vermissen, das weiß ich jetzt schon – auch wenn es nur für eine unbestimmte Zeit ist.

Aber ich werde all das wiedersehen, beruhige ich mich selbst und richte den Blick wieder nach vorn. Es dauert Ewigkeiten, bis wir auch den letzten Vorort vor Edmonton hinter uns lassen und hinaus in die Wildnis fahren, in die unberührte Natur im Westen Kanadas.

Mittlerweile sind wir von Bäumen und Bergen umgeben und ich kann mich an der Natur gar nicht sattsehen.

Die unglaubliche Weite Edmontons wurde durch Berge, Seen und Wälder eingetauscht und immer wieder laufen Wildtiere am Straßenrand vorbei. Zwar haben wir noch keine Bären oder Elche gesehen, aber dafür Hirsche und sogar die weit verbreiteten Wapitis.

Als Matt mich dabei erwischt, wie ich den Hals aus dem Fenster recke, lächelt er nur und meint, dass die Aussicht in den Rocky Mountains eine der Besten der Welt ist. Die türkisfarbenen Seen, das satte Grün der Nadel- und Laubbäume, die schneebedeckten Gipfel der Berge. All die Wunder der Natur auf einem Fleckchen Erde vereint. Schnell hole ich mein neues Handy heraus, das ich kurz vor unserer Abreise erhalten habe, und schieße ein paar Erinnerungsfotos. Irgendwann muss ich noch einmal hierher zurück und Urlaub machen, die Natur nicht nur vom Auto aus bestaunen.

Wenn der ganze Spuk vorbei ist.

»Wieso willst du eigentlich weg?«, frage ich Matt irgendwann.

Ein Glanz tritt in seine Augen, als er kurz zu mir hinüberschaut. »Ich möchte auch mal etwas anderes sehen. Ich liebe Alberta, aber wenn ich erst einmal eine Familie haben sollte, ist es mit der weiten Welt vorbei. So sehe ich das zumindest. Als diese Stelle ausgeschrieben wurde, die auf sechs Monate befristet ist, habe ich mich beworben, da sie erst nach Freiwilligen suchen, bevor sie einfach Leute auf solche Posten setzen. David war nicht begeistert, hat mir aber versichert, dass meine Stelle auf mich wartet, wenn ich zurückkomme.« Er schmunzelt. »Die brauchen immer Leute aus der Spezialeinheit, weißt du.«

Lächelnd werfe ich ihm einen Seitenblick zu. »Schon klar, du bist nur schwer zu ersetzen.«

»So sieht's aus.« Matt zwinkert mir lachend zu.

»Ist das auch der Grund, wieso du für mich zuständig warst?«

»Im Prinzip schon, ja. Da wir wussten, dass ich sowieso bald weg bin, haben sie mich in das Team zur Bewachung eingeteilt. Aber dich zu finden, wäre so oder so mein Job gewesen, dafür sind wir vom ERT-Team da.«

»Ist das nicht alles ziemlich riskant?« Allein bei dem Gedanken an die Gefahren seines Jobs läuft mir ein Schauer über.

»Es ist nichts, womit ich nicht umgehen könnte. Irgendjemand muss diesen Job schließlich machen und wir werden bestens ausgebildet.« Er fährt sich durch die Haare. »Du könntest auch eines Morgens mit dem Auto gegen einen Baum fahren und sterben. Wenn wir gerufen werden, sehen wir der Gefahr ins Auge und wissen, worauf wir uns einlassen und wie wir reagieren müssen.«

Mein Blick richtet sich wieder nach vorn auf die Straße. Natürlich hat er recht, doch ihm und allen anderen, die diesen Beruf ausüben, zolle ich trotzdem meinen höchsten Respekt.

Ich weiß, dass ich dazu niemals in der Lage wäre.

»Verrätst du mir jetzt wenigstens, wohin wir fahren?«, frage ich ihn erneut und erhoffe mir diesmal eine Antwort.

»Ja – wir fahren nach Vancouver Island«, verkündet Matt stolz. Als er mich ansieht, leuchten seine Augen so strahlend hell, dass ich das Gefühl habe, er könnte entgegenkommende Fahrzeuge blenden.

»Hm, das liegt im Südwesten an der Pazifikküste, oder?«, überlege ich laut.

»Ja genau, direkt unterhalb von Vancouver. Ich war schon ein paar Mal auf der Insel und habe dort Urlaub gemacht. Sie ist unglaublich schön, die Natur dort ist wirklich beeindruckend. Sie ist so vielfältig und einzigartig.«

»Ich habe schon viel von den Surf-Spots der Insel gehört. Wie war das noch, Tofino?«

»Ja, Tofino ist der Surf-Spot für alle Einheimischen und Touristen. Aber wir fahren etwas weiter südlich, nicht weit entfernt von Victoria. Sagt dir Oakajoks etwas?«

Ich schüttele den Kopf.

»Ist nicht so wild, das ist eine kleine Gemeinde im Südwesten der Insel und sie liegt, wie Tofino, direkt am Pazifik.«

»Wie lange sind wir dorthin unterwegs?«

»Insgesamt, ohne Pausen, etwa fünfzehn Stunden, wenn wir gut durchkommen. Jetzt also noch«, Matt schaut auf seine Armbanduhr, »circa elf Stunden.«

Ich nicke nur und schaue wieder aus dem Fenster. Gerade fahren wir an einem Fluss entlang, hinter dem die Berge wie mächtige Giganten aufragen.

Ein Wasserfall kommt in Sicht, der aus einem der Berge entspringt und sein klares Wasser in den Fluss ergießt.

Nach Vancouver Island fahren wir also. Ich habe schon viel davon gehört, bin aber selbst noch nie da gewesen. Meine Eltern hatte es im Urlaub immer mehr in den Osten Kanadas gezogen. Doch Matt scheint begeistert von dieser Insel zu sein, und diese Begeisterung ist ansteckend.

Insgeheim bin ich froh, dass wir nicht in die Nähe eines Ortes fahren, an dem ich schon oft mit meinen Eltern war. Das hätte ich nicht ertragen.

»Stört es dich eigentlich, dass ich dich nun begleite?« Die Frage löst sich aus einer plötzlichen Eingebung heraus von meinen Lippen, Unsicherheit macht sich in mir breit. »Ich meine, du hast dir das doch sicher anders vorgestellt, oder?«

»Hm.« Matt schweigt ein paar Sekunden und scheint ernsthaft über seine Antwort nachzudenken. »Ich habe diesen Job hauptsächlich angenommen, weil ich ein wenig Zeit für mich in dieser wunderschönen Umgebung haben wollte. Wochenendausflüge auf der Insel unternehmen und so weiter. Und natürlich etwas anderes als den Großstadttrubel erleben.« Er grinst. »Also in der Hinsicht: Ja, ich hatte es mir etwas anders vorgestellt. Aber nichtsdestotrotz ist es die richtige Entscheidung und ich habe es David schließlich angeboten, als wir darüber diskutiert haben, was wir mit dir machen sollen. Dich in Edmonton zu lassen, wäre zu riskant gewesen, du musstest da raus. Und es macht auch Sinn, dass jemand in deiner Nähe ist, der deinen Fall bereits kennt.«

Deinen Fall. Ich schnaufe – so sieht er das also.

Matt hat meinen Anflug von Bitterkeit bemerkt und rudert zurück. »Nein, das kam falsch rüber. Ich weiß, was geschehen ist und worauf ich achten muss – so in etwa wollte ich es ausdrücken.« Wild gestikulierend sieht er mich an. »Und unsere Behausung hat durch dein Mitkommen ein Upgrade bekommen, dafür bin ich dir sehr dankbar.« Er legt lächelnd den Kopf schief, bevor er wieder auf die Straße blickt.

»Ein Upgrade?« Unsicherheit schwingt in meiner Stimme mit, weil ich nicht weiß, was ich darunter verstehen soll.

»Ja. Eigentlich sollte es eine einfache Unterkunft werden, da ich nicht zu viel Geld reinstecken wollte. Aber nun, da du mitkommst, werden die Kosten übernommen. Und da alles ziemlich schnell entschieden werden musste – Lage, Ausstattung und so weiter – haben wir nun eine richtig coole Unterkunft.« Er sieht mich verschwörerisch an. »Mit Jacuzzi auf der Veranda.«

»Oh.« Lachend ziehe ich mein gesundes Bein auf dem Sitz an. »Na, das nenne ich wirklich mal ein Upgrade.«

»Sag ich doch«, bestätigt Matt und bringt den Wagen vor einer roten Ampel zum Stehen. Er schaut zu mir herüber und blickt mich aus zusammengekniffenen Augen an. »Was genau hast du eigentlich das letzte Jahr seit dem Tod deiner Eltern gemacht, wenn ich dich das fragen darf?«

Ich hole tief Luft und stoße sie geräuschvoll wieder aus. »Na ja«, beginne ich und weiß nicht so recht, was ich antworten soll. Eigentlich bin ich nicht stolz auf meine Entscheidungen, aber sie gehören nun einmal zu meiner Vergangenheit. »Ich hatte gerade mein Studium beendet und war in unserer Familienfirma neben meinem Vater für das Marketing zuständig. Ironisch, oder? In einer Marketingfirma für das Marketing zuständig zu sein.« Ich lache freudlos auf, doch Matt sieht mich nur weiter an. »Als meine Eltern gestorben sind, habe ich mich für eine Weile zurückgezogen und dabei ist es irgendwie geblieben.« Ich beiße mir auf die Unterlippe. »Die Firma war das Einzige, was direkt nach dem Tod meiner Eltern an mich überschrieben wurde, somit gehört sie jetzt mir. Ich habe mich zuerst direkt auf die Arbeit gestürzt, musste aber feststellen, dass das Ganze doch noch eine Nummer zu groß für mich ist, schließlich war ich gerade erst eingestiegen. Ich habe also erst einmal alles an unsere Angestellten übertragen, die Leitung übernimmt bis heute stellvertretend Dads ehemalige rechte Hand, Simon. Du hast ihn bereits kennengelernt.« Mittlerweile fahren wir wieder und ich bin froh darüber, dass Matt mich nicht mehr ansieht. »Ich weiß, wie das aussehen mag, aber ich konnte es einfach nicht. Ich konnte nicht dorthin zurückgehen, wo meine Eltern jeden Tag gearbeitet haben, und so tun, als wäre alles in Ordnung.«

»Das kann ich verstehen, das alles war sicher nicht leicht für dich.« Matt setzt den Blinker und biegt dann nach rechts auf die Auffahrt eines anderen Highways ab.

Ich nicke nur, denn dafür braucht es keine Antwort.

Wir plaudern über dies und das, während die wunderschöne Natur an uns vorbeizieht und die Berge von Wäldern und die Wälder dann wieder von Bergen und Flüssen abgelöst werden. Mich hätte es durchaus schlimmer treffen können, als diesen Trip durch die malerischen Rocky Mountains zu unternehmen. Sogar das Wetter spielt mit, die Sonnenstrahlen tauchen die Szenerie in ein noch bezaubernderes Licht.

Wir halten ein paar Mal an Tankstellen oder Raststätten an, um uns die Beine zu vertreten, zu tanken oder uns etwas zu Essen zu holen. Duncan benimmt sich erstaunlich gut hinten auf dem Rücksitz, er schläft genüsslich vor sich hin. Als ich Matt frage, ob ihm die lange Autofahrt gar nichts ausmacht, lacht er und erklärt mir, dass Duncan das Autofahren schon als Welpe geliebt hat. Auch er bekommt alle paar Stunden ebenfalls ein bisschen Bewegung, wenn Matt mit ihm kleine Runden über die Rastplätze dreht.

Übernachten möchte Matt entlang der Route aber nicht. Er habe bereits öfter so lange Strecken zurückgelegt – teilweise ohne Beifahrer, wie er mir erklärt – das ginge schon klar. Sofern er danach eine gute Mütze voll Schlaf bekäme.

Als die Dämmerung einsetzt, werde ich allerdings müde. Wir sind seit zehn Stunden unterwegs und mein Körper ist nach einer Woche im Krankenhausbett noch nicht wieder an so viel Trubel gewohnt. Wir passieren nun öfter kleinere Orte und man kann merken, dass wir der Großstadt Vancouver immer näherkommen.

Die atemberaubende Natur bleibt uns allerdings erhalten, sie zieht sich durch die ganze Provinz – ich verstehe, warum die Destination mit dem Spruch ›Beautiful British Columbia‹ wirbt.

»Schlaf ruhig ein wenig, wenn du möchtest. Wir fahren noch ungefähr zwei Stunden bis zur Fähre. Ich wecke dich vorher auf.«

»Okay.«

Dankbar falte ich meine Jacke, um sie als eine Art Kopfkissen gegen die Scheibe zu drücken und meinen Kopf darauf zu betten, und stelle meinen Sitz etwas nach hinten. Ich bekomme noch mit, wie einige Autos unseren Weg kreuzen und Matt einmal flucht, weil jemand das Fernlicht nicht ausgeschaltet hat.

Dann ist das Einzige, was ich wahrnehme, Duncans Schnarchen auf der Rückbank, und ich dämmere in einen traumlosen Halbschlaf.

Matt weckt mich, als wir am Terminal von Tsawwassen für die Autofähre nach Swartz Bay auf Vancouver Island anstehen. Benommen sehe ich ihn an und strecke mich kurz, um meinen benebelten Verstand zu klären.

Matt hat bereits online Tickets gekauft, sodass wir es nur an einem der vielen Schalter vorzeigen müssen, einer Reihe zugeteilt werden und nach kurzer Wartezeit auf die Fähre fahren können.

»Wie lange dauert die Überfahrt?«, frage ich Matt, als er auf einem der Autodecks den Motor abstellt, nachdem ein Mitarbeiter uns eingewiesen hat.

»Zwei Stunden. Wir sollten nach oben gehen und uns dort einen Platz suchen, dann können wir und Duncan uns die Beine vertreten.«

Wir steigen aus dem Wagen und erklimmen mehrere Stufen, dem Zeichen des ausgewiesenen Haustierbereichs folgend. Die Größe der Fähre haut mich schier um. Es gibt zwei Personendecks und sogar ein Oberdeck, das man bei gutem Wetter betreten und sich den Wind um die Nase wehen lassen kann. Allerdings ist es jetzt, auf der letzten Überfahrt des Tages, geschlossen. Lediglich der überdachte Haustierbereich ist geöffnet, also suchen wir uns einen Platz und lassen uns auf zwei der grün gepolsterten Sitze nieder. Leider ist es zu dunkel, um unsere Umgebung draußen zu erkennen, doch Matt beteuert mir, dass einem Wochenendtrip nach Vancouver nichts im Wege steht.

Matt holt uns etwas zu essen und wir genießen die Überfahrt.

Als er einnickt, nehme ich ihm sanft Duncans Leine aus der Hand und kraule den Schäferhund, der sich zu unseren Füßen niedergelassen hat und vor sich hin hechelt. Er wedelt mit seiner Rute, als meine Hände durch sein dichtes, dunkles Fell fahren. Er ist bei Weitem der dunkelste Schäferhund, den ich bis jetzt gesehen habe. Er lässt sich auf die Seite fallen und hebt ein Vorderbein, sodass ich ihm den Bauch kraulen kann. Unwillkürlich muss ich lächeln.

Wenig später drehe ich mich zu Matt um und bemerke, dass er mich ansieht. Dieser Mann ist wirklich eine Maschine, anscheinend kann er selbst hier keine Ruhe finden und lässt seine Sinne nicht abschweifen. Seine Augen scheinen in dem trüben Licht dunkler als sonst.

Er schreckt nicht zurück oder tut so, als hätte er mich nicht beobachtet, sondern lächelt lediglich und deutet dann auf Duncan zu unseren Füßen. »Wie ich sehe, mag er dich.«

Lächelnd schaue ich ebenfalls zu dem Wollknäuel hinunter. »Ja. Ich denke, dass wir uns schnell anfreunden werden.«

Matt grinst. »Das wäre definitiv von Vorteil. Und es würde mich sehr freuen.«

Die Überfahrt verläuft reibungslos und als wir in Swartz Bay, Victoria ankommen, sind es nur noch knapp anderthalb Stunden bis zu unserem Ziel.

Nachdem wir den Großstadtdschungel rund um Victoria hinter uns gelassen und über die gewundene, schmale Küstenstraße einige Kilometer zurückgelegt haben, kommen wir gegen kurz nach Mitternacht an unserer bescheidenen Behausung an, die für die nächste unbestimmte Zeit unser Zuhause sein wird.

Die kleine Holzhütte liegt in einer Straße, in der es in größeren Abständen scheinbar mehrere solcher Hütten gibt, denn an den schmalen Auffahrten sehen wir Schilder mit Hausnummern. Hier und da lässt ein warmes Licht darauf schließen, dass einige Bewohner noch wach sind. Wir biegen nach links in einen Waldweg ein, an dessen Auffahrt ein Holzschild mit der Nummer 1750 steht.

Es ist Vollmond, weswegen sich die Umrisse einer Hütte ein paar Meter vor uns deutlich abzeichnen. Doch was ich dahinter erblicke, lässt mir schier die Luft wegbleiben. Ein riesiger See erstreckt sich bis hinter den Horizont und ist von felsigen, Tannenbewachsenen Bergen umgeben. Der Mond spiegelt sich in der glänzenden Oberfläche. Im hellen Mondlicht sieht all das umwerfend aus, und ein besonderer Glanz liegt in der Luft.

Nachdem Matt den Motor abgestellt hat, steige ich aus dem Wagen und will direkt auf das Ufer des Sees zulaufen, doch ein Abhang versperrt mir den Weg. Duncan und Matt tauchen neben mir auf und gemeinsam suchen wir einen Weg hinunter. Wir müssen einen Trampelpfad über Steine und angespülte Baumstämme hinunterklettern und fast falle ich hin, als ich auf einen losen Stein trete, doch schließlich stehe ich auf dem weichen, weißen Sand des schmalen Strandes. Einen Moment wage ich nicht zu atmen und sauge diesen umwerfenden Ausblick einfach nur in mich auf. Tränen steigen mir in die Augen und ich realisiere, dass das hier gar kein See ist. Es ist der offene Ozean, wir befinden uns aber auf einer Landzunge, weshalb wir teilweise von Ufern umgeben sind.

Ich schließe die Augen und lasse die Geräusche der Nacht auf mich wirken. Das Rauschen des Meeres, als die Wellen sanft an Land gespült werden und unsere Spuren im Sand für immer verwischen. Den seichten Wind, der um mein Gesicht schmeichelt und meine Wangen liebkost, meine Haare umspielt. Selbst das Kreischen eines Adlers ist zu hören.

Je länger wir so dastehen und keiner von uns etwas sagt, desto mehr fühle ich mich nicht mehr wie in meinem eigenen Körper. Die Magie dieses Ortes ist beinahe greifbar und sie strahlt eine solche Geborgenheit, eine solche Ruhe aus, dass mein Inneres die Geschehnisse der letzten Tage fast für ein paar unbeschwerte Augenblicke vergisst.

Ich schaue in den Himmel und keuche auf. Der Sternenhimmel ist atemberaubend. So klar und deutlich habe ich ihn in meinem ganzen Leben noch nicht gesehen.

»Es ist magisch, oder?«

Ich habe Matt neben mir schon fast vergessen, sodass ich zusammenzucke.

»Ja.« Meine Stimme ist kaum mehr als ein Hauchen im Wind.

Ein leises Lächeln liegt auf seinen Mundwinkeln, als er ebenfalls nach oben starrt.

Der Moment wird unterbrochen, als Duncan in halsbrecherischem Tempo aus einem Gebüsch den Abhang hinunter rast und jeden Strauch beschnüffelt, der ihm vor die Nase kommt.

Eine gefühlte Ewigkeit bleiben wir einfach nur so nebeneinander stehen und genießen diesen Augenblick der völligen Ruhe.

In diesem Moment scheint nichts wichtig zu sein. Alles ist so friedlich und harmonisch, dass ich sogar vergessen kann, aus welchem Grund ich hier bin.

Irgendwann dreht Matt sich um und stapft zur Hütte zurück. Noch einmal tief einatmend schließe ich die Augen, um diesen magischen Moment für immer in mich aufzusaugen. Dann folge ich Matt zur Hütte hinauf.

Als ich ankomme, hat er sie bereits aufgeschlossen und das warme Licht der Außenlampe flutet den Vorplatz. Ich bin hin und weg. Die Blockhütte mag von außen nichts Besonderes sein, aber sie ist so typisch kanadisch, dass ich mich einfach nur freue. Die drei Stufen zur Veranda hinauf, die das ganze Haus umrundet, nehme ich mit eiligen Schritten und sehe mich um. Direkt neben der Haustür steht eine kleine Holz-bank und um die Ecke, auf der dem Wasser zugewandten Verandaseite, erkenne ich Umrisse, die zum Jacuzzi gehören müssen.

Ich trete durch die Haustür. Im Inneren der Hütte ist es kalt, so als ob schon lange niemand mehr hier gewohnt hat. Man landet direkt im kombinierten Wohn-Ess-Bereich und schaut auf die Küche geradeaus. Sie erstreckt sich um die hintere linke Ecke und ist aus Kiefernholz. Als ich den Blick flüchtig umherschweifen lasse, fällt mir auf, dass sich dieser Stil durch die ganze Ausstattung zu ziehen scheint. Den Boden zieren Holzdielen, die definitiv schon bessere Tage gesehen haben und von Kratzern überzogen sind. Vor der L-förmigen Küchen-zeile steht eine Kochinsel, eine Dunstabzugshaube hängt direkt darüber.

In der rechten Hälfte des Raumes befindet sich das Wohn-zimmer. An der hinteren Wand steht ein Kiefernschrank, davor ziert ein gemütlich aussehendes rotbraunes Sofa die Mitte des Raumes. Vor ihm liegt ein roter Fransenteppich auf dem Boden, darauf steht ein kleiner Holztisch. Rechts in der Wand befindet sich ein großes Doppelfenster und direkt neben mir, gegenüber vom Sofa, prangt ein Flachbildfernseher. In der vorderen Ecke, zwischen dem Fenster und dem Fernseher, entdecke ich sogar einen Ofen. Dieser Raum lädt definitiv zu einem heimeligen Filmabend ein oder verspricht einen gemütlichen Leseabend bei Kerzenschein, wenn das Herbstwetter so richtig loslegt.

Ich sehe mich schon unter einer dicken Decke und einem meiner Romane in der Hand auf dem Sofa liegen, während draußen die Welt untergeht.

Nicht wortwörtlich hoffentlich.

Mitten im Raum steht ein großer Esstisch aus Kiefernholz mit vier verzierten Massivstühlen.

Egal wie kalt es hier im Moment auch ist – die Hütte strahlt eine solche Wärme aus, dass ich mich jetzt schon fast auf die kleine Auszeit hier freue.

In dem Flur, durch den man zwischen der Küche und dem Wohnzimmer weiter nach hinten in die Hütte gelangt, erspähe ich Matt. Offenbar hat er die anderen Zimmer inspiziert und kommt jetzt auf mich zu.

»Es gibt zwei Schlafzimmer, ein großes und ein etwas kleineres, ein großes Bad mit Whirlpool und einen kleinen Abstellraum.«

Ich folge ihm in die Zimmer und begutachte sie. Sie sind absolut liebevoll eingerichtet. Alles ist aus Kiefernholz und in Rottönen gehalten, die Bettengestelle bestehen aus dicken Baumstämmen. Die karierten Bettdecken passen zu den Bettvorlegern und Teppichen auf dem Dielenboden, auf den Nachttischen stehen Leselampen mit mintgrünen Schirmchen – perfekt abgestimmt mit den Farben grün und rot in den karierten Decken und Teppichen. Über einer Kommode hängt ein verzierter Spiegel. Die Wände sind holzverkleidet und der Eigentümer hat überall wunderschöne selbstgemalte Bilder von wilden Pferden, Adlern oder Walen aufgehängt. Alles ist im kanadischen Holzfällerstil gehalten und ich fühle mich jetzt schon wohl hier.

Das Badezimmer ist modern in schlichtem Weiß eingerichtet und es steht tatsächlich ein großer Whirlpool darin. Es ist ein minimaler Stilbruch im Gegensatz zum Rest der charmanten Hütte, trotzdem bin ich froh über ein solch modernes Bad.

»Dein Boss scheint Geschmack zu haben«, necke ich Matt.

»Oh nein.« Er grinst. »Ich habe dieses Haus für uns ausgesucht.«

»Na dann muss ich mich korrigieren.« Ich deute eine Verbeugung an. »Chapeau, *du* hast wirklich einen guten Geschmack.«

»Vielen Dank.« Er verneigt sich scherzhaft und ich lache los. Das erste aufrichtige Lachen seit Tagen.

Zusammen bringen wir unser Gepäck herein, wobei Matt mir nur die leichten Sachen gibt, die ich mit einer Hand tragen kann. Viel haben wir nicht mitnehmen wollen, aber es ist trotzdem eine ganze Menge.

»Nimm du das größere Zimmer, ich brauche nicht viel Platz.« Ich stelle meine Handtasche in dem Schlafzimmer rechts vom Gang ab und rolle meinen Rollkoffer hinein. Es ist nur minimal kleiner, da der Abstellraum zwischen diesem Zimmer und dem Wohnzimmer liegt.

»Bist du sicher? Ich habe auch kein Problem damit.«

»Nein, schon gut, wirklich.« Lächelnd bedeute ich ihm, in das größere der beiden Zimmer zu gehen.

»Okay, wenn du es so möchtest.«

Nickend hole ich meine anderen Habseligkeiten, die wir im Wohnzimmer abgestellt haben, in mein Zimmer und beginne dann, die Küche mit den Sachen einzuräumen, die wir für die ersten Tage aus Edmonton mitgebracht haben.

Es ist zwei Uhr nachts, als wir endlich das Nötigste weggepackt haben. Gähnend kommt Matt mir entgegen, da er noch einmal mit Duncan draußen war, und schließt die Tür ab.

Der Schäferhund tapst schwanzwedelnd auf mich zu und lässt sich ausgiebig kraulen. Lachend hocke ich mich langsam hin, um meinen schmerzenden Oberschenkel nicht zu strapazieren, als er sich auf den Boden wirft und auf den Rücken legt, damit ich seinen Bauch besser streicheln kann.

Matt hockt sich lächelnd neben Duncan. »Er mag dich tatsächlich.«

»Ach, Hunde mögen doch jeden, der sie streichelt, oder?«

Duncan winselt, als ob er zustimmen wollte, und ich muss erneut lachen.

»Duncan nicht, er ist da schon ein wenig wählerisch.«

Ich blicke zu Matt hinauf, der mich nur ansieht. Der Moment zieht sich und ich frage mich, was er gerade denkt.

»Ich gehe dann mal ins Bett, es ist schon spät.« Matt erhebt sich und reicht mir eine Hand, um mir aufzuhelfen, da ich Schwierigkeiten habe, auf mein verletztes Bein Gewicht aufzunehmen.

»Möchtest du zuerst ins Bad?«

Kopfschüttelnd klopfe ich mir die Leggings ab. »Nein, geh nur.«

»Okay.«

Matt geht in den hinteren Teil der Hütte und schließt die Badezimmertür hinter sich. Ich begebe mich in mein Zimmer und suche meine pinkfarbene Kosmetiktasche und meinen PJ aus dem Koffer, um mich ebenfalls bettfertig zu machen. Kurz darauf geht die Tür zum Bad auf.

Vor meinem Zimmer hält Matt inne und schaut mich aus moosgrünen Augen an.

»Gute Nacht, Savannah.«

»Gute Nacht, Matt.«

Kapitel 9

MATT

Am nächsten Morgen bin ich vor Savannah wach. Draußen scheint die Sonne und taucht die Hütte in ein warmes, goldfarbenes Licht.

Da es erst sieben Uhr ist, beschließe ich, nach einer heißen Dusche mit Duncan spazieren zu gehen und die direkte Gegend unserer Hütte zu erkunden. Zwar hatten wir uns auf dem Revier in Edmonton bereits einen Überblick verschafft und die Hütte ihrer Lage entsprechend ausgewählt, doch es kann nicht schaden, sich einen eigenen Eindruck zu machen. Außerdem steht Duncan winselnd vor der Haustür und kann es kaum erwarten, bis ich sie öffne. Sofort prescht er los.

Ich lasse den Schäferhund frei laufen, da sich die Hütte auf einem relativ großen Privatgrundstück befindet, welches wir komplett gemietet haben, und gehe mit ihm hinunter zum Wasser. Wie gestern Abend muss ich über Steine, Baumstämme und Gestrüpp klettern, bis ich nach einer ganzen Weile am Strand angekommen bin. Im Morgengrauen sieht die Aussicht nicht minder beeindruckend aus als unterm Sternenhimmel. Die Berge werden von der Sonne angestrahlt und schimmern golden, was in einem perfekten Kontrast mit den herbstlichen Farben des Laubes steht, das den Boden nahe der Böschung bedeckt und in allen nur erdenklichen rot-, gelb- und orangetönen schimmert. Zwischen den Eichen, Ahornbäumen und anderen Laubbäumen stehen vermehrt grüne Tannen und machen das Farbenspiel perfekt.

Ein paar Schritte weiter betrete ich den weißen Sand, der unter meinen Schuhen knirscht. Obwohl die Sonne scheint, ist es noch recht frisch und ich schlage den Kragen meines Pullis hoch, damit er meinen Hals mehr bedeckt. Trotzdem ziehe ich meine Schuhe aus und laufe barfuß durch den kalten, weichen Sand.

Als Kinder haben meine Schwester und ich dies oft im Urlaub getan.

Einen Moment erlaube ich mir, in Erinnerungen zu schwelgen, und schließe die Augen.

Dann gehe ich rechtsherum am Wasser entlang. Duncan läuft freudig voraus und wieder zurück, beschnuppert Äste, Steine und Gestrüpp und versucht, den ein oder anderen Vogel zu fangen, was ihm natürlich nicht gelingt. Lachend werfe ich Stöcke ins Wasser, denen er in halsbrecherischem Tempo und zugleich bellend hinterher springt und stolz an Land zurückbringt.

Nach nicht einmal fünfhundert Metern komme ich an einen Bootssteg, an dem wenige kleine Holzboote vertäut sind. Ich trete auf den langen Steg und schaue sie mir an, denn im Mietpreis unseres Hauses ist ebenfalls eines inbegriffen.

Tatsächlich finde ich eins mit unserer Hausnummer. Es sieht aus wie ein kleines Ruderboot ohne Verdeck, zwei Holzbänke bieten Platz für vielleicht drei oder vier Personen. Es ist rot und weiß angestrichen.

Ich gehe den Steg bis zum Ende und sauge dann voller Erstaunen den Anblick um mich herum in mich auf. Hiervon kann man einfach nicht genug bekommen.

Für einen Moment die Augen schließend, lasse ich mir die kühle Brise um die Nase wehen.

Davon habe ich immer geträumt. Dem blauen Meer, wie ich es hier vorfinde. Von sandigen Ufern umgeben und felsigen, mit Tannen bewachsenen Inselchen durchzogen, nicht weit entfernt der Horizont. Ein paar Seeadlern, die sich kreischend um Fisch zanken. Dem Wind, der mir durch die Haare fährt.

Ein Lächeln stiehlt sich auf meine Lippen – denn als ich meine Augen wieder öffne, sehe ich das alles tatsächlich vor mir.

Als ich Duncan hinter mir bellen höre, laufe ich zurück und entdecke dabei Seesterne, die an dem Holz des Steges kleben. Ich ziehe mein Handy aus meiner Jackentasche, um ein Foto für Savannah zu schießen. Sie wird sich bestimmt darüber freuen.

Zurück am Strand führt ein Waldweg direkt gegenüber vom Steg in Richtung Hauptstraße, zumindest vermute ich das. Die Schuhe streife ich wieder über und gehe den Weg entlang, bis ich wenig später an eine Gabelung komme. Einer der Pfade führt leicht nach rechts, während der andere geradeaus verläuft. Da ich weiß, dass unser Grundstück zwei Zuwege hat – dies war ebenfalls ein Auswahlkriterium für die Hütte –, schlage ich den Pfad nach rechts ein und komme, wie vermutet, bei unserer Hütte wieder an.

Ich schaue auf die Uhr. Fast eine Stunde habe ich für den Spaziergang gebraucht, obwohl mir die Wegstrecke gar nicht so weit vorgekommen ist. Allerdings habe ich heute Morgen echt getrödelt und die umwerfende Natur um mich herum genossen.

Mit einem Pfiff rufe ich Duncan, der schon wieder im Gebüsch verschwunden ist, zu mir und gehe zurück ins Haus.

Savannah schläft noch, und so mache ich mich daran, ein Frühstück vorzubereiten. Den Kühlschrank haben wir gestern Abend mit den Sachen aus unserer elektrischen Kühlbox aufgefüllt und den Rest der Waren in den Küchenschränken verstaut. Ich suche Eier, Milch, Salz und Pfeffer zusammen, um Rührei für uns zu machen.

Als es sich gerade in der Pfanne befindet, höre ich Savannahs Schlafzimmertür aufgehen. Verschlafen stapft sie in die Küche und sieht mich aus müden Augen an.

»Guten Morgen«, gähnt sie mehr, als dass sie es sagt, und ich muss lächeln.

»Dir auch einen guten Morgen.«

»Bist du schon lange wach?« Sie nimmt auf einem der Küchenstühle Platz und beäugt mich.

»Ja, ich war schon mit Duncan raus. Ich bin eher ein Frühaufsteher.« Ich wende das Rührei in der Pfanne. »Magst du es mit oder ohne Schnittlauch?«

»Haben wir denn welchen?«, fragt sie erstaunt.

Ich deute auf die Küchenanrichte, auf der eine Schnittlauchpflanze und Basilikum stehen. »Ich habe extra was mitgebracht.«

»Wow, du bist aber vorbereitet.« Sie steht auf und kommt um die Kücheninsel herum. »Kochst du gerne?«

»Ich esse gerne gesund und frisch, also kann ich deine Frage wohl mit einem ›Ja‹ beantworten.«

Ich schaue lächelnd zu ihr hinüber.

Sie nickt stumm und blickt mir einen Moment länger als nötig in die Augen. »Dann gerne mit Schnittlauch.«

»Okay.«

Um ein paar Stängel vom Kraut abzuschneiden und unter Wasser abzuspülen, wende ich mich ab. Savannah begibt sich derweil auf die Suche nach Tellern und Besteck, um den Tisch zu decken. Ich muss schmunzeln, denn es ist umständlich für sie, dies alles einhändig zu tun, doch sie beschwert sich nicht. Den Schnittlauch hacke ich in kleine Stücke und gebe ihn über das Rührei. Dann öffne ich einen der Küchenschränke, in dem ich das Toastbrot vermute, doch es liegt nicht dort.

»Hast du das Toastbrot gesehen?« Stirnrunzelnd sehe ich Savannah an.

»Ja, ich habe es in das Gefrierfach gelegt, weil ich nicht wusste, wie schnell wir es verbrauchen.«

»Ach so.« Das besagte Gefrierfach öffnend, finde ich, wonach ich suche. Ich toaste ein paar Scheiben und richte dann das Frühstück auf zwei Tellern an.

Zufrieden mit dem Ergebnis stelle ich sie zusammen mit Kaffee und Tee, den ich vorher bereits angesetzt habe, auf den Tisch und setze mich.

»Bon Appetit.«

»Das sieht sehr lecker aus, danke dir.« Savannah lächelt mich dankbar an und steckt sich dann eine Gabel voller Rührei in den Mund. Ihre Augen weiten sich. »Oh mein Gott, Matt, das ist das beste Rührei, das ich je gegessen habe!«

Ich lache. »Danke, aber ich wette, das sagst du nur so.« Dann schlage ich selbst zu. Schlecht schmeckt es definitiv nicht, das muss ich zugeben.

Kauend schüttelt sie den Kopf. »Nein, ich schwöre es.«

Wir scherzen ein wenig und planen während des Frühstücks unseren Tag. Ich muss erst morgen, am ersten Oktober, zur Wache, also wollen wir uns heute den Ort ansehen und unseren Lebensmittelvorrat ein wenig aufstocken. Außerdem müssen wir zum Physiotherapeuten im Ort, um Termine für Savannah zu bekommen. Das erinnert mich noch an etwas.

»Wir sollten direkt nach dem Frühstück deine Verbände wechseln.«

Sie stöhnt auf. »Müssen wir das wirklich jeden zweiten Tag machen?«

Ich lehne mich auf dem Stuhl zurück. »Auflage vom Arzt, er hat dich nur unter dem Versprechen eher gehen lassen. Du warst doch dabei, als wir das besprochen haben.«

»Ich weiß. Okay, ich gehe erst schnell duschen, danach kannst du sie wechseln.« Sie steht auf und macht Anstalten, ihren Teller wegzuräumen.

»Lass nur, ich kann das abräumen.«

Sie nickt und verschwindet in Richtung Badezimmer.

SAVANNAH

Ich schließe die Badezimmertür hinter mir und höre noch, wie Matt das Geschirr in den Geschirrspüler einräumt.

Frustriert ziehe ich mir das Oberteil meines PJ über den Kopf. Es hat mich kein bisschen gestört, Matt in diesem gegenüberzutreten – er hat mich im Krankenhaus in weitaus schlimmeren Klamotten zu Gesicht bekommen.

Da ich meinen linken Arm noch immer überwiegend in einer Schlinge trage, weil ich ihn aufgrund des geschädigten Muskels kaum bewegen kann und auch nicht soll, hat der Arzt empfohlen, dass Matt alle zwei Tage meine Verbände wechselt. Er hat in seiner Ausbildung bei der Spezialeinheit eine Unterweisung in Erstversorgung bekommen und kurz vor unserer Abreise Instruktionen von meinem Arzt, wie genau er meine Wunden versorgen solle und wie sie auszusehen haben.

Es war eine klare Entscheidung gewesen – entweder Matt übernimmt das oder ich bleibe so lange im Krankenhaus, bis die Fäden gezogen und die Wunden verheilt sind.

Ich gehe unter die Dusche und versuche, weder mein Bein noch meinen Oberarm mit Wasser zu bedecken, da dies gefährdend für die Wundheilung sein könne. Meine Haare habe ich seitdem alle paar Tage mithilfe einer Krankenschwester unter dem Wasserhahn im Waschbecken gewaschen und war erleichtert, hier sogar einen Whirlpool zu haben. Das wird mir die Prozedur erheblich erleichtern.

Als ich fertig bin, ziehe ich einen BH, einen Slip und ein T-Shirt an und öffne dann die Tür einen Spalt breit, um Matt Bescheid zu geben, dass ich so weit bin.

Auf dem Rand des Whirlpools sitzend warte ich darauf, dass er hereinkommt.

Obwohl der Arzt ihm die Anweisungen im Krankenhaus gegeben hat, ich dort ebenfalls nur im Slip vor ihm gesessen habe und er mich zudem mit nichts als einem OP-Hemd bekleidet gesehen hat, kommt mir diese Situation trotzdem absurd vor.

Ich bin nicht einmal in der Lage meinen eigenen Verband zu wechseln. Herrgott nochmal, nur weil mein verdammter linker Arm nicht funktioniert.

»Hey.«

Als Matt durch die Tür kommt schrecke ich zusammen, so sehr bin ich in meinen Gedanken versunken, die man vermutlich als Selbstmitleid bezeichnen könnte.

»Hey«, stammele ich und rutsche auf dem Rand des Whirlpools hin und her.

Matt beäugt mich besorgt. »Ist alles in Ordnung?«

»Ja, alles ok.« Ich versuche mich an einem Lächeln. Ob es mir gelingt, weiß ich nicht.

Er nickt nur und kommt dann ins Bad. Die kleine Verbandstasche, die Dr. Giovanni uns im Krankenhaus übergeben hat, hält er in der Hand und stellt sie neben mir ab.

»Zuerst dein Arm?« Er deutet auf den Verbandsmull, der doch ein paar Wassertropfen abbekommen hat und stellenweise nass ist.

»Okay.« Ich beginne den Verband abzunehmen. Das bekomme ich mit einer Hand gerade noch hin. Als ich das letzte Stück abwickele und die Wunde zum Vorschein kommt, schaue ich sie mir genau an. Sie sieht nicht viel anders aus als die letzten Tage, allerdings beginnt die Kruste sich langsam zu lösen.

Matt beugt sich ein Stück weit zu mir herunter und deutet auf den Arm. Nickend halte ich ihm ihn hin, damit er die Wunde ebenfalls begutachten kann.

»Okay, das sieht gut aus, würde ich sagen. Was meinst du?« Er beginnt in der Verbandstasche zu kramen.

»Ich denke auch. Ein großes Pflaster reicht nun aus, oder?«

»Ja.«

Matt holt eines aus der Verbandstasche und klebt es vorsichtig auf die Wunde. Schneller und sauberer, als ich es von ihm erwartet hätte.

»Darf ich?«, fragt er und deutet diesmal auf meinen Oberschenkel.

»Klar.« Meine Stimme klingt kratzig. Mich räuspernd schaue ich zur Seite, als Matt sich vor mich hinhockt und den Verband an meinem Bein zu lösen beginnt.

Seufzend schüttele ich den Kopf. Was für ein Mist das alles ist.

»Was ist?« Matt schaut kurz zu mir auf, wickelt aber weiter den Verband ab.

»Ach, nichts.«

Matt zieht eine Augenbraue hoch, schweigt aber.

Ich blinzle eine Träne weg, die sich einen Weg an die Oberfläche gebahnt hat.

»Tue ich dir weh?« Matt hält sofort in der Bewegung inne.

»Nein, das ist es nicht.« Ich stütze meinen gesunden Arm auf dem Rand neben mir ab und schaue zu Boden. »Es ist einfach so, ich sitze hier, irgendwo im nirgendwo, und lasse mir von dir die Wunden versorgen, und das alles nur, weil so ein Irrer hinter mir her ist.« Ich überlege kurz. »Nun, wegen ihm stecke ich überhaupt erst in dieser Situation. Und dieser Mistkerl sitzt gerade wahrscheinlich in einem schicken Restaurant und stopft sich mit Ahornsirup beträufelten Pancakes voll.« Unweigerlich lache ich auf, weil meine Stimme viel zu schrill klingt. Um mich zu beruhigen, atme ich einmal tief ein und aus. »Ich bin, schätze ich, einfach genervt von allem und von mir selbst.«

Eine Weile sagt Matt nichts, er wickelt nur den Verband weiter ab und inspiziert dann die Wunde. Auch diese sieht meines Erachtens gut aus. Danach stützt er die Ellbogen auf die Knie und schaut mich an. »Falls es dich tröstet, ich glaube nicht, dass es Steve gerade besser ergeht. Natürlich weiß ich nicht, ob er verletzt ist, aber er wird wegen versuchten Mordes, Entführung und nun auch wegen dem Anschlag auf deine Familie gesucht.«

Protestierend will ich ihn unterbrechen, doch Matt hebt beschwichtigend die Hände und lässt mich nicht zu Wort kommen.

»Damit will ich ihn überhaupt nicht in Schutz nehmen.

Aber denke nicht, dass es ihm gerade besser geht als dir. Wäre das der Fall, hätte er diese ganze Aktion gar nicht durchgeführt, wenn du mich fragst. Der Mann ist krank. Und du solltest froh sein, dass er es nicht geschafft hat, dich umzubringen, Savannah.«

Das hat gesessen. Für einen Moment weiß ich nicht, auf wessen Seite Matt steht. Ich fühle mich wie vor den Kopf gestoßen und ein flaues Gefühl macht sich in meiner Magengegend breit.

»Das sollte ich wohl, aber fair ist es nicht.« Meine Stimme zittert bei diesen Worten.

Matt kramt erneut in der Verbandstasche und beginnt, meinen Oberschenkel neu zu verbinden. »Nein. Das Leben ist nicht fair«, erwidert er. »Aber den Kopf in den Sand zu stecken nützt keinem etwas, am allerwenigsten dir. Damit hilfst du niemandem, sondern machst dein Leben kaputt, und wir leben immerhin nur einmal. Du musst einen Weg für dich finden, damit umzugehen und dein Leben weiterzuleben.« Er befestigt das Ende des Verbands und schaut mir dann in die Augen. »Ich helfe dir gerne dabei und bin da, wenn du mich bauchst. In Ordnung? Und ich schwöre dir – wir werden Steve finden und ihm das Handwerk legen.«

Seine rechte Hand liegt auf meinem Knie und drückt es kurz, bevor er sich erhebt und verkündet, dass ich fertig sei.

»Und falls es dich glücklich macht, können wir gern in der Stadt in einem Café anhalten und uns mit Pancakes und Ahornsirup, wie hast du gesagt, ›vollstopfen‹.« Ein breites Grinsen löst seine strengen Gesichtszüge von vorhin ab.

Nun muss ich doch schmunzeln und lege den Kopf schief.

Matt verlässt das Bad und zieht die Tür hinter sich ins Schloss.

Ich mag ihn. Er hat keine Angst davor auszusprechen, was er denkt, und nimmt deswegen kein Blatt vor den Mund. Und er hat die Gabe, den Nagel auf den Kopf zu treffen.

Genau das brauche ich, auch wenn es im ersten Moment vielleicht nicht ganz so schön ist.

Kapitel 11

SAVANNAH

Als ich in die Küche komme, sitzt Matt auf dem Sofa und hält sein Handy in einer Hand.

»Ich wäre so weit.« Neben der Kücheninsel bleibe ich stehen.

»Okay, dann los!« Matt springt vom Sofa auf.

Ich folge ihm hinaus auf die Veranda und schließe die Tür hinter uns ab. Duncan hüpft erwartungsvoll auf die Rückbank, als Matt ihm die Tür aufhält.

»Wie hättest du es eigentlich mit Duncan gemacht, wenn ich nicht mitgekommen wäre?«

Fragenzeichen spiegeln sich in Matts Augen wider, als er mich ansieht.

»Na, während du arbeiten bist?«

»Ach so.« Galant schwingt Matt sich auf den Vordersitz seines Pick-Ups. »Das wäre schon gegangen. Die Stunden sind hier nicht so krass wie in einer Großstadt, nachts ist das Revier auch nicht besetzt. Ich gehe morgens und abends eine große Runde mit ihm laufen und hätte ihn dann mittags rausgelassen, das wäre schon in Ordnung gewesen.«

»Hm.«

Mittlerweile weiß ich, wie ich einigermaßen elegant in den Wagen steige, ohne mich zu verletzen oder rückwärts wieder rauszufallen. Das ist mir gestern auf der Hinfahrt beides beinahe passiert – denn Matts Pick-Up ist wahnsinnig hoch. Mit meiner rechten Hand packe ich den Sicherheitsgriff über der Tür. Mich daran hoch ziehend benutze ich gleichzeitig die beiden Tritte, bis meine Füße im Fußraum des Beifahrersitzes stehen und ich mich auf den Sitz plumpsen lasse.

»Du hast es raus.« Matts linker Mundwinkel verzieht sich zu einem Grinsen und seine Augen beginnen zu leuchten, wie immer, wenn der Schalk aus ihm spricht. Er meint es nicht böse, sondern als positive Feststellung.

»Hat ja auch lange genug gedauert.« Grinsend recke ich mein Kinn in die Höhe. »Wollen wir los, oder worauf warten wir?«

Lachend stellt Matt den Motor an und fährt auf die Hauptstraße.

Wir brauchen gute zwanzig Minuten bis in den kleinen Küstenort Oakajoks. Auf dem Weg dahin befahren wir meist einsame, wendige Straßen, die von dichtem Regenwald umgeben sind und an denen nur hin und wieder einige Hütten oder Häuser wie das unsere stehen. Wir fahren die Landzunge zurück, auf der wir wohnen, und gelangen so auf die Küstenstraße, den Highway 14, der die Orte entlang der Pazifikküste miteinander verbindet. Rechts von uns befindet sich das offene Meer und links offenbar ein See. Der Lake Eliot, wie ein Holzschild mir verrät. Anders als gestern Nacht sauge ich nun im Tageslicht die an uns vorbeiziehenden Eindrücke wie ein Schwamm in mir auf.

Einige Verkehrszeichen am Straßenrand warnen die Autofahrer vor Stürmen und den einhergehenden Wellen, die bei extremen Wetterbedingungen auf die Küste treffen könnten. Ich hoffe, dass wir keinen solchen Tsunami miterleben und die angezeigte Evakuierungsroute nutzen müssen.

An einigen Abzweigungen deuten Wegweiser auf B&Bs hin.

Rechts von uns befindet sich mittlerweile ein kurzer, abwechselnd von Sand und Kieseln gesäumter Strandabschnitt, das Einzige, was uns nun bis auf eine Böschung noch vom Pazifik trennt. Es gibt lediglich eine Handvoll Parkplätze, in der Ferne kann man vereinzelt Surfer mit ihren Brettern ausmachen. Eigentlich gilt die Küste entlang des Pacific Rim Nationalparks, in dem sich auch Tofino befindet, als das absolute Surfer-Paradies, doch scheinbar treibt es auch hier die Wellenreiter auf ihre Surfbretter.

Die Küsten im Juan de Fuca Provinzpark, in dem Oakajoks liegt, sind oft felsig und die Strände steinig. Meist sind diese durch dichten Regenwald, holprige Schotterstraßen, begrenzte Parkmöglichkeiten und einen längeren Fußmarsch vom Highway abgeschieden. Doch hier führt die Straße direkt an der rauen Küste entlang, das Meer brandet in der Ferne ungestüm auf und weiße schaumige Wellen treffen auf den Strand.

Obwohl die Sonne heute scheint, tobt der Pazifik. Ein wunderschöner Anblick.

Wir fahren noch eine Weile entlang der Küstenstraße nach Südosten, bevor ein Ortsschild uns auf den herannahenden Ort aufmerksam macht. Bereits jetzt kommen mehr Häuser in Sicht und die Straße führt weg von der Küste und weiter ins Landesinnere hinein.

Wir gelangen an einen Kreisel und Matt lenkt den Wagen die erste Ausfahrt in Richtung des Ortskerns, direkt in die kleine Hauptstraße. Rechts und links am Straßenrand befinden sich viele gemütlich aussehende Läden, die Verschiedenes anbieten, sowie mehrere Surfausstatter und ein Lebensmittelgeschäft. Ein großes Schild deutet auf eine Touristeninformation hin und direkt daneben befindet sich ein süßes, weiß verputztes Häuschen mit grünen Verzierungen, über dessen hölzerner Tür in großen grünen Lettern ›Dermot's Pub‹ prangt.

Ich muss schmunzeln. Einen Irish Pub hätte ich hier definitiv nicht erwartet.

Matt parkt seinen Wagen auf einem der vielen Parkplätze rechts und links entlang der Hauptstraße, der Maple Avenue. Er steigt aus und nimmt Duncan an die Leine. Ebenfalls aus dem Wagen kletternd atme ich tief durch.

Die Luft riecht nach Salz, Seetang und Meer.

Ich bin angekommen, denke ich in diesem Moment und bin erstaunt über mich selbst. Genau dies habe ich mir immer für unsere Familienurlaube gewünscht.

Berge, Meer und Regenwald.

Wir beschließen, uns erst ein wenig umzusehen und dann den Lebensmitteleinkauf hinter uns zu bringen. Ich folge Matt die geschwungene Hauptstraße in Richtung des Pazifiks hinunter, den man schon von hier aus sehen kann. Überall stehen vereinzelt Eichen am Straßenrand, denen Oakajoks vermutlich seinen Namen zu verdanken hat. Es sind Garry Oaks, wie uns eine Infotafel mitteilt – die scheinbar einzige heimische Eichenart in British Columbia. Sie sind relativ klein für einen Laubbaum, haben eine breite Krone, einen kräftigen, kurzen, sich gabelnden Stamm, viele knorrige Äste und eine graubraune, gefurchte Rinde.

Es geht ziemlich steil nach unten, was mich mit meinem verletzten Bein zwingt, langsamer zu laufen. Wir kommen an urigen Souvenirshops vorbei, die mit ihren bunten hölzernen Aushängeschildern zu einem Besuch einladen, an einem gemütlich aussehenden Buchladen und mehreren Bekleidungsgeschäften. Außerdem gibt es zwei Cafés und einige Restaurants. Auch ein Whale Watching- und ein Kajak-Anbieter reihen sich in die Läden der Hauptstraße ein.

»Hast du schon einmal Whale Watching gemacht?«, frage ich Matt und bleibe vor dem kleinen blauen Häuschen stehen, über dessen Tür ein großes Schild mit weiß aufgedruckter Schrift ›Oakajoks Whale Watching Tours‹ verkündet. Bilder von Buckelwalen und Orcas, die aus dem Wasser emporschießen, zieren die weitläufigen, bodentiefen Fensterscheiben.

»Noch nicht, aber es steht definitiv auf meiner Bucket List.« Matt läuft weiter. »Ich denke, dafür werden wir hier auf jeden Fall Zeit finden.«

Glücklich über diese Worte folge ich ihm die Straße hinunter.

Plötzlich bleibt er vor einem Café stehen. »Hast du Lust auf einen Coffee to go, während wir uns weiter umsehen?« Matt legt seine Stirn gespielt nachdenklich in Falten. »Oder sollen wir uns Pancakes holen?«

Ich lache. »Nein danke, ein andermal gerne. Ich bin noch satt vom Rührei.« Ich halte mir den Bauch und möchte bereits durch die Tür des ›The Coffee Mug Café‹ gehen, als Matt leicht meinen Arm berührt.

»Ich mach schon.« Er übergibt mir die Leine von Duncan. »Möchtest du einen Kaffee oder etwas anderes?«

»Meinst du, sie haben Pumpkin Spice Latte?« Meine Augen beginnen bei diesem Gedanken bestimmt zu leuchten.

»Ich kann gerne nachfragen.«

»Danke. Ansonsten nehme ich einen Latte macchiato mit einem Stück Zucker.«

»Okay.«

Er verschwindet durch die Tür und ich setze mich auf einen der Stühle direkt vor dem Café. Es sind nur wenige Menschen auf der Straße, wahrscheinlich ist die Hauptsaison bereits vorbei.

Und es ist Mittwochvormittag, wie mir einfällt, die meisten Einwohner sind vermutlich arbeiten.

Argwöhnisch beäuge ich die wenigen Leute, die dennoch an mir vorbeilaufen, und spüre, wie mein Puls bei jedem Einzelnen in die Höhe schießt. Mir ist nicht wohl dabei, hier allein an der offenen Straße zu sitzen, obwohl Matt sich direkt im Café hinter mir befindet.

Die Tür bimmelt und ich fahre zusammen. Matt kommt mit zwei dampfenden Kaffeebechern in den Händen heraus und wirft mir einen fragenden Blick zu. »Alles okay?«

»Ja.« Eine Spur zu hastig springe ich von meinem Stuhl auf.

»Okay.« Obwohl er nicht überzeugt wirkt, nimmt er mir Duncans Leine ab und reicht mir meinen Becher. Sobald ich Matt wieder an meiner Seite weiß, werde ich augenblicklich ruhiger.

Ich probiere einen Schluck von dem heißen Getränk und sofort werden meine Gedanken von meinen Geschmacksnerven in eine andere Richtung gelenkt. »Sie hatten tatsächlich den Pumpkin Spice Latte?«

»Ja.« Matt grinst, sichtlich amüsiert über meine Begeisterung. »Besser als Pancakes, nicht wahr?«

Spielerisch schlage ich ihm auf den Arm. »Haha. Aber ja, du hast recht.«

Meine Laune hebt sich sichtlich durch das herbstliche Getränk, das mich an unzählige Shoppingtouren mit meiner Mom oder auch Freundinnen erinnert. Wehmut will sich über mein Herz legen, doch ich schiebe das Gefühl bestimmt beiseite. Obwohl ich die altern Erinnerungen nicht überschreiben möchte, bietet der Pumpkin Spice Latte noch reichlich Platz für neue Erlebnisse und damit verbundene Emotionen.

Weiter Richtung Wasser schlendernd, kommen wir sogar an einer deutschen Bäckerei vorbei. Einige Male bin ich mit meiner Mom in Deutschland gewesen und habe ihre Familie besucht, daher fühle ich einen Kloß in meiner Kehle. Mom hätte sich bestimmt über deutsches Brot und Gebäck gefreut.

Ich schlucke meine aufkommenden Tränen herunter und schließe zu Matt auf, der mittlerweile fast den Strand erreicht hat.

Obwohl man hier nicht gerade von Strand reden kann, denn die Küste hier ist komplett von Steinen umringt, teilweise so steil, dass nicht einmal Bäume an den Hängen wachsen.

Ein Steg führt ein ganzes Stück am Wasser entlang und mehrere Fischerboote, einige Yachten und viele kleine Holzboote liegen vertäut an Nebenstegen vor Anker. Wir schauen auf den Pazifik und befinden uns offenbar in einer Bucht. Mehrere winzige Inseln befinden sich zwischen Oakajoks und dem offenen Meer, auf einigen stehen sogar vereinzelt Häuser, wie ich nur schwer und mit zusammengekniffenen Augen ausmachen kann. Alle Inseln werden von Felsen dominiert und hier und da ragen in den Felsspalten Bäume empor. Ein Weißkopfseeadler fliegt über unsere Köpfe hinweg und peilt eine große Fichte auf einer der Inseln an, in der scheinbar sein Nest liegt. Als ein weiterer Adler zu ihm stößt, legt sich ein Anflug purer Glückseligkeit wie eine warme Decke um mich.

»Ein schöner Anblick, oder?« Matt sieht ebenfalls zu den Adlern empor, die sich zanken und mehrere Schreie ausstoßen.

»Ja, sie sind unglaublich.« Wir beobachten die imposanten Greifvögel noch eine ganze Weile, die nun beide das Nest umfliegen und sich scheinbar über irgendetwas uneinig sind. Wir lauschen dem Rauschen des Meeres und lassen uns die kühle Brise um die Nase wehen, während die zarten Sonnenstrahlen unsere Gesichter wärmen.

Wenig später machen wir uns auf den Rückweg und besorgen im Lebensmittelmarkt alles, was wir am Morgen auf eine Einkaufsliste gesetzt haben.

Dann fahren wir bei der einzigen Physiotherapiepraxis im Ort vorbei und fragen nach Terminen. Von meinem Arzt habe ich sogar Hausbesuche verordnet bekommen, und zu meinem Glück können sie eine Therapeutin für mich einsetzen. Bereits in wenigen Tagen soll es losgehen.

Auf dem Weg zurück zu unserer Hütte fährt Matt noch beim Polizeirevier vorbei. Es befindet sich direkt am Ortseingang in einer Nebenstraße und besteht lediglich aus einem kleinen weißen Häuschen. Zwei Streifenwagen stehen vor dem Revier auf dem Parkplatz, davor prangt ein Schild mit der Aufschrift ›Royal Canadian Mounted Police‹ in den für die kanadischen Polizei so typischen Farben Blau, Weiß, Rot und Gelb.

»Wie viele Polizisten arbeiten hier nochmal?« Fragend blicke ich Matt an.

»Drei«, antwortet er und lenkt den Wagen zurück auf die Hauptstraße.

»Willst du nicht reingehen?«

Matt schüttelt den Kopf. »Das hat auch bis morgen Zeit, dann ist sowieso mein erster Arbeitstag.«

Somit fahren wir zurück zu unserer Blockhütte. Nachdem die Einkäufe verstaut sind, verschwindet Matt in seinem Zimmer und kommt wenig später in Sportklamotten wieder heraus. Meine Augen bleiben an seinem Oberkörper hängen. Unter dem dünnen Shirt zeichnen sich deutliche Muskeln ab, der Stoff der Ärmel spannt sich so eng über seinen Bizeps, dass ich befürchte, er könnte reißen. Dazu trägt er kurze schwarze Sportshorts.

»Ich gehe noch eine Runde mit Duncan laufen«, erklärt er, während er zur Garderobe hinübergeht und sich seine Laufschuhe anzieht. »Ich werde eine größere Runde drehen, ich schätze, ich bin in zwei Stunden wieder da. Nur damit du dir keine Sorgen machst.«

»Okay«, stammele ich und erwache aus meiner Starre. Meine Wangen werden heiß. Wieso erzählt er mir, wie lange er wegbleiben wird? Wir sind nicht einmal Freunde, wenn man es genau nehmen will. Lediglich zwei Fremde, die das Schicksal auf seltsame Weise zusammengeführt hat.

Dann erst sickern seine Worte zu mir durch.

Damit du dir keine Sorgen machst.

Peinlich berührt drehe ich mich ein wenig zur Seite, weg von ihm. »Ich werde dann etwas zum frühen Abendessen vorbereiten.«

»Okay, aber wenn es nicht klappt mit deinem Arm ist es auch kein Problem, dann helfe ich dir, wenn ich wieder da bin.« Er öffnet die Haustür. »Bis nachher, Savannah.«

»Bis später.«

Die Tür fällt ins Schloss und er ist verschwunden.

Ich lasse mich aufs Sofa fallen und genieße für einen Moment die Stille.

Endlich bin ich allein – und in der Hütte macht es mir nichts aus. Sie gibt mir ein Gefühl der Geborgenheit.

Im Krankenhaus hatte ich zwar ein Einzelzimmer, doch ich wusste nie, wann eine Krankenschwester oder ein Arzt kommen würde. Außerdem saß immer ein Polizist vor meiner Tür oder Matt ist bei mir gewesen.

Ich lächle. Es ist seltsam, mit ihm hier zu sein, aber auch schön. Gleichzeitig verwirrt er mich und ich ertappe mich immer öfter dabei, wie er mich in Verlegenheit bringt und ich ihn überhaupt nicht einschätzen kann. Doch ich bezweifle nicht, dass er schon viele Frauenherzen gebrochen hat.

Ich lasse mich in die Sofakissen sinken und schalte den Fernseher ein, um mich durch das Programm von Netflix zu zappen.

Kapitel 12

MATT

Am nächsten Morgen stehe ich früh auf, um vor der Arbeit eine Runde mit Duncan zu laufen.

Nachdem ich gestern Abend noch mit ihm raus gegangen bin, weiß ich, dass es fast zweieinhalb Stunden braucht, um einmal um den Lake Eliot zu joggen. Als wir auf dem Weg in die Stadt auf den See aufmerksam geworden sind, bin ich am Abend die Landzunge zurückgelaufen und einmal um den See gejoggt, der in nur etwa zwanzig Minuten zu Fuß von unserer Hütte aus zu erreichen ist. Der einzige Nachteil – überall schwimmen oder watscheln Enten herum. Für Duncan ein absolutes Paradies, für mich eher ein Albtraum. Ich brauche die Leine für Duncan nicht oft, gestern allerdings war so ein Moment.

Heute früh entscheide ich mich aber für die Runde am Steg und am Wasser entlang und bin nach nur einer halben Stunde wieder an der Hütte.

Savannah schläft noch, also springe ich schnell unter die Dusche und mache mir anschließend eine Portion Porridge und einen Kaffee.

Als ich wenig später das Haus verlassen will, sieht Duncan mir mit seinem typischen Hundeblick hinterher. Ich muss lachen.

»Savannah ist da und steht bestimmt gleich auf, Großer. Sei brav, ja?«

Zum Abschied streiche ich ihm über den Kopf und ziehe dann die Haustür hinter mir zu.

Ich fühle mich nicht wohl dabei, Savannah allein zu lassen. Gestern Abend habe ich sie auf eine Beobachtung angesprochen, die ich vor dem Café, in dem ich Kaffee geholt hatte, gemacht habe.

Sie ist sichtlich zusammengezuckt, als die Ladenglocke geläutet hat und sie im ersten Moment nicht wusste, wer hinter ihr stand. Ihre Augen niederschlagend hat sie mir später gebeichtet, dass sie in der Öffentlichkeit Angst hatte, sobald sie allein war. Es endet zwar nicht in einer Panikattacke, doch dazu möchte ich es gar nicht erst kommen lassen. Wir werden uns also in naher Zukunft mit dem Thema auseinandersetzen müssen.

Jetzt beruhigt mich der Gedanke, dass Duncan bei ihr ist und ihr Gesellschaft leistet. Selbst wenn er bei mir und auch Savannah der Schmusebär schlechthin sein mag – er kann auch anders. Der Deutsche Schäferhund in ihm hat eine zweite Seite, die zwar schlummert, aber nie schläft. Das habe ich in den vier Jahren, in denen Duncan an meiner Seite ist, schon in der ein oder anderen Situation miterlebt.

Vor dem Polizeirevier angekommen parke ich meinen Wagen auf einem der wenigen Parkplätze, bevor ich seufze und dann entschlossen aussteige.

Jeder Anfang ist schwer, doch ich habe mich für diesen Weg entschieden und bin froh, hier zu sein. Dennoch durchzuckt dieses aufgeregte Kribbeln meinen Körper, das ich schon von bevorstehenden Einsätzen mit dem ERT-Team kenne. Auch wenn dies kein Einsatz ist, bin ich trotzdem nervös und gespannt darauf, was mich im Inneren der Station erwartet.

Die Eingangstür zum Revier ist verschlossen, also drücke ich einmal auf die Klingel neben der Tür. Ein Summen ertönt und die Tür lässt sich aufdrücken. Ich gelange in den Eingangsbereich, welcher mit zwei Bänken ausgestattet ist und von einem Tresen umrandet wird. Dahinter sitzt ein junger Mann in meinem Alter, der mich aufgeschlossen mustert.

»Hey, du musst Matthew sein.« Er steht auf und reicht mir die Hand über den Tresen hinweg. »Ich bin Finn.«

»Hey, genau. Matt reicht aber aus.« Finns Händedruck ist kräftig. »Nett, dich kennenzulernen.«

Ich mustere den jungen Polizisten. Sein kurzes blondes Haar hat er sich über der Stirn hoch gegelt, mit seiner muskulösen Statur wirkt er in etwa so groß wie ich, vielleicht minimal kleiner.

»Okay, ebenfalls«, sagt Finn und zeigt auf eine Tür. »Komm rein, dann gebe ich dir eine kurze Führung.«

»Alles klar.« Nachdem ich die Klinke hinunter gedrückt habe, gelange ich in einen Flur, von dem aus mehrere Zimmer abgehen.

Finn erscheint links neben mir und deutet in die andere Richtung. »Dort befinden sich die Umkleiden und Toiletten.« Er zeigt auf die Zimmer geradeaus. »Hier haben wir zwei Büros für die Schreibarbeit.« Er wendet sich nach links. Am Ende des Flurs bleibt er stehen. »Diese Tür«, er geht durch die zu unserer rechten Seite, »führt zu den Zellen. Wir haben zwei, was für so einen kleinen Ort schon eine ganze Menge ist.«

Ich folge ihm und schaue mir die Zellen an, die Platz für jeweils ungefähr 5 Personen bieten.

Finn dreht sich um und stapft in den Raum gegenüber. »Und das ist unser Aufenthaltsraum.«

Nachdem ich ebenfalls über die Schwelle getreten bin, stehe ich in einer gemütlichen Kaffeeküche. Ein runder Holztisch ist in der Mitte platziert, eine Küchenzeile finde ich rechts von mir. Vor mir bietet eine Fensterfront Einblick auf die Straße und den Parkplatz des Gebäudes.

»Das war's auch schon, ist recht bescheiden so ein Kleinstadtrevier«, meint Finn und stemmt die Hände in die Seiten. »Aber wir bekommen wenigstens freien Eintritt ins Gym, falls du Sport machen möchtest.«

»Das wäre tatsächlich meine nächste Frage gewesen«, lache ich.

Finn lacht ebenfalls. »Dachte ich mir schon. Irgendwie müssen wir uns ja für die Sportprüfungen fit halten. Wir sind alle recht ambitioniert und stechen uns gegenseitig gerne aus – nur, dass du Bescheid weißt.« Er grinst, doch dann sieht er mich ein wenig ernster an. »Was führt einen so jungen Kollegen aus der Großstadt eigentlich hier ins kleine Oakajoks, wenn ich fragen darf?«

Ich zucke mit den Schultern. »Ich hatte den Großstadttrubel satt und wollte mal was Neues ausprobieren. Da eignet sich natürlich eine Stelle, die für ein halbes Jahr befristet ist, und da ich großer Fan von der Westküste und Vancouver Island bin, passte es einfach.«

»Hm.« Finn sieht mich prüfend an. »Du warst auch Teil der Spezialeinheit, oder?«

»Ja, bin ich noch. Natürlich kann ich immer noch für spezielle Einsätze eingezogen werden oder mich auf Posten bewerben, falls jemand mit meinen Fähigkeiten benötigt wird.«

Er stutzt. »Und dann reizt dich das hier?« Finn breitet die Arme aus und möchte damit wohl auf das winzige Revier hier in der Kleinstadt anspielen.

Meine Mundwinkel zucken. »Ist das so schwer vorstellbar?«

»Na ja, für mich nicht. Ich bin hier aufgewachsen und würde um keinen Preis in die Großstadt wollen. Aber von der Großstadt hierher, das ist schon eine große Veränderung.«

»Mag sein, aber es ist ja erst einmal nur für ein halbes Jahr. Danach sehe ich weiter.«

»Stimmt.« Finn deutet auf den Flur. »Der rechte Spind in der Umkleide ist deiner, falls du dich umziehen willst.«

»Alles klar, danke.« Ich drehe mich um und gehe lächelnd in Richtung Umkleide.

Es ist nichts Neues für mich, dass ich für meine Entscheidung, in eine Kleinstadt zu ziehen, belächelt werde. Vielleicht ist es nicht das, was man von einem jungen Mann mit gerade einmal dreißig Jahren erwartet. Doch ich werde Finn schon davon überzeugen, dass ich genau der Richtige für diesen Job bin.

Als ich abends mit meiner Schicht fertig bin, bei der nicht sonderlich viel passiert ist und die maßgeblich darin bestand, dass Finn mich eingewiesen hat, beschließe ich, mir das Gym zumindest noch kurz anzusehen.

Der Hauptstraße folgend biege ich irgendwann in eine Nebenstraße ein, in der das Gym laut Finn liegt. Ich parke auf dem überschaubaren Parkplatz und betrete das Fitnessstudio.

Am Tresen sitzt eine junge Frau, sie ist vielleicht Mitte zwanzig, und lächelt mir schon von weitem zu. Ihr brünettes Haar hat sie zu einem Zopf hochgebunden und sie ist übermäßig geschminkt.

Ich gehe auf sie zu und begrüße sie. Auf ihrem Namensschild prangt der Name ›Anita‹.

»Hi, wie kann ich helfen? Möchtest du dich anmelden?«, fragt sie übertrieben freundlich und mit ein paar Augenaufschlägen zu viel.

»Ich bin schon angemeldet, hoffe ich. Matt Callahan«, erwidere ich. »Ich bin der neue Polizist.«

»Ach so.« Die Augen der jungen Frau weiten sich. »Ich sehe mal nach, einen Moment.«

Sie schaut auf ihren PC und scrollt eine Weile, bevor sie mich mustert.

»Ich habe nur einen Matthew Callahan auf der neuen Liste stehen.«

»Das bin ich, ja. Alle nennen mich Matt.«

»Ah«, macht sie und sieht mich erneut ziemlich lange an. »Hast du deinen Ausweis dabei?«

»Klar.« Ich reiche ihr das Dokument und warte, während sie ihn genau in Augenschein nimmt.

»Alles klar, das sieht gut aus. Ich stelle dir dann gerne direkt den Chip bereit. Möchtest du noch einen Termin für einen Trainingsplan vereinbaren? Ich hätte morgen noch einen frei.«

»Nein, das ist nicht nötig, danke.«

»Hm. Falls du deine Meinung änderst, stehe ich gerne jederzeit bereit.«

Daran habe ich keine Zweifel, lächle aber nur nickend.

Sie gibt mir meinen Ausweis zurück und reicht mir ebenfalls den versprochenen Chip für das Fitnessstudio. »Dann viel Spaß beim Trainieren.«

»Danke. Bis dann!« Mit diesen Worten wende ich mich zum Gehen.

»Okay, Matt. Bis dann also«, ruft sie mir hinterher, doch ich hebe nur die Hand zum Abschied.

Solche Situationen habe ich schon des Öfteren erlebt, aber sie prallen einfach an mir ab. Ich stehe nicht auf Frauen, die sich einem direkt an den Hals werfen und um Aufmerksamkeit betteln.

Unwillkürlich schweifen meine Gedanken zu Savannah. Sie ist eher schüchtern und zurückhaltend, gibt aber trotzdem ihre Meinung preis. Solche Frauen sind es, die meine Aufmerksamkeit auf sich ziehen. Zudem ist sie ausgesprochen hübsch.

Kopfschüttelnd atme ich einmal tief durch. Nein, solche Gedanken darf ich nicht haben.

Als ich wenig später zu Hause ankomme, hat Savannah tatsächlich Abendessen gekocht.

Oder es zumindest versucht.

Schon beim Öffnen der Haustür kommt mir eine dicke Rauchwolke entgegen und ich huste ein paar Mal. Ich höre Savannah fluchen und entdecke sie am Herd stehend. Der Rauchmelder im Wohnzimmer weist uns mit schrillen Klängen laut und deutlich auf das Offensichtliche hin. Duncan sitzt auf dem Sofa und bellt unaufhaltsam in Richtung Küche.

Zu Savannah hinübereilend versuche ich, mir einen Überblick zu verschaffen. »Was ist passiert?«

Sie dreht sich zu mir herum und schlägt mir dabei fast das Küchentuch ins Gesicht, mit dem sie einhändig panisch herumfuchtelt bei dem Versuch, den Rauch zu verdrängen. Ich schrecke zurück und trete dabei auf Duncans Pfote, der hinter mich getreten ist, um mich zu begrüßen. Er heult auf und rennt in den Flur zu den Schlafzimmern.

»Oh nein, das tut mir leid!«, ruft Savannah und sieht Duncan mitleidig hinterher.

»Savannah, was brennt hier?« Eindringlich sehe ich sie an, dann suche ich den Herd ab, doch es steht nichts drauf.

»Gar nichts mehr«, nuschelt sie und fuchtelt weiter mit dem Geschirrtuch herum. »Ich habe den Topf schon vom Herd geholt.«

Der besagte Topf steht neben dem Herd und ich schaue auf den noch immer qualmenden Inhalt hinab. Verdutzt sehe ich Savannah an. »Dir sind Nudeln angebrannt?«

»Lach mich jetzt nicht aus!« Ihre Augen verengen sich zu Schlitzen, während sie mit einem Finger auf mich zeigt. In der Hand hält sie noch immer das Geschirrtuch.

»Okay, ich lache ja gar nicht.« Doch ich muss mich deutlich zurückhalten und als ich Savannah anblicke, zucken auch ihre Mundwinkel. Ich lege einen Finger auf meine Lippen, um ein Lachen zu unterdrücken, da prustet Savannah los. Ich stimme in ihr Lachen mit ein und stütze mich auf dem Küchentresen ab.

Savannah laufen Tränen über die Wangen und sie benutzt das Küchentuch, um sie wegzuwischen. Sie sieht in diesem Moment unglaublich hinreißend aus, nur in ein weißes Langarmshirt und schwarze Leggings gekleidet, ihre blonden Haare hat sie sich zu einem unordentlichen Knoten auf dem Kopf zusammengebunden. Mein Lachen verwandelt sich zu einem Lächeln und ich wende mich erschrocken ab, als ich ein Flattern in meiner Magengegend spüre.

Mit einer Hand fahre ich mir durch die Haare und kämpfe das Gefühl entschlossen nieder.

Als wir uns halbwegs beruhigt haben, schalte ich zuerst den Rauchmelder aus und nehme dann den Topf, um ihn in die Spüle zu stellen, wo ich kaltes Wasser über die Nudeln laufen lasse.

»Wie ist das passiert?«, frage ich Savannah grinsend. Es zischt einmal und eine weiße Dampfwolke steigt direkt vor mir aus dem Topf auf.

»Ich habe den Herd angestellt und die Nudeln nur ein bisschen köcheln lassen, damit du das Wasser abgießen kannst, wenn du heimkommst, aber ich habe mich wohl mit der Menge und der Uhrzeit verschätzt. Ich war kurz im Bad und als ich wieder in die Küche kam, war es schon zu spät.«

»Ich habe mir noch kurz das Gym angeschaut, tut mir leid.« Den Topf stelle ich neben der Spüle ab und beginne, die verkohlten Nudelreste mit einem Löffel vom Boden abzukratzen.

»Ach was, du bist mir keine Rechenschaft schuldig. Ich hätte einfach auf dich warten sollen.« Sie seufzt auf.

Dann höre ich etwas anderes, was sich verdächtig wie ein Schluchzen anhört. Als ich mich zu ihr umdrehe, laufen ihr tatsächlich erneut Tränen über die Wange. Diesmal sind es aber keine Lachtränen.

Sie schluchzt. »Ich bin total unnütz mit dem Arm, ich kann noch nicht einmal Nudeln kochen.« Sie hebt den linken Arm, der sich in einer Schlinge befindet, leicht an, lässt ihn aber sofort wieder sinken und verzieht schmerzerfüllt das Gesicht.

»Das wird schon.« Ich trete an sie heran und lege ihr eine Hand auf die Schulter. »Du bist in Null Komma nichts wieder fit, und bis dahin koche ich einfach.«

Savannah nickt schwach und hält sich eine Hand vor die Augen. Sie steht an die Küchenzeile gelehnt. Ich trete noch einen Schritt näher an sie heran und ziehe sie sanft in meine Arme, was sie zulässt und sich gegen mich lehnt. Die Tränen laufen mittlerweile wie ein Sturzbach ihre Wangen hinunter.

Ich halte sie lange. So lange, bis ihre Tränen versiegt sind und sie wieder ruhig atmet. Ihr Kopf schmiegt sich perfekt in meine Halsbeuge. Sanft streichle ich ihren Rücken und beginne, den Moment zu genießen. Einen Augenblick lang erlaube ich mir, meine Augen zu schließen und ihren Duft einzuatmen.

Savannah hat mich von der ersten Sekunde an, als ich sie im Wald in den Händen von Steve gesehen habe, fasziniert. Sie ist so zerbrechlich und gleichzeitig so stark, obwohl ich bezweifle, dass sie es selbst auch so sieht. Trotz dessen, dass sie so viel durchmachen musste, strahlt sie eine solche Kraft aus, wie ich es bisher nur bei wenigen Leuten gesehen habe.

Insgeheim schelte ich mich für diese Gedanken und öffne meinen Augen wieder.

Ich *darf* sie nicht mögen, nicht auf diese Weise.

Es ist mein Job sie zu beschützen und das kann nicht funktionieren, wenn ich Gefühle entwickle.

Aber sie macht es mir verdammt schwer, selbst nach so kurzer Zeit.

Als ob Savannah bemerkt, dass sich etwas verändert hat, macht sie sich von mir los und will einen Schritt zurücktreten, prallt aber gegen die Küchenzeile.

»Au«, stöhnt sie und reibt sich ihren unteren Rücken.

»Alles okay?« Ich trete zurück.

»Ja.« Mit ihrem Ärmel wischt sie sich einmal über die Augen und verschmiert dabei ihre Wimperntusche.

Ich wende mich ab, denn sie sieht so nur noch schöner aus.

»Okay. Dann mache ich jetzt mal das Abendessen.«

Kapitel 13

SAVANNAH

Die ersten Wochen vergehen wie im Flug. Thanksgiving, das in Kanada traditionell am zweiten Montag im Oktober gefeiert wird, ist in Windeseile auf uns zugerast. Es war seltsam, dieses Familienfest gemeinsam mit Matt zu feiern. Obwohl man wohl kaum von feiern sprechen kann.

Matt musste arbeiten, und ich habe den Tag auf dem Sofa mit Netflix verbracht. Nach Lesen ist mir nicht zumute gewesen. Abends hat Matt dann gekocht, und obwohl es weder geräucherten Lachs noch mit Ahornsirup glasierten Truthahn gab – das traditionelle Thanksgiving-Essen meiner Familie – hat er dennoch Kartoffelpüree mit Möhren und Rosenkohl serviert. Für ihn gab es dabei ein Steak, für mich Grillkäse. Ich esse nämlich seit einigen Jahren vegetarisch.

Danach hat sich schnell eine Art Routine eingespielt. Matt geht morgens früh zur Arbeit, während ich ausschlafe.

In den ersten zwei Wochen ist er vor der Arbeit mit Duncan eine Runde laufen gegangen, doch seitdem mein Bein immer weniger Probleme macht, habe ich ihm angeboten, dies morgens zu übernehmen, nachdem ich ihn an einigen Abenden auf seinen Abendrunden begleitet habe. In der kleinen Wohnung bekomme ich sonst einen Lagerkoller. Matt hat daraufhin nur gelacht und eingelenkt, vor allem, weil er der Meinung ist, dass es meiner Angst, vor die Tür zu gehen, gut tut.

Da sich die Menschenmassen nahe der *Strandrunde*, wie wir die halbstündige Strecke am Meer entlang liebevoll nennen, in Grenzen halten und er mir zudem anvertraut hat, dass Schäferhunde auch als Personenschutzhunde Einsatz finden und ich bei Duncan in bester Gesellschaft bin, fühle ich mich immer sicherer.

Außerdem haben wir uns eine neue Angewohnheit zugelegt. Ich schreibe ihm, bevor ich mit Duncan loslaufe – und wenn ich wieder bei der Hütte angekommen bin. So wie auch jetzt, nachdem ich mir die Boots von den Füßen gekickt habe.

Von: Savannah
An: Matt
Bin wieder da :)

Von: Matt
An: Savannah
Okay.
Wie war's? :)

Von: Savannah
An: Matt
Gut – Duncan hat sich besser benommen als gestern. Er hat die Kanadagänse nur angebellt, nicht gejagt.

Matts Antwort darauf besteht aus Lachsmileys und der Aussage, dass ich ihn immer besser unter Kontrolle habe. Denn obwohl Duncan gut erzogen ist, ist er ein richtiges Schlitzohr. Gestern ist er mir kurz abgehauen.

In Kanada besteht eine Leinenpflicht für Hunde, doch da wir uns auf dieser Runde nicht auf einem allgemeinen Wander- oder Fußweg aufhalten und ich bis auf einmal noch keiner Menschenseele begegnet bin, lassen Matt und ich den Schäferhund frei laufen. Das ist bis auf gestern auch immer gut gegangen.

Abends koche ich seit ein paar Tagen dann für uns beide.

Der Muskel in meinem Arm sollte größtenteils verheilt sein, wie mir ein Arzt in Victoria – der von Dr. Giovanni persönlich für meine weitere Behandlung ausgewählt wurde – stolz mitteilt, und so kann ich ihn zumindest für Kleinigkeiten nutzen.

Tätigkeiten wie Gemüse schnibbeln gehen also mittlerweile wieder, auch wenn ich das Gemüse mit meiner verletzten Seite lediglich etwas festhalten kann. Ich musste mir zwar eingestehen, dass Matts Kochkünste eindeutig besser sind als meine, aber ich steigere mich von Tag zu Tag.

Langsam fühlt es sich nicht mehr allzu seltsam an, dass wir zusammenwohnen. Gerade am Anfang gab es ab und an ein paar peinliche Momente zwischen uns. Beispielsweise bin ich es gewohnt, das Bad nicht abzuschließen. Als Matt dann eines Morgens plötzlich vor mir stand – ich war zum Glück gerade in mein Badetuch gewickelt, um mir mit einem kleineren Handtuch meine Haare zu trocknen –, konnte ich ihm danach für einige Stunden nicht in die Augen schauen. Obwohl er sowieso schon viel zu viel von meinem Körper gesehen hat, da er mir oft genug den Verband gewechselt hat. Auch das ist zum Glück vorbei, denn die Fäden wurden bereits gezogen.

Dafür habe ich aber herausgefunden, dass Matts Arme und Oberkörper einige Tattoos zieren, was ich ziemlich sexy finde. Es sind nicht allzu viele, sodass es nicht überladen scheint – aber die schwarze Tinte steht seinem muskulösen Körper enorm. Gerade ein Tattoo auf seinem unteren stählernen Bauch hat es mir angetan. Es zeigt einen Weißkopfseeadler im Angriffsflug, die Krallen hat er nach seiner Beute ausgestreckt. Auch wenn ich selbst keine Tattoos habe – bei Männern finde ich sie äußerst anziehend.

Meine Physiotherapeutin Annie kommt noch immer regelmäßig vorbei. Sie ist die Einzige hier im Ort, bis auf Matts Kollegen bei der Arbeit, die über meine Vergangenheit Bescheid weiß. Sie hat die Wunden natürlich direkt als Schusswunden identifiziert und uns daraufhin argwöhnisch beäugt. Ich hatte sogar das Gefühl, dass sie am liebsten wieder rückwärts aus der Tür gegangen wäre, doch wir sind auf ihre Hilfe angewiesen, denn die Praxis hier im Ort hat nur wenige Physiotherapeuten angestellt. Matt hat ihr direkt eine Verschwiegenheitserklärung unter die Nase gehalten und ihr erst erzählt, was vorgefallen war, als sie diese unterzeichnet hatte. Doch alle Einzelheiten kennt sie natürlich nicht.

Dennoch bin ich froh, dass Annie, die in meinem Alter und eine richtige Frohnatur ist, zweimal die Woche vorbeikommt.

Sie ist ein wenig kräftiger gebaut, hat etwas dunklere Haut und rabenschwarzes welliges Haar. Stolz hat sie mir erklärt, dass sie von einem der wenigen indigen Völker hier auf Vancouver Island abstammt und mir einige Geschichten erzählt. Man muss sie einfach mögen, denn sie ist unglaublich lieb und ein herzlicher, offener Mensch. Wir verstanden uns auf Anhieb und lachen durchgehend, während sie mich mit ihren Übungen quält. Wenn der Termin abends stattfindet, geht Matt kopfschüttelnd, aber lächelnd freiwillig mit Duncan raus.

»Er ist so unglaublich heiß«, schwärmt Annie mir dann jedes Mal vor, sobald Matt die Haustür hinter sich zugezogen hat. »Du bist sicher, dass da nichts läuft? Ich meine, ihr wohnt immerhin zusammen!«

Und jedes Mal erhält sie von mir dieselbe Antwort. »Da läuft nichts. Außerdem glaube ich nicht, dass er auf mich steht. Er ist doch voll der Typ für hübsche, aufgetakelte Sportpüppchen.«

Annie schüttelt den Kopf. »Du tust ihm bestimmt unrecht. So wie er dich manchmal ansieht, könnte man schon meinen, dass er dich mag.« Dann scannt sie mich jedes Mal ab, bevor ihr Blick skeptisch wird. »Außerdem bist du doch super hübsch und du hast eine gute Figur. Und ich glaube nicht, dass er auf *Püppchen* steht.« Sie setzt das Wort in Anführungszeichen und zwinkert mir zu, und hier endet unsere Diskussion jedes Mal.

Natürlich kann ich nicht leugnen, dass ich mich zu Matt hingezogen fühle. Jetzt gerade sitze ich auf der Couch und lese, als mein Handy vibriert. Die Nachricht von Matt lässt mein Herz kurz aus dem Takt geraten.

Von: Matt
An: Savannah
Hast du schon Pläne für das Abendessen?

Von: Savannah
An: Matt
Nein.

Von: Matt
An: Savannah
Pizza? Ich bringe welche mit.
Ich brauche heute mein Guilty Pleasure.

Meine Mundwinkel verziehen sich zu einem breiten Grinsen. Mittlerweile weiß ich, dass Matt sehr gesund lebt und viel Sport treibt. Dass nicht etwa Dinge wie Schokolade − wie sie es bei mir wohl wäre −, sondern Pizza sein Guilty Pleasure ist, ist bei einem Gespräch rausgekommen, als ich zum Abendessen selbstgemachte Pizza gebacken hatte. Zugegeben, der Teig kam aus dem Supermarkt, aber wen interessiert das schon?
Matt, wie ich feststellen musste.
Ich beiße mir auf die Unterlippe und tippe eine Antwort.

Von: Savannah
An: Matt
Was ist passiert? Wir hatten doch vor zwei Tagen erst welche − heute nicht gesund? :D

Von: Matt
An: Savannah
Anstrengender Tag. Und die zählte nicht, die war nicht fettig genug.
Also? Was möchtest du?

Ich entscheide mich für eine Pizza Margherita − damit kann man in der Regel nichts falsch machen − und lasse mein Handy wieder aufs Sofa sinken. Dann starre ich aus dem Fenster, hinter dem das abendliche Herbstwetter sich von seiner besten Seite zeigt. Es stürmt, doch für mich ist es das perfekte Lesewetter.
Aber meine Gedanken kreisen weiterhin um Matt. Immer, wenn er mir schreibt, mich anlächelt oder mich zufällig − oder auch absichtlich − berührt, fangen die Schmetterlinge in meinem Bauch an zu flattern. Doch wir sind nicht freiwillig zusammen hier und verbringen quasi zwangsläufig Zeit miteinander.

Vielleicht sind meine Empfindungen also gar nicht echt, sondern ich bin ihm nur dankbar dafür, dass er mich gerettet hat.

Auch Matt hat bisher keine Annäherungsversuche unternommen, also denke ich, dass er in mir nicht mehr als eine Klientin oder vielleicht sogar eine Freundin sieht, die rein zufällig bei ihm wohnt.

Als er eine Stunde später mit zwei Pizzakartons in den Händen zur Tür reinkommt, habe ich es gerade mal geschafft, zwei Seiten zu lesen und zu verstehen, was in der Geschichte passiert, ohne dass meine Gedanken immer wieder abschweiften.

»Was ein Sauwetter«, grummelt Matt und versucht Duncan davon abzuhalten, sich einen der Kartons zu schnappen, die er neben sich auf die Garderobe gestellt hat, um sich die Schuhe abzustreifen.

Lachend gehe ich zu den beiden hinüber und greife nach der Pizza, bevor Duncan sie vertilgt.

»Es soll erst einmal ein paar Tage so bleiben«, meine ich achselzuckend, hole Gläser sowie Besteck aus den Küchenschränken und fülle Wasser in eine Karaffe.

»So viel zum Indian Summer.« Matt seufzt.

Wir setzen uns, schneiden die Pizza im Karton und essen die Stücke mit den Händen. »So, wie sich das für Pizza gehört.« Matts Worte.

»Also, was war los, dass du heute sündigen musst?« Neckend mustere ich Matt, der gerade von seiner Pizza Salami abbeißt und dabei genussvoll stöhnt. »Scheint ja zu helfen.« Ich lache.

»Hm.« Er schließt die Augen und nickt, während er sein erstes Stück genießt. Dann sieht er mich an. »Ich weiß auch nicht, heute war nicht mein Tag. Hatte nicht einmal etwas mit den Leuten zu tun.«

»Hilft die Pizza wenigstens?«

»Und wie.«

Wir plaudern noch ein wenig über dies und das, bevor ich erschrocken auf meine Armbanduhr schaue. »Mist, Annie ist in einer Viertelstunde hier. Das habe ich total vergessen.«

Matt zieht eine Augenbraue hoch und grinst. »Dann war die Pizza jetzt ja genau das Richtige.«

»Absolut nicht, ich hätte sie danach essen sollen.« Stöhnend halte ich mir den Bauch und zwinge mich, trotzdem aufzustehen und in mein Zimmer zu taumeln, um mich in Sportklamotten zu werfen.

Es wird sogar noch schlimmer als erwartet. Annie quält mich mehr als sonst und als ich nach nur wenigen Übungen außer Atem bin, sieht sie mich skeptisch an.

»Was ist heute los mit dir?«

»Matt hat Pizza zum Abendessen mitgebracht. Ich habe unseren Termin vergessen,« gebe ich zu und stöhne.

Annie prustet los. »Das erklärt einiges.«

Sie bedeutet mir, in eine andere, weniger anstrengende Übung zu gehen.

»Was machst du am Wochenende?«

»Noch nichts, wieso?« Überrascht über den plötzlichen Themenwechsel sehe ich Annie an.

»Ich treffe mich am Freitagabend mit ein paar Freundinnen in ›Dermot's Pub‹, komm doch mit! Ihr würdet euch bestimmt gut verstehen.«

Ich erstarre in meiner Bewegung. »Ich glaube, das ist keine so gute Idee.«

Mit Matt habe ich zwar schon darüber gesprochen, was wir den Leuten im Ort erzählen, falls jemand fragen sollte. Wir geben uns als gute Kumpel aus und ich bin ihm nach einem Unfall hierher gefolgt, um mich von dem Zwischenfall zu erholen. Niemand darf den wahren Grund erfahren, wieso ich hier in Oakajoks bin.

Doch bin ich schon bereit, in die Öffentlichkeit zu gehen und Freundschaften in diesem Ort zu schließen? Mit je mehr Leuten ich hier Kontakt habe, desto wahrscheinlicher ist es, dass irgendjemand Fragen stellt. Oder mich erkennen und identifizieren könnte. Auch wenn ich nicht weiß, inwiefern die Nachrichten über meine Entführung in diesen entlegenen Ort gelangt sind. Laut David wurden sie damals nur lokal gestreut, aber man weiß ja nie.

»Wieso nicht?« Verwirrt sieht Annie mich an. »Willst du jetzt auf ewig alleine hier in der Hütte rumhängen?«

Ich lache auf. »Auf ewig hoffentlich nicht, nein. Aber ich weiß nicht, meine Verletzungen …«

»… sind fast verheilt.« Sie verschränkt die Arme vor der Brust und sieht mich streng an. »Dein Bein kannst du wieder komplett belasten, dein leichtes Humpeln fällt nur noch auf, wenn man es weiß und ganz genau hinsieht. Du hast dich wirklich reingehängt, wieder fit zu werden.« Sie stemmt die Hände in die Hüften. »Und auch wenn es noch etwas dauert, bis dein Arm wieder voll funktionstüchtig ist, wird das keiner infrage stellen. Außerdem wundert man sich, dass die Freundin vom neuen heißen Cop sich so gar nicht blicken lässt. Wir befinden uns in einem kleinen Ort, die Leute reden hier. Es wäre gut, wenn du mit raus kommst. Auch für dich«, setzt Annie mit einem Schulterzucken hinzu.

Einen Moment lang überlege ich. Es stimmt, mein Bein ist wirklich fast verheilt. Da es nur ein oberflächlicher Streifschuss war, wurde kaum etwas tiefgehend verletzt.

Und auch mit meinem Arm mache ich Fortschritte. Nie hätte ich es gedacht, aber so ein Muskel baut nach drei Wochen in einer Schlinge echt schnell ab. Zuerst konnte ich den Arm kaum aus eigener Kraft anheben, doch durch Annies Hilfe und die leichten Übungen wird es immer besser. Ich kann ihn zumindest wieder in meinen Alltag integrieren.

Annie steht auf und rollt die grüne Isomatte zusammen, auf der ich bis eben noch Übungen gemacht habe. Dann drückt sie mir Hanteln in die unversehrte Hand und ein Handtuch in die andere.

Die Haustür öffnet sich und Matt kommt hereingetaumelt. Er ist klatschnass und flucht laut, als Duncan an ihm vorbei in die Wohnung rennt und eine Schlammspur hinter sich herzieht. »Duncan, nein!«, ruft er noch, doch zu spät. Duncan springt mit einem gewaltigen Satz auf das Sofa und sieht Matt nur verständnislos an.

Annie und ich prusten los und halten uns die Bäuche vor Lachen. Genervt blickt Matt uns an und streift seine schlammverkrusteten Boots von den Füßen, bevor er zu Duncan hinübergeht und ihn sanft vom Sofa zieht.

»Lacht ihr nur«, knurrt er und nimmt Duncan mit ins Bad, um ihn – und vermutlich auch sich selbst – zu duschen. Das trockene Zeitfenster, das der Wetterbericht angekündigt hatte, haben die beiden wohl verpasst.

»Also? Kommst du Freitagabend mit? Ich könnte dich abholen und auch nach Hause bringen, das wäre kein Problem«, greift Annie das Thema wieder auf.

»Lass mich zuerst Matt fragen, was er dazu sagt.«

Annie zieht eine Augenbraue hoch. »Wie du meinst.«

Sie packt ihre Ausrüstung zusammen, während ich mir einen Wischer schnappe und etwas umständlich den Schlamm zu beseitigen beginne, den Duncan mit ins Haus getragen hat.

Als der Schäferhund fünf Minuten später wieder ins Wohnzimmer tapst, ist er immer noch feucht, aber zumindest sauber. Er lässt sich ausgiebig von Annie kraulen, die an diesem Abend keine weiteren Termine hat und sich somit nicht sonderlich beeilt, nach Hause zu kommen.

Matt stiefelt wenig später in die Küche. Sein Haar ist noch nass und liegt unordentlich in alle Richtungen. Er hat sich nur ein enges Shirt und eine Jogginghose übergestreift, die seinen wohlgeformten Körper betonen.

Annie, die auf einem der Küchenstühle vor einem Glas Wasser sitzt, richtet sich auf und schaut mich mit hochgezogenen Augenbrauen an. »Heiß«, formt sie mit ihren Lippen und deutet unauffällig auf Matt.

Ich spüre, wie mir die Röte ins Gesicht schießt, und muss mir ein Lächeln verkneifen. Schnell wende ich mich von Annie ab und blicke stattdessen Matt an, der verdutzt zwischen mir und Annie hin und her blickt.

»Habe ich etwas verpasst?«

»Nö«, behauptet Annie cool und nimmt einen Schluck Wasser. »Ich habe Savannah nur gerade gefragt, ob sie am Freitagabend nicht mit mir und ein paar Freundinnen in den Pub gehen will.«

»Das klingt doch gut!« Matt sieht zu mir und muss mir meinen Zwiespalt ansehen, denn er fügt ein »Oder nicht?« hinzu.

»Ich finde auch«, wirft Annie ein.

Seufzend lehne ich mich mit verschränkten Armen gegen die Küchenzeile. »Ich weiß nicht. Je mehr Leuten ich begegne, desto größer ist die Gefahr, dass mich jemand erkennt und ausplaudert, wo ich bin.«

»Hm.« Matt schenkt sich ein Glas Orangensaft ein. »Ich verstehe, was du meinst, aber ich denke, dass die Gefahr hier relativ gering ist. Wir sind an einem kleinen Ort in einer anderen Provinz, hier wurde dein Fall nicht über die Nachrichten gestreut. Außerdem kannst du dich nicht für immer verstecken, das ist nicht gesund.« Matt nimmt einen Schluck und sieht mich dann abwartend an.

Das mag ich so an ihm. Er ist in der Lage, rational zu denken, seine Meinung zum Ausdruck zu bringen, aber trotzdem niemanden zu einer Entscheidung zu drängen.

»Ich überlege es mir, in Ordnung?«

Es ist Mittwoch, das bedeutet, ich habe noch zwei Tage Zeit.

»Damit muss ich mich wohl zufriedengeben.« Annie schlägt die Hände auf ihre Oberschenkel und erhebt sich dann von ihrem Stuhl. »Ich mache mich mal auf den Weg, ich habe Nia versprochen, dass ich noch im Center vorbeischaue. Sie ist Freitag übrigens auch dabei«, erwähnt sie wie beiläufig, bevor sie sich ihre Jacke überstreift.

Wann immer Annie Zeit aufbringen kann, hilft sie ihrer Freundin Nia im ›Oakajoks Wildlife Rescue and Rehabilitation Centre‹ aus, einem Ort, an dem verletzte, verwaiste oder kranke Wildtiere aufgepäppelt und danach nach Möglichkeit wieder ausgewildert werden. Nia hat das Center aufgebaut und führt es mit Herzblut, wie Annie mir voller Stolz erzählt hat.

Nias Familie leitet ebenfalls die ›Oakajoks Whale Watching Tours‹. Sie ist also mehr oder weniger in die Welt der Wildtiere hineingeboren worden und arbeitet gleichzeitig als Wal Spotterin während der Touren. Eigentlich kann ich es kaum erwarten, sie endlich kennenzulernen, bei allem, was Annie mir von ihr erzählt hat. Sie scheint einen unglaublich tollen Charakter zu haben und ich bin fasziniert davon, was sie leistet.

»Ciao.« Annies Stimme reißt mich von der Tür her aus meinen Gedanken.

Ich gehe zu ihr hinüber und umarme sie kurz zum Abschied. Bevor sie die Haustür hinter sich zuzieht, sieht sie mich noch einmal an.

»Ich würde mich wirklich freuen, wenn du Freitagabend mitkommst.« Dann wuchtet sie ihre Tasche, in der sie das Equipment für die Physiotherapie verstaut hat, hoch und trägt sie zu ihrem winzigen Auto, das neben Matts Wagen wie ein Spielzeugauto aussieht.

»Ich melde mich«, rufe ich ihr hinterher, bevor sie die Hand zum Abschied hebt und ich die Tür ins Schloss fallen lasse.

Als ich mich umdrehe, bemerke ich Matts forschenden Blick auf mir. Er steht mit überkreuzten Beinen an die Küchenanrichte gelehnt und sieht nicht weg, als ich ihm direkt in die Augen schaue, sagt aber auch nichts.

»Was ist?« Meine Stimme klingt gereizter als beabsichtigt.

Matt schwenkt das Glas in seiner Hand, die andere steckt in der Hosentasche seiner Jogginghose. »Es ist deine Entscheidung, aber wenn du mich fragst: Ich würde Annies Angebot annehmen.«

»Ich frage dich aber nicht«, schnaube ich und öffne den Kühlschrank. »Solltest du mir nicht lieber davon abraten auszugehen? Als mein Babysitter?«

Meine Schroffheit ist total unangemessen, doch ich kann mich in diesem Moment nicht zügeln. Ich habe unsagbare Angst davor, dass Steve mich erneut finden könnte. Und vielleicht habe ich auch gar keine Lust, neue Leute kennenzulernen. Möchte mich weiter in meinem Selbstmitleid suhlen, wie ich es das letzte Jahr über getan habe.

Matt lacht auf. »Also erstens bin ich garantiert nicht dein Babysitter. Natürlich fühle ich mich für deinen Schutz verantwortlich, aber du brauchst hier keinen Bodyguard.«

Schmunzelnd schaut er mich an, als ich mich zu ihm umdrehe.

»Und zweitens würde es dir guttun, etwas unter Leute zu kommen. Freundschaften zu schließen, anstatt immer nur in meiner Gesellschaft zu sein.«

Ich zucke mit den Schultern. »Ich mag deine Gesellschaft.«

In Matts Blick blitzt kurz etwas auf, doch es verschwindet genauso schnell, wie es gekommen ist.

Habe ich mir das nur eingebildet? Ist diese Aussage zu forsch gewesen?

»Ich mag deine Gesellschaft auch, Savannah. Aber vermisst du es nicht, dich auch mal mit Freundinnen zu treffen und einfach mal rauszugehen?«

»Ich hatte in letzter Zeit nicht wirklich viele Freunde. Seitdem meine Eltern starben, um genau zu sein.«

Mit seiner Antwort lässt Matt sich Zeit, nippt einmal an seinem Orangensaft. Er sieht unglaublich aus, wie er da gegenüber von mir an der Küchenzeile gelehnt steht, sein rabenschwarzes Haar verwuschelt. Die Adern an seinen muskulösen Unterarmen stechen hervor und mir wird ganz heiß. Schnell wende ich den Blick ab.

»Ich verstehe, wenn du Angst davor hast, dass Steve dich erneut finden könnte.« Er hält inne. »Darum geht es, richtig?«

Mal wieder hat er den Nagel damit auf den Kopf getroffen.

Wie beiläufig schenke ich mir ebenfalls ein Glas Saft ein, doch ich kann das Zittern meiner Hände nicht unterdrücken.

»Ich denke trotzdem, dass du mitgehen solltest. Hab keine Angst, neue Bekanntschaften zu machen, und sei einfach du selbst, dann werden sie dich mögen.« Er lächelt mir zu. »Es wird dich hier keiner finden, glaub mir. Geh raus und hab Spaß. Ich habe am Freitag nichts vor, du kannst mich also jederzeit anrufen, wenn was ist oder ich dich abholen soll.«

»Okay, danke.«

»Immer gern.« Matt stößt sich von der Küchenzeile ab und geht auf die Couch zu.

»Matt?«

»Ja?«

»Was sage ich ihnen, wenn sie nach dir fragen? Oder nach uns?«

Matt sieht mich einen Moment zu lange an, als versuche er herauszufinden, wie er diese Frage interpretieren soll.

»Das, was wir allen erzählen. Wir sind Kumpel, du hattest einen Unfall und hast mich hierher begleitet, um dich zu erholen.

Fertig.«

Fertig.

Das Wort hallt in meinem Kopf nach wie ein Echo.

Kapitel 14

SAVANNAH

Am Freitagabend holt Annie mich um Viertel vor sieben ab. Zum ersten Mal, seit Matt und ich in Oakajoks sind, habe ich mich zurechtgemacht und mir sogar meine Haare mit meinem Lockenstab gelockt. Früher habe ich mich nur geschminkt und aufgetakelt vor die Tür gewagt, da habe ich meine Haare fast nie in ihrer natürlichen Form belassen. Doch seit meine Eltern gestorben sind, habe ich erkannt, dass es Wichtigeres im Leben gibt als Äußerlichkeiten. Heute allerdings fühle ich mich danach, mich zu schminken und hübsch auszusehen. Schließlich kennt mich hier keiner, und ich möchte einen guten ersten Eindruck hinterlassen.

Ich habe mich für eine elegante schwarze Jeans mit einem engen weißen Rollkragenpulli entschieden. Dieses Outfit betont deutlich meine Figur. Dazu trage ich feine Boots, die ein wenig höher geschnitten sind. Mit diesem Look fühle ich mich wohl und hoffe, dass er meine innere Unruhe ein bisschen abschirmt.

Obwohl ich unglaublich nervös bin, hat Matt recht. Ich kann mich nicht für immer verstecken.

Als ich so ins Wohnzimmer gehe und Matt, der auf dem Sofa sitzt, mich erblickt, verdunkeln sich seine Augen für den Bruchteil einer Sekunde. »Du siehst sehr hübsch aus«, haucht er und erwidert meinen Blick ein wenig zu lang. »Ist alles okay?«

»Ja.« Meine Stimme verrät mich, denn sie zittert leicht.

»Es wird schon alles gut gehen. Ich bin stolz auf dich, dass du dich entschieden hast mitzugehen.«

Ein Hupen lässt mich aufsehen. Die Scheinwerfer eines Wagens leuchten durch das Küchenfenster.

»Viel Spaß.« Matts aufmunterndes Lächeln jagt einen warmen Schauer durch meinen Körper.

»Danke.« Mit einem letzten Blick trete ich hinaus in die kühle Nachtluft.

Annies Auto ist wirklich sehr klein. Es fühlt sich im Gegensatz zu Matts Wagen an, als würden wir in einem Spielzeugauto sitzen und jeden Buckel in der Straße zu spüren bekommen. Bis zu ›Dermot's Pub‹ sind es nur zwanzig Minuten Fahrt über die geschwungene Küstenstraße. Auf dem Parkplatz des Pubs stehen jede Menge Autos, doch zum Glück passt Annies Wagen in eine winzige Parklücke, die direkt vor dem Eingang noch frei ist.

Als wir den Pub betreten, steuert Annie zielsicher auf einen der Tische zu, an dem bereits drei Mädels unseres Alters sitzen. Nervös folge ich ihr, sehe mich nach feindlichen Gesichtern um und halte mich zunächst im Hintergrund, während sie die anderen begrüßt.

»Leah! Du meine Güte, was machst du denn hier?!« Annie umarmt ein Mädchen mit wirren roten Locken. Sie trägt lässige Klamotten, die mich im ersten Moment an das Wort »Boho« denken lassen. Ihre Arme sind übersät mit kleinen Armbändern aus Leder, Stoff und auch Silber, ihre Finger schmücken diverse Ringe. Mehrere schlichte Fineline-Tattoos zieren ihre Arme und mein Blick bleibt spontan an einem Wort hängen: ›*happiness*‹. Dieses kleine Wort hat so eine starke Bedeutung, dass ich verstehen kann, wieso sie es auf ihrem Körper verewigt hat.

»Hey! Ich bin nur für das Wochenende hier – mein Dad hat Geburtstag und den konnte ich schlecht verpassen.« Sie lacht und drückt Annie an sich.

»Stimmt, das habe ich ganz vergessen! Grüß ihn morgen ganz lieb von mir.« Annie weicht ein Stück zurück und sieht Leah strahlend an. »Es ist wirklich schön, dich zu sehen.«

»Ebenso.« Leah lächelt in die Runde.

»So werden wir nie begrüßt«, beschwert sich ein anderes Mädchen neckend. Sie hat rabenschwarzes, langes, glattes Haar und markante Gesichtszüge.

»Mach dir nichts draus.« Ein weiteres der Mädchen rollt mit den Augen. Ihre schulterlangen hellbraunen Locken umrahmen ihr hübsches Gesicht, aus ihren leuchtend grünen Augen spricht der Schalk. »Alle haben eben nur Augen für die Weltenbummlerin, wenn sie mal in der Stadt ist.«

Sie streckt Annie die Zunge heraus und fängt sich dafür einen Knuff in die Seite ein.

»Ihr wisst, dass das nicht so ist«, lacht diese und umarmt die anderen beiden Mädchen nun ebenfalls.

Dann fällt der Blick aller auf mich.

»Leute, das ist Savannah.«

»Hey, schön dich kennenzulernen! Annie hat uns schon erzählt, dass du heute mitkommst. Ich bin Katie.«

Katie, das Mädchen mit dem rabenschwarzen Haar, zieht einen Stuhl neben sich unter dem Tisch hervor und deutet darauf. Sie sieht eher galant gekleidet aus in ihrer weißen Bluse, dem dezenten Make-up und dem kleinen dünnen Silberarmband um ihr Handgelenk. »Setz dich doch.«

Eine allgemeine Runde der Begrüßung geht los und Annie stellt mich jedem vor. Katie hat ihren Namen bereits verraten und ich habe ebenfalls den Namen Leah gehört, was Annie mir nun bestätigt. Das heißt, dass das Mädchen mit den braunen Locken Nia sein muss.

»Von Nia habe ich dir schon erzählt, Savannah. Sie hat das ›Oakajoks Wildlife Rescue and Rehabilitation Centre‹ gegründet.«

»Ja, genau! Das finde ich wirklich sehr spannend.«

»Ist es auch!« In Nias Stimme schwingt Stolz mit. Ihre grünen Augen leuchten. Auch sie trägt zwei kleine Tattoos, eins am Handgelenk und das andere am Oberarm. Genau wie Leah ist sie eher lässig im Country-Stil gekleidet, winzige Sommersprossen ziehen sich über ihre Nase und ihre Wangen. Obwohl es mittlerweile Herbst ist, ist ihre Haut gebräunt, was wahrscheinlich darauf zurückzuführen ist, dass sie viel Zeit im Freien verbringt.

»Also Leah, woher kommst du diesmal?!« Annie nimmt dem Barkeeper, der gerade ein Bier vor ihr abstellen will, dankbar das Getränk aus der Hand und trinkt einen großen Schluck. »Danke, Dermot, das habe ich jetzt gebraucht.«

Der junge tätowierte Mann lacht. Er trägt einen Dreitagebart und ist groß und drahtig gebaut. Seine Beanie verdeckt den größten Teil seines blonden Haars, das nur über der Stirn hochgegelt zum Vorschein kommt. In seinem linken Nasenflügel steckt ein Piercing.

»Das freut mich zu hören, Annie.« Auch mir reicht er ein großes Glas Bier, obwohl ich gar keins bestellt habe. »Dich kenne ich noch nicht«, stellt er fest.

»Ich bin Savannah.« Dankend lächle ich ihn an und nehme das Getränk entgegen.

»Sie ist eine Freundin von Matt, ihn kennst du bestimmt schon, oder?« Annie blickt den Pub-Besitzer fragend an.

»Oh ja, der neue Frauenschwarm schlechthin.« Dermot grinst. »Na dann, willkommen in Oakajoks, Savannah.«

»Danke«, erwidere ich, bevor Dermot wieder zum Tresen zurückkehrt.

Der Frauenschwarm schlechthin? Verwirrt runzle ich die Stirn. Habe ich etwas verpasst?

Obwohl es nicht so sein sollte und es mich überhaupt nichts angeht, was Matt in seiner Freizeit so treibt, zieht sich etwas in meinem Inneren zusammen.

»Wir haben schon einmal eine Runde bestellt, ich hoffe, du trinkst Bier?«, holt Katie mich ins Hier und Jetzt zurück, als sie meinen fragenden Blick bemerkt.

»Ja, danke.« Ich nippe an dem Getränk. Das ist gelogen, denn eigentlich bin ich kein Biertrinker, doch dieses helle Gebräu schmeckt erstaunlich gut.

»Ich habe gerade meine Rundreise durch Australien beendet.« Leah knüpft an die Frage von Annie an und nimmt nun ebenfalls einen großen Schluck. »Ich war für ungefähr neun Monate dort, das Land ist einfach unbeschreiblich schön!«

Lächelnd schaue ich auf ihr Tattoo am Oberarm. Sie scheint ihren Lebensstil ganz der Bedeutung dieses einen Wortes zugeschrieben zu haben, was mich unglaublich inspiriert.

Annie nickt begeistert. »Das glaube ich dir sofort! Und wohin geht es als nächstes?«

Leah zuckt mit den Schultern. »Ich bin mir noch nicht zu einhundert Prozent sicher, ich würde aber gerne die Karibik sehen.«

»Das würde ich auch gerne«, seufzt Katie.

»Komm doch mit! Wir wären bestimmt tolle Travel Buddies.« Leah stupst Katie in die Seite.

Diese stöhnt frustriert auf. »Meine Eltern bringen mich um, wenn ich sie mit dem Hotel allein lasse.«

Leah sieht sie ungerührt an. »Ist es ihr Leben oder deins?«
Nun herrscht Stille am Tisch. Es scheint, als hätten die beiden
diese Diskussion schon öfter geführt.

»Meins natürlich. Aber ich will das Hotel ja übernehmen.
Außerdem kann ich Josh nicht zurücklassen. Und er würde
garantiert nicht mitkommen.«

Bei diesem Namen klingelt nichts bei mir und ich bin mir
sicher, dass Annie ihn noch nie erwähnt hat.

Leah schwenkt ungerührt ihr Bier. »Es ist deine Entscheidung,
Katie. Aber du kannst mich ja auch besuchen kommen, wenn
ich dann mal weiß, wann ich wo bin.«

»Das werde ich definitiv in Erwägung ziehen.« Katies Mundwinkel verziehen sich zu einem Lächeln und sie prostet Leah
zu.

»Wie geht es eigentlich Bert?«, wechselt Annie nun an Nia
gewandt das Thema.

»Der Flügel verheilt bestens, ich denke, es spricht nichts
dagegen, ihn in einigen Wochen zurück in die Wildnis zu
entlassen.« Nia bemerkt unsere fragenden Blicke und setzt zu
einer Erklärung an. »Bert ist ein Bald Eagle. Ein Fischer hat ihn
vor zwei Wochen verletzt am Ufer gefunden und ihn zum Glück
zu uns gebracht. Sein Flügel war gebrochen.«

»Und was macht ihr mit solchen Tieren?«, frage ich interessiert.

»Wir haben seinen Flügel, so gut es ging, geschient. Er muss
nun für ein paar Wochen in einem kleinen Käfig ausharren,
damit sein Flügel richtig verheilt, dann kommt er in eine große
Flugarena, wo wir genau beobachten können, ob er seinen
Flügel wieder richtig einsetzen kann. Ist das der Fall, kann er
nach ein, zwei Wochen wieder ausgewildert werden.« Nia lehnt
sich in ihrem Stuhl zurück. »Eigentlich spricht bei ihm nichts
dagegen, aber man weiß nie.«

»Das ist echt der Wahnsinn.«

Meine Begeisterung lässt Nia schmunzeln. »Wenn du möchtest, komm doch gerne mal vorbei, dann zeige ich dir das Center
und unsere Tiere.«

»Das wäre toll, danke!«

»Nächste Runde gefällig?« Leah sammelt die leeren Gläser vor
uns ein.

»Ich muss leider auf alkoholfreies Bier umsteigen, ich muss uns noch nach Hause fahren.« Annie deutet auf mich und sich selbst.

»Ich auch. Ich bin direkt von der Arbeit hierher, mein Auto steht noch hier«, schließt Katie sich an.

»Kann Josh euch nicht holen?« Leah zieht einen Schmollmund. »Dann bin ich schonmal hier und keiner kann trinken!«

»Nein, leider nicht. Er ist auswärts unterwegs.«

Josh muss also ihr Freund sein.

»Matt hat angeboten mich zu holen, er kann euch bestimmt zu Hause absetzen.« Alle Blicke richten sich auf mich.

»Na super, geht doch!« Leahs Laune bessert sich in Sekundenschnelle.

»Bist du sicher?«, hakt Annie nach.

»Klar, das macht er bestimmt gern. Ich frage ihn.« Ich hole mein Handy hervor und tippe eine Nachricht an Matt.

> **Von: Savannah**
> **An: Matt**
> Hey, steht dein Angebot noch mich heute abzuholen? Und könnten wir dann zwei Freundinnen zu Hause absetzen?

Keine Minute später brummt mein Handy.

> **Von: Matt**
> **An: Savannah**
> Klar, kein Problem.

Kurz und knapp, so ist Matt.

»Er sagt, das ist kein Problem.« Ich schicke ein ›Danke‹ zurück und stecke mein Handy wieder ein.

»Hui!« Leah kreischt auf und winkt den Barkeeper heran. »Das läuft doch!«

»Und dann können wir uns den neuen heißen Cop endlich auch mal in Natura anschauen! Neulich im Fitnessstudio hat Anita mir bereits von ihm vorgeschwärmt. Ich glaube, sie steht auf ihn.« Katie grinst verschwörerisch in die Runde.

»Welcher neue Cop?«, fragt Leah verständnislos.

»Greg hat sich verletzt und fällt nun längerfristig aus, ich glaube für sechs Monate sogar. Matt vertritt ihn für diese Zeit. Was auch immer einen so heißen Cop nach Oakajoks verschlägt.« Katie kneift die Augen zusammen. »Und ihr zwei seid wirklich nur befreundet, Savannah?«

Nun sehen mich alle fragend an.

»Ja«, stammele ich und muss mich räuspern.

»Hast du eigentlich etwas von Jackson gehört, Leah?«, wechselt Annie erneut gekonnt das Thema. Sie schenkt mir einen kurzen Blick und zwinkert mir zu, während ich sie dankend anlächele.

Doch Jackson ist ebenfalls ein Name, den ich noch nicht gehört habe.

»Nein.« Naserümpfend schüttelt Leah den Kopf. »Und das ist vermutlich auch besser so. Ich bin glücklicherweise immer dann in der Stadt, wenn er gerade auf Tour oder sonst wo wegen seiner Musik unterwegs ist.«

»Hm.« Katie sieht aus, als würde sie einen Moment überlegen, ob sie das nächste besser nicht sagen sollte. »Er ist zu einem richtigen Playboy mutiert, wenn man den Klatschnachrichten Glauben schenken darf.«

Leah schnaubt. »Er ist ein Country Star, Katie. Natürlich ist er das. Ich kann wohl froh sein, dass es mit uns vorbei ist und ich mir das Gezicke seiner Fans nicht geben muss.«

Einen Moment herrscht Stille am Tisch.

»Ähm … Von welchem Jackson sprechen wir?«, frage ich vorsichtig.

»Jackson McLaughlin, internationaler Country Star.« Leah verdreht die Augen.

Ja, von ihm habe ich definitiv schon gehört. Die Musik, die er macht, ist wahnsinnig gut, auch wenn ich eigentlich nicht auf Country-Musik stehe. Ich richte mich auf. »Wartet mal, heißt das, er kommt gebürtig aus Oakajoks?!« Verblüfft sehe ich in die Runde.

»Jap. Mit Hemd und Kragen.« Annie nickt bestätigend, wirkt aber eher genervt.

»Ich brauche dringend einen Kurzen. Noch jemand?« Leah steht auf und geht hinüber zum Tresen.

»Die beiden waren lange ein Paar, bevor sie sich vor ungefähr fünf Jahren getrennt haben.« Annie sieht Leah hinterher. »Ich glaube, sie ist immer noch nicht über ihn hinweg.«

»Und er auch nicht über sie, wenn man seinen Brüdern Glauben schenken darf.« Nia gesellt sich zu Leah, die an der Theke mit Dermot spricht.

Wenig später kehren sie mit einem Tablett voller Pinneken zurück und ich muss unwillkürlich schmunzeln. Es wird ein gemütlicher Abend, hat Annie gesagt, doch nun sieht es eher so aus, als würde er eskalieren.

Wir lachen viel, trinken einen Shot nach dem anderen und gehen sogar irgendwann zu der kleinen Tanzfläche hinüber, auf der wir lange die einzigen Tänzer sind. Ausgelassen lachend bin ich froh darüber, dass die anderen mich so herzlich in ihre kleine Gruppe aufgenommen haben.

Später am Abend gesellen sich einige junge Männer zu uns und ich erfahre, dass es sich bei zweien von ihnen, Noah und Kyle McLaughlin, um Jacksons Brüder handelt. Leah umarmt die beiden lang und sie sehen sichtlich erfreut aus. Zwischen ihnen scheint bei der Trennung kein böses Blut geflossen zu sein. Der dritte im Bunde, Finn, ist der zweite von drei Cops in der Stadt und Matts Arbeitskollege.

»Hey, du musst Savannah sein.« Finn steuert auf mich zu und reicht mir ein Bier. »Wo hast du denn Matt gelassen?«

»Zu Hause«, antworte ich und stelle erschrocken fest, dass ich bereits ein wenig lalle. Dankbar für ein bisschen Halt lehne ich mich gegen den Tresen, an dem wir mittlerweile stehen. Ich bin es definitiv nicht mehr gewohnt, so viel Alkohol zu trinken. Auch wenn ich früher eine regelrechte Partymaus war, wie man es wohl bezeichnen würde.

»Na dann, sag ihm, er soll seinen hübschen Hintern hierher schwingen. Wäre doch schade, wenn er die Party verpasst.« Finn grinst und lehnt sich ebenfalls an den Tresen.

Nickend zücke ich mein Handy aus meiner Hosentasche, um eine Nachricht an Matt zu schicken. Ohne weiter darüber nachzudenken tippe ich drauf los.

Gesendet. Du meine Güte, ich würde diese Worte morgen sowas von bereuen.

Bevor ich mein Handy wieder wegstecken kann, ploppt Matts Antwort auf. Die erste Nachricht besteht nur aus Lachsmileys. Dann schreibt er.

Ein warmes Gefühl durchzuckt mich, als ich seine Antwort lese. Aber es stimmt. Ich weiß nicht mehr, wie lange es her ist, dass ich Alkohol getrunken habe, doch wenn ich so weitermache, bin ich morgen garantiert eine Schnapsleiche.

»Kommt er?«, fragt Finn, der immer noch neben mir steht.

Ich zucke zusammen, da ich ihn schon völlig vergessen habe.

»Jap.«

»Sehr gut.« Finn hebt sein Pint an seine Lippen.

Ein anderer der Neuankömmlinge steuert auf uns zu – Noah, wenn ich mich recht erinnere – und wendet sich an Finn.

»Willst du mir die junge Dame nicht vorstellen, Finn? Es scheint, als kennst du sie bereits.«

Sein blendend weißes Zahnpasta-Werbung-Lächeln trifft mich mit voller Wucht. So weiße Zähne kann ein Mensch doch gar nicht haben! Lässig streicht er sich eine seiner schulterlangen braunen Haarsträhnen aus dem Gesicht, die aus seinem Knoten am Hinterkopf herausgefallen sein muss.

Obwohl er riesengroß ist, fällt mein Blick auf seine Cowboyboots und selbst ich muss zugeben, dass sie ihm ziemlich gut stehen. Mein Geschmack ist so etwas normalerweise gar nicht. Um sein linkes Handgelenk trägt er ein auffällig breites Lederarmband, seinen rechten Arm zieren mehrere Tattoos. Beides lässt seine Arme noch muskulöser aussehen.

»Savannah, das ist Noah. Noah, Savannah.« Finn deutet dabei abwechselnd auf Noah und mich.

»Hi, Savannah.« Der Schönling streckt mir eine Hand hin und ich ergreife sie automatisch. Sein Händedruck ist fest und bestimmt. »Was führt dich ins bescheidene Oakajoks?«

Ich entziehe ihm meine Hand wieder, die er für meinen Geschmack einen Moment zu lange festgehalten hat. »Ich brauchte mal einen Tapetenwechsel. Ich bin mit meinem Kumpel Matt hier.« Den letzten Satz habe ich nicht umsonst angefügt.

Noah zieht die Augenbrauen hoch. »Der neue Cop?« Sein Blick richtet sich auf Finn, der nur stumm nickt.

Noah lacht auf. »Achso, okay.« Er zwinkert mir wissend zu, was ich nicht ganz zu deuten vermag.

»Wie geht es Jackson eigentlich?«, fragt Finn nun an Noah gewandt.

»Gut, soweit ich weiß. Er kommt in ein paar Wochen hierher und verbringt einige Zeit auf der Farm. Er meint, er muss mal ausspannen, bevor seine Tour im nächsten Frühjahr startet. Auch wenn ich nicht weiß, wovon er sich erholen muss, er verdient immerhin genug Geld damit, auf der Couch zu liegen und Wörter zusammenzureimen.« Achselzuckend verlagert er sein Gewicht von einem Bein auf das andere.

Finn lacht auf. »Das wird er uns garantiert erzählen. Bestimmt gibt er uns im Pub wieder seine neusten Songs zum Besten.«

»Darauf kannst du wetten.«

»Jackson wird hier auftreten?«, frage ich, offenbar ein wenig zu euphorisch, denn Finn und Noah lachen erneut.

»Das tut er ziemlich oft, ja. Wann immer er sich hier blicken lässt, kommt er nicht drum rum.« Noah zieht eine Augenbraue hoch. »Ein Fan?«

Ich lege den Kopf schief. »Ich mag seine Musik, wenn mich das also zu einem Fan macht, dann bin ich einer, denke ich.«

»Solange du bei seinem Anblick nicht ohnmächtig wirst, ist es in Ordnung. Davon gibt es schon genug Mädels.« Finn nimmt schmunzelnd einen Schluck von seinem Bier.

»Bei wessen Anblick wird sie ohnmächtig?«, fragt da eine mir sehr vertraute Stimme und ein warmer Schauer durchzuckt meinen Körper.

Als ich mich umdrehe, blicke ich direkt in Matts moosgrüne Augen, die mich für einen scheinbar endlosen Moment zu fesseln scheinen.

»Hi«, raunt er an mich gewandt und legt kurz seine Hand auf meinen unteren Rücken.

»Hi«, hauche ich zurück und bemerke ein Kribbeln genau an der Stelle, wo seine Hand für wenige Sekunden verweilt, bevor er sie wieder wegnimmt.

Augenblicklich wird die angenehme Wärme durch Kälte abgelöst und kurz wünsche ich mir, er würde seine Hand einfach dort liegen lassen.

»Bei hoffentlich niemandem.« Finn und Matt schlagen sich kurz ab. »Matt, das ist Noah.«

»Freut mich«, meint Matt in Noahs Richtung und lässt ihn ebenfalls einschlagen.

»Dito. Deine Freundin habe ich schon kennengelernt.« Noah deutet auf mich.

Zu meiner Überraschung lässt Matt diese Aussage unkommentiert im Raum stehen.

»Wie geht's?« Diese Frage richtet er direkt an mich.

»Gut, danke. Möchtest du etwas trinken?«

»Ich besorge uns etwas. Möchtest du auch noch eins?« Matt deutet auf mein leeres Pint.

Ich nicke dankend und er wendet sich an den Tresen, hinter dem Dermot und eine andere Angestellte ziemlich beschäftigt sind, die Leute mit ihren Getränken zu versorgen. Doch als Dermot Matt sieht, kommt er direkt hinüber zu ihm und die beiden fangen ein lockeres Gespräch an.

Wahnsinn, wir sind gerade einmal knapp drei Wochen hier und Matt ist bereits bekannt wie ein bunter Hund, und mich kennt kaum jemand. Andererseits ist er als Cop natürlich in der Stadt präsent, und wenn der Cop dann auch noch so gut aussieht wie Matt … Es gibt garantiert weitere Anitas da draußen, die nur darauf warten, ihn ins Bett zu bekommen.

Ein »Hey« reißt mich aus meinem Gedankenkarussell und ich blicke erschrocken von Matt zu Annie.

Sie legt den Kopf leicht schief und grinst mich an. Ihre schwarzen welligen Haare umrunden ihr hübsches Gesicht. Ihre dunkelbraunen Augen durchbohren meine, ihre Lippen verziehen sich zu einem Lächeln. »Habe ich da etwa jemanden aus seinen Tagträumen gerissen?«

»Was? Nein, auf keinen Fall«, stammele ich und will einen Schluck Bier nehmen, bemerke jedoch, dass das Pint leer ist, und stelle es stattdessen auf den Tresen hinter mir.

Annie lacht nur und hakt sich dann bei mir unter. »Komm, lass mich dir Kyle vorstellen.«

»Savannah«, höre ich meinen Namen hinter mir, als Annie mich bereits wegziehen will. Matt streckt mir ein neues Pint entgegen und ich nehme es ihm ab.

»Danke.«

Seinen Blick spüre ich in meinem Rücken, während ich Annie hinüber zur Tanzfläche folge.

»Ich denke, er steht auf dich«, flüstert Annie mir ins Ohr.

»Wer?«

»Wer schon.« Annie verdreht genervt die Augen und stupst mir in die Seite. »Matt natürlich, du Spatzenhirn.« Nun lacht sie und ich falle nervös mit ein.

»Nein, ich glaube nicht.«

Annie zieht die Augenbrauen hoch. »So, wie er dir eben hinterher gesehen hat, kommt mir das aber anders vor. Er hat dich angesehen wie eine Raubkatze seine Beute.«

Ich erschauere innerlich und schaue mich zu Matt um.

Und erstarre. Sein durchbohrender Blick trifft den meinen und ein Lächeln umspielt seine Lippen. Ein Gefühl der Wärme durchdringt mich, in meinem Magen beginnt es zu flattern. Er hebt sein Pint an und ich tue es ihm nach, bevor ich mich wieder Annie zuwende.

»Siehst du«, lacht diese wissend und zieht mich weiter.

»Wir sind nur Freunde.« Beharrend nehme ich noch einen Schluck Bier.

»Rede dir das nur ein, Süße.«

Ich beschließe, das Thema zu wechseln. »Noah sieht auch nicht schlecht aus.«

Nun wirft Annie mir einen Blick zu, den ich nicht deuten kann. Ist es Verwunderung? Belustigung? Oder sogar Verärgerung?

»Oh ja, das tut er. Er ist auch echt nett, aber er hat den Ruf, mit jedem Mädchen zu vögeln, das Oakajoks betritt. Also lass lieber die Finger von diesem Supermodel.«

Ich lache auf. »Wieso denn Supermodel?«

»Wenn er Kyle nicht gerade auf der Farm aushilft, surft er und modelt. Ein Fotograf hat ihn vor zwei Jahren entdeckt und wie du eben selber festgestellt hast«, Annie gestikuliert in Richtung Noah, »sieht er sehr gut aus. Das blieb nicht unbemerkt, also modelt er jetzt ab und zu für Surfer-Mode oder Unterwäsche.«

»Unterwäsche?« Ich ziehe die Augenbrauen hoch.

»Jap.« Annie nippt an ihrem Bier.

»Kein Wunder, dass alle Frauen hinter ihm her sind. Aber er hat keine Freundin?«

Annie schüttelt den Kopf. »Nein, aktuell nicht. Ich persönlich glaube ja, dass er hinter Nia her ist.«

»Nia?«

»Ja. Die beiden sind beste Freunde, ich glaube auch Nia ist nicht von Noah abgetan. Aber Noah ist Noah und Nia ist eben Nia.« Annie zuckt mit den Schultern.

»Das musst du mir jetzt erklären.« Verwirrt blicke ich Annie an.

Diese seufzt. »Noah ist gutaussehend, klug, super nett, aber eben auch ein Playboy. Und Nia – sie gibt nichts darauf, wie Leute aussehen, und schon gar nichts auf ihren Ruf. Für sie ist wichtig, was die Leute in ihren Herzen tragen. Ihr Herz schlägt definitiv für Tiere und für die, die ihre Stimme nicht gegen die Ungerechtigkeiten dieser Welt erheben können. Und auch wenn Noah nicht weniger tierlieb und empathisch ist, könnten die beiden unterschiedlicher nicht sein. Ihr geht sein Playboy-Gehabe, glaube ich, manchmal auf den Keks.«

»Hm.«

Ich kenne beide erst seit ein paar Stunden, wenn überhaupt, und kann mir kein Bild von ihnen oder der Situation machen.

»Jetzt komm aber mit und lass mich dir Kyle vorstellen«, lacht Annie und zieht mich weg von dem Tisch, gegen den wir uns kurz gelehnt haben.

Schmunzelnd folge ich ihr hinüber zu dem blonden jungen Mann in Jeans und Cowboystiefel, der ebenfalls verboten gut aussieht.

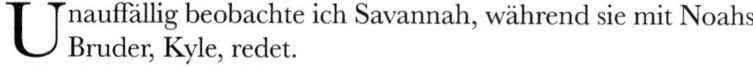

Kapitel 15

MATT

Unauffällig beobachte ich Savannah, während sie mit Noahs Bruder, Kyle, redet.

Sie sieht unglaublich aus.

Obwohl sie das immer tut, hat es mich heute fast umgehauen, als sie im Wohnzimmer vor mich getreten ist.

Ich stehe nicht darauf, wenn Frauen sich allzu sehr aufbrezeln, doch ihr dezentes Make-up und die gelockten Haare haben ihre Augen noch mehr betont. Außerdem weiß sie definitiv, wie sie ihre Figur durch ihre Klamotten in Szene setzen kann.

Früher war sie ein Partygirl, das hat sich wohl erst seit dem Tod ihrer Eltern geändert. Doch sie hat nichts von alldem vergessen, wie es scheint, und dies im positiven Sinn. Es ist absolut kein Wunder, dass sich alle Männer mit ihr unterhalten wollen.

Als wir zuerst in Oakajoks eingetroffen sind, habe ich mir Sorgen um sie gemacht. Obwohl sie stark ist, haben ihre negativen Gedanken sie ein ums andere Mal in die Tiefe gerissen, und es gibt Tage, an denen sie es immer noch tun. An denen sie nicht gut drauf ist und ich sie nicht aus der Reserve locken kann. Doch zum Glück werden diese Tage weniger.

Auch Annie hat ihren Teil dazu beigetragen. Seitdem diese quirlige, resolute junge Frau mehrmals die Woche Zeit mit Savannah verbringt, geht es ihr deutlich besser. Durch die Übungen hat sie ein paar Muskeln und Kurven bekommen. Sie sieht jetzt zwar immer noch schlank, aber gesund aus. Ihre Haut hat wieder Farbe angenommen, und auch ihre Ausstrahlung ist ganz anders.

Heute Abend besonders. Sie ist einfach nur sexy.

In mir keimt ein winziger Stich der Eifersucht auf, wo sie jetzt mit Kyle ein Stück entfernt an der Theke steht und schallend lacht. Sie ist definitiv angetrunken.

Mich räuspernd versuche ich, dieses aufkeimende Gefühl in mir zu unterdrücken.

Ich habe keinen Anspruch auf sie, und ich sollte nicht eifersüchtig sein. Es ist gut, wenn sie hier neue Freundschaften schließt. Und ein kleiner Flirt zur Ablenkung kann ihr auch nicht schaden, um die traumatischen Ereignisse ihrer Vergangenheit etwas in den Hintergrund zu drängen.

Aber wenn sie einen Flirt will, will ich derjenige sein, der sie ablenkt.

Doch das ist falsch.

Ich bin dabei, mich Hals über Kopf in Savannah Roberts zu verlieben.

Diese Erkenntnis trifft mich wie ein Schlag und ich wende den Blick ab.

Denn das darf nicht passieren.

Finn verwickelt mich in ein Gespräch über Motorräder – ein Hobby, das wir beide teilen – und ich bin dankbar für die Ablenkung. Er hat sich gerade eine neue Harley gekauft und wir planen demnächst eine gemeinsame Spritztour. Ich habe mein Motorrad zwar nicht hier, aber ich könne gerne seine »alte« Maschine fahren, wie er mir anbietet. Daraufhin muss ich lachen und stoße mit ihm an.

Wenige Minuten später werde ich unsanft angerempelt. Gerade will ich mich zu der Person herumdrehen und fragen, was das soll, als ich in Savannahs angsterfülltes Gesicht blicke.

»Was ist los?« Sofort alarmiert schaue ich mich um, kann allerdings nichts entdecken.

»Steve, er … er …«, stammelt sie, kommt jedoch nicht weiter. Ihr Gesicht ist kreidebleich, Panik steht in ihren Augen. Sie krallt sich an meinem Unterarm fest. Es tut höllisch weh, wie sie ihre Nägel in mein Fleisch schlägt, doch ich sage nichts und lege einfach einen Arm um sie.

»Was ist mit Boucher, Savannah?«, dränge ich sie, weiterzusprechen.

»Er ist hier«, krächzt sie und schaut sich panisch um.

Ein Schauer jagt mir über den Rücken. Kann das wirklich sein? Hat Boucher uns gefunden?

»Wo?«, frage ich mit fester Stimme, auch Finn sucht mit seinen Blicken bereits den Raum ab. Zum Glück steht gerade nur er in unmittelbarer Nähe zu uns, die anderen tummeln sich an der Bar und bekommen von alldem nichts mit.

»Dort«, flüstert Savannah und deutet auf einen Mann, der gerade von den Toiletten zurückkehrt. Ich kann ihn nicht eindeutig ausmachen, doch Finn nickt mir zu und geht hinüber zu dem Mann. Ihm und Gunnar habe ich das Fahndungsbild gezeigt, damit sie im Notfall Bescheid wissen.

Unterdessen ziehe ich Savannah mit mir in eine kleine Nische und warte darauf, dass Finn zurückkehrt. Falls es sich wirklich Boucher handelt, wäre es nicht sonderlich klug nach draußen zu gehen und seinen Handlangern in die Falle zu tappen.

Savannah zittert unkontrolliert in meinen Armen, mittlerweile schluchzt sie immer wieder.

»Hey, alles wird gut. Ich bin bei dir.« Leise flüstere ich auf sie ein, doch ich habe das Gefühl, dass ich nicht durch ihren Angstschleier dringen kann. Noch immer krallt sie sich an mir fest und drückt ihr Gesicht an meine Brust.

»Ich habe Angst, Matt.«

»Ich weiß, aber ich lasse nicht zu, dass dir etwas passiert.« Ich streichele über ihren Rücken und gehe in Gedanken alle möglichen Fluchtwege durch. Meine Waffe trage ich nicht bei mir, aber im Auto ist eine.

Wo verdammt nochmal bleibt Finn nur? Hat Steve ihn etwa überlistet?

Kaum habe ich diesen Gedanken zu Ende gedacht, kommt er wieder aus der Menge heraus auf uns zu. Er schüttelt mit dem Kopf.

»Alles in Ordnung, es war nicht Boucher. Ich habe trotzdem noch alle Räume überprüft, aber alles ist sauber.« Er zuckt mit den Schultern, ist aber so taktvoll nicht zu erwähnen, dass Savannah es sich eingebildet oder ihn mit jemandem verwechselt haben muss.

Erleichtert ausatmend schaue ich Savannah an. »Hast du das gehört? Alles ist gut, Boucher ist nicht hier.«

»Ganz … sicher …?« Ihre Stimme geht in ihren Schluchzern fast unter.

»Ja, ganz sicher. Ich bringe dich jetzt nach Hause, alles klar?« Sie nickt schwach.

Finn nimmt unsere Jacken von der Garderobe und begleitet uns nach draußen, wo ich Savannah auf den Beifahrersitz meines Wagens setze. Erst nachdem ich die Tür geschlossen habe, wende ich mich an Finn.

»Danke, Mann.« Ich fahre mir mit meiner Hand durch die Haare.

»Keine Ursache.« Er deutet auf die Beifahrertür. »Sie hat ganz schön damit zu kämpfen, was?«

»Ja. Und ich Idiot habe sie auch noch dazu überredet, heute mit Annie hierher zu kommen. Wir hätten uns langsamer vortasten müssen.« Ein bitteres Lachen entfährt meiner Kehle.

»Das ist nicht deine Schuld. Und wir beiden wissen, dass Alkohol diese Ängste noch schüren kann.«

Mit zusammengekniffenen Augen stemme ich die Hände in die Hüften. »Denkst du, jemand hat etwas mitbekommen?«

Finn schüttelt den Kopf. »Ich glaube nicht. Ich gehe gleich wieder rein und sage, dass Savannah auf einmal schlecht geworden ist. Das wird sie von weiteren Fragen abhalten, schließlich ist sie tatsächlich sehr angetrunken.«

»Okay.« Mein Blick gleitet an Finn vorbei auf den Pub. »Ich sollte eigentlich noch Freundinnen von Savannah nach Hause bringen. Kannst du dich darum kümmern, dass sie eine Mitfahrgelegenheit oder so bekommen?« Mein Mundwinkel zuckt. »Uber gibt es hier schließlich nicht, oder?«

»Nein, Mann.« Schmunzelnd schiebt Finn sich die Hände in die Hosentaschen. »Aber das bekomme ich hin.«

»Danke. Ehrlich.« Ich klopfe ihm auf die Schulter. »Wir sehen uns dann Montag auf dem Revier.«

»Klar.« Finn erwidert die Geste, bevor ich um den Wagen herum zur Fahrerseite gehe.

Savannah sieht aus wie ein Häufchen Elend. Sie hat einen Arm gegen das Fenster und ihren Kopf in die Hand gestützt. Immer wieder entfahren ihr kleine Schluchzer, Tränen rinnen ihre Wangen hinab.

Ich lasse den Motor an und fahre uns nach Hause.

Irgendwann findet meine Hand ihren Oberschenkel, und dankbar drückt sie diese.

Und lässt sie die ganze Fahrt über nicht wieder los.

Kapitel 16

SAVANNAH

Am Samstag geht es mir einfach nur dreckig, ich habe definitiv zu viel Alkohol getrunken. Auch Matts größte Bemühungen bringen es nicht fertig, dass ich mich weiter als bis ins Bad und dann aufs Sofa bewege, wo ich nicht einmal den Fernseher einschalte, da mein Schädel brummt. Zuerst neckt mich Matt, doch als ich auch nichts essen will, macht er mir einen Kamillentee und stellt ihn auf dem kleinen Couchtisch vor mir ab. Nachdem er eine große Runde mit Duncan gelaufen ist, gesellt er sich zu mir und begnügt sich damit, in seinem Buch zu lesen, während ich vor mich hin vegetiere.

Die Panikattacke von gestern Abend ist mir einfach nur peinlich. Auch wenn Matt mir versichert, dass so etwas ganz normal sei und keiner es mitbekommen habe, wäre ich an diesem Morgen am liebsten im Erdboden versunken. Er verspricht, dass wir daran arbeiten und von nun an öfter gemeinsam raus gehen werden.

Annie hat mir geschrieben und gefragt, wie es mir geht, und ich kann zum Glück alles auf den Alkohol schieben. Finn hat wohl allen erzählt, dass mir plötzlich schlecht geworden sei. Dafür bin ich ihm und auch Matt zwar dankbar, aber dass Finn überhaupt etwas mitbekommen hat, ist mir trotzdem unangenehm.

Am Sonntagmorgen kann und will ich dann einfach nicht aufstehen.

Die Schmerzen in meinem Bein sind wieder schlimmer geworden – ich habe am Freitag zu viel getanzt und meine Genesung dadurch überstrapaziert. Durch meine eh schon schlechte Laune ausgelöst, denke ich die ganze Zeit an das Vergangene zurück. An das, was Steve getan hat.

Was kann einen Menschen nur dazu bringen, so etwas zu tun? Wieso hat er alle umbringen müssen?

Und dann hat er mir auch noch Max genommen.

Die Tränen rinnen meine Wange hinunter, Hass droht mich von innen zu zerfressen. Ich kann nirgendwo hin mit diesen Gefühlen, bete nur, dass sie vorüberziehen. Mein Herz schlägt schnell in meiner Brust und ich hoffe, dass ich keinen Herzinfarkt erleide. Schluchzend schreie ich auf und presse dabei mein Gesicht so sehr in die Kissen, dass ich kaum noch Luft bekomme.

Irgendwann muss ich wohl vor Erschöpfung eingeschlafen sein. Ironisch, wenn man bedenkt, dass ich schon die ganze Nacht geschlafen habe.

»Savannah?«, höre ich zum erneuten Mal Matts Stimme im Flur. Er hat in der letzten Stunde bereits ein paar Mal angeklopft und gefragt, ob ich wach sei, doch ich habe mich schlafend gestellt.

Stöhnend ziehe ich mir die Decke über den Kopf, denn ich habe keine Lust auf irgendjemanden. Am wenigsten auf seine Motivationsreden.

Die Tür geht auf.

»Hey«, erklingt es dumpf.

»Hey«, brumme ich unter der Decke zurück. Langsam zieht es wahrscheinlich nicht mehr, wenn ich mich schlafend stelle.

Einen Moment erwidert er nichts, dann seufzt er. »Bist du heute Morgen überhaupt aufgestanden?«

Scheinbar ist er nicht zu Hause gewesen.

Ich antworte nicht, bleibe nur stumm liegen.

Schritte kommen näher, dann wird mir die Bettdecke sanft vom Kopf gezogen. Protestierend greife ich danach, doch Matt hält sie mit eisernem Griff fest.

»Es ist schon drei Uhr nachmittags, Savannah. Was ist los?«

Trotzig wische ich nasse Haarsträhnen aus meinem tränenverschmierten Gesicht. »Nicht mein Tag.«

»Hm.« Matt sieht mich eine Weile an, dann zieht er die Bettdecke ganz weg. Erneut protestiere ich, doch er lässt sich nicht beeindrucken.

Schnaubend ziehe ich mein Shirt nach unten, damit es meinen Slip zumindest ein Stück weit bedeckt. Was völliger Quatsch ist, denn Matt hat mich bereits hundertmal im Slip gesehen, während er meine Wunde versorgt hat.

Trotzig sehe ich ihn an.

»Geh duschen und zieh dich an, wir fahren in einer halben Stunde los.« Mit diesen Worten verlässt Matt mein Zimmer.

Mitsamt Bettdecke.

»Wohin?«, rufe ich ihm nach, doch ich bekomme keine Antwort.

Vierzig Minuten später stehe ich also in Boots, Thermoleggings, dicker Jacke und Mütze vor Matt und sehe in seine funkelnden Augen.

»Freut mich, dass du es einrichten konntest«, witzelt er und hält mir die Haustür auf. Es ist bitterkalt draußen, doch die Sonne scheint und es ist kein Wölkchen am Himmel zu sehen. Für Mitte Oktober ein schöner Tag.

Anders als erwartet steigen wir nicht in seinen Pick-up ein, sondern laufen hinunter zum See. Mehrere Ruderboote liegen am Steg befestigt und Matt steuert direkt auf eines davon zu.

Misstrauisch blicke ich ihn an. »Was hast du vor?«

Ohne sich zu mir umzudrehen, wirft er einen Rucksack in das Ruderboot und macht die Leinen los. Dann dreht er sich lächelnd zu mir um und hält mir seine Hand hin, während er mit der anderen das Boot an Ort und Stelle hält. »Wir drehen eine kleine Runde.«

Zögerlich ergreife ich seine Hand und klettere vorsichtig hinein. Als Matt ebenfalls einsteigt, schwankt es erheblich und ich halte mich schnell an der Bootskante fest. Ich bin nicht sonderlich angetan von seiner Idee, Mitte Oktober bei dieser Kälte auf das offene Wasser hinauszufahren. Doch Matt wirkt keinesfalls beunruhigt und scheint sogar gelassener als die letzten Tage zu sein.

Er nimmt die beiden Ruder in die Hände und beginnt, uns vom Steg weg und auf das Wasser an den Rand der Landzunge hinaus zu steuern.

Mich umsehend sauge ich die Kulisse in mich auf. Wasser, schneebedeckte Gipfel weiter im Landesinneren und dichter Regenwald umgeben mich. Von hier aus kann man die Hütten, die entlang des Strandes stehen, nicht mehr erkennen, da sie von riesigen Bäumen verdeckt werden. Das felsige Ufer wirkt vom Wasser aus noch beeindruckender und die Sonne taucht alles in ein goldfarbenes Licht.

Matt umrundet eine der zahlreichen Inseln, die vor dem Festland im Wasser liegen. Auf manchen von ihnen stehen kleine Fischerhütten, doch auf den meisten ist die Natur noch ungestört. Felsige Ufer und hoch aufragende Nadelbäume machen es schwer, sie zu erklimmen. Vereinzelt hat es auch Laubbäume auf die Inseln verschlagen, deren Blätter in den wildesten Orangetönen erstrahlen.

Ein Adlernest in einer der hohen Fichten erregt meine Aufmerksamkeit, doch im Moment ist kein Adler zu sehen.

»Wunderschön, nicht?«, flüstert Matt in die uns umgebende Stille hinein.

Ich nicke nur und schließe die Augen, lasse die Sonne in mein Gesicht scheinen und mich mit einer Wärme erfüllen, wie nur sie es kann. Meine Gedanken schweifen zu all meinen Lieben, die ich verloren habe, und ich stelle mir vor, dass sie mir die Kraft von oben herabschicken, die ich im Moment so sehr brauche. Mich innerlich mit der Stärke erfüllen, wie nur Liebe sie zu geben vermag.

Eine Weile gleiten wir sanft über das Wasser. Als Matt die Ruder einholt, sind wir noch nicht um die Landzunge herum, doch das offene Meer lässt sich zwischen den Inseln hindurch am Horizont erspähen. Der Wind, der sonst am Ufer deutlich abgeschirmt wird, bläst hier sichtlich stärker und ich ziehe meine Jacke enger um meinen Körper.

Matt greift nach seinem Rucksack und holt ein paar Steine und Stifte aus ihm hervor, ebenso zwei Thermoskannen und zwei Plastikdosen, in denen ich Sandwiches vermute.

»Willst du mich auf dem Meeresgrund versenken?«, frage ich scherzhaft, ziehe aber beim Anblick der Steine eine Augenbraue hoch.

Matt lacht auf. »Verlockender Gedanke.« Er zwinkert mir zu. »Nein, natürlich nicht. Ich möchte mit dir ein … Ritual durchführen, das mein Grandpa früher mit mir gemacht hat.«

»Okay?« Ich weiß nicht genau, was er vorhat, doch ganz wohl ist mir trotzdem nicht. Misstrauen macht sich in mir breit.

Matt schmunzelt. »Es ist nichts Schlimmes, versprochen.« Er reicht mir ein paar der Steine. Argwöhnisch nehme ich sie entgegen, doch Matt lächelt mir nur aufmunternd zu.

Dann verdüstert sich sein Blick und er schweigt einige Minuten lang. Als er wieder zu sprechen beginnt, ist seine Stimme so leise, dass ich mich anstrengen muss, seine Worte über den Wind hinweg zu verstehen. »Weißt du, ich hatte früher auch Schwierigkeiten mit meiner Wut und mit meiner Trauer umzugehen, meinen Hass in Zaum zu halten. Als meine ältere Schwester ermordet wurde, hatte ich eine so unbeschreibliche Wut in mir, dass ich teilweise grundlos ausgerastet bin.« Er hält inne, stützt seine Ellenbogen auf seinen Oberschenkeln ab und mustert den Stein in seiner Hand. »In meiner Jugend galt ich als Problemschüler, wurde in der Schule gemieden und das Mitleid meiner Lehrer ist sehr schnell in Ärger umgeschlagen.«

»Das von deiner Schwester wusste ich nicht.« Meine Stimme klingt kratzig und ich sehe ihn mitfühlend an.

»Das weiß fast niemand von denjenigen, mit denen ich heute zu tun habe. Es soll mich nicht mehr ausmachen.« Matt sieht mich kurz an. »Am Anfang habe ich versucht, meine Traurigkeit mit Freude zu überspielen, und meistens hat es funktioniert. Doch heute kann ich anders damit umgehen. Manchmal bin ich immer noch unglaublich wütend darüber, doch ich habe gelernt, diese Wut in etwas Positives zu verwandeln und sie für mich zu nutzen.« Seine Mundwinkel zucken leicht. »Ich glaube, dass jeder selbst für sein Glück verantwortlich ist und sein Leben so gestalten kann, wie er es möchte. Auch nach einem so traumatischen Ereignis.« Er schaut in die Ferne. »Jedenfalls hat mein Grandpa mich genau dies damals gelehrt. Er sagte mir, dass ich lernen muss, mit meiner Wut und meiner Trauer und meinem Hass umzugehen.

Dass das alles mich nicht übermannen darf, mich nicht ausmachen darf. Und er hatte recht damit.« Einen Moment schweigt er. »Eines Tages ist er mit mir in unser kleines Boot gestiegen und sagte mir etwas, das ich nie vergessen werde.«

Nun sieht er mich direkt an. »Weißt du, Savannah, wir können lediglich Einfluss auf unser eigenes Handeln und unser eigenes Tun nehmen. Wir können nicht kontrollieren, was andere tun oder sagen. Es bringt nichts, sich den Kopf darüber zu zerbrechen, *wieso* sie etwas tun. Wir sind nur Herr über uns selbst, nicht über andere. Und das ist auch gut so.«

Er sieht wieder hinaus aufs Wasser und dreht dabei den Stein in seiner Hand. »Wir haben aber Einfluss darauf, was wir verzeihen wollen und was wir verzeihen können. Um unser selbst willen, nicht um deretwegen, die uns geschadet haben, denn deren Vergebung ist nicht umsonst. Das heißt nicht, dass wir vergessen sollen oder gar wollen oder dass wir vergessen können.« Er hält kurz inne. »Doch Vergebung ist ein wichtiger Schritt, sich selbst wieder treu zu werden und weitermachen zu können. Das musste ich selbst am eigenen Leib erfahren und glaub mir, dieser Lernprozess war langwierig.«

Matt blickt mir wieder in die Augen und zum ersten Mal, seit ich ihn kenne, erkenne ich so viel Schmerz darin, dass ich mich frage, wieso mir das vorher nie aufgefallen ist.

»Mein Grandpa ruderte damals mit mir ebenfalls auf einen kleinen See hinaus und gab mir Steine, genau wie ich sie dir gerade gegeben habe. Er wies mich an, all meine Wut, meine Ängste, meinen Hass – alle Emotionen, die mich zu übermannen drohten – in Worte zu fassen, auf die Steine zu schreiben und ins Wasser zu werfen. Diese Steine sollten dann die Gedanken auf den Grund des Sees befördern und mich erleichtern, mir meine Last nehmen.«

Ich mustere die Steine. Sie sind relativ flach, also perfekt, um sie beidseitig zu beschreiben.

»Schreib alles auf, was dir einfällt. Alles, was du gern loslassen möchtest. Es können einzelne Wörter, aber auch Fragen oder Wünsche sein, ganz egal. Befreie dich von allem, was dir zu schaffen macht.« Matt reicht mir einen Stift.

»Es ist ein wasserlöslicher Stift, damit deine Gedanken nicht auf ewig auf dem Meeresgrund liegen. Die Steine tragen sie auf den Grund des Meeres, doch dann waschen sie weg und verschwinden für immer in den Tiefen des Ozeans. Damit niemand sie je findet. Und damit du dich von ihnen befreien kannst.« Er schmunzelt und sein Blick schweift wieder in die Ferne. »Es ist wie mit Asche, wenn du sie im Wind verstreust, nehme ich an. Deine Gedanken lösen sich nicht ins Nichts auf, aber du wirst ihre Einzelteile nicht wiederfinden.«

Einen Moment noch sehe ich Matt an und überlege, an was er wohl gerade denkt. Dann nehme ich die Verschlusskappe von meinem Stift und starre auf den ersten Stein in meiner Hand. Kurz darauf sehe ich wieder zu Matt, der verstummt ist und konzentriert etwas auf einen seiner Steine schreibt. Als er fertig ist, blickt er auf und lächelt mir zu, bevor er den Stein in hohem Bogen über Bord wirft. Mit einem kleinen Platsch trifft er auf der Wasseroberfläche auf und versinkt blitzschnell.

Matt seufzt auf und nimmt einen weiteren Stein.

Ich sehe wieder auf meinen eigenen hinab und drehe den Stift in meiner Hand. So viel Wut ich auch in mir trage, gerade bin ich einfach nur leer. Ich habe keine Gedanken.

Scheine mich nicht an die Gründe meiner Wut erinnern zu können.

Es brodelt unter meiner Oberfläche, doch nichts durchbricht sie.

Innerlich bin ich aufgewühlt, äußerlich vollkommen ruhig.

Für einen Moment schließe ich meine Augen und erlaube der Wut, die sich so lange in mir aufgestaut hat, an die Oberfläche zu kommen.

Es dauert geschlagene zehn Minuten, bevor ich etwas auf meinen ersten Stein schreibe.

Nur ein einziges Wort.

Warum?

Ich starre die fünf Buchstaben an und meine Gedanken kehren langsam zurück. Zuerst kreist nur dieses eine Wort in ihnen umher, wie es so oft der Fall ist.

Warum? Warum? Warum?

Ich werfe den Stein in hohem Bogen über Bord und sehe, wo er landet und im Wasser versinkt.

Mein Blick gleitet zu Matt, doch er schaut ebenfalls meinem Stein hinterher. Es sieht so aus, als läge ein Lächeln auf seinem hübschen Gesicht. Eine Art Erleichterung.

Erleichterung darüber, dass ich mich auf sein Projekt einlasse?

Hoffnung, dass es auch mir helfen mag, meine Wut zu überwinden?

Ich greife nach einem weiteren Stein und schreibe. Meine Gedanken beginnen zu rasen, ich schreibe alles auf die Steine. Tränen kullern über mein Gesicht, doch ich lasse ihnen freien Lauf und kann nicht sagen, was ich gerade fühle.

Alles und nichts.

Ich fühle mich leer, und zeitgleich übermannen mich meine Gefühle ein weiteres Mal. Ich schreibe und schreibe und befördere die Steine anschließend ins Wasser. Mittlerweile mit einer solchen Wucht, dass das Boot jedes Mal ein wenig wankt.

Ich hasse Steve.

Ich hasse meinen Hass. Wieso ist er so stark? Es ist das schlimmste Gefühl und ich wünschte, er würde verschwinden.

Als ich schließlich nach meinem letzten Stein greife, sehe ich ihn erschrocken an. Es gibt noch so viel, was ich aufschreiben möchte, dass es nicht auf diesen einen Stein passen wird.

Wortlos schiebt Matt mir seine Steine herüber. Ich sehe auf, er schaut mir in die Augen. Sagt nichts, nickt nur kurz und ermutigt mich stumm, weiterzumachen. Er lehnt sich wieder zurück und seine Augen schweifen auf den Pazifik.

Er lässt mir Zeit.

Lässt mir Zeit, meine Gedanken in Worte zu fassen und mich von ihnen zu befreien.

Also schreibe ich weiter.

Mom und Dad – ich vermisse euch. Für eine letzte Umarmung würde ich alles geben.

Grandpa – ich wünschte, ich könnte noch einmal mit dir reden. Dich um Rat bitten.

Ich nehme einen zweiten Stein zur Hand.

Dich fragen, was ich tun soll. Mit dir lachen und mich von deinem Humor einlullen lassen.

Darüber, wie mich meine Gedanken wahnsinnig machen.

Wie mich der Hass langsam, aber sicher in den Abgrund treibt.

Ironisch, wenn man bedenkt, dass ich die Steine geradewegs auf den Grund des Meeres befördere. Eigentlich könnte ich ihnen direkt hinterher springen.

Wieso ist das Leben so unfair?

Tränen verschleiern mir die Sicht, ich wische sie trotzig weg.

Ich vermisse mein früheres Leben. Meine Freunde, mein altes Ich, sogar meinen Körper.

Meine Schrift wird immer krakeliger.

Ich will das nicht mehr. Ich kann nicht mehr.

So lange, bis mir nichts mehr einfällt. Bis meine Gedanken wirklich leer sind und mich ein so unbeschreibliches Gefühl der inneren Ruhe erfüllt, wie ich es schon lange nicht mehr gefühlt habe.

Ich weiß nicht, ob der Meeresgrund auch Wünsche akzeptiert. Sie sind ja bekanntlich den Sternschnuppen vorbehalten, doch ich beschließe, den Steinen eine Chance zu geben. Sie flitzen zwar nicht mit einem goldenen Schweif über den Nachthimmel, dafür durchbrechen sie die Teilchen des Ozeans und sorgen für eine neue Ordnung.

Einen Versuch ist es also wert.

Ich möchte eines Tages wieder glücklich sein. Wahrlich glücklich.

Tränen kullern immer noch über mein Gesicht, doch diesmal sind es keine der Bitterkeit. Es sind Tränen der Dankbarkeit, solch wundervolle Eltern und Großeltern gehabt zu haben, und vor allem Tränen der Erschöpfung. Mein Geist ist so erschöpft von den immer umher kreisenden Gedanken und den Emotionen und erst jetzt bemerke ich, wie viel Kraft diese einem rauben können.

Als ich den letzten Stein, der Max gewidmet ist, beschriftet habe, atme ich einmal tief durch und setze anschließend die Kappe auf den Stift. Dann betrachte ich die beiden Seiten ein letztes Mal.

Max, mein kleiner treuer Freund − ich liebe dich und es tut mir leid. Ich werde dich nie vergessen.

Meine Hände zittern, als ich den Stein ins Wasser werfe, aber nicht von der Kälte des Windes, der uns umgibt.

Es sind die emotionalem Faktoren. Die Trauer wegen allem, was geschehen ist.

Wir bleiben noch eine ganze Weile so sitzen und genießen das leichte Schaukeln des Bootes, das von sanften Wellen gewogen wird. Ich komme mir vor wie in einer Wiege, fühle mich wie ein Kind, dem man durch die seichten Bewegungen Geborgenheit vermitteln möchte. Als ob ich für diesen Moment all meine Sorgen getrost vergessen kann.

Wir lassen die Sonne auf unsere Gesichter scheinen und saugen die Kulisse um uns herum in uns auf. Meine Tränen versiegen schließlich ganz.

Ein Weißkopfseeadler kreist über uns und lässt einen schaurig schönen Schrei ertönen. Seine Schwingen weit ausgebreitet, zieht er beträchtliche Kreise über uns und dem Wasser und saust letztendlich in steilem Bogen auf die Wasseroberfläche zu. Er greift in die Wellen und als er wieder nach oben schnellt, hält er einen Fisch in seinen Krallen. Ein wahrlich beeindruckender Anblick, einen solchen Moment erleben zu dürfen.

Ein weiterer Adler erscheint und kurz weiß ich nicht, ob sie sich zanken oder nicht. Doch dann steuern sie gemeinsam auf das Ufer zu, und ich vermute, dass es sich um ein Pärchen handelt.

Unwillkürlich muss ich lächeln und schaue diesen Meistern der Lüfte fasziniert hinterher, während sie eine der hohen Fichten ansteuern.

»Möchtest du einen Tee?«, durchbricht Matt die Stille nach einer gefühlten Ewigkeit.

»Gern.« Meine Stimmbänder fühlen sich nach den vielen Tränen kratzig an.

Er reicht mir eine der Thermoskannen und ich schenke mir etwas Tee in den Deckel, der gleichzeitig als Tasse dient. Der Tee ist genau so, wie ich ihn gern mag – nur ein bisschen Zucker und viel Milch. Matt hat es sich von den unzähligen Malen, die wir gemeinsam gefrühstückt haben – ich trinke morgens gerne Tee anstatt Kaffee –, gemerkt, und Wärme durchflutet mich bei diesem Gedanken.

»Darf ich dich etwas fragen?«

»Klar, schieß los.« Matt sieht mich mit einer Mischung aus Neugier und Gelassenheit an.

»Bist du deshalb ein Cop geworden? Wegen deiner Schwester?« Er überlegt einen Moment. »Ich denke schon, ja.«

Ich schaue auf die Tasse in meiner Hand hinab und überlege kurz, ob ich ihm diese Frage stellen kann. »Wie ist es passiert?«

Ein paar lange Minuten schweigt Matt. Als ich schon denke, dass er auf diese Frage nicht antworten wird, erhebt er seine Stimme und seine Worte treffen mitten in mein Herz.

»Sie war einkaufen. Irgendwelche Typen kamen in den Laden gestürmt und wollten das Geld aus der Kasse rauben. Als die Polizei eintraf, haben sie wie wild um sich geschossen.« In Matts Augen liegt ein tiefer Schmerz, den ich selbst nur allzu gut kenne. Seine Stimme bricht fast, als er weiterspricht. »Sie war ein Zufallsopfer und wohl einfach zur falschen Zeit am falschen Ort.«

Einen Moment lang vergesse ich zu atmen und lasse das Gesagte auf mich wirken, während ich mich fühle, als hätte jemand einen Eimer eiskaltes Wasser über mich geschüttet. Das ist wohl mit das Schrecklichste, was einem Menschen passieren kann.

Ein Kloß sitzt in meinem Hals und schnürt mir die Kehle zu. Was sagt man zu jemandem, der einen geliebten Menschen durch eine solch schreckliche Tat verloren hat? Ich kann mir nicht vorstellen, was Matts Familie damals durchgemacht haben muss. Keine Worte der Welt können in so einer Situation Trost spenden, das weiß ich aus eigener Erfahrung.

Trotzdem sage ich, was auch damals alle zu mir gesagt haben. Es klingt so lapidar, aber es erscheint mir besser, als zu schweigen. »Es tut mir unglaublich leid, Matt. Das ist schrecklich.«

Matt räuspert sich und wischt sich eine Träne aus dem Augenwinkel. »Danke. Ja, das ist es.« Er richtet sich ein Stück auf und sieht wieder auf das Wasser hinaus. »Für meine Eltern ist es immer noch unglaublich schwer zu verarbeiten.« Er lacht freudlos auf. »Sie können nicht verstehen, wieso ich ein Cop geworden bin. Sie glauben immer, dass sie mich auch verlieren werden.«

»Das kann man ihnen wohl nicht verübeln, wo sie schon ein Kind verloren haben.« Ich beiße mir auf die Unterlippe. Seine Stimme ist kaum mehr als ein Flüstern. »Wahrscheinlich hast du recht.«

Eine Weile noch sitzen wir in unserem Boot, trinken Tee und hängen unseren Gedanken nach. Niemals hätte ich vermutet, dass etwas in Matt genauso gebrochen ist wie in mir. Dass er eine eben solche Traurigkeit empfinden muss.

Irgendwann essen wir die Sandwiches, die Matt mitgebracht hat. Doch die Sonne beginnt langsam unterzugehen und schlagartig sinkt die Temperatur, sodass wir uns letztendlich auf den Heimweg machen.

Zurück an unserer Blockhütte, als Matt gerade die Stufen der von Laub bedeckten Veranda hinaufgehen will, berühre ich ihn sanft am Arm.

»Danke, Matt. Für heute. Ich glaube, das habe ich wirklich gebraucht.«

Seine Augen verdunkeln sich kaum merklich, als er überraschend einen Schritt auf mich zu macht und mich umarmt. »Sehr gern.«

Einen Moment lang halten wir uns gegenseitig fest, stützen uns. Es ist das, was jeder von uns gerade braucht. Der Nachmittag war unglaublich emotional, und keiner von uns beiden muss alleine mit seinen übermannenden Gefühlen fertig werden.

Als Matt schließlich ein Stück zurückweicht, hält er nur Zentimeter vor meinem Gesicht inne und schaut mir tief in die Augen. Mein Blick gleitet zu seinem Mund hinab, zu seinen Lippen, die so unglaublich weich aussehen.

Wie es wohl ist, ihn zu küssen?

Ich blicke wieder in seine Augen, auch sein Blick huscht zurück zu meinen. Seine Miene ist so durchdringend, dass mir schwindelig wird. Kaum merklich lehnt er sich vor und ich lege meinem Kopf unbewusst in den Nacken. Das Herz in meiner Brust galoppiert so unglaublich schnell, als wolle es aus meinem Körper springen, meine Atmung beschleunigt sich merklich. Matt scheint es genauso zu gehen, sein Brustkorb hebt und senkt sich in raschen Zügen.

Unsere Blicke verweben sich, als ich seinen Atem an meinen Lippen spüren kann.

Da durchbricht ein Bellen die Stille.

Wir schrecken auseinander, als hätte uns jemand auf frischer Tat ertappt.

Matt räuspert sich, dreht sich um und steigt die Stufen der Veranda hinauf. Er schließt die Haustür auf, aus der augenblicklich ein ungestümer Deutscher Schäferhund herausgeschossen kommt. Er wirft mich vor Freude fast um und rast dann eine Runde über den Rasen, wobei die am Boden liegenden Blätter wild um ihn herum aufstoben.

Lachend wanke ich einen Schritt zurück, als Duncan nur Millimeter vor mir zum Stehen kommt und ich ihn ausgiebig kraule. »Ist ja gut, Junge. Wir sind ja wieder da.«

Matt deutet auf Duncan. »Ich denke, ich laufe noch schnell eine kleine Runde mit ihm, damit er seine Energie rauslassen kann.«

»Okay. Soll ich uns etwas zu essen machen?«

»Ich bin im Moment noch ziemlich satt von den Sandwiches, aber danke.« Matt verschwindet im Haus und kommt Sekunden später ohne Rucksack, dafür mit Duncans Leine – nur für den Fall – wieder heraus. »Komm, Duncan.« Matt lächelt mir zu, bevor er den Weg zum Strand erneut einschlägt.

Ich schaue ihm noch eine Weile hinterher. Er hat die Hände tief in seinen Taschen vergraben, der Schein der untergehenden Sonne taucht ihn in ein warmes orangefarbenes Licht. Dann verschwindet er komplett im Gestrüpp, welches in allen erdenklichen Herbstfarben erstrahlt und von heruntergefallenen Eicheln übersät ist.

Mein Herz rast immer noch, als ich endlich hinauf in unsere Hütte gehe und meine Schuhe sowie Jacke ausziehe. Für einen Moment lehne ich mich an die Küchenzeile und muss lächeln, als ich an Matt denke.

Wir hätten uns fast geküsst.

Eine Hand fährt zu meinem Mund, meine Finger berühren meine Lippen. Die Schmetterlinge in meinem Bauch beginnen wieder zu flattern.

Doch was bedeutet das jetzt? Wird es unsere Situation verkomplizieren?

Dürfen wir überhaupt eine Beziehung führen?

Ich schlage mir selbst mit der flachen Hand gegen die Stirn.

Jetzt halt mal inne, Savannah. Es war ein *Beinahe*-Kuss und du denkst über eine Beziehung nach?

Genervt von mir selbst gehe ich hinüber ins Bad und schließe die Tür hinter mir. Eine heiße Dusche wird mir jetzt definitiv guttun.

Kapitel 17

MATT

Ich laufe hinunter zum Strand und lasse Duncan einer Möwe hinterherjagen, die er sowieso nicht erwischen wird. Während er aufgeregt im Sand herumrennt und sich einfach an seiner Anwesenheit auf dieser Erde erfreut, schweifen meine Gedanken zu Savannah.

Sie ist so unglaublich tough, auch wenn sie selbst es vielleicht nicht sehen kann und in den letzten Tagen wieder öfter von den Erlebnissen ihrer Vergangenheit eingeholt wurde. Aber mal ehrlich, wer kann das schon einfach hinter sich lassen?

Ihr heute von meiner Schwester zu erzählen, erschien mir richtig, schließlich weiß ich mehr als genug über Savannah und ihre Vergangenheit. Und doch auch wieder nicht.

Ich werfe meinen Kopf in den Nacken, halte einen Moment auf der Stelle inne und schaue dann auf das Meer hinaus.

Dass ich Gefühle für sie entwickele, kann ich nicht länger leugnen.

Aber das darf ich nicht zulassen.

Auch wenn diese ganze Sache hier mehr ein Zufall ist, ist sie doch meine Klientin und ich bin für ihre Sicherheit verantwortlich. Und nicht dafür, sie anderweitig zu bespaßen.

Und vielleicht ist es gerade der Reiz, dass ich sie nicht haben darf?

Sofort verwerfe ich diesen Gedanken wieder.

Nein, das ist es nicht.

Es ist ihre Art zu lachen. Die Art, wie sie dann ihren Kopf in den Nacken legt, ihre Haare über die Schulter wirft und ihre Augen zu leuchten beginnen, auch wenn ich das bisher leider viel zu selten gesehen habe.

Und die Art, wie sie mich ansieht. Als könnte sie direkt in meine Seele blicken, die von einer genauso tiefen Traurigkeit erschüttert ist wie ihre eigene.

Es ist die Art, wie wir zusammen funktionieren. Die Stille zwischen uns ist nie unangenehm, und ich kann bei ihr genau so sein, wie ich bin. Sie versteht mich, auch ohne Worte.

Ich habe bisher noch keine Frau getroffen, die mich so tief berührt hat wie Savannah. Die ich so sehr gewollt habe wie sie.

Alle fragen mich immer, wieso ich Single bin – Familie, Freunde, Frauen. Und jedes Mal seufze ich innerlich auf, denn nur mein vermeintlich gutes Aussehen lässt mich noch lange nicht die richtige Frau finden. Es muss einfach passen.

Ich laufe weiter und rufe Duncan zu mir herüber, der immer wieder im Wasser verschwindet und offenbar versucht, Möwen zu fangen, die sich dann aber direkt vor ihm geschmeidig in die Lüfte erheben.

Er kommt angerannt und schüttelt sein Fell genau neben mir aus, sodass einige Wasserspritzer auf mir landen. Lachend schicke ich ihn fort, nicht ohne ihm ein Leckerli zugesteckt zu haben.

Meine Gedanken schweifen wieder zu Savannah. Doch Savannah ist tabu für mich.

Und das muss ich meinem Herzen irgendwie erklären.

Mein Smartphone klingelt, erstaunt schaue ich auf das Display.

Es ist David.

Überrascht, dass er mich an einem Sonntag anruft, nehme ich den Hörer ab. »Hey, David.«

»Hi, Matt. Wie geht's?« Seine Stimme klingt erschöpft – so wie fast immer. Er arbeitet viel und obwohl es Zeiten gab, an denen ich nicht besser war, frage ich mich, wie er das alles und seine Familie unter einen Hut bringt.

»Ganz gut, und dir?«

»Hm«, brummt er nur und ich muss schmunzeln. Er fängt immer mit Smalltalk an, es ist aber eher eine Angewohnheit. In Wirklichkeit möchte er sich nicht mit solchen Belanglosigkeiten, wie er es nennen würde, aufhalten. »Ich rufe an, weil ich Neuigkeiten zum Flugzeugabsturz von Savannahs Familie habe.«

Ich werde hellhörig. »Lass hören.«

»Es stimmt, dass Boucher dahintersteckt. Er hat an dem kleinen Privatflughafen, wo das Privatflugzeug der Familie untergestellt war, einen der Mitarbeiter erpresst und ihm eine Menge Geld geboten, damit er das Flugzeug sabotiert und die Triebwerke beschädigt.«

Erschüttert halte ich die Luft an. Die Vermutung, dass Boucher dahintersteckt, hatten wir zwar schon länger, aber es mit Gewissheit zu hören und das Wissen, dass er einen anderen Menschen mit reingezogen hat, lässt mich die Hand zur Faust ballen. »Wieso kommt das jetzt erst raus?« Meine Stimme klingt gepresst. Zu so etwas Schrecklichem muss man erst einmal fähig sein – Erpressung hin oder her.

»Wir haben damals alles auf den Kopf gestellt, aber die Aussagen passten alle. Der Täter ist knallhart, hat auch jetzt keine Miene verzogen. Erst, als wir nach einer Verbindung zu Boucher gesucht haben, ist uns dieser Mann aufgefallen. Vielleicht hätten wir ihn vor einem Jahr schon näher unter die Lupe nehmen müssen, doch die Papiere über den Check des Flugzeuges waren einwandfrei.«

Ich atme aus. Das darf doch alles nicht wahr sein. Es wird Savannah wieder ein Stück weit in ihrer Heilung zurückwerfen, auch wenn Boucher ihr die Tat schon gestanden hat. Es jetzt aber anhand von Beweisen zu hören, ist wie ein weiterer Schlag in die Magengrube.

Ich räuspere mich. »Wie ist dem Mann das gelungen ohne aufzufliegen?«

»Er war an diesem Tag für den Sicherheitscheck verantwortlich, bevor das Flugzeug abgehoben hat. Da er ansonsten immer einen guten Job gemacht hat, hat niemand nach ihm das Flugzeug kontrolliert, also konnte er es einfach sabotieren und die Papiere fälschen.«

»Hm. Ein ganz schon abgekartetes Spiel.« Wut steigt in mir auf.

»Du sagst es.«

Einige Sekunden schweigen wir beide.

»Erzählst du es Savannah?«

»Ja, natürlich.« Meine Stimme klingt belegt.

»Okay. Bis dann.«

»Ja.«

David legt auf.

Ich schiebe mein Handy zurück in die Hosentasche und raufe mir die Haare.

Diese Nachricht wird Savannah erschüttern. Auf dem Heimweg vorhin hatte ich das Gefühl, dass es ihr nach unserem Bootsausflug etwas besser ging. Ich möchte sie also eigentlich nicht direkt wieder um Meilen zurückwerfen und ihr noch mehr aufbürden.

Andererseits – macht es einen Unterschied, ob ich es ihr heute oder morgen erzähle? Wahrscheinlich nicht. Und wenn sie erfährt, dass ich schon länger davon wusste, es ihr aber verschwiegen habe, wird sie vermutlich sauer auf mich sein.

Und das möchte ich um jeden Preis vermeiden.

Seufzend mache ich mich auf den Weg zurück zur Hütte und wappne mich für das Gespräch, das ich leider unweigerlich mit ihr führen muss.

Zurück in der Hütte finde ich Savannah auf dem Sofa vor. Sie hat sich in eine Decke gemummelt und liest in einem Buch.

»Hey«, begrüßt sie mich. »Wie war euer Spaziergang?«

»Gut.« Bevor ich mich zu ihr auf die Couch geselle, streife ich mir Schuhe und Jacke ab. Dann atme ich einmal tief ein und aus. Es nützt nichts. »David hat mich gerade angerufen.«

Sie schlägt ihr Buch zu. »Dein Boss?« Stirnrunzelnd sieht sie mich an.

»Ja, genau.« Mit meiner Hand fahre ich über mein Gesicht und wähle meine nächsten Worte mit Bedacht. »Ich weiß nicht, wie ich es dir sagen soll. Es gibt nun Beweise dafür, dass Steve Boucher wirklich hinter dem Flugzeugabsturz deiner Familie steckt.«

Sofort steht ihr die Bestürzung ins Gesicht geschrieben.

»Es tut mir so leid, Savannah. Ich weiß, dass es schrecklich ist, es jetzt noch einmal von der Polizei zu hören.«

Tränen kullern ihr über die Wangen und sie stützt den Kopf in die Hände. Eine Weile sagt sie nichts, dann sieht sie mich aus tränenverschleierten Augen an. »Das ist es nicht. Steve hat es mir ja bereits gestanden. Aber wieso konnte es so lange ungeklärt bleiben?! Wieso hat man die Beweise nicht eher gefunden? Hätte man Steve schon eher geschnappt, wäre dieser ganze Mist hier gar nicht erst passiert und Max wäre wenigstens noch da.« Schniefend wischt sie sich mit der Hand die Tränen von der Wange.

Ein Stich durchzuckt meine Brust. Natürlich weiß ich, was sie mit *diesem ganzen Mist* meint. Trotzdem bin ich ein bisschen froh, dass die Umstände sie zu mir geführt haben. Auch wenn diese Umstände schrecklich sind und ich so nicht empfinden sollte.

Ich wiederhole, was David mir erklärt hat, und sie nickt. Erneut steht Bestürzung in ihrem Blick, doch diesmal darüber, dass einer der Angestellten das Flugzeug auf Bouchers Erpressung hin absichtlich sabotiert hat.

Zu ihr hinüberrutschend, ziehe ich sie an mich und sie lässt es zu. Savannah lehnt ihren Kopf an meine Schulter und schluchzt, während ich ihr beruhigend über den Rücken streiche.

Das Holz im Kamin, den Savannah vorhin angemacht haben muss, knistert fröhlich im Gegensatz zu unserer gedrückten Stimmung vor sich hin. Es taucht den Raum in ein gemütliches Licht und nimmt dieser Situation ein wenig von ihrer übermannenden Kälte.

»Wieso nur hat er das getan?« Savannahs Stimme ist so leise, dass ich sie fast nicht verstanden hätte.

»Hm.« Ich lege mein Kinn auf ihren Scheitel. »Ich weiß es nicht. Vielleicht aus Habgier. Vielleicht auch, weil er nichts anderes hat. Weil der Hass in ihm schon zu groß war. Keine Ahnung.«

»Manchmal frage ich mich, ob ich überhaupt nach der ganzen Scheiße noch weitermachen kann.«

Ich schiebe sie ein Stück von mir und sehe sie an. »So darfst du nicht denken. Ich verstehe, woher dieser Gedanke kommt. Aber du hast nur dieses eine Leben, Savannah. Und auch wenn dir bereits Schreckliches widerfahren ist, lohnt es sich, weiterzumachen. Dieses Leben, das dir geschenkt wurde, auszuleben.«

Sie schnieft und lacht zugleich, bevor sie sich wieder an meine Schulter schmiegt. »Wie gelingt es dir nur, immer die richtigen Worte zu finden?«

Achselzuckend verziehen sich meine Mundwinkel zu einem Schmunzeln. »Ist eine Gabe, schätze ich.«

Sie knufft mich in die Seite und ich zucke lachend zusammen. Es gefällt mir, welche Wendung dieses Gespräch genommen hat. Und es gefällt mir auch, sie so in meinem Arm zu halten.

Einen Moment überlege ich, doch dann spreche ich noch etwas aus, von dem ich denke, dass sie es hören sollte. »Weißt du, manche Menschen muss man einfach hinter sich lassen, um selbst nicht zu zerbrechen. Denn wenn du es zulässt, wird der Hass dich zerfressen. Er kann übermannender sein als alle anderen Gefühle und du musst diesem Hass in dir Einhalt gebieten.« Ich schaue direkt in ihre schönen Rehaugen. »Boucher hat dich schrecklich verletzt, dir deine Familie und Max genommen. Aber dein Leben geht weiter. Lass andere dich nicht vergiften. Du musst einen Weg finden, damit umzugehen.« Meine Hand greift nach der ihren. »Eine Menge Dinge auf dieser Welt sind unfair. Aber niemand wird so für dich kämpfen, wie du selbst es kannst. Also tu es.« Bei diesen Worten drücke ich sie sanft.

Mein Blick ist durchdringend und ich hoffe, dass sie meine Botschaft versteht.

Erneut rollen Tränen ihre Wangen hinunter, doch sie nickt.

Wäre dies nicht so ein verdammt beschissener Moment, würde ich mich jetzt zu ihr hinunterbeugen und sie küssen. Ihre weichen Lippen mit meinen berühren. Gott, ich will es so sehr.

Doch es wäre falsch, nicht nur wegen des Zeitpunkts. Also seufze ich und ziehe sie stattdessen zurück in meine Arme.

Savannahs lehnt sich gegen mich. »Ich weiß nur nicht, wie ich das anstellen soll. Diese ganze Wut auf ihn loszulassen. Ich würde ihm so gerne einige Dinge an den Kopf schmeißen.«

»Schreib ihm einen Brief.«

Schnaubend schüttelt sie mit dem Kopf. »Das kann ich nicht.«

»Er muss ihn ja nicht lesen. Aber tu so, als schreibst du ihm einen. Sage ihm alles, was du dir von der Seele reden möchtest.

Werde ausfallend, ganz egal. Aber schreib alles auf, damit du dich von diesen Gedanken befreien kannst.« Ich zucke mit den Schultern. »Schreib ihn quasi für dich. So, wie du vorhin die Steine beschriftet hast.«

Schief lächelnd sieht sie zu mir auf. »Schon wieder so ein guter Rat. Bist du sicher, dass du nicht insgeheim Therapeut bist oder so?«

Grinsend schaue ich ihr in die Augen. »Nicht, dass ich wüsste. Aber ich helfe gerne, wo ich kann.«

Wir verharren noch eine ganze Weile so auf dem Sofa, sie an meine Brust geschmiegt, mein Kinn auf ihrem Scheitel. Der Kamin brennt munter vor sich hin, keiner von uns will diesen Moment zerstören.

Ich habe das Gefühl, dass dieser Tag für Savannah ein großer Meilenstein war. Ihre Stimmung hat sich im Gegensatz zu heute Morgen trotz der erschütternden Nachrichten eindeutig gebessert, so als hätte sie tatsächlich einige ihrer Gefühle losgelassen.

Und selbst wenn noch viele schlechte Tage folgen werden, kommen auch die guten.

Davon bin ich überzeugt.

Kapitel 18

SAVANNAH

In der nächsten Woche geht es mir etwas besser. Das Treffen mit Annies Freunden im Pub und der Ausflug mit Matt am Sonntag – *gerade* der Ausflug mit Matt – haben mir unwahrscheinlich gutgetan.

Auch wenn die Botschaft am Abend schmerzhaft war, haben die Tatsache, dass ich diesen Fakt bereits kannte, und Matts Anwesenheit dafür gesorgt, dass es mich nicht zurück in ein dunkles Loch geworfen hat. Und Matt hat recht – Hass kann einen auffressen. Er kann übermannender sein als alles andere.

Das Leben ist es nicht wert, daran festzuhalten und ihn einen zerstören zu lassen.

Am Mittwoch erhalte ich einen Anruf von Nia. Ich sitze gerade wieder auf dem Sofa, nachdem ich mit Duncan eine Runde gegangen bin, und halte mein Buch in den Händen, als mein Handy klingelt.

»Hey, hier ist Nia! Du wolltest dir doch das Center ansehen, oder?«

»Ja, total gern!« Ich lege mein Buch zur Seite.

»Super! Kannst du vorbeikommen? Ich habe gerade nicht viel zu tun und könnte dir eine Führung geben.« Nia und allen anderen haben wir erzählt, dass ich mir hier so etwas wie eine kleine Auszeit nehme und nicht arbeite, weshalb es nicht weiter verwunderlich ist, dass sie mich an einem Vormittag anruft.

Resigniert seufze ich. »Ich kann leider nicht vorbeikommen, ich habe kein Auto. Matt ist noch arbeiten, den kann ich leider auch nicht fragen, ob er mich fahren würde.«

»Oh, achso. Wie sieht es denn morgen bei dir aus? Du kannst auch gerne den ganzen Tag bleiben und mir helfen, wenn du magst, vielleicht könnte Matt dich ja mitnehmen?«

»Das klingt super! Ich frage ihn und schreibe dir dann nachher, ja?«

»Okay, perfekt! Ich würde mich freuen, wenn es klappt. Ich kann im Moment jede Hilfe gebrauchen.« Nia lacht in den Hörer und ich steige prompt mit ein, bevor wir uns verabschieden.

Bis zum Abend kann ich kaum stillsitzen und warte ungeduldig auf Matt, der aber ausgerechnet heute zum Sport gehen wollte. Als er endlich zur Tür hereinkommt, muss ich mich zusammenreißen, ihn nicht gleich zu überfallen.

»Was ist los?« Er sieht mich aus zusammengekniffenen Augen an, streift sich seine Jacke und Schuhe ab und kommt dann in die Küche, wo ich das Abendessen bereits auf den Tisch gestellt habe. Auf die Kürbissuppe freue ich mich schon seit Tagen.

»Nia hat mich heute angerufen und gefragt, ob ich ihr morgen im Center helfen möchte«, platzt es direkt aus mir heraus. »Das einzige Problem ist, dass ich kein Auto habe und somit schlecht zu ihr fahren kann.« Ich mache eine Pause und sehe ihn fragend an. »Könntest du mich vielleicht morgen vor der Arbeit dort absetzen und abends wieder einsammeln?«

Gott, ich klinge wie ein ungeduldiges Kind.

Matt lacht auf. »Klar, kein Problem. Aber ich denke, die Sache mit dem Auto sollten wir klären.« Er setzt sich mir gegenüber an den Tisch.

»Wie meinst du das?« Verwirrt mustere ich ihn.

»Na ja, es ist doch blöd, wenn du hier auf mich angewiesen bist, um herumzukommen.« Einen Moment scheint er zu überlegen. »Vielleicht sollten wir uns am Wochenende ein paar Autos anschauen.«

Mitten in der Bewegung halte ich inne. »Und wie bezahle ich das Auto, wenn ich meine Kreditkarte nicht benutzen darf, damit Steve nicht nachverfolgen kann, wo ich bin?«

»Das lass mal meine Sorge sein, ich spreche mit David. Leute im Zeugenschutzprogramm werden schließlich auch mit allem versorgt, das bekommen wir schon hin.«

Überzeugt bin ich zwar noch nicht, nicke aber.

Als ich vor gut einem Monat mit Matt hierhergezogen bin, hat David mir nahegelegt, meine Kreditkarte hier nicht zu benutzen.

Mittlerweile sei es ein Leichtes für Kriminelle, meine Daten ausfindig zu machen und nachzuverfolgen, wo ich wann mit der Karte bezahlt habe, und sollte Steve es ernst meinen, wäre das Abtauchen umsonst gewesen. Für Kost und Logis wird gesorgt, am Tag unserer Abreise habe ich lediglich in wenig Bargeld in Edmonton abgehoben, aber niemals genug, um davon ein Auto zu bezahlen. Dabei ist mir zwar auch mulmig gewesen, vor allem, da keiner genau sagen konnte, wie lange ich wirklich untertauchen soll. Aber es ist besser, als zu riskieren, dass Steve mich aufgrund der Kreditkarte tracken kann.

Am nächsten Morgen stehe ich also genauso früh auf wie Matt, der diesmal vor der Arbeit noch eine Runde mit Duncan geht, damit er die Hütte bis heute Abend nicht auseinandernimmt. Matt wird mittags hier vorbeikommen und ihn rauslassen.

»Das ist kein Problem, dann bin ich eben auf Streife«, versichert er mir.

Ich lache und steige zu ihm in seinen Wagen. Das ›Oakajoks Wildlife Rescue and Rehabilitation Centre‹ liegt etwas außerhalb des Ortes, aber in die genau entgegengesetzte Richtung, sodass wir durch den Ortskern von Oakajoks fahren. Die Fahrt dorthin dauert heute Morgen fast eine Dreiviertelstunde, da es wie aus Eimern schüttet und Matt die nasse, gewundene Küstenstraße nur langsam entlangfahren kann, um nicht zu riskieren, dass der Wagen von der Straße abkommt.

Wir biegen schließlich in einen Schotterweg ein, der kaum Platz für zwei Fahrzeuge nebeneinander bietet. Wasser rinnt die Straße hinab und Schlamm spritzt auf, als Matt den Pick-up langsam durch mehrere Löcher manövriert. Er flucht auf und ich presse meine Lippen aufeinander, wohl wissend, dass er nur wegen mir hier durchfahren muss. Zum Glück fährt er einen geländetauglichen Wagen.

Ein paar hundert Meter weiter kommt endlich der Parkplatz des Centers in Sicht. Matt setzt mich direkt vor der großen Eingangstür ab und ich beeile mich, meine Regenjacke anzuziehen und meinen Rucksack vom Rücksitz zu klauben.

»Sag Nia, dass ich heute Abend auch gerne eine Führung hätte, wenn ich dich abholen komme.«

Matt und Nia haben sich am Samstag ebenfalls blendend verstanden und sich lange unterhalten, was mir einen kleinen Stich versetzt hat. Doch ich habe keinen Anspruch auf ihn und natürlich kann er mit anderen Frauen plaudern. Mein inneres Ich habe ich für diese Eifersucht gründlich zur Rechenschaft gezogen, was allerdings nicht wirklich hilfreich gewesen ist.

Ich springe aus dem Wagen. »Werde ich ausrichten. Danke und bis nachher!«

»Bis nachher.«

Nachdem ich die Autotür hinter mir zugeschlagen habe, sprinte ich hinüber zum Eingang, damit ich nicht völlig durchnässt werde. Ich renne die Stufen zur hölzernen Veranda hinauf, reiße die Tür auf und schiebe mich schnell hindurch, um dem strömenden Regen zu entkommen.

Drinnen nehme ich meine Kapuze ab und blicke mich neugierig in der Eingangshalle um, die im Blockhausstil gebaut ist. Ich bilde mir sogar den Geruch von Kiefern ein. Eine Wand ist von der Decke bis zu den Holzdielen mit Fenstern verglast und somit wirkt er im Sommer bestimmt lichtdurchflutet, wenn es nicht gerade, so wie jetzt, in Strömen gießt. Ich komme mir vor wie in einer Oase, da überall Pflanzen verteilt stehen, teilweise sogar relativ hohe Bäume. Dazwischen ragen immer mal wieder ausgestopfte – ich vermute zumindest, dass sie ausgestopft sind – Tiere empor und ich schrecke vor einem aufgebäumten Grizzly rechts von mir zurück. Außerdem zieren ein Puma, mehrere Hirsche und Wapitis, Eulen und diverse Nagetiere die nachgestellte Landschaft, sogar ein Elch ragt inmitten einer grünen Insel aus hohen Büschen auf.

Links von mir befindet sich ein Empfangstresen, der gerade nicht besetzt ist. Dahinter ist eine große Tafel mit Eintrittspreisen und Öffnungszeiten an der Wand angebracht, doch ich weiß bereits von Nia, dass das Center über die Wintermonate hinweg für Besucher nicht geöffnet ist.

Schritte hallen aus einem Gang am anderen Ende des Raums und Nia schreitet mit wehenden Locken und leuchtend grünen Augen auf mich zu.

»Hey Savannah! Schön, dass du kommen konntest.« Sie umarmt mich kurz zur Begrüßung und breitet dann die Arme aus. »Willkommen im ›Oakajoks Wildlife Rescue and Rehabilitation Centre‹!«

Ich stimme in ihr Lachen mit ein. »Danke, dass ich es mir anschauen darf!«

»Oh, kein Problem. Ich habe im Moment alle Hände voll zu tun, ich nutze es also gerne aus, wenn jemand mehr über mein Center erfahren und mir unter die Arme greifen will.« Keck stemmt sie die Hände in die Hüften.

»Nutze meine Hilfsbereitschaft aus, so viel du willst. Ich freue mich, wenn ich helfen kann. Soweit es mit meinem Arm geht, heißt das«, füge ich hinzu. Nia und die anderen denken, dass ich mich bei einem Unfall verletzt habe.

Doch ich meine es absolut ernst, denn mir fällt zu Hause echt die Decke auf den Kopf. Und Tiere, Wildtiere ganz besonders, haben mich schon immer fasziniert. Ich weiß noch, wie mein Dad und ich an Wochenenden campen gefahren sind und wir dabei teilweise stundenlang Tiere in ihrer natürlichen Umgebung beobachtet haben.

»Super! Und klar, wir finden schon was. Lass deine Sachen einfach hier stehen, es ist sonst keiner hier und die Tür schließe ich ab. Hinten habe ich Stiefel und eine lange Regenjacke für dich, die ruhig schmutzig werden darf.«

Hinter dem Tresen stelle ich meine Habseligkeiten ab.

»Sind die eigentlich alle echt?« Als ich wieder bei Nia angelangt bin, deute ich auf die ausgestopften Wildtiere um uns herum.

»Ja.« Nia blickt sich ebenfalls um. Sie schiebt die Hände in die Hosentaschen ihrer Latzhose aus Jeansstoff. »Einige stammen hier aus der Gegend, andere habe ich über Kontakte bekommen. Es sind alles Tiere, die nicht mehr gerettet werden konnten. Sie waren entweder verletzt oder kurz vor ihrem Auffinden getötet worden.« Sie deutet mit einem Nicken auf den Braunbären neben uns. »Dieses Prachtexemplar von einem Grizzly zum Beispiel wurde von einem Ranger des Banff-Nationalparks tot in den Rocky Mountains aufgefunden. Sein Körper war noch warm, deshalb haben sie ihn sofort weggebracht und ausstopfen lassen. So erfüllt sein Tod zumindest noch einen Zweck.«

Traurigkeit schwingt in ihrer Stimme mit und ihre Augen verlieren etwas von dem Glanz, der mich gerade noch so fasziniert hat.

»Wurde auch er getötet?« Die Frage ist wahrscheinlich unnötig, da die Antwort auf der Hand liegt.

»Erschossen.« Ihre Augen verdüstern sich. »Normalerweise werden den Bären die Pfoten oder die Schnauze abgeschnitten, wenn es Schmuggler sind. Da diesem Tier keine Körperteile fehlen, vermuten wir, dass es sich um Trophäenjäger gehandelt hat, die nach dem Tod ein Foto mit dem Grizzly geschossen haben und dann abgehauen sind. Sein Tod war also völlig umsonst.« Nia schüttelt angewidert schnaubend den Kopf. »Immerhin kann er einigen Menschen hier ein Bild davon vermitteln, wie ein echter Grizzly aussieht.«

Ich schaue mir den riesigen Bären genauer an und erschaudere leicht. Er ragt, da er auf den Hinterbeinen steht, gut einen halben Meter über mich hinaus und wirkt somit noch beeindruckender und bedrohlicher als ohnehin schon. Bären habe ich zwar bereits in der Natur gesehen, doch so nah bin ich an keinen herangekommen.

Was wahrscheinlich gut so ist.

Es ist ein beängstigendes Gefühl, dass ein solch stolzes, großes Tier durch eine einzige, winzige, gut platzierte Kugel sein Leben verlieren kann.

»Habt ihr auch Bären hier im Center?«, frage ich neugierig, als wir weiter in Richtung des Flurs gehen, aus dem Nia gekommen ist.

»Im Moment nicht, nein. Hier auf Vancouver Island gibt es zwar Schwarzbären, die leben aber meist zurückgezogen. Im letzten Jahr hatten wir allerdings mehrere hier. Einen von ihnen hat ein Ranger verletzt nicht weit von hier gefunden, er musste ihn sedieren und anschließend operieren lassen. Er und der hiesige Tierarzt haben die Pflege übernommen und ihn nach wenigen Wochen wieder auswildern können. Auch die anderen Bären waren nur übergangsweise hier. Meist handelt es sich um untergewichtige Jungtiere, die den Winter nicht ohne unsere Hilfe überstanden hätten und lediglich ein wenig aufgepäppelt und gut gefüttert werden müssen.

Auch sie konnten glücklicherweise alle wieder ausgewildert werden, und in diesem Jahr haben wir noch keinen Patienten gehabt.« Nia lächelt vor sich hin. »Es sind schon sehr beeindruckende Tiere, muss ich sagen.«

»Ja, da stimme ich dir zu.« Ehrfürchtig betrachte ich die anderen ausgestopften Tiere. »Welche Tiere versorgt ihr hier sonst noch so?«

»Eigentlich alle auf Vancouver Island beheimateten, auch einige Nagetiere oder größere Säugetiere. Am meisten aber tatsächlich Flugvögel. Darunter Falken, Habichte, Eulen, Raben und teilweise auch Weißkopfseeadler oder Steinadler und natürlich auch Möwen, Enten oder Gänse.« Grinsend schaut sie mich von der Seite her an. »Im Moment haben wir auch wieder mehrere Weißkopfseeader hier.«

»Stimmt, darüber haben du und Annie im Pub gesprochen! Bert heißt einer von ihnen, glaube ich, oder?«

»Ja genau, gut aufgepasst.« Beeindruckt nickt Nia. »Wir fangen heute tatsächlich bei ihm an.«

Ich folge ihr durch den Flur und eine Tür, die für Gäste gesperrt ist, hindurch und hinaus in einen überdachten Außenbereich. Sie hält mir eine Regenjacke und Gummistiefel hin, die ich direkt gegen mein eigenes Schuhwerk und meine Jacke tausche. Zum Glück passt alles wie angegossen.

»Welche Wildtiere sind auf Vancouver Island eigentlich heimisch?«, frage ich interessiert. Von ein paar Tieren habe ich bereits gehört.

»Also abgesehen von den Flugvögeln, die ich dir gerade aufgezählt habe und die natürlich nur eine kleine Auswahl sind, gibt es so viele verschiedene Tiere hier.« Nias Augen leuchten auf. »Wusstest du, dass es hier zum Beispiel Kolibris gibt?«

»Nein, das wusste ich tatsächlich nicht.« Überrascht ziehe ich die Augenbrauen hoch. In Alberta sind sie ebenfalls beheimatet.

Begeisterung tritt in Nias Ausdruck. »Sie gehören definitiv zu meinen Lieblingstieren, so klein sie auch sind. Und abgesehen von Weißkopfseeadlern leben auf der Insel noch einige Steinadler. Die größten Bewohner am Boden sind Schwarzbären. Ansonsten gibt es hier Pumas, auch Berglöwen genannt, Kojoten und sogar Küstenwölfe sind auf Vancouver Island beheimatet.«

»Küstenwölfe?« Davon habe ich noch nie gehört.

»Ja, sie leben sehr zurückgezogen und es kommt sogar noch seltener vor, dass man einen von ihnen zu Gesicht bekommt als einen Bären oder einen Puma.« Nia öffnet eine Tür, die in einen Schuppen führt, und deutet mit einer Handbewegung an, dass ich eintreten soll. »Kleintiere gibt es hier auch zur genüge, zum Beispiel Murmeltiere, Otter, Biber oder Waschbären. Und von den Lebewesen im Ozean ganz zu schweigen. Hat du schon einmal eine Walbeobachtungstour mitgemacht?«

»Nein«, gebe ich zu und beiße auf meine Unterlippe.

»Was?!«, ruft Nia entgeistert aus und sieht mich schockiert an. »Das ist bei weitem eins DER Erlebnisse, die man im Leben machen muss, Savannah.« Sie überlegt kurz. »Habt ihr am Wochenende schon etwas vor? Wir fahren nur noch zwei Wochen raus – und auch das nur, weil der Oktober vergleichsweise mild war und die Wale noch hier vor Ort sind – und bieten Touren nur noch am Wochenende an, da es sich in der Woche nicht mehr lohnen würde zu dieser Jahreszeit. Wenn du willst, kann ich dich gerne auf unserer Liste vormerken.«

»Das wäre super!« Begeistert muss ich mich davon abhalten, in die Hände zu klatschen. »Könntest du Matt auch auf die Liste setzen? Er hat von Anfang an gesagt, dass er das gerne machen möchte.« Ich erschaudere. »Da haben wir ja Glück gehabt, dass wir die Zeitspanne noch nicht verpasst haben.«

Nia lacht. »Auf jeden Fall. Und klar, ist gebongt. Soll ich euch für Samstag oder Sonntag eintragen?«

»Ich glaube, Sonntag passt es besser.«

»Okay.« Zufrieden nickt sie. »Ihr werdet begeistert sein. Natürlich können wir für nichts garantieren, aber eigentlich sehen wir immer ein paar Tiere. Einige Seelöwen lassen sich immer sehen und hoffentlich finden wir ein paar Orcas oder sogar Buckelwale.«

»Wie soll ich denn noch bis Sonntag abwarten, wenn du es mir jetzt schon so schmackhaft machst?« Gequält lasse ich die Schultern hängen.

Nia stupst mich lachend an. »Geduld ist alles, meine Liebe.«

»Und gehört nicht zu meinen Stärken.« Ich greife nach dem Eimer, den Nia mir hinhält. In ihm befinden sich Schaufeln, Handschuhe, ein Handbesen und viel Kleinkram, den ich auf den ersten Blick nicht ausmachen kann.

»Wolltest du eigentlich schon immer als Wal-Spotterin arbeiten?«

»Ja!«, kommt es wie aus der Pistole geschossen. »Ich bin quasi schon immer mit Dad raus gefahren und liebe es über alles. Von ihm habe ich die Liebe zur Natur und den Tieren. Neben dem Center ist es das, was mich glücklich macht.« Nia strahlt über das ganze Gesicht. »Zum Glück hat mein Bruder Tyler mir das Feld überlassen.«

»Wie meinst du das?«

»Na ja, er hat mit Tieren quasi fast nichts am Hut. Er hat Architektur in Vancouver studiert und lebt da jetzt mit seiner Freundin Nikki.« Nia zuckt mit den Schultern. »Die beiden haben sich wirklich gesucht und gefunden.«

»Hm.« Ich freue mich für Nia, dass sie genau das im Leben macht, wofür ihr Herz brennt.

»Manchmal ist es aber auch ein schwieriger Job. Weißt du, ich bin ebenfalls in einem ausgewählten Team tätig, das Walen hilft, wenn sie sich zum Beispiel in Fischernetzen verfangen haben.«

»Das hört sich gefährlich an.«

»Ist es manchmal, ja. Und es geht nicht immer gut aus.«

Ich stelle den Eimer nach Anweisung von Nia auf eine Schubkarre und folge ihr hinaus aus dem Schuppen und in den Regen, wo wir beide einen Schritt zulegen, um nicht allzu nass zu werden. Wir gelangen in eine kleine abgegrenzte Halle, in der mehrere Käfige stehen. Wir nehmen uns die Kapuzen vom Kopf und ich muss mich zusammenreißen, mich nicht wie ein nasser Hund zu schütteln. Der Regen ist unbarmherzig und ich bin froh über die Regenjacke.

Beim Umschauen entdecke ich Eulen, Krähen und ein paar andere Vögel in den Käfigen um uns herum.

»Willkommen in der Krankenstation.« Nia streicht sich ein paar nasse Strähnen hinters Ohr und sieht sich dann um. »Hierher bringen wir erstmal alle Tiere, die verletzt sind und sich nicht allzu viel bewegen dürfen. Hier können wir sie dann ganz individuell behandeln und beobachten.«

»Das sind ja schon einige Tiere.« Verdutzt gehe ich an den rund zwanzig Käfigen entlang, von denen gut zwei Drittel belegt sind. Sie sind gerade so groß, dass die Tiere sich zwar am Boden ausreichend bewegen können, jedoch nicht in die Luft aufsteigen. Was bei ihren Verletzungen wahrscheinlich gewollt ist.

»Ja, mit den Herbststürmen, die im Moment toben, nimmt leider auch die Zahl der verletzten Tiere zu. Vor allem Vögel.« Sie geht zu einem etwas größeren Käfig hinüber und deutet mir an, zu ihr zu kommen. »Das ist Bert, unser Weißkopfseeadler.«

»Wow«, entfährt es mir, als ich vorsichtig in den Käfig hineinschaue. Wir halten etwas Abstand, damit das Tier sich nicht bedroht fühlt. Es ist ein großes Exemplar, und es ist ein unbeschreibliches Gefühl, so nah vor einem dieser stolzen Vögel zu stehen. Seine Augen zucken nervös hin und her, während er uns beäugt. Sein großer, gelber Schnabel steht leicht offen, seine scharfen Krallen sind unbarmherzig um einen der Äste geschlungen, der zwischen den Gitterstäben steckt. Er kann sich in dem Käfig zwar umher bewegen und von Ast zu Ast und auf den Boden hüpfen, jedoch nicht fliegen.

»Wir halten den Kontakt zu Menschen mit diesen Tieren so gering wie möglich, damit sie wieder ausgewildert werden können. Nur füttern, verarzten und die Käfige reinigen, mehr nicht. Wenn sie ihre Krankheiten oder Verletzungen gut überstanden haben, kommen sie je nach Verletzungsgrad und Heilungsdauer noch in eine Flughalle, damit wir sehen können, ob die Tiere wirklich wieder ganz gesund sind und in der Wildnis überleben können. Dann werden sie wieder ausgewildert.«

»Was passiert mit denen, die nicht wieder gesund werden?«

»Die bleiben ihr Leben lang im Center. Entweder hier oder in einem anderen, je nachdem, wie die verfügbaren Plätze sind oder ob wir noch andere Exemplare der jeweiligen Tierart hier haben, denn wir wollen sie ja nicht allein halten. Es kam auch schon vor, dass ein anderes Center nur eine Schleiereule hatte und ich dann ebenfalls ein Tier hierbehalten musste, welches ich nicht wieder auswildern konnte. Ich habe es dann dem anderen Center übergeben, so haben die zwei wenigstens Gesellschaft.«

»Sind diese Tiere dann woanders untergebracht als die Kranken hier?«

Nia nickt. »Genau. Hier, in diesem Bereich, sind zum Beispiel auch keine Besucher gestattet. Die können nur in die Flughalle reinschauen oder die Areale besichtigen, in denen die Tiere untergebracht sind, die für immer hier bei uns bleiben. Die Käfige dieser Tiere sind natürlich auch wesentlich größer und tierfreundlicher«, lässt sie mich wissen.

»Warum habt ihr eure Türen im Winter eigentlich für Besucher geschlossen?«

»Es würde sich nicht lohnen, im Winter Besucher zu empfangen. Die Wege müssten befestigt werden, ich müsste mehr Areale überdachen, da das Wetter oft nicht so gut ist.« Nia schaut nach rechts, wo die Überdachung endet und der Regen in die Pfützen prasselt. »Vom Zufahrtsweg ganz zu schweigen, der müsste auch dringend mal generalüberholt werden.«

»Da hast du allerdings recht, Matts Wagen war grade ganz schön versaut.« Schmunzelnd lege ich den Kopf schief.

»Und nicht nur das, die Löcher sind echt brutal. Dass sich da noch niemand einen Achsenbruch zugezogen hat, ist auch alles.«

Wir machen uns an die Arbeit und säubern Käfige, füttern die Tiere und ich unterstütze Nia dabei, einige zu behandeln. Mit dicken Handschuhen halte ich eine zappelnde Schleiereule fest, während Nia sie untersucht und ihre Wunden säubert.

Natürlich müssen nicht alle Tiere neu behandelt werden, da die meisten Verbände für mehrere Tage oder gar Wochen ausgelegt sind. Es dauert fast zwei Stunden, bis wir mit den kranken Tieren durch sind und die Schubkarre zurück in den Schuppen bringen.

Der Regen prasselt immer noch in Strömen hernieder und die Kälte sitzt uns in den Knochen. Von daher bin ich froh, als Nia beschließt, dass wir uns zunächst einen heißen Tee verdient haben.

Eine Nachricht von Matt trifft just in dem Moment ein, als wir in der gemütlichen Teeküche vor dem Ofen sitzen und uns aufwärmen.

Von: Matt
An: Savannah
Mache heute früher Schluss.
Passt es, wenn ich dich um 15 Uhr abhole?

»Matt hat mir gerade geschrieben, dass er um 15 Uhr hier wäre.«
Nia nippt an ihrem Tee und verbrennt sich die Zunge dabei. »Puh, ist der heiß.« Sie zieht Luft in ihren Mund und ich muss bei ihrem Anblick lachen. »Lach du nur«, witzelt sie und streckt mir die Zunge heraus. »Okay, bis dahin sollten wir durch sein. Dank deiner Hilfe geht heute alles etwas schneller.«
»Matt hat übrigens darum gebeten, auch eine Führung durch das Center zu bekommen. Als Gegenleistung dafür, dass er mich gefahren hat, versteht sich.« Ich verdrehe die Augen.
Amüsiert lehnt sie sich auf ihrem Stuhl zurück. »Die soll er haben.«
Ich tippe eine Antwort an Matt und nippe dann ebenfalls an meinem Tee.
»Hast du eigentlich gar keine Angestellten?«
»Im Sommer schon, aber im Winter nicht, dafür ist das Budget leider zu knapp und das Center zu klein. Ein paar freiwillige Helfer, so wie Annie, helfen mir in ihrer freien Zeit aus. Aber die gibt es leider nicht wie Sand am Meer.«
»Ich würde gern öfter einspringen, wenn du magst. Ich brauche irgendeine Aufgabe, und was wäre da besser, als dir hier mit den ganzen Tieren zu helfen?«
»Das würde mich wirklich freuen.« Nia sieht mich aufrichtig und dankbar an.
Als wir uns wieder auf den Weg nach draußen machen, schüttet es leider immer noch wie aus Kübeln. Das Wetter hat es heute definitiv in sich und möchte unsere Regenkleidung gehörig auf die Probe stellen.
»Was übst du eigentlich für einen Beruf aus?«, möchte Nia wenig später wissen, als wir das Futter für die übrigen Tiere vorbereiten. »Also, zu Hause, wo du herkommst, meine ich?«

Auf meiner Unterlippe kauend überlege ich kurz, bevor ich ihr antworte. »Ich arbeite in der Firma meiner Eltern. Ich habe sie nach ihrem Tod übernommen.«

Nia schweigt einen Moment. »Das mit deinen Eltern tut mir leid.«

»Danke.« Damit mir keine Tränen in die Augen treten, konzentriere ich mich darauf, das Futter aus den Säcken in die Eimer vor mir zu schaufeln.

»Was für eine Firma ist es?«, fragt Nia nach einer Weile.

»Eine Marketingfirma. Wir haben Kunden über ganz Kanada verteilt und übernehmen das Marketing für viele Unternehmen.«

»Das hört sich nach viel Verantwortung an.« Erstaunt sieht sie mich an. »Wolltest du die Firma schon immer übernehmen?«

Achselzuckend schließe ich den Futtersack. »Das stand irgendwie nie so richtig zur Debatte. Also klar, ich wurde nicht gezwungen, aber für mich schien es immer *der Weg* zu sein. Allerdings frage ich mich jetzt, was wäre, wenn meine Eltern mir nicht die Firma vererbt hätten und mein beruflicher Werdegang nicht quasi seit meiner Geburt festgestanden hätte.« Mein Blick schweift in die Ferne. »Mir fällt es nach dem Tod meiner Eltern wahnsinnig schwer, in der Firma zu arbeiten. Oft frage ich mich, ob es noch das Richtige für mich ist. Und was ich stattdessen lieber machen würde.« So offen bin ich schon lange nicht mehr gewesen, weder zu mir selbst noch gegenüber anderen.

Nia schaut mich eine Weile schweigend an, bevor sie antwortet. »Diese Frage kannst nur du selbst dir beantworten, schätze ich.«

»Ich weiß.« Damit hat sie verdammt recht, doch es ist nicht so einfach, wenn man sich nie darüber Gedanken gemacht hat.

»Wie sind sie gestorben, wenn ich fragen darf?« Nia räumt eine Schaufel und einen Besen aus der Schubkarre.

Innerlich hadere ich mit mir. Wie viel kann ich ihr erzählen, ohne mich zu gefährden?

»Sie sind bei einem Unfall ums Leben gekommen.« Es ist nicht die ganze Wahrheit, aber auch nicht komplett gelogen. Immerhin ging man lange von einem Unfall aus.

»Oh. Bist du deshalb hier, mit Matt?« Sie wirft mir einen fragenden Blick zu.

»Indirekt kann man wohl sagen, ja.«

Nia nickt nur. Sie hakt zum Glück nicht weiter nach und scheint gemerkt zu haben, dass ich dieses Thema nicht vertiefen möchte.

»Weißt du denn schon, wie lange du hier in Oakajoks bleiben wirst?« Eine Frage, die sich nicht auf das Vergangene bezieht.

Kopfschüttelnd folge ich ihr. »Nein, keine Ahnung. Es gefällt mir hier, also warte ich, schätze ich, einfach ab, wie die Dinge sich entwickeln.«

»Die Dinge ... mit Matt?« Mit schief gelegtem Kopf grinst sie mich an.

Sofort schießt mir die Hitze ins Gesicht. »Nein, wir sind nur Freunde.«

»Hm.« Nia stößt mich sanft an. »Ich bin jedenfalls um jeden Tag dankbar, den du mir hier freiwillig helfen willst.« Sie hat es damit tatsächlich geschafft, die Stimmung wieder aufzuheitern.

»Das freut mich zu hören. Vielleicht kann ich dir ja auch beim Marketing für die kommende Saison unter die Arme greifen?«, meine ich zögerlich, weil ich mich nicht zu weit aus dem Fenster lehnen will. Doch die Arbeit im Marketing macht mir Spaß und so kann ich mich vielleicht wenigstens etwas nützlich machen.

»Das wäre ein Traum! Ich habe schon öfter darüber nachgedacht, beispielsweise einen Instagram-Account aufzubauen, doch mir fehlt einfach die nötige Zeit und das Know-How.«

»Oh, das lass mal meine Sorge sein.« Innerlich gestalte ich bereits Redaktionspläne und male mir Bilder aus, die sich gut für Instagram eignen würden.

Gemeinsam arbeiten wir weiter und reinigen Käfige, versorgen Tiere und bereiten das Futter für die Abendfütterung vor, bis Matt schließlich anruft und mir Bescheid gibt, dass er da ist. Nia hat die Eingangstür abgeschlossen, da wir sonst nicht mitbekommen würden, wenn sich jemand unbefugt Zutritt zum Center verschafft. Die Wolken haben endlich ihre Schleusen geschlossen und es scheint sogar ein wenig die Sonne.

Wir geben Matt ebenfalls eine kleine Tour durchs Center und Nia erklärt ihm alles. Gemeinsam beobachten wir in der Flughalle – von den erhöhten Besucher-Guckschlitzen aus – die zwei Weißkopfseeadler, die bald zurück in die Freiheit können, und Nia gibt uns einen Einblick hinter die Kulissen. Auch das mehrteilige Bärengehege, das zwar im Moment leer steht und das die Besucher ebenfalls nur über einen Bildschirm sehen können, dürfen wir begutachten. Als wir hinterher durch den öffentlichen Teil des Centers schlendern und uns die Tiere, die hier ein Zuhause gefunden haben, anschauen, kann ich mir nicht vorstellen, dass ich jemals genug davon haben werde. Es ist schön zu wissen, dass es Orte gibt, die sich um solche Tiere, die es in der Wildnis nicht schaffen würden, kümmern.

Die Krankenstation bleibt Matt natürlich ebenfalls nicht verwehrt. Besonders Bert hat es ihm angetan.

»Wow, so aus der Nähe habe ich noch keinen Weißkopfseeadler zu Gesicht bekommen. Die sind echt majestätisch.«

»Ja«, schwärmt Nia und wir alle beobachten Bert dabei, wie er uns misstrauisch beäugt und durch seinen kleinen Käfig hüpft. »Hoffen wir, dass er schnell wieder fit wird und wir ihn bald freilassen können.«

Auf dem gesamten Heimweg schwärme ich Matt von meinem Tag im Center vor. Irgendwann lacht er nur auf und schüttelt lächelnd den Kopf, als ich gerade wieder ansetzen und ihm von Trudi der Schleiereule erzählen will. Den Tieren, die nicht wieder ausgewildert werden können, gibt Nia Namen.

»Oh, das wird wahrscheinlich langweilig. Entschuldige.« Ich drehe schnell den Kopf in Richtung des Fensters, da meine Wangen zu glühen beginnen.

»Hey.« Matt berührt mich sanft am Oberschenkel. Sofort durchzucken tausend Blitze meinen Körper und ich schaue zu seinen Fingern auf meinem Bein. Er zieht die Hand schnell wieder weg und die Stelle kribbelt noch Sekunden später. Mir schießt die Röte ins Gesicht und ich schaue demonstrativ nach vorn, damit Matt es nicht sieht. »Es ist überhaupt nicht langweilig. Ich freue mich, dass du etwas gefunden hast, das dir Freude bereitet.«

Nun riskiere ich doch einen Blick hinüber zu ihm und er sieht mich mit Schalk in den Augen an. »Umso wichtiger, dass wir das besagte Auto besorgen, damit du dich hier *frei bewegen* kannst.«

Kapitel 19

MATT

Am nächsten Samstag stehe ich früh auf, um mit Duncan eine große Runde laufen zu gehen.

Es fällt mir mittlerweile immer schwerer, mich von Savannah fernzuhalten und sie nicht wie ein Teenager an mich zu ziehen und ihre herrlich vollen Lippen zu küssen.

Und dass wir zusammenwohnen, vereinfacht die Sache nicht gerade.

Sie ständig in meiner Nähe zu haben, macht mich wahnsinnig. Ich merke selbst, dass ich seit einigen Tagen immer gereizter werde. Gestern hat sie mich gefragt, was denn los sei, doch ich habe nur abgewunken und mit Stress auf der Arbeit geantwortet. Daraufhin hat sie nur die Augenbrauen hochgezogen und sich mit ihrem Buch aufs Sofa gesetzt.

Leider habe ich ihr vor ein paar Tagen, nachdem David dem zugestimmt hat, versprochen, dass wir uns zusammen einige Autos ansehen werden, somit kann ich mich heute nicht davor drücken. Durch ihre Arbeit im Center verbessert sich ihre Stimmung zunehmend, sie braucht diese Ablenkung. Und dafür benötigt sie ein Auto, um selbstständig zu sein.

Als ich völlig außer Atem und komplett durchgeschwitzt zwei Stunden später vor unserer Veranda zum Stehen komme, bin ich immer noch nicht sicher, wie ich mein Problem in den Griff bekomme. Ich dehne mich und stoße dann einen lang gezogenen Seufzer aus, bevor ich die Stufen hinaufgehe und die Türklinke hinunterdrücke.

Der Geruch von Spiegeleiern, Speck und Baked Beans schlägt mir entgegen und lässt mir das Wasser im Mund zusammenlaufen.

»Hey«, ruft Savannah mir über das Getose der Dunstabzugshaube hinweg zu.

»Hey.« Die Tür fällt hinter mir und Duncan ins Schloss, bevor ich zu Savannah an den Herd trete. »Womit haben wir das denn verdient?«, frage ich und deute auf die Töpfe und Pfannen.

Sie zuckt mit den Schultern, was ihren unordentlichen Pferdeschwanz zum Wackeln bringt. »Ach, einfach so.«

»Du hast mir sogar Speck gebraten.«

»Ja.«

Savannah ist Vegetariern und hält eigentlich wenig davon, wenn ich Fleisch zubereite, akzeptiert es jedoch anstandslos. Was gut so ist, denn ich finde, dass jeder zu einer Meinung berechtigt ist, andere Menschen aber in ihren Entscheidungen akzeptieren muss.

»Ist der gute aus dem Hofladen der McLaughlins, hat Nia mir besorgt.«

»Soso«, schmunzle ich. Die McLaughlins betreiben eine Farm und haben einen eigenen kleinen Hofladen, den die Mutter von Kyle und Noah betreibt. Neben allerlei eingemachten Sachen wie Marmelade kann man außerdem Obst, Gemüse, Milch, Eier und auch das Fleisch der hofeigenen Rinder erwerben.

»Ich gehe nur schnell duschen, okay?« Ich verschwinde in Richtung Bad.

»Klar, kein Stress« ruft sie mir nach.

Wie um alles in der Welt soll man sich *nicht* in diese Frau verlieben?

Nach dem Frühstück brechen wir auf, um uns bei ein paar Händlern in Victoria verschiedene Autos anzuschauen.

Bei den ersten beiden ist schnell klar, dass nicht das richtige Fahrzeug für Savannah dabei ist, sowohl preislich als auch von der Ausstattung her. Sie soll ja schließlich keine Schrottkarre fahren und hat durchaus ihre eigenen Vorstellungen von ihrem zukünftigen, wenn auch nur vorübergehenden Fortbewegungsmittel auf vier Reifen.

Beim dritten Händler allerdings, jemandem, den Finn mir empfohlen hat, werden wir fündig. Ein roter Kleinwagen hat es Savannah sofort angetan, und sowohl der Preis als auch die Kilometerzahl sowie die Ausstattung stimmen.

Nach einer kleinen Probefahrt ist Savannah kaum noch von einem Kauf abzuhalten. Ich kann den Händler sogar ein wenig runterhandeln, da der Wagen schon eine Weile herumsteht. Laut ihm wollen die Leute hier in der Gegend alle nur Trucks fahren. Ich muss schmunzeln, denn zu diesen Leuten zähle ich mich ebenfalls dazu.

Nachdem wir uns per Handschlag einig geworden sind, ich das Auto bezahlt und den Kaufvertrag unterschrieben habe, machen wir uns auf den Rückweg. Ich werde es am Montag im Laufe meiner Schicht anmelden und die Kennzeichen besorgen, sodass wir den Kleinwagen abholen können.

Savannah steigt begeistert in meinen Truck ein und summt während der Fahrt vor sich hin.

Das Wetter hat umgeschlagen. Heute Morgen schien noch die Sonne, jetzt prasselt der Regen nur so gegen meine Windschutzscheibe, dass die Scheibenwischer Mühe haben, den Wassermassen standzuhalten.

An unserer Behausung angekommen, steigen wir aus und sprinten die Stufen unserer Veranda hinauf bei dem idiotischen Versuch, dem Regen zu entkommen. Lachend schließe ich die Tür auf und drehe mich zu einer nicht sonderlich erfreut dreinblickenden Savannah um. Sie hat sich heute Morgen für eine Jacke ohne Kapuze entschieden, weshalb ihre Haare ihr nun klatschnass im Gesicht hängen.

Sie bemerkt mein Lachen und streckt mir nur die Zunge heraus.

»Hey, sorry, war nicht so gemeint.« Ich gehe voran ins Haus und kann Duncan gerade noch festhalten, damit er nicht in den strömenden Regen hinausläuft und wir die Bude erneut putzen müssen.

»Jaja, das sagen sie hinterher alle.« Gespielt empört entledigt Savannah sich ihrer Jacke. »Ich glaube, ich gehe dann mal direkt unter die Dusche.«

Auf halbem Weg dorthin bleibt sie stehen und dreht sich zu mir um. »Kommst du heute Abend eigentlich mit in den Pub?«

Verwundert schaue ich zu ihr hinüber. »Weiß nicht, sollte ich?«

Savannah runzelt die Stirn. »Nia hat mir vorhin geschrieben, dass die Mädels sich dort heute Abend treffen wollen. Und anscheinend kommen Noah, Kyle und Finn auch dazu.« Sie macht eine kurze Pause. »Es würde mir wirklich viel bedeuten, dich auch dort zu wissen. Nach der Panikattacke letztes Mal wäre ich dir sehr dankbar.« Sie zuckt unsicher mit den Schultern. »Check doch mal deine Nachrichten, ich wette Finn hat dir auch geschrieben.«

Mit diesen Worten setzt sie ihren Weg ins Bad fort und ich komme nicht umhin, dabei ihren sexy Hüftschwung zu bemerken.

Mich innerlich dafür scheltend schaue ich auf mein Handy, auf das ich seit heute Morgen keinen Blick mehr geworfen habe. Und tatsächlich hat Finn mir geschrieben, dass sie sich alle abends im Pub treffen, und fragt, ob wir nicht dazu kommen wollen.

Ich schaue in den Flur, in dem Savannah verschwunden ist, und bin stolz auf sie, dass sie heute trotz der Panikattacke beim letzten Mal hingehen möchte. Sie findet von Tag zu Tag zu sich selbst zurück.

Da ich eh nichts Besseres vorhabe, sage ich Finn kurzerhand zu. So habe ich wenigstens einen Blick darauf, mit welchen Typen Savannah sonst noch so spricht.

Und sobald ich diesen Gedanken zu Ende gedacht habe, bekomme ich sofort ein schlechtes Gewissen.

Ich bin schließlich kein Stalker.

Es geht mich nichts an, mit wem sie redet oder sonst was tut.

Trotzdem spüre ich beim bloßen Gedanken daran einen Stich der Eifersucht in meiner Brust.

Um kurz vor sechs Uhr abends sitzen Savannah und ich in meinem Truck in Richtung Downtown. Auf dem Parkplatz stehen einige Autos, obwohl es noch relativ früh am Abend ist. Als wir den Pub betreten, ist es genauso voll wie das letzte Mal.

Savannah steuert zielstrebig einen der Tische im hinteren Bereich des Pubs an und ich folge ihr durch die Menschenmenge hindurch, die sich schon jetzt um den Tresen herum versammelt hat.

Ein allgemeines Hallo ertönt, als wir den Tisch mit unseren Freunden erreichen.

»Hier, wir haben euch Plätze freigehalten.« Annie deutet auf zwei freie Stühle gegenüber von sich.

Ich ziehe einen von ihnen hervor und setze mich neben einen jungen Mann, den ich nicht kenne.

»Savannah, Matt, das ist Josh. Ihr kennt euch noch nicht, oder?«, fragt Katie uns begeistert und deutet auf den jungen Mann, der neben ihr sitzt.

Josh ist Katies Freund, wie sie mir bei einer Unterhaltung in der letzten Woche erzählt hat, während sie nur so von ihm geschwärmt hat.

»Nein, ich glaube nicht.« Lächelnd halte ich ihm meine Hand hin und er ergreift sie beherzt. Tatsächlich habe ich noch nicht mit ihm zu tun gehabt, und ich habe aufgrund meiner Arbeit mit jeder Menge Leute zu tun. Auch Savannah reicht ihm jetzt die Hand.

Bei Joshs Anblick muss ich schmunzeln. Katie hat erwähnt, dass er eine Holzfirma betreibt. Das kann ich mir gut vorstellen, denn er trägt ein typisches, wie man es wohl nennen würde, rot-schwarz kariertes ›Holzfällerhemd‹, einen Dreitagebart und eine Baseballcap, unter der lockiges schwarzes Haar hervorlugt. Seine Hände sind schwielig und deuten auf die harte Arbeit hin, die er täglich verrichtet. Er ist mir direkt sympathisch.

»Du bist also der neue Cop hier?«, fragt er, bevor er einen Schluck aus seinem Bierkrug nimmt.

»Der bin ich wohl.« Irgendwann habe ich aufgehört zu zählen, wie oft mir diese Frage hier schon gestellt wurde.

»Und was für einer«, grätscht Finn in die Unterhaltung ein und prostet mir zu. »Ich sag's dir, leg dich nicht mit ihm an, Josh. Du ziehst den Kürzeren.«

Allgemeines Gelächter bricht um uns herum aus.

»Oh, glaubt mir, das habe ich nicht vor«, meint Josh und prostet mir ebenfalls zu.

Dermot kommt zu uns herüber und bringt Savannah und mir ein Bier. »Seid ihr nun bereit zu bestellen?«, fragt er in die Runde.

»Nicht so ungeduldig, Dermot!« Annie schaut gespielt empört zu ihm auf, doch alle stimmen in ihr Gelächter mit ein und bestellen. Ich werfe einen Blick auf die Speisekarte, die lediglich aus einer Handvoll Burgern mit Pommes, wenigen Pizzen, Stew und einem Salat besteht. Aber es ist besser als nichts und so fällt mir die Auswahl nicht allzu schwer. Es gibt sogar einen Veggie-Burger, den Savannah sich gerade bestellt.

Nachdem Dermot unsere Bestellung aufgenommen hat und zum Tresen zurückkehrt, verwickelt Josh mich in ein Gespräch über die Abholzung von Wäldern hier auf Vancouver Island und die Holzindustrie, für die er arbeitet.

Als der Barkeeper nach ein paar Minuten mit einem Tablet voller Bier zu uns stößt, lehne ich dankend ab. »Ich nehme ein Wasser, danke.«

»Kein Bier mehr?« Josh wirkt verdutzt.

»Ich muss uns noch heil nach Hause fahren.« Dabei deute ich auf mich und Savannah.

»Ich kann deinen Wagen doch nach Hause fahren«, bietet Savannah in diesem Moment an. Sie dreht sich zu mir. »Also uns und deinen Wagen.« Sie zieht die Augenbrauen zusammen und ich muss schmunzeln. »Du weißt, was ich meine. Du bist das letzte Mal gefahren, da ist es nur fair, wenn ich diesmal fahre.«

Zweifelnd schaue ich sie an. »Du hast doch auch schon Bier getrunken«, merke ich an und deute auf ihr halb geleertes Pint.

»Du doch auch, außerdem ist es noch halb voll, also nicht der Rede wert.« Sie hebt ihr Bierglas an. »Ist okay, wirklich!« Auf halbem Weg hält sie inne. »Es sei denn, du suchst nach einem Vorwand, weil du mir deinen Wagen nicht anvertrauen willst.« Jetzt zieht sie die Augenbrauen fragend und ein wenig neckend nach oben.

Feixend schaue ich zurück. »Das ist es nicht. Aber es ist okay, wirklich.«

»Hm«, macht sie nur und zuckt mit den Schultern. »Dann kann ich dir auch nicht helfen.«

»Mir ist eben nicht mehr zu helfen.« Ich zwinkere ihr zu.

»Na, Einsicht ist doch der erste Weg zur Besserung!« Finn prostet mir zu und nimmt dann grinsend einen Schluck Bier.

»Cheers.«

Später am Abend gehen wir hinüber ins ›Country Swing‹, einer Bar, die auch als Club durchgehen könnte.

Von der Arbeit aus bin ich hier schon ein paar Mal gewesen.

Als wir die Bar betreten, sitzen nicht weniger Leute an den Tischen als in ›Dermot's Pub‹. Zugegeben, die Bar und der Pub sind nicht sonderlich groß, trotzdem habe ich bis jetzt keine Ahnung gehabt, dass es scheinbar doch so viele Leute im kleinen Oakajoks gibt, die ihren Samstagabend lieber an einem Tresen verbringen als zu Hause auf dem Sofa. Zumal die Jugend als auch ältere Generationen vertreten sind.

Savannah kommt nach mir in die Bar und schüttelt sich wie ein nasser Hund.

»Puh, ist das kalt draußen!«

»Das kommt vor im November«, neckt Annie sie und hängt ihre Jacke an die Garderobe.

Verwirrt schaut Savannah sie an. »Es ist doch noch gar nicht November.«

Annie verdreht die Augen. »Aber fast, du Klugscheißer. Shot?«

»Darauf kannst du wetten!« Savannah wirft mir einen Blick zu, den ich nicht deuten kann, und geht dann mit den anderen Mädels zur Bar hinüber.

»Mann, die Kleine ist echt scharf«, raunt ein breit gebauter Kerl hinter mir, den ich nicht kenne. Ich werfe ihm einen unmissverständlichen Blick zu, doch er quittiert ihn nur mit einem Grinsen.

Okay, dann werde ich Savannah wohl im Auge behalten müssen.

Gerade sehe ich wieder zu ihr und den anderen, die auf der kleinen Tanzfläche stehen und zu einem modernen Popsong tanzen.

»Also, mal ehrlich. Willst du mir wirklich weismachen, dass zwischen euch nichts geht?« Finn, der neben mich getreten ist, hat meine Reaktion auf die Äußerung des Mannes offensichtlich bemerkt.

Kopfschüttelnd presse ich die Lippen aufeinander. »Du weißt, warum es nicht geht.« Finn und Gunnar, meine beiden Arbeitskollegen, wissen mit Annie als Einzige, weshalb Savannah hier und was ihr widerfahren ist.

Finn klopft mir auf die Schulter. »Klar, Mann. Aber wo die Liebe hinfällt, oder wie war das noch? Das kann man nicht beeinflussen.« Er sieht mich von der Seite her an. »Aber das ist nur meine Meinung. Du musst es für dich selbst entscheiden.«

Damit lässt er mich stehen und geht zur Bar hinüber. Ich fahre mir mit meinen Händen übers Gesicht und folge ihm − nicht ohne dass mein Blick noch einmal zu Savannah huscht, die sich ausgelassen mit den Mädels auf der Tanzfläche zum Takt der Musik bewegt. Meine Mundwinkel zucken, so sehr freue ich mich über diesen Anblick.

Als ich wenig später mit den anderen Männern an der Bar stehe, wird emsig diskutiert und gelacht. Noah, Kyle und Josh sind wirklich in Ordnung und mit ihnen kann man eine Menge Spaß haben.

Irgendwann wird ein langsamer Song gespielt und Katie zieht Josh auf die Tanzfläche. Auch andere Mädels angeln sich ihre Männer − oder andersherum.

»Ich an deiner Stelle würde schnell sein, sonst krallt sich jemand vor dir Savannah«, raunt Finn mir vielsagend ins Ohr und deutet grinsend auf die blonde junge Frau, welche sich zwischen Nia und Annie langsam zu dem Song wiegt und auf die gerade der Kerl von vorhin zugeht.

»Ist ja gut, du Klugscheißer«, gebe ich zurück und will mich auf den Weg zu ihr machen, als Annie mir entgegenkommt.

»Los, hin mit dir!«, befiehlt sie und gibt mir einen Schubs in Richtung Tanzfläche.

»Bin schon auf dem Weg.« Ich hebe beschwichtigend die Hände und steuere auf Savannah zu − keine Sekunde zu spät, da der andere Typ fast vor ihr steht. Doch ich bin schneller.

»Darf ich bitten?«, frage ich sie und halte ihr meine Hand hin. Savannah lächelt und ergreift sie.

Ich ziehe sie an mich und weiß nicht, ob Savannah es sieht, aber der andere Typ zieht genervt ab. Siegessicher kann ich ein Grinsen nicht unterdrücken.

Wir bewegen uns zum Takt der Musik und ich bin erstaunt darüber, wie gut Savannah tanzen kann. Sie lässt sich anstandslos von mir führen und gibt sich meinen Bewegungen hin, sodass ich traurig bin, als der Song versiegt. Zum Glück bemerkt der DJ die derzeitige Energie auf der Tanzfläche und legt noch einen nach. ›Wonderful Tonight‹ von Eric Clapton erklingt und wir wiegen uns sanft hin und her. Der Beat fährt klar und deutlich durch mich hindurch und bestimmt unsere Bewegungen.

»Das ist schön«, flüstert Savannah. Sie hat sich an mich geschmiegt, meine Hände halten sie an ihrem unteren Rücken an Ort und Stelle, während sie ihre Arme um meinen Hals legt und ihren Kopf an meine Brust sinken lässt.

Ein Brummen entfährt mir, denn ich bin mir ihrer Präsenz nur allzu bewusst. Ihren Duft nach Mandelblüten und Shea-butter einatmend schließe ich die Augen, um diesen Moment voll auszukosten. Savannahs Körper dicht an meinen gepresst, ihre Arme um meinen Hals liegend. Wir wiegen uns im Takt der ruhigen Musik und ich wünschte in diesem Moment, dass ich die Zeit anhalten könnte.

Kapitel 20

SAVANNAH

»Denkt dran«, ruft Nia uns hinterher, als wir die Bar verlassen, »morgen Nachmittag um zwei Uhr startet die Walbeobachtungstour!«

Sie steht zusammen mit Noah, der sie gerade an sich zieht, vor der Bar und winkt uns zum Abschied zu.

Ich recke einen Daumen in die Höhe, schwanke dabei aber so sehr, dass ich mich an Matt festhalten muss.

Auf dem Weg nach Hause dreht sich bei mir alles.

Ich habe definitiv zu viel Alkohol getrunken und kann niemandem außer mir selbst die Schuld dafür geben. Eigentlich wollte ich es nach der Panikattacke am letzten Wochenende langsam angehen lassen, doch mit Matt in meiner Nähe habe ich mich sicher gefühlt und es wohl etwas übertrieben.

Zu Hause angekommen steige ich aus dem Wagen und gehe so zielstrebig wie möglich auf die Verandastufen zu, nicht ohne dabei gefährlich zu wanken, lasse mich darauf fallen und stütze meinen Kopf in die Hände.

»Alles in Ordnung?« Matt setzt sich neben mich.

»Ja«, maule ich und stöhne. »Ich bin selbst schuld, ich habe viel zu viel getrunken.« Als ich den Kopf hebe, blicke ich direkt in Matts funkelnde Augen.

Doch er erwidert nichts und schaut stattdessen in den sternenbeleuchteten Nachthimmel hinauf.

»Wunderschön, nicht?«, flüstere ich und weiß nicht, ob ich den Sternenhimmel oder den Mann neben mir meine. Schnell wende ich mich ab und schaue ebenfalls zu den Sternen hinauf.

Matt brummt nur und gemeinsam bleiben wir für einige Minuten so sitzen, bis ich wieder zu frösteln beginne.

»Dir ist kalt«, stellt Matt fest. »Na komm, gehen wir rein.«

Er steht auf und greift nach meiner Hand, um mich auf die Füße zu ziehen. Stöhnend lasse ich ihn.

Allerdings habe ich die Rechnung ohne mein Gleichgewicht gemacht, das durch den Alkohol so beeinträchtigt ist, dass ich prompt nach vorn taumle und gegen Matts muskulöse Brust stoße.

»Hoppla«, lalle ich just in dem Moment, als er seine kräftigen Arme um mich schlingt, mich so am Fallen hindert und die letzte Stufe nach oben zieht. Erschrocken schaue ich auf und bleibe direkt an seinen moosgrünen Augen hängen. Sie verdunkeln sich für den Bruchteil einer Sekunde. Um mich herum verschwimmt alles, ich nehme nur noch diesen unglaublich attraktiven Mann vor mir wahr.

Ewigkeiten scheinen zu vergehen, in denen wir uns einfach nur ansehen. Ich verliere mich in seinem Blick, der so viel auszudrücken scheint, und doch auch wieder nicht. Seiner huscht zu meinen Lippen, während ich unbewusst auf meiner Unterlippe herumknabbere. Meiner schweift ebenfalls zu seinen und ich stelle mir vor, wie es wohl wäre, ihn zu küssen.

Ich hebe meinen Kopf ein wenig an, als er endlich seine Lippen auf meine herabsenkt. Die Schmetterlinge in meinem Bauch stoben auf. Der Kuss ist federleicht und ein Schauer jagt den nächsten. Ein Kribbeln entsteht genau an der Stelle, an der Matts Lippen meine sanft streifen. Der Kuss ist weich und scheu, kaum mehr als eine leise Berührung. Ein Vorgeschmack darauf, was dieser Mann so alles anstellen könnte.

Ich nehme ein Seufzen wahr und kann nicht sagen, ob es aus seinem oder meinem Mund kommt, doch in diesem Moment wird der Kuss mehr. Meine Arme schlingen sich wie von selbst um Matts Hals, während er eine Hand auf meinen unteren Rücken und die andere an meine Wange legt. Mein Mund öffnet sich ein wenig und lässt Matts Zunge ein, die zaghaft angeklopft hat. Aus sanft und zart wird auf einmal ungestüm und unsere Zungen vollführen einen feurigen Tango. Mein Unterleib fängt Feuer und ich brenne innerlich. Auf Zehenspitzen presse ich mich noch näher an Matt heran, während er mich an sich zieht und seine Hand in meinen Haaren vergräbt. Mein Herz schlägt mir bis zum Hals, ich vergesse zu atmen.

Er wirbelt mich herum und presst mich mit seinem gesamten Körpergewicht gegen die Hüttenwand, wo er einen meiner Arme über unsere Köpfe hebt und unsere eiskalten Finger miteinander verschränkt. Stöhnend versinke in dem Kuss, in diesem Moment, in meinen aufwallenden Gefühlen. Wie ein Feuer lodern sie in mir und lassen mich die Kälte um uns herum vergessen. Ich spüre nur noch die Hitze von Matts Lippen auf meinen. Er schiebt ein Bein zwischen die meinen und drängt sich damit näher an mich heran. Unsere Hände erkunden den Körper des anderen und lassen den Kuss wilder werden. Ich spüre seine Hände überall auf mir – an meiner Wange, meinem Rücken, meinem Po.

Als er mich hochhebt, stöhne ich auf, seine Hände halten meine Oberschenkel, während ich meine Beine um seine Hüften schlinge. Er zwickt mich leicht in die Unterlippe, nimmt meinen Mund aber direkt wieder in Beschlag. Unsere Zungen tanzen und ich drohe mich in diesem Augenblick zu verlieren. Unser Stöhnen zeugt von unserem gegenseitigen Verlangen und ich will nicht, dass dieser Moment jemals endet. Will mit meinen Händen weiterhin durch sein Haar fahren. Will seine Hände auf mir spüren, will mehr.

Ich weiß nicht, wie viel Zeit vergangen ist, als Matt den Kuss schwer atmend unterbricht und seine Stirn gegen meine lehnt. Er verschränkt seine Finger erneut mit meinen und ich streiche sanft mit meinem Daumen über seinen. Mein Herz klopft mir bis zum Hals und ich versuche, Sauerstoff in meine Lungen zu pumpen. Mein Körper ist so geladen, dass ich Angst habe, dass die Funken zwischen uns gleich zu stoben beginnen. Atemwölkchen bilden sich in der kühlen Luft um uns herum und lassen diesen Moment in der Dunkelheit, die nur vom Schimmern des Mondes erhellt wird, noch magischer erscheinen.

Es dauert lange, bis sich unser Atem wieder beruhigt hat und Matt sich zurückzieht.

»Entschuldige«, raunt er, setzt mich auf dem Boden ab und tritt ein Stück zurück.

Verwirrt sehe ich Matt an und versuche, meinem alkoholgetränkten Verstand beizubringen, welches Wort gerade über seine so wundervollen Lippen gekommen ist. Plötzlich bin ich stocknüchtern.

»Ent…«, beginne ich und schüttele den Kopf. »Du … du musst dich nicht …«

»Doch, muss ich. Du bist betrunken, das habe ich ausgenutzt. Tut mir wirklich leid, Savannah. Es ist meine Schuld.«

Matt wendet sich ab und will gerade die Haustür aufschließen, als ich ihn sanft am Arm fasse und einen Schritt auf ihn zu torkele.

»Es ist niemandes *Schuld*, Matt«, bekräftige ich und betone dabei das Wort ›Schuld‹. »Falls du es nicht gemerkt hast, ich wollte den Kuss auch.«

Eindringlich sehe ich ihn an, doch er schlägt die Augen nieder.

»Das hätte nicht passieren dürfen.«

Es dauert einen Moment, bis diese Worte zu mir durchdringen. Ich fühle mich, als hätte er mir einen Schlag in die Magengrube verpasst. Unwillkürlich treten Tränen in meine Augen.

Als er sich diesmal abwendet, halte ich ihn nicht zurück.

Stattdessen schwirren seine Worte in meinem Kopf umher.

Das hätte nicht passieren dürfen.

Kapitel 21

SAVANNAH

Am nächsten Nachmittag machen wir uns auf nach Downtown, zum Büro von ›Oakajoks Whale Watching Tours‹. Matt fährt den Wagen und ich muss mich beherrschen, ihn nicht zu bitten, langsamer zu fahren. Meine guten Vorsätze von gestern Abend, nicht allzu viel zu trinken, um für heute fit zu sein, habe ich definitiv nicht eingehalten. Stattdessen habe ich den ganzen Morgen mit Kopfschmerzen und Übelkeit im Bett gelegen und hoffe nur, dass es auf dem Boot nicht noch schlimmer wird.

Die Stimmung zwischen uns ist gedrückt, wir haben bisher kaum ein Wort miteinander gesprochen außer »Guten Morgen« und »Wollen wir los?«.

Nun sitzen wir erneut schweigend nebeneinander, die Luft ist zum Schneiden dick.

Irgendwann schaltet Matt das Radio ein und der Country Song ›Play It Again‹ von *Luke Bryan* ertönt aus den Lautsprechern, doch obwohl ich ihn ansonsten gern höre, kann er meinen Gemütszustand nicht aufhellen.

Matts Worte von gestern Abend spielen sich wie eine Dauerschleife immer wieder in meinem Gehirn ab.

Das hätte nicht passieren dürfen.

Das hätte nicht passieren dürfen.

Das hätte nicht passieren dürfen.

Als wir endlich den Parkplatz erreichen, bin ich so froh wie noch nie, aus diesem Wagen auszusteigen.

Nia erwartet uns vor dem Gebäude, neben ihr stehen nur eine Handvoll weitere Gäste.

»Hey, da seid ihr ja!«, ruft sie uns zu.

Ich ziehe eine Grimasse, was hoffentlich wie ein Lächeln aussieht, und wir schließen Nia beide zur Begrüßung in die Arme.

»Hast du uns schon vermisst?«, necke ich sie halbherzig.

»Davon träumst du wohl. Nein, wir wollen nur gleich los. Ihr seid die Letzten«, lässt sie uns wissen und ich stimme in Matts Lachen ein, um Nia keinen Grund zu geben, sich Sorgen zu machen.

»Du bist ein bisschen blass. Sind das etwa die Nachwehen von gestern Abend?« Nia knufft mich in die Seite und ich folge ihr hinunter zum Bootsanleger.

»Oh, hör bloß auf.« Stöhnend lege ich den Kopf in den Nacken. Wenn Nia nur wüsste. »Wieso geht's dir denn so gut? Du hast doch nicht viel weniger getrunken als ich.«

Nia zuckt mit den Schultern. »Ich vertrage mehr, schätze ich.«

»Hm«, mache ich nur und sehe mich nach Matt um, der direkt hinter mir läuft und mir jetzt fast in die Hacken getreten wäre.

»Sorry«, murmelt er, als er dafür in mich hineinläuft.

»Oh, nein, meine Schuld.«

Hitze schießt mir ins Gesicht und ich wende mich schnell ab, um die Gruppe nicht weiter unnötig aufzuhalten. Innerlich schlage ich mir die Hand vor die Stirn. Meine Schuld, ehrlich?! Genau diese Worte hat er gestern Abend benutzt.

Nias wissender Blick liegt auf mir, doch ich weigere mich sie anzusehen.

Als wir auf dem hölzernen Steg stehen bleiben, dreht Nia sich zu uns allen um und erklärt ein paar wesentliche Dinge. Dass wir auf Wale hoffen, sie aber nichts versprechen kann. Dass wir immer einen Mindestabstand zu den Walen einhalten müssen, um sie nicht in ihrer natürlichen Umgebung zu stören. Dass wir uns unsere Plätze frei aussuchen können, es aber vermeiden sollten, bei einer Sichtung alle gleichzeitig auf eine Seite des Bootes zu sprinten.

»Das klingt ja, als ob das Boot dann kentern würde«, runzelt einer der Touristen die Stirn, ein junger Mann, schätzungsweise fünfunddreißig, mit Glatze und Vollbart. Eine komische Kombination.

»Na ja, so eine hektische Bewegung aller kann das Boot wirklich ganz schön ins Schaukeln bringen.« Nia deutet mit erhobenen Mundwinkeln in die Runde. »Und wir alle wollen heute schließlich nicht baden gehen.«

Wir verneinen und lassen unsere Blicke dann über das kleine Walbeobachtungsboot schweifen, auf das Nia nun zeigt.

»Das ist sie, unsere ›Aurora‹. Mit ihr werden wir heute rausfahren, und unser heutiger Kapitän«, sie dreht sich um und weist mit dem Finger auf die kleine Kabine, in der ein kräftiger Mann sitzt und in ein Funkgerät spricht, »ist mein Dad höchstpersönlich.«

Sie winkt ihrem Dad zu, der das Gespräch abbricht und zu uns an die Reling des Boots tritt.

»Hey ho. Seid ihr bereit ein paar Wale aus nächster Nähe zu sehen?«

Zustimmendes, gut gelauntes Gemurmel ertönt und Nia lässt uns an Bord gehen. Die ›Aurora‹ bietet Plätze auf dem unteren Deck, auf dem wir uns gerade befinden, doch es führen außerdem Treppenstufen hinauf auf ein weiteres, kleines Deck über der Kabine des Kapitäns, auf dem ebenfalls ein paar Sitzbänke untergebracht sind.

Matt und ich steigen schweigend hinauf auf das Oberdeck und machen es uns bequem. Schmerzlich fällt mir der Abstand zwischen uns auf, als Matt sich bewusst ein Stück ferner als nötig von mir auf die Bank fallen lässt. Es trifft mich wie ein Schlag in die Magengrube. Er hat es gestern Abend also ernst gemeint.

Mein Blick schweift über die Bucht und ich versuche, mich nicht auf ihn zu konzentrieren. Mir meine Kränkung nicht anmerken zu lassen.

Doch das ich schier unmöglich. Seine Präsenz ist so deutlich spürbar, als würde er mich permanent berühren.

Die Tour soll ungefähr zwei Stunden dauern. Wie Nia durch ihr Mikrofon erklärt, fahren wir nicht hinaus aufs offene Meer, da es dort unwahrscheinlicher ist, auf die Wale zu treffen. Stattdessen halten wir uns in Küstennähe und entlang der Inseln und Buchten an der Juan-de-Fuca-Straße auf.

Leider bleibt die Suche nach den Walen erfolglos. Bis auf ein paar Seelöwen, die es sich auf einem der Felsen am Ufer einer kleinen Insel gemütlich gemacht haben, und zwei Weißkopfseeadlern, die sich gefährlich nahe über unseren Köpfen um Fisch zanken, sehen wir kein einziges Tier im Wasser. Als wir nach zweieinhalb Stunden wieder im Hafen eintreffen, herrscht allgemein gedrückte Stimmung unter den Passagieren.

Wir treten als Letztes vor Nia, um uns zu verabschieden. Genervt schaut sie einem älteren Ehepaar hinterher, das sich eben lautstark beschwert hat.

»Manche Leute verstehen einfach nicht, dass es sich bei den Walen um wilde Tiere handelt, die nicht auf Kommando abrufbar sind.« Kopfschüttelnd fällt ihr Blick auf uns. »Ich habe ihnen einen Gutschein fürs nächste Wochenende angeboten, doch da sind sie wohl nicht mehr hier.« Sie zuckt mit den Schultern. Eine Geste, die andeutet, dass sie es auch nicht ändern kann.

»Passiert so etwas öfter?«, fragt Matt und sieht dem Ehepaar ebenfalls nach.

Nia schnaubt. »Glaub mir, öfter, als du denkst. Wir sagen *immer* vorab, dass es keine Garantie für die Sichtung von Walen gibt, und doch reagieren einige Leute so, wenn sie dann tatsächlich keine sehen. Wir bieten in solchen Fällen immer Gutscheine für die nächste Tour an, doch bei diesem Paar hätte ich wohl selbst mit einem Ballett tanzenden Buckelwal nichts mehr ausrichten können.«

Bei dem Gedanken muss ich glucksen, und Nia stimmt mit ein. Dann seufzt sie.

»Na ja, zum Glück überwiegen die positiven Erfahrungen.«

Wir machen uns gemeinsam auf den Weg zurück zum Büro, nachdem wir Nia und ihrem Vater beim Vertäuen der Seile geholfen haben. Erneut habe ich dabei eine Seite von Matt kennengelernt, die ich bisher nicht kannte – offenbar kennt er sich mit Booten aus. Nias Vater musste ihm nicht einmal die Knoten fürs Vertäuen erklären. Ich konnte mich nicht davon abhalten, ihm fasziniert dabei zuzusehen, wie er präzise die Seile um die Halterungen am Ufer gelegt und das Boot mithilfe von Nia und ihrem Dad in Position gebracht hat.

»Danke.« Nias Vater hat ihm anerkennend auf die Schultern geklopft. »Zu dritt geht es doch sehr viel schneller.«

Matt hat nur abgewunken und stapft jetzt zügig neben mir her.

»Ihr könnt natürlich auch gerne nächstes Wochenende noch einmal mitfahren, wenn ihr mögt. Vielleicht haben wir dann mehr Glück.«

»Fahrt ihr denn nächstes Wochenende noch raus? Es ist doch dann schon November.« Erstaunt hebe ich eine Augenbraue.

»Ja, aber das Wetter hält sich und die Wale sind auch noch vor Ort. Also, bis auf heute, versteht sich. Also ja, ich denke schon, dass wir nächstes Wochenende noch einmal rausfahren.«

»Okay, also ich würde es sehr gerne noch einmal probieren.«

Ich sehe verhalten zu Matt hinüber, der ebenfalls zustimmt.

»Okay!« Nia wendet sich mir zu. »Hast du diese Woche noch einmal Lust, mir im Center zu helfen?«

»Klar!« Da ich ab der nächsten Woche meinen eigenen Wagen habe, gestaltet es sich viel einfacher, Nia im Center zu helfen.

»Super! Ich schreib dir, ja?«

»Mach das.«

Wir verabschieden uns von Nia und treten den Rückweg zu Matts Truck an. Sofort umhüllt uns wieder diese kühle Stille.

»Sollen wir uns Pizza mitnehmen, wenn wir schon im Ort sind?«, schlage ich vor und versuche, die Stimmung mit dem Gedanken an sein Guilty Pleasure ein wenig aufzulockern und mich damit abzufinden, dass wir scheinbar nicht über den gestrigen Abend sprechen werden.

»Das klingt nach einer fabelhaften Idee.«

Kapitel 22

SAVANNAH

In den nächsten Tagen wird die Anspannung zwischen Matt und mir nicht merklich besser oder weniger seltsam.

Wir entwickeln eine neue Routine, die nicht halb so angenehm ist wie die in den Wochen zuvor. Die Stimmung ist gereizt und ich denke teilweise, dass selbst Duncan merkt, dass etwas nicht stimmt.

Zum ersten Mal, seit wir hier wohnen, bin ich froh, dass Matt fast den ganzen Tag über arbeitet, danach meist noch ins Fitnessstudio fährt und wir uns somit nicht mehr so oft über den Weg laufen.

Am Dienstag helfe ich Nia erneut im Center aus.

»Also, was ist los?«, fällt sie direkt mit der Tür ins Haus, ohne mich auch nur zu begrüßen.

»Was soll los sein?«, weiche ich aus, während ich meine Jacke an der Garderobe im Flur aufhänge. Ich sehe Nia dabei nicht an, denn natürlich weiß ich, was sie meint.

Sie stemmt die Hände in die Hüften und schenkt mir einen wissenden Blick. Den, bei dem sie eine Augenbraue hochzieht und mich zu fragen scheint, ob ich sie verarschen will. »Komm schon. Du weißt genau, was ich meine. Dass etwas zwischen dir und Matt vorgefallen ist, konnte vorgestern selbst ein Blinder sehen.«

Ich lasse die Schultern hängen und lehne mich an die weiße Wand hinter mir. »Wir haben uns geküsst.«

Das bringt Nia für einen Moment aus dem Konzept, aber sie fängt sich schnell wieder. »Was?!« Sie richtet sich auf und gestikuliert wild mit ihren Händen. »Aber das ist doch toll!«

Kopfschüttelnd fahre ich mir mit einer Hand durch mein Haar, das ich zu einem Pferdeschwanz zusammengebunden habe. »Nein.« Ich seufze. »Seine Worte, direkt nachdem wir uns geküsst haben, waren: ›*Das hätte nicht passieren dürfen*‹.«

»Oh.« Nia verschränkt die Arme vor der Brust und lehnt sich nun ebenfalls gegen die Wand. »Aber wieso hätte es seiner Meinung nach nicht passieren *dürfen*?! Ich meine, es sieht doch jeder, dass ihr euch mögt. Ihr wohnt sogar zusammen.«

»Ja, das war aber nicht unsere Entscheidung.« Meinen Kopf gegen die Wand lehnend schließe ich die Augen. »Und im Moment macht es die Sache nur noch komplizierter, weil wir uns nicht aus dem Weg gehen können. Ich fühle mich wie ein Eindringling in seinem Haus.«

Nia runzelt die Stirn. »Jetzt verstehe ich gar nichts mehr.«

Ich fahre mir mit meiner Hand über die Augen und schaue Nia dann lange an. Frage mich, ob ich ihr vertrauen kann.

Bereits in der letzten Woche haben Nia und ich uns blendend verstanden, während ich Nia an drei Tagen im Center ausgeholfen habe. Auch im Pub haben wir am Wochenende viel Spaß gehabt. Ich schätze Nia immer mehr als eine ehrliche Person ein, die zwar ihre eigene Meinung hat, andere Menschen aber respektiert und sehr wohlwollend ist.

Nia ist in den letzten zwei Wochen durchaus eine Freundin für mich geworden und ich glaube nicht, dass sie mich verraten würde. Außerdem habe ich bereits zu viel gesagt, ohne es zu wollen. Auch wenn sie niemand ist, der einen so lange mit Fragen durchbohrt, bis sie eine zufriedenstellende Antwort erhält, erkenne ich, dass sie mich abwartend anblickt.

Resigniert treffe eine Entscheidung. »Zu Hause, also in meinem eigentlichen Wohnort, gab es einen Vorfall. Ich kann dir leider nicht genau sagen, was passiert ist, da dies meine Sicherheit immens gefährden würde, aber ich bin nicht freiwillig hier.«

Beschwichtigend hebe ich die Hände, als Nias Miene sich verdunkelt.

»Ich habe nichts angestellt und Matt hat mich auch nicht entführt, falls du das jetzt denkst.«

Nia nickt. »Also … ist Matt gar nicht dein Kumpel?« Sie legt den Kopf schief.

»Nein.« Ich seufze. »Ich bin mit ihm hierhergekommen, damit der Mann, der hinter mir her ist, mich nicht findet. Und da Matt Erfahrung mit solchen Fällen hat, schien es eine gute Idee zu sein. Doch jetzt bin ich mir nicht mehr so sicher.«

»Weil du Gefühle für ihn entwickelst.« Keine Frage, mehr eine Feststellung.

Grummelnd stimme ich zu und lehne meinen Kopf gegen die Wand.

Nia schweigt einen Moment. »Na ja, so wie ich das sehe, hat er ja schon eingewilligt, dich hierher mitzunehmen. Ich glaube also nicht, dass du dich wie ein Eindringling fühlen musst.«

»Leichter gesagt als getan, jetzt, nachdem wir uns geküsst haben und er es offenbar bereut.«

Nia kaut nachdenklich auf ihrer Unterlippe herum. Sie scheint die Neuigkeiten erstaunlich schnell verdaut zu haben und fragt nicht weiter nach, weshalb ich sie noch mehr wertschätze und ihr äußerst dankbar bin.

»Hm.« Nia zieht die Stirn kraus und sieht mich dann mit Schalk in den Augen an. »War der Kuss denn wenigstens gut?«

Ich lache. »Oh, wenn du wüsstest. Sehr gut sogar.« Mein Blick schweift zur Decke und ich schwelge für einen Moment in Erinnerungen an diese Nacht, bevor ich erneut aufseufze. »Noch ein Grund mehr, wieso ich es nicht einfach so vergessen kann.«

Geräuschvoll atmet Nia aus. »Wieso nur sind Männer so stur?«

»Und bezeichnen uns als kompliziert.« Schnaubend schlage ich die Hände vor mein Gesicht. »Ich habe ihm sogar gesagt, dass ich den Kuss und ihn *wollte*. Ich komme mir so dämlich vor.«

»Hey, so darfst du aber nicht anfangen.« Nia berührt meinen Arm. »Du hast wenigstens mit offenen Karten gespielt und gesagt, was du denkst. Das ist wahre Stärke. Daran kann er sich nur ein Beispiel nehmen.«

Ich will ihr glauben, habe aber meine Zweifel.

Als wir uns schließlich an die Arbeit machen, spüre ich, dass noch etwas auf Nias Zunge brennt. Und tatsächlich sieht sie mich wenig später beim Reinigen eines Käfigs von der Seite an.

»Darf ich dich noch etwas fragen, Savannah? Du musst auch nicht antworten.«

»Klar.«

Sie zögert einen Moment, doch dann rückt sie mit der Sprache raus. »Der Mann, der hinter dir her ist. Ist er gefährlich? Weiß er, dass du hier bist?«

Ich halte in meiner Arbeit inne. »Er ist gefährlich, ja. Und nein, ich glaube nicht, dass er weiß, wo ich bin.« Ich runzle die Stirn. »Ich hoffe es zumindest.«

»Okay. Falls du jemals meine Hilfe brauchst, musst du nur fragen. Okay?«

Dankend drücke ich ihren Arm, die Aufrichtigkeit in ihren Augen rührt mich. »Okay. Danke.«

Schweigend arbeiten wir weiter, als mir plötzlich ein Gedanke kommt.

»Was läuft eigentlich zwischen dir und Noah?«

Jetzt ist es an Nia, mich verdutzt anzusehen. »Wieso?«

»Na ja, ihr wirkt sehr vertraut miteinander, also …« Ich zucke mit den Schultern und muss schmunzeln.

Nia wendet ihren Blick wieder ab und fegt weiter den Boden. »Wir sind Freunde, mehr nicht.«

»Hm«, entgegne ich nur und beobachte Nia.

Da ist definitiv mehr, doch sie will es nicht verraten. Das ist okay und ich bohre fürs Erste nicht weiter nach, sondern mache mich wieder an die Arbeit. Sie wird es mir erzählen, wenn sie möchte.

»Was macht ihr eigentlich an Halloween?«, wechselt sie gekonnt das Thema.

Kapitel 23

MATT

»Morgen.« Mürrisch schließe ich am Mittwochmorgen die Tür zum Revier hinter mir und werfe Finn nur einen schnellen Blick zu, der schon vor dem Computer im Eingangsbereich sitzt, bevor ich zu meinem Spind gehe und mich umziehe.

Als ich zu Finn trete, zieht er eine Augenbraue hoch. »Da hat aber jemand gute Laune. Gunnar hat mich schon gewarnt.«

Etwas Unverständliches brummend lehne ich mich gegen den Schreibtisch, verschränke dabei meine Arme vor der Brust. Die letzten zwei Tage habe ich mit Gunnar gearbeitet, da Finn frei hatte. Gunnar ist etwas älter als Finn und ich und somit gleichzeitig der Leiter unseres Reviers. Er hat eine Frau und zwei kleine Kinder und obwohl ich mich gut mit ihm verstehe, würde ich ihn nicht als einen Kumpel betrachten. Zumindest nicht so, wie Finn in den letzten Wochen zu einem geworden ist.

»Du hast also mit Gunnar über mich gesprochen, ja?«, scherze ich halbherzig und fahre mir mit einer Hand übers Gesicht.

Finn dreht sich auf seinem Schreibtischstuhl zu mir herum und zuckt mit den Schultern. »Er hat mich nur gewarnt, dass dir wohl eine Laus über die Leber gelaufen ist.« Seine Mundwinkel zucken. »Die Laus heißt nicht zufällig Savannah, oder?«, witzelt er und ich nehme einen Kuli vom Schreibtisch, den ich auf ihn werfe. Er weicht aus und hebt abwehrend die Hände.

»Sorry, Mann, der war mies.« Er lacht und ich stimme widerwillig mit ein. »Aber mal ehrlich, was ist los? Du siehst aus wie sieben Tage Regenwetter.«

Ich schiele zur Eingangstür hinüber und überlege, ob ich es Finn erzählen soll. Schließlich seufze ich und lege meinen Kopf in den Nacken. »Ich hab's verbockt, Mann.«

Finn runzelt die Stirn. »Sprichst du von Savannah? Etwas deutlicher, bitte.«

»Ja, ich spreche von Savannah. Ich habe sie geküsst.«

»Aber das ist doch …«

»Und ihr dann gesagt, dass das nicht hätte passieren dürfen.«

»Oh.«

»Jap.«

»Meintest du es so?«

Ich brauche einen Augenblick, um darüber nachzudenken. »Ich denke schon, ja. Es kann nicht funktionieren mit uns. Sie ist meine Klientin und wenn wir Boucher überführen, wird sie in ihr altes Leben zurückkehren.«

»In dem du aus welchem Grund keinen Platz haben solltest?«

Fragend zieht Finn eine Augenbraue in die Höhe. »Es hört sich für mich ein wenig so an, als suchst du nur nach Gründen, weshalb es zwischen euch nicht funktionieren kann.« Er reibt sich seinen Nacken. »Du hast Angst, verletzt zu werden oder sie wieder zu verlieren.«

»Das ist es nicht …«, setze ich an, doch das Klingeln des Telefons unterbricht mich. Finn dreht sich zum Hörer herum, um den Anruf entgegenzunehmen.

Nur am Rande bekomme ich mit, wie er sich meldet und ein paar Antworten gibt. Innerlich grübele ich darüber nach, ob Finn recht haben könnte. Habe ich Angst, dass ich am Ende verletzt werde? Dass ich Savannah unter Umständen sogar verlieren könnte?

Nein, das werde ich auf keinen Fall zu lassen, nicht auf diese Weise.

Finn beendet das Gespräch und sieht mich bedauernd an. »Ein Einsatz, wir müssen raus. Ein Verkehrsunfall mit Verletzten.« Er klaubt seine Jacke von der Stuhllehne und greift nach dem Einsatzhandy. Als er an mir vorbeigeht, hält er kurz inne.

»Lass uns heute Abend nach der Schicht auf ein Bier in den Pub gehen, ich glaube, da herrscht noch Redebedarf.« Er klopft mir auf den Arm. »Aber eine Sache noch: *Es ist besser, geliebt und verloren zu haben, als gar nicht erst geliebt zu haben.*«

Grinsend geht er durch den Flur.

195

Schnaubend über diese kitschige Lebensweisheit folge ich ihm hinaus zu unserem Einsatzfahrzeug. »Wo hast du den Spruch denn aufgegabelt?«

Er zuckt mit den Schultern. »Irgendwo gelesen. Aber der ist gut, oder?« Lachend öffnet er die Fahrertür.

»Ja, absolut.« Kopfschüttelnd schwinge ich mich auf den Beifahrersitz.

SAVANNAH

Auch am Mittwoch helfe ich Nia im Center aus. Als ich nachmittags fix und fertig wieder nach Hause komme, bin ich froh darüber, meinen eigenen Wagen zu haben und nicht mehr auf Matts Fahrdienste angewiesen zu sein. Ich koche uns Abendessen, wundere mich aber nicht, dass Matt nicht pünktlich ist, und stelle den Rest einfach in den Kühlschrank – genau wie am Abend zuvor.

Obwohl heute Halloween ist, habe ich keine Lust auf Feierlichkeiten. Gestern habe ich auf dem Rückweg vom Center zwar ein paar Zierkürbisse besorgt und die Veranda mit ihnen dekoriert, doch zu mehr bin ich dieses Jahr nicht aufgelegt. Meine Freunde und ich haben Halloween früher regelrecht zelebriert, aber nachdem ich im letzten Jahr schon keine Lust dazu hatte, kann ich mich auch jetzt nicht dafür begeistern. Glücklicherweise muss ich wohl keine Angst haben, dass sich jemand hierher verwirrt und nach ,Süßem oder Saurem' fragt.

Nia hat mich zwar gefragt, ob ich heute Abend auf ein Bier mit in den Pub kommen möchte, doch ich habe dankend abgelehnt.

Stattdessen lasse ich Duncan noch einmal raus, zünde mehrere Kerzen an, die ich im Wohnzimmer auf sicherer Höhe – sodass Duncan sie nicht versehentlich umstoßen kann – platziert habe, und kuschele mich danach auf das gemütliche Sofa in meine Lieblingsdecke.

Die letzten Seiten meines Romans warten darauf, gelesen zu werden, doch meine Gedanken schweifen wie so oft zu Matt ab. Er hat mir eine schlichte Nachricht geschrieben und gemeint, dass ich nicht auf ihn warten muss, da er mit seinen Arbeitskollegen etwas trinken geht.

Wenigstens einer, der sich Halloween nicht verderben lässt.

Seufzend lege ich mein Buch zur Seite, mummele mich stattdessen tiefer in meine Decke ein und schmiege mich an Duncan, der es geschafft hat, neben mir auf dem engen Sofa Platz zu finden. Obwohl die Sonne heute Abend zum Vorschein kam, ist die Luft doch merklich abgekühlt und ich bin dankbar für die behagliche Stimmung und Duncans Gesellschaft.

Das kleine rote Lämpchen des Fernsehers erlischt, als ich ihn per Fernbedienung einschalte und mich durch die Filmauswahl von Netflix zappe. Das Holz im Kamin knackt fröhlich und spendet eine tröstende Wärme. Duncan schnarcht munter vor sich hin und ich lasse mich von einem Film, der Herzschmerz garantiert, berieseln. Genau das, was ich jetzt brauche.

Irgendwann muss ich eingenickt sein, denn ich werde davon wach, dass ein lautes Rumpeln die Stille durchdringt. Duncan springt auf und sprintet bellend zur Eingangstür.

Erschrocken setze ich mich auf und sehe mich um, erkenne jedoch weder vor der Tür noch vor den Fenstern etwas. Völlig schlaftrunken schaue ich auf meine Armbanduhr. Mittlerweile ist es halb eins nachts.

Wieder ertönt das Rumpeln, dann dringt Gelächter an die Haustür.

Ich stehe auf und suche nach etwas zur Verteidigung, bis ich bemerke, dass ein Schlüssel in das Schloss gesteckt wird. Er dreht sich herum und ich weiche einen Schritt zurück, als sie schließlich aufschwingt.

Matt kommt hereingestolpert.

Doch er ist nicht allein.

In seinem Arm hält er eine hübsche Brünette, die nur wenig älter als ich zu sein scheint. Sie ist ganz in schwarz gekleidet, lehnt sich an ihn und lacht schallend. Matt kann sich kaum auf den Beinen halten und stützt sich am Küchentresen ab.

Duncan springt Matt begeistert an und er wischt ihm geistesabwesend über den Kopf.

Wie angewurzelt stehe ich im Wohnzimmer und beobachte das Szenario.

Ist das sein Ernst? Bringt er ernsthaft eine andere Frau mit hierher?

Die beiden scheinen mich nicht bemerkt zu haben. Langsam beugt die Brünette sich zu Matt hinauf und haucht ihm einen Kuss auf den Mund, bevor sie die Haustür hinter sich schließt. Als sie sich nun umdreht, erstarrt sie und ihre Gesichtszüge entgleiten ihr. Sie hat mich endlich bemerkt.

»Oh«, stammelt sie und schaut abwechselnd zwischen mir und Matt hin und her.

Sein benebelter Blick trifft nun ebenfalls auf mich.

»Savannah«, lallt er und versucht sich an einer Bewegung, allerdings kann ich nicht einschätzen, ob beabsichtigt oder ob er nur schwankt.

»Ähm«, stammelt die Brünette erneut und schaut zu Matt. »Ich mache mich dann wohl besser auf den Weg.« Sie sieht mich an. »Ich wollte ihn nur sicher hier abliefern, in diesem Zustand hätte er seinen Wagen nicht mehr nach Hause fahren können.« Unnötigerweise deutet sie dabei auf Matt, der leicht grinsend am Küchentresen lehnt, die Augen halb geschlossen.

»Klar«, sage ich trocken und bleibe, wo ich bin, verschränke jedoch die Arme vor meiner Brust.

Die Brünette nickt und schaut zu Matt. Sie hebt die Hand, als ob sie ihn noch einmal berühren wollte, lässt es aber doch sein und dreht sich stattdessen zur Haustür um. Ohne ein weiteres Wort ist sie wieder verschwunden.

Eine Weile bleibe ich genauso im Wohnzimmer stehen und schaue Matt an, der seinen Kopf mittlerweile auf seinen Armen auf die Arbeitsfläche gebettet hat und schnarchende Geräusche von sich gibt.

Schnaubend gebe ich mir einen Ruck und stapfe zu ihm hinüber. Sanft fasse ich ihn am Arm und schüttele ihn.

»Matt?«

Er macht keine Anstalten, dass er mich gehört hat, also rüttele ich ein bisschen fester.

»Komm, ich bringe dich ins Bett.«

Ein Stöhnen ertönt aus seinem Mund und er verzieht das Gesicht, bevor er die Augen öffnet und mich aus einem verschleierten Blick ansieht. »Savannah?«

Fast hätte ich ihn nicht verstanden, so sehr lallt er meinen Namen.

»Ja. Komm her, ab ins Bett mit dir.«

Ein unverständliches Murmeln verlässt seine Lippen, doch er lässt sich anstandslos von mir zu seinem Zimmer führen, wobei ich ihn mehr stütze, als dass er selbst läuft, was meinem Arm überhaupt nicht gefällt.

Ich stoße die Tür zu seinem Zimmer auf und schaue mich um. Seit unserer Ankunft habe ich keinen Blick mehr hier hineingeworfen. Überrascht ziehe ich eine Augenbraue hoch. Das Bett ist gemacht, das Zimmer ordentlich aufgeräumt. Nicht einmal eine Socke liegt auf dem gesaugten Fußboden. Über mich selbst staunend weiß ich nicht, wieso ich etwas anderes erwartet habe.

Wir taumeln zum Bett in der Mitte des Raumes hinüber und ich ziehe schnell die karierte Bettdecke zurück, bevor Matt sich darauf fallen lässt und sich wie ein Embryo zusammenrollt.

Trotz meines Ärgers muss ich schmunzeln. Ich streife ihm die Schuhe ab und decke ihn zu, bevor ich die Lampe ausschalte und die Zimmertür leise hinter mir ins Schloss ziehe.

Duncan sitzt auf dem Flur und schaut mich erwartungsvoll mit diesem typischen Hundeblick an.

»Sieht so aus, als schläfst du heute Nacht bei mir, Kumpel.«

Duncan bellt zweimal und lässt mich meinen Ärger für ein paar Sekunden vergessen – das hört sich definitiv nach Zustimmung an.

Am nächsten Morgen stehe ich früh auf, da ich Nia versprochen habe, ihr erneut im Center auszuhelfen, und vorher eine Runde mit Duncan gehen möchte. Gestern Abend hat er keinen Spaziergang mehr bekommen und wer weiß, wie fit Matt heute ist.

Matt.

Wieso zur Hölle hat er sich so volllaufen lassen? Und warum hat er diese Tussi mitgenommen?

Die ganze Nacht habe ich mir den Kopf darüber zerbrochen, wer dieses Mädchen wohl gewesen ist, und mir ist irgendwann eingefallen, dass ich sie am letzten Samstag im ›Country Swing‹ gesehen habe. Sie hat sich mit Matt unterhalten und Annie hat mich aufgeklärt, dass es sich bei ihr um Anita aus dem Fitnessstudio handelt.

Mir immer noch den Kopf zerbrechend stoße ich nach dem Spaziergang die Haustür auf und lasse Duncan vor mir in die Hütte.

Ich habe mein Frühstück noch nicht ganz beendet, als plötzlich eine Tür aufgeht und Matt aus seinem Zimmer kommt.

Sein schwarzes Haar steht unordentlich in alle Richtungen ab, doch er hat es immerhin geschafft, seine Klamotten von gestern Abend gegen eine Jogginghose und ein T-Shirt auszutauschen.

»Guten Morgen.« Er stapft zur Kaffeemaschine, wo er sich einen Kaffee macht. Mit einer Hand fährt er sich übers Gesicht und stöhnt. Die Morgensonne scheint schwach durch eines der Fenster und trifft genau auf ihn, was ihn trotz seines Zustandes noch schöner aussehen lässt. Die Tattoos auf seinen Armen zeichnen sich in diesem Licht deutlich ab und ich fahre mir mit einer Zunge über meine Lippen. Die schwarze Tinte sieht auf Matts Körper einfach unglaublich heiß aus.

»Morgen«, murmele ich zurück. Schnell wende ich meinen Blick von ihm ab und erinnere mich daran, wieso ich so sauer auf ihn bin.

Mit seinem Kaffee setzt Matt sich zu mir an den Tisch und sieht mich schweigend an. Ich reagiere nicht und gebe vor, mit meinem Handy beschäftigt zu sein, obwohl jede Faser meines Körpers unter seinem Blick wie elektrisiert scheint.

»Du bist sauer.« Keine Frage, sondern eine Feststellung.

Ich zucke mit den Schultern.

»Savannah.« Seufzend fährt er sich mit der Hand durchs Haar. Dabei sieht er so sexy aus, dass ich meine Wut beinahe vergesse. »Es tut mir leid. Ich hätte mich nicht so volllaufen lassen sollen.«

»Ist nicht mein Bier.«

Er schnaubt. »Sehr ironisch.« Dann sieht er mich wieder an. »Danke, dass du mich ins Bett gebracht hast.«

Ich nicke nur, überrascht davon, dass er sich daran erinnert. Umso besser, dann weiß er alles andere auch noch.

Stirnrunzelnd schweigt Matt ein paar Minuten, bevor der Groschen fällt. »Geht es hier etwa um Anita?«

Wieder zucke ich mit den Schultern und stehe auf.

»Sie hat mich nur nach Hause gebracht, Savannah.«

Ich wirbele zu ihm herum und ziehe eine Augenbraue hoch.

»Was?« Verwirrt sieht er mich an.

Schnaubend knalle ich die Schüsseln ein wenig zu heftig auf die Arbeitsfläche. Matt zuckt zusammen und reibt sich mit der flachen Hand die Schläfe. Geschieht ihm recht, dass er Kopfschmerzen hat. »Weißt du, es geht mich nichts an, mit welcher Frau du was am Laufen hast. Ich finde nur die Tatsache ein wenig seltsam, dass du eine andere Frau mit *hierher* bringst.«

»Sie hat mich nach Hause gebracht, mehr nicht«, wiederholt er.

Erneut schnaube ich und verschränke die Arme vor der Brust. »Genau, das war bestimmt auch alles, was sie im Sinn gehabt hat. Warst du wirklich zu voll, um zu merken, was hier abgeht? Die wollte mit dir ins Bett, Mann!«

»Und? Wenn ich so voll war, hätte ich sowieso keinen hoch gekriegt!« Seine Stimme erhebt sich nun ebenfalls, doch er klingt eher genervt. »Wieso interessiert dich das überhaupt so?«

Ich drehe mich weg und räume das Geschirr in die Spülmaschine. »Tut es nicht.«

»Dafür regst du dich aber ganz schön auf«, bemerkt er trocken.

»Ich will halt nicht, dass dir was passiert«, winde ich mich heraus, obwohl ich selbst weiß, dass das absolut lasch und unglaubwürdig klingt.

»Genau.« Matt steht auf und marschiert in sein Zimmer. Kurz darauf kommt er wieder in die Küche gestapft und zieht seine Jacke von der Garderobe. »Ich gehe eine Runde raus, frische Luft schnappen.«

Ohne ein weiteres Wort tritt er mit Duncan im Schlepptau aus der Tür und ist im nächsten Moment verschwunden.

Ich stütze meine Hände auf die Arbeitsfläche und lasse den Kopf hängen.

Das darf doch alles nicht wahr sein.

Kapitel 25

SAVANNAH

»Wieso zur Hölle zieht er so eine Scheiße ab?« Ich helfe Nia gerade dabei, die Käfige ihrer kranken Patienten zu reinigen. Wobei ich heute wohl eher im Weg herumstehe.

Mitfühlend sieht sie mich an. »Vielleicht hat sie ihn wirklich nur nach Hause gebracht?«

Ich schnaube. »Das glaubst du doch selbst nicht. Sie hat ihn geküsst, Nia!«

»Okay, das ist ziemlich eindeutig. Aber wenn Matt wirklich so betrunken war, wie du sagst, hat er das vielleicht nicht absichtlich getan.« Sie hebt beschwichtigend die Hände. »Ohne ihn verteidigen zu wollen, doch ich schätze Matt überhaupt nicht so ein, dass er mit jeder X-Beliebigen etwas anfangen würde. Noch dazu, weil er mit *dir* zusammenwohnt.« Das ›dir‹ betont sie in diesem Satz besonders.

»Hm.«

»Willst du den heute nochmal benutzen?« Nia deutet auf das Werkzeug in meiner Hand.

»Oh.« Ich schaue auf den kleinen Handspaten, mit dem ich geistesabwesend immer wieder auf die Tischplatte neben mir geklopft habe. Schnell öffne ich den nächsten Käfig und entferne Dreck sowie Futterreste vom Boden.

Plötzlich klingelt Nias Handy. Sie zieht sich ihre Handschuhe aus, bevor sie den Anruf entgegennimmt.

»›Oakajoks Wildlife Rescue and Rehabilitation Centre‹, Nia Evans?« Nia entfernt sich ein Stück.

Ihre Miene verdunkelt sich bei den Worten des Anrufers am anderen Ende der Leitung zunehmend. Anscheinend sind es keine allzu guten Nachrichten.

Nach wenigen Minuten nickt sie, legt auf und kommt zu mir zurück.

»Heute ist dein Glückstag«, meint Nia, doch ihr Gesichtsausdruck sieht nicht sehr zufrieden aus. »Das war einer der Ranger. Er hat einen verletzten Wolfswelpen gefunden, den wir abholen sollen.« Sie steckt ihr Handy wieder in ihre Hosentasche. »Immerhin wird dich das etwas von deinem Gefühlschaos ablenken.« Ihr Witz klingt nur halbherzig.

»Einen Wolfswelpen?«, frage ich erstaunt und übergehe Nias Kommentar, obwohl sie damit recht hat. »Ich dachte, die leben weiter im Norden von Vancouver Island, wo der Regenwald dichter ist?«

»Sie leben auf der ganzen Insel – teilweise wird diese Art auch Vancouver Island Wolf anstatt Küstenwolf genannt. Aber du hast Recht, sie sind eher im Norden anzutreffen. Trotzdem wäre ich nicht weiter besorgt, wäre es nicht ein einzelner Welpe um diese Jahreszeit.« Sie schüttelt mit dem Kopf. »Da ist irgendetwas faul.«

Nia klopft sich ihre Hose ab, die voller Stroh und Staub ist.

Ich folge ihr zu dem Schuppen, in dem allerlei Geräte herumstehen, unter anderem Käfige und Boxen für Tiere. Sie greift nach etwas, das aussieht wie eine Transportbox für Hunde, außerdem drückt sie mir ein paar Decken und einen Erste-Hilfe-Koffer in die Hand. Dann gehen wir hinüber zu ihrem Pick-up und platzieren alles auf der Ladefläche, bevor ich mich auf den Beifahrersitz setze und Nia den Motor startet.

Als wir die von Schlaglöchern durchzogene Auffahrt hinter uns gebracht haben, biegt Nia nach rechts auf den Highway ab und fährt damit in Richtung Oakajoks. Das Wetter zeigt sich mal wieder von seiner besten Seite und die Scheibenwischer von Nias altem Pick-up haben Mühe, gegen die Wassermassen anzukommen.

»Habt ihr schon einmal einen Küstenwolf bei euch behandelt?«, frage ich nach ein paar Minuten des Schweigens.

Nia wirkt sehr konzentriert oder vielleicht sogar besorgt, ihre Stirn liegt in tiefen Falten.

Nun schüttelt sie den Kopf. »Nein. Oakajoks liegt zwar ziemlich abgeschieden, aber ich habe nur selten von Wolfssichtungen bei uns gehört. Auch wenn das Gebiet perfekt wäre mit den kleinen vorgelagerten Inseln. Die Küstenwölfe schwimmen nämlich auch dorthin und erweitern so ihre Territorien.«

»Warte mal … Hast du gerade gesagt, sie schwimmen?«

Nias Mundwinkel heben sich. »Ja, sie haben sich an die besonderen Lebensumstände hier an der Küste angepasst. Ich nehme an, deshalb heißen sie ›Küstenwölfe‹.« Sie zwinkert mir zu.

Das macht durchaus Sinn.

Nia erklärt mir außerdem, dass sich die Küstenwölfe auf Vancouver Island anders verhalten als ihre Verwandten, die auf dem Festland leben. Ihre Fressgewohnheiten weichen ab und sie sehen sogar unterschiedlich aus.

Nachdem wir den Ortskern hinter uns gebracht haben und in Richtung der Blockhütte fahren, in der Matt und ich wohnen, biegt Nia nach etwa zehn Minuten vom Highway in einen schmalen Schotterweg ein, der uneben und von Schlaglöchern durchzogen ist. Sie folgt dem Navigationssystem auf ihrem Handy, in das sie die Koordinaten eingegeben hat, die der Ranger ihr gesendet hat. Es führt uns weitere dreißig Minuten hinein in den Regenwald und ich bin froh, dass der Empfang noch zu funktionieren scheint. Wie ich gelernt habe, ist das hier keine Selbstverständlichkeit.

Der Weg ist durch den vielen herbstlichen Regen super schlammig und ich bete, dass die Reifen von Nias Pick-up für diese Wegbeschaffenheit gemacht sind. Wenn wir hier steckenbleiben, kommen wir nicht von allein wieder heraus. Mittlerweile sind wir so weit von der nächsten Ortschaft entfernt, dass ich mich unwillkürlich frage, wie lange es dauern würde, bis Hilfe eintrifft.

Und ob in Oakajoks so etwas wie ein Abschleppdienst überhaupt existiert.

»*Sie haben ihr Ziel erreicht*«, lässt uns die nette Dame des Navigationssystems endlich wissen.

Jedoch kann ich niemanden entdecken. Es ist auch kein Wagen zu sehen, mit dem der Ranger hier unterwegs sein könnte.

Nia nimmt ihr Handy aus der Halterung und wählt eine Nummer. Kurze Zeit später spricht sie mit dem Ranger und fragt ihn nach seiner genauen Position.

»Alles klar.« Nia beendet das Gespräch und schnallt sich ab.

»Wir parken hier. Raymond ist dem Kleinen weiter ins Unterholz gefolgt, da müssen wir zu Fuß durch. Er befindet sich in etwa zehn Minuten Fußmarsch von hier.« Sie öffnet die Tür der Fahrerseite und steigt aus.

Ich tue es ihr nach und bin froh, meine Gummistiefel zu tragen. Der Wagen steht direkt in einer Schlammpfütze und es schmatzt verdächtig, als ich meine Füße auf den nassen Boden stelle.

»Hier gibt es doch auch Bären, oder?« Ich schaue mich um, mir ist nicht ganz wohl in meiner Haut.

Fragend zieht Nia eine Augenbraue hoch. »Klar gibt es die hier. Wieso fragst du?«

»Na ja … Wir sind hier schon sehr weit von der nächsten Ortschaft entfernt.«

Nias Miene entspannt sich. »Keine Sorge. Es gib hier Schwarzbären, die greifen normalerweise keine Menschen an, es sei denn, man gerät zwischen sie und ihre Jungen oder überrascht sie. Und die Lachssaison dieses Jahr war gut, sie hatten also eigentlich genug zu fressen.« Ihren Rucksack schulternd, drückt sie mir die Hundetransportbox in die Hand. »Wenn wir uns miteinander unterhalten, wissen sie immer, wo wir sind, dann suchen sie meistens schon von sich aus das Weite.«

»Meistens?«, krächze ich unsicher.

Jetzt lächelt Nia. »Savannah, es wird schon alles gut gehen. Die meisten Zwischenfälle zwischen Wildtieren und Menschen passieren, weil die Menschen nicht wissen, wie sie sich bei einem Zusammentreffen – oder auch schon vorher – richtig verhalten.« Demonstrativ hält sie ihr Handy und ein Funkgerät hoch. Der Empfang scheint also nicht zwangsläufig bestehen zu bleiben. »Außerdem habe ich die hier zur Kommunikation, das Bärenabwehrspray am Rucksack ist griffbereit und Raymond wartet einen Katzensprung entfernt auf uns.« Sie tätschelt mir aufmunternd auf den Oberarm. »Es ist gut und wichtig, Respekt zu haben und sich richtig zu verhalten – das schließt im Normalfall ein, die Wege nicht zu verlassen. Aber wir sind auf einer Mission, zu zweit unterwegs, haben Bärenabwehrspray und einen Ranger in der Nähe. Vertrau mir.«

Mit diesen Worten dreht sie sich um und verschwindet im dichten Unterholz.

Ich beeile mich sie einzuholen und hieve die Transportbox über Äste, Sträucher und Wurzeln, die weit aus der Erde herausragen. »Halten die Bären um diese Jahreszeit nicht sogar schon Winterschlaf?«, fällt mir ein. Ich muss lauter sprechen als gewöhnlich, da Nia ein ganzes Stück vor mir regelrecht durch den Wald sprintet.

Sie neigt den Kopf ein wenig in meine Richtung, läuft aber unbeirrt weiter. »Die Schwarzbären hier halten keinen richtigen Winterschlaf, es ist eher eine Winterruhe. Die Bären werden teilweise wach und gehen dann auf Nahrungssuche. Ihre Körpertemperatur sinkt auch nicht so stark ab wie im Winterschlaf.« Sie klettert über einen umgestürzten Baumstamm, der mitten auf dem Trampelpfad liegt. »Diese Phase dauert ungefähr von November bis April, also könnte es sein, dass sich einige schon in Winterruhe befinden. Aber natürlich könnten wir trotzdem einem begegnen.«

Minutenlang streifen wir so durch den Wald und unterhalten uns dabei über Belanglosigkeiten oder machen absichtlich etwas krach. In diesem Augenblick habe ich Matt vollkommen vergessen und als meine Gedanken nun zu ihm schweifen, schiebe ich sie bestimmt beiseite.

Mein Blick gleitet immer wieder zu den Baumkronen hinauf, die teilweise so hoch über mir aufragen, dass ich meinen Kopf komplett in den Nacken legen muss, um die Spitzen zu erkennen. Die Bäume müssen mehrere hundert Jahre alt sein. Hier stehen Kiefern, Tannen und auch Riesen-Lebensbäume, wie Nia mich aufklärt.

Der Waldboden ist von Nadeln, Ästen und vereinzelt von buntem Laub übersät. Da hier im Unterholz nur wenig Sonnenlicht durch die dichten Kronen der hohen Bäume fällt, findet man hier kaum Sträucher. Dafür allerdings ist der Boden von dunkelgrünen Farnen in allen erdenklichen Größen überwuchert.

Es regnet noch immer, das Geräusch von Regentropfen, die auf die umliegenden Bäume und den Waldboden fallen, verfolgt uns auf Schritt und Tritt, genau wie das Rascheln der Blätter unter meinen Füßen.

Es hat etwas Beruhigendes an sich, als ob die Natur mich meine Gedanken vergessen lassen will. Die Umgebung macht dem Namen ›Regenwald‹ alle Ehre.

Ich erlaube mir, einen Moment stehen zu bleiben und die Augen zu schließen. Nur das Geräusch von prasselndem Regen um mich herum, der Geruch der Natur in meiner Nase. Den Kopf in den Nacken legend, lasse ich die paar Regentropfen, die durch die Baumkronen auf mich hinunter prasseln, auf mein Gesicht fallen.

Als ich die Augen wieder öffne, ist Nia ein ganzes Stück vorausgeeilt und ich beeile mich, sie einzuholen.

Erleichterung durchströmt mich, als wir endlich vor dem Ranger Halt machen. Nach unzähligen Klettermanövern und dem Laufen in diesem unwegsamen Gelände brennen meine Beine. Trotz der gut betreuten Physiotherapie durch Annie sind meine Muskeln immer noch nicht ganz zurückgekehrt. Außerdem ist es ein gutes Stück Arbeit, dazu die Transportbox mit herumzuschleppen, zumal ich sie meist nur mit meinem gesunden Arm tragen kann. Ich hoffe nur, dass dieser Raymond uns hilft, sie mit dem Wolfswelpen im Gepäck zurück zum Auto zu transportieren.

»Hey, Nia.« Der Ranger steht dicht hinter einer breiten Tanne und spricht in gedämpfter Lautstärke.

»Hey.« Nia flüstert ebenfalls und lässt unter Stöhnen ihren Rucksack auf den Boden gleiten, bevor sie dem Ranger die Hand schüttelt. »Raymond, das ist Savannah. Savannah, Raymond. Einer der wenigen Ranger in diesem Gebiet.«

»Hi, Savannah.« Raymond hält mir ebenfalls seine Hand hin und ich schüttele sie.

»Hi.«

Bei dem Anblick von Raymond muss ich unwillkürlich schmunzeln. Genau so habe ich mir einen Ranger vorgestellt. Er trägt Khakihosen, braune Wanderstiefel, ein beiges Hemd, darüber eine dicke Weste und eine Cap, aus der schulterlange, dunkelbraune Haare hervorlugen. Sein Ziegenbart rundet das Gesamtbild perfekt ab, ebenso das rote Bandana, das er um sein Handgelenk geknotet trägt. Sein wettergegerbtes Gesicht, die gebräunte Haut und die zerschundenen Hände deuten auf die viele Arbeit im Freien hin.

Ich würde ihn auf Mitte dreißig schätzen.

»Wo ist er denn?«, fragt Nia nun.

Raymond deutet zwischen mehreren Bäumen hindurch auf einen Punkt vor uns. Ich recke, genau wie Nia, meinen Kopf und suche die nähere Umgebung ab, kann allerdings nichts als Bäume, Äste und Farne ausmachen.

»Ah, ich sehe ihn.« Nia nickt und schaut mich an, doch ich schüttele nur mit meinem Kopf, immer noch auf der Suche nach dem Wolf. Sie tritt einen Schritt zur Seite und deutet mit dem Finger auf ihn, und schließlich finde auch ich etwas Graues in dem Meer aus Grün.

Etwa hundert Meter vor uns steht ein kleiner, mausgrauer Wolf auf drei Pfoten im Wald und schaut sich verängstigt um. Mir bleibt der Mund offen stehen, denn trotz der Umstände ist dieser Moment einfach unbezahlbar. Hier einen Wolf zu sehen ist ein Privileg. Laut Nia bekommt man sie hier nur selten zu Gesicht.

Und doch steht hier wenige Meter vor mir einer im Gebüsch. Der Regen hat sein Fell durchnässt, es liegt platt an seinem mageren Körper an. Man kann die Rippen sogar aus dieser Entfernung erkennen.

»Was denkt ihr, wie alt er ist?«, frage ich die beiden.

Sie sehen sich einen Moment an und Nia zuckt schließlich mit den Schultern. »Vielleicht drei, vier Monate?«

Raymond nickt zustimmend.

Ein paar Minuten beobachten wir den Wolf schweigend. »Hat er dich gewittert?«, fragt Nia den Ranger.

»Möglich, aber der Regen kommt heute wie gerufen. Allerdings hätte es ihm sowieso nicht viel genützt.« Er verschränkt die Arme vor der Brust und deutet mit dem Kopf auf den Welpen. »Er belastet nur drei Pfoten.«

»Ja, ist mir auch schon aufgefallen.«

»Ich habe ihn zwei Stunden lang beobachtet, bevor ich euch angerufen habe. Er hat viel geheult und sucht definitiv nach seinem Rudel, doch es kam keiner der anderen Wölfe. Normalerweise lassen wir der Natur ja ihren Lauf, aber ich denke, wenn wir ihn in diesem Zustand weiter herumlaufen lassen, wird ein Bär oder ein Puma sich ihn zum Abendessen holen. Das Bein scheint gebrochen zu sein.«

Nia sieht in Richtung des Tieres und nickt abwesend, als ob auch sie die Situation einzuschätzen versucht.

»Was denkt ihr, was mit ihm passiert ist?«, frage ich vorsichtig.

»Wölfe lassen ihren Nachwuchs manchmal zurück, wenn er verletzt ist und nicht mit ihnen Schritt halten kann. Wenn sie zum Beispiel weiterziehen, um Nahrung zu suchen«, erklärt Raymond. »Es könnte sein, dass er sich allein auf die Suche nach ihnen gemacht hat und sie ihn dann nicht wiedergefunden haben. Normalerweise kommen Wölfe zurück und sehen nach ihrem Nachwuchs. Allerdings ist er in einem sehr schlechten Zustand.«

»Oder jemand hat ihn mitgenommen, oder etwas. Ich bezweifle, dass der kleine Mann hier so weit laufen konnte, von wo auch immer er gekommen ist.« Nia stemmt die Hände in die Hüften und schaut sich um.

»Genau, denn in unmittelbarer Nähe gibt es unseres Wissens kein Rudel. Wenn es hier eins geben sollte, wäre uns das aufgefallen«, stimmt Raymond zu.

»Was meint ihr damit? Jemand hat ihn mitgenommen?«

Nia kratzt sich am Kinn. »Es gibt leider immer wieder Fälle, in denen Wilderer Tiere töten oder lebend einfangen, um sie oder die Felle zu verkaufen. Teilweise auch nur einzelne Körperteile – das kommt darauf an, was der Kunde haben will. Oder es war irgendein Händler, der den Kleinen weiterverkaufen wollte. Es gibt unzählige Möglichkeiten.«

Entgeistert sehe ich Nia an. »Ich dachte, das geschieht nur in Afrika?«

Sie schüttelt bedauernd den Kopf. »Nein, leider nicht. Über die Trophäenjagd habe ich dir ja bereits im Center berichtet.«

»Und ihr meint, dieser Welpe könnte auch ein Opfer von Wilderern geworden sein? Aber wieso läuft er dann noch hier herum?«

Raymond legt den Kopf schief. »Vielleicht haben sie ihn wieder laufen lassen, weil er verletzt ist. Es kann natürlich auch eine ganz andere Ursache und nichts mit Wilderei zu tun haben, das wissen wir noch nicht. Vielleicht hat sich in letzter Zeit auch ein Rudel hier angesiedelt und es ist noch keinem aufgefallen.«

Wir alle schweigen einen Moment und betrachten den jungen Wolfswelpen, der langsam auf drei Beinen durch das Unterholz hinkt.

»Was machen wir jetzt mit ihm?«

Nia und Raymond werfen sich einen Blick zu.

»Wir müssen ihn mitnehmen. So hat er keine Chance, hier draußen allein zu überleben.« Nia beugt sich hinunter zu ihrem Rucksack. »Hast du dein Betäubungsgewehr dabei, Raymond? Ich möchte lieber nicht versuchen, ihn ohne Sedierung einzufangen und zu riskieren, dass er sich noch mehr verletzt oder uns beißt.«

»Klar. Es liegt in meinem Wagen. Ich bin in zehn Minuten wieder da.«

Mit diesen Worten dreht er sich um und schleicht leise durch das Unterholz zu seinem Wagen.

Zum Glück regnet es. Da wir uns hinter den großen Tannen verstecken und der Regen unsere Stimmen und unseren Geruch dämpft, hat der Kleine uns noch nicht bemerkt.

Die ganze Zeit über hat er immer wieder ein leises Winseln von sich gegeben, doch als er jetzt den Kopf in den Nacken legt und sich an einem Wolfsgeheul versucht, bekomme ich eine Gänsehaut.

Ich habe einen Wolf noch nie in freier Wildbahn heulen gehört, und obwohl es sich nur um einen Welpen handelt, der laut Nias Schätzungen kaum älter als vier oder höchsten fünf Monate sein kann, steigt meine Faszination für diese Wesen noch weiter an.

In Mythologien und Erzählungen wird das Wolfsgeheul immer mit Angst und Schrecken verbunden. Mit Furcht und Ungewissheit. Etwas Bösem oder Dunklem, das über die Menschheit hereinbricht.

Doch dieses Gefühl beschleicht mich überhaupt nicht – stattdessen hat das angedeutete Geheul des Welpen eine fesselnde Wirkung auf mich. Ich kann die Schönheit der Natur und der Wildheit erkennen. Es verzaubert mich und lässt ein Gefühl in mir aufsteigen, welches ich schon lange nicht mehr gefühlt habe.

Ruhe. Und Zufriedenheit.

Vielleicht sollte ich Angst vor einem uns auflauerndem Rudel haben, doch ich vertraue Raymonds und Nias Einschätzung der Situation.

Tränen treten mir in die Augen und ich hindere sie nicht daran, meine Wangen hinabzulaufen.

Der innere Sturm in mir legt sich für einen Moment und lässt mich alles vergessen.

Meine Eltern.

Meine Großeltern.

Max.

Und sogar Matt verschwindet für wenige Sekunden komplett aus meinen Gedanken.

Da ist nur dieser Wolf, der nach seiner Familie ruft.

Es ist so traurig und wunderschön zugleich, Zeuge dieses Moments sein zu dürfen.

Ich spüre eine Hand auf meinem Arm und blicke in Nias Gesicht. Sie scheint ebenso berührt, wie ich mich fühle.

»Es ist magisch, oder? Welche Gefühle die Natur uns schenken kann, wenn wir es nur zulassen.«

Nickend schaue ich wieder zu dem grauen Wesen vor uns. Er hat aufgehört zu heulen, schaut sich erneut um und wagt sich dabei ein paar Schritte vor, doch hält schnell wieder inne, das linke Vorderbein noch immer nicht belastend.

Wenige Minuten später taucht Raymond hinter uns auf, in seiner rechten Hand hält er ein Betäubungsgewehr.

Fasziniert beobachte ich, wie er sich zwischen den hohen Tannen weiter in Richtung des Tieres vorwagt und inmitten von den Farnen, die den Boden überwuchern, in Position geht. Es dauert einige Minuten, bis er den Abzug drückt und der Betäubungspfeil blitzschnell auf den Welpen zu saust. Dieser heult auf und springt überrascht mehrere Schritte ins Unterholz hinein, bevor er innehält und sich umsieht.

Wir warten einige Minuten, bis er sich hinlegt und tief und fest zu schlafen scheint.

Langsam gehen wir auf das verletzte Tier zu. Nia und Raymond knien sich auf die Erde und besehen sich die Wunde an seinem linken Vorderlauf.

»Fraktur«, lässt Nia Raymond knapp wissen und deutet auf das Bein.

Ich schaue über ihre Schulter und erstarre.

Dass das Bein des Jungtieres gebrochen ist, kann sogar ein Laie erkennen. Nicht zuletzt deswegen, weil es in einem Winkel gebogen da liegt, in dem es nicht gebogen sein sollte. Schürfwunden ranken sich um das Bein, mehrere sehen sehr tief aus.

»Diese Wunde sieht nicht allzu gut aus.« Raymond deutet auf einen Punkt, an dem man bis auf den Knochen sehen kann. »Wir stabilisieren ihn und nehmen ihn dann mit. Hier kann er jedenfalls nicht bleiben.«

Ich beobachte, wie Raymond und Nia Hand in Hand für den Welpen dank einiger Utensilien aus einem Erste-Hilfe-Kasten eine Erstversorgung leisten und ihn schließlich in eine Decke gehüllt in die Transportbox legen.

Raymond trägt sie zu Nias Pick-up zurück und stellt die Box sanft auf der schmalen Rückbank ab, was eine Maßarbeit darstellt. Die Ladefläche ist wegen des Regens heute keine Option.

»Ich folge euch zum Center«, lässt er uns wissen und läuft dann ein Stück die Straße hinauf, wo ich seinen Wagen vermute.

Ich schwinge mich auf den Beifahrersitz und mit dem Wolfswelpen im Gepäck machen wir uns auf den Weg zurück zum ›Oakajoks Wildlife Rescue and Rehabilitation Centre‹.

Kapitel 26

SAVANNAH

Am Abend fahre ich fix und fertig nach Hause. Wir haben die Wunden des Kleinen versorgt und ein verständigter Tierarzt hat mit einem mobilen Röntgengerät sein Bein geröntgt. Er musste ihn operieren, was laut Raymond kein Wunder war, so wie es von außen schon ausgesehen hat. Danach wurde er stabilisiert, gegipst und die restlichen Wunden versorgt.

Währenddessen haben wir viel darüber diskutiert, ob in der Gegend tatsächlich illegaler Wildtierhandel betrieben werden könnte. Und obwohl ich versuche, jegliche unnötige Konversation mit Matt zu meiden, verspreche ich Nia, ihn zu fragen, ob er etwas gehört hat oder sich mal umhören kann. Als Polizist hat er nun einmal bessere Möglichkeiten, an Informationen heranzukommen.

Zum Aufwachen haben wir den Welpen in sein Gehege gebracht, das aus drei Räumen besteht und die Gegebenheiten aus seiner gewohnten Umgebung, der Natur, nachahmt. Auf meine Frage hin, warum das Gehege so aufgebaut ist, hat Nia geantwortet, dass der Wolf seine natürliche Angst vor uns behalten soll, falls er wieder ausgewildert werden kann. Diese spezielle Anordnung ermöglicht es, Futter bereitzustellen und das Gehege zu säubern, ohne dass das Wildtier sich im gleichen Raum befindet, da dann einfach die Klappen heruntergelassen werden und dem Tier somit der Zugang zu bestimmten Räumen verwehrt wird.

Die Versorgung unseres neuen Schützlings sowie die der anderen Parkbewohner hat so lange gedauert, dass es mittlerweile fast acht Uhr abends ist.

Als ich die Auffahrt zu unserer Hütte hochfahre, bemerke ich zuerst Matts Wagen auf dem Parkplatz sowie das Licht, das durch die Fenster scheint.

Matt ist also zu Hause.

Ich hole einmal tief Luft, bevor ich meinen Wagen neben seinem parke, verweile dann allerdings noch auf meinem Sitz.

Wohl wissend, dass ich keinen Anspruch auf Matt habe und dass er tun und lassen kann, was er will, ist mir gleichzeitig bewusst, dass er schon mehr als genug für mich getan hat. Immerhin hat er eingewilligt, dass ich ihn nach Vancouver Island begleite.

Seine Zeit hier in Oakajoks hat er sich bestimmt anders vorgestellt, als jetzt mit einer eifersüchtigen Zicke zusammen zu wohnen.

Und allem Anschein nach hat er hier genügend Auswahl. Ich wette, dass Anita nicht die Einzige ist, die für den neuen Cop Schlange steht.

Schnaubend steige aus dem Wagen. Den Weg zur Veranda und hinauf zur Haustür bringe ich in Zeitlupe hinter mich, und als ich schließlich die Türklinke in der Hand halte, will ich am liebsten wieder umdrehen.

Doch es nützt nichts, also drücke ich sie hinunter und trete in die Hütte ein.

Wärme umfängt mich, was ironisch ist, denn in mir herrscht nichts als Kälte. Kälte wegen der Ungewissheit, die ich in mir spüre. Und Kälte des Bedauerns. Ich fühle mich, als hätte ich etwas verloren, obwohl das absoluter Unsinn ist.

Matt sitzt auf dem Sofa unter einer Decke und hält ein Buch in den Händen, im Kamin knistert ein Feuer vor sich hin und taucht den Raum in ein orangefarbenes warmes Licht.

Er schaut auf. »Hey.«

»Hey«, erwidere ich und ziehe meine Schuhe sowie den Mantel aus.

»Im Ofen steht Auflauf, falls du etwas essen möchtest«, lässt Matt mich wissen, immer noch zu mir hinübersehend.

Kopfschüttelnd lehne ich ab. »Nein, danke. Nia und ich haben im Center gegessen.«

Duncan springt vom Sofa, streckt sich genüsslich und kommt dann schlaftrunken zu mir herüber gestiefelt.

»Hey, Großer.«

Ich kraule den Schäferhund ausgiebig und muss auflachen, als er sich vor mir auf den Boden wirft und auf den Rücken dreht, damit ich seinen Bauch kraulen kann. Wenigstens er scheint sich über meine Anwesenheit zu freuen. Wenige Minuten später erhebe ich mich und gehe auf den Flur zu, der zu unseren Zimmern führt.

»Gute Nacht.«

»Savannah, warte.« Matt erhebt sich vom Sofa und legt sein Buch auf dem kleinen Beistelltisch ab. Auch sein heutiges Outfit, bestehend aus Jogginghose und Hoodie, lässt ihn einmal mehr unwiderstehlich aussehen. Unentschlossen steht er da, so als habe er bis zur letzten Sekunde gezögert, ob er das Gespräch mit mir suchen sollte.

Abwartend schaue ich den Mann an, der meinen Herzschlag für mehrere Sekunden lang aussetzen lässt.

»Ich denke, wir sollten reden.« Matt kommt einige Schritte auf mich zu, hält dann wieder inne und schiebt die Hände in die Hosentaschen seiner Jogginghose.

»Okay«, murmele ich, warte aber darauf, dass er zuerst etwas sagt.

Er fährt sich mit Daumen und Zeigefinger über die Augen. Es dauert ein paar Sekunden, bis er seine Gedanken sortiert zu haben scheint. »Das mit gestern Abend tut mir leid. Und das mit dem Kuss letztes Wochenende auch.«

Schnaubend stelle mich aufrechter hin, da ich nicht damit gerechnet habe, dass er auf den Kuss zu sprechen kommt. »Ich habe dir schon gesagt, dass du dich für Letzteres nicht entschuldigen musst.«

»Doch, das muss ich. Das ...«

»... hätte nicht passieren dürfen. Ja, das hast du Samstag schon gesagt.« Ich will mich abwenden, doch er hält mich zurück.

»Lass es mich erklären. Bitte.«

Die Arme vor der Brust verschränkend, sehe ich ihn erwartungsvoll an.

»Es ... Es ist nun einmal so, dass du meine Klientin bist. Und da deine Sicherheit im Vordergrund steht, sollten wir nichts ... miteinander anfangen.«

Verblüfft weiß ich zuerst nicht, was ich erwidern soll.

Dann fällt mir auf, wie er es formuliert hat. »Sollten. Nicht dürften«, wiederhole ich seine Worte mit zusammengekniffenen Augen.

»Nein. Es darf nichts zwischen uns laufen.« Zwischen uns hin und her deutend verändert sich sein Blick.

Automatisch schalte ich auf stur. »Weißt du, wenn du nicht willst, kannst du es auch einfach sagen und musst keine Gründe dafür erfinden.«

»Gründe erfinden …« Ungläubig schüttelt Matt den Kopf und fährt mit seiner Hand durch sein Haar. »Ich denke die ganze Zeit an dich, Savannah. Weißt du eigentlich, wie verrückt du mich machst?« Er lässt die Hand sinken. »Aber es *darf* einfach nicht sein. Deine Sicherheit steht hier im Vordergrund. Und Gefühle kommen nun mal der Professionalität, mit der dieser Job erledigt werden muss, in die Quere.«

Entschlossen sieht mich an.

Schluckend gebe ich mich geschlagen. »Okay.«

Ich weiß, dass ich ihn nicht umstimmen kann. Er ist wie ein Fels, der unumstößlich ist – auch wenn ich Zweifel in seinen Augen erkannt zu haben meine.

Als ich mich diesmal umdrehe und in Richtung meines Zimmers verschwinde, hält er mich nicht auf.

Nachdem ich die Tür hinter mir mit Nachdruck geschlossen habe, werfe ich mich aufs Bett und lasse meinen Tränen freien Lauf.

Am nächsten Tag gehe ich Matt, soweit möglich, aus dem Weg, und er scheint dasselbe zu tun.

Während er Überstunden bei der Arbeit macht und schon früh morgens das Haus verlässt, verbringe ich den Großteil meiner Zeit bei Nia im Center und helfe ihr bei den Tieren.

Besonders jetzt, da der Welpe gepflegt werden muss und weitere verletzte Flugvögel durch die Herbststürme, die Oakajoks seit einiger Zeit heimsuchen, hinzugekommen sind, ist sie dankbar für jede helfende Hand.

Auch Annie hilft am Freitag mit aus. Während die beiden beim Reinigen der Käfige herumwitzeln, kann ich nur halbherzig mitlachen.

Meine Gedanken schweifen ständig zu Matt und unserem Gespräch am gestrigen Abend.

Irgendwann schaut Nia mich schräg von der Seite an. »Was ist heute mit dir los, Savannah?«

»Ach weißt du, es gibt einfach diese Tage, an denen man sich wünscht, sie würden einfach nur vorbei gehen.« Geräuschvoll lasse ich die angehaltene Luft entweichen.

Annie zieht eine Augenbraue hoch. »Ich glaube, ich bin nicht im Bilde. Klär uns auf.«

Mit herabhängenden Schultern erzähle ich ihr dasselbe, was ich Nia bereits vor ein paar Tagen erzählt habe.

»Was, ihr hab euch geküsst?«, schreit Annie auf. »War es gut?«, lässt sie dann direkt in einem zweideutigen Tonfall folgen.

»Jetzt kommt's aber, er meinte ›das hätte nicht passieren dürfen‹ und hat am Mittwochabend eine andere mit zu uns nach Hause geschleppt.«

Schockiert schaut sie mich an. »Bitte WAS?«

»Wieso sind Männer nur so?« Verzweiflung schwingt in meiner Stimme mit, nachdem ich den beiden auch von unserem gestrigen Gespräch erzählt habe.

Mitfühlend legt Nia eine Hand auf meinen Arm. »Das hatten wir doch gestern schon. Es sind einfach sture Geschöpfe.«

Annie verdreht die Augen. »Und sie checken es einfach nicht. Schau dir Noah an.« Sie deutet auf Nia.

Diese blickt Annie verwirrt an. »Was genau hat Noah da denn jetzt mit zu tun?«

»Wenn er sich mal etwas anstrengen würde, würde er erkennen, dass du ihn magst.« Sie zuckt mit den Schultern. »Und was er an dir hätte.«

Nia errötet leicht. »Ach was. Wir sind Freunde, mehr nicht.«

Erneut zieht Annie eine Augenbraue hoch, sagt aber nichts weiter dazu. Dann legt sie den Kopf schief. »Mich würde allerdings interessieren, wieso zwischen euch Matts Meinung nach nichts passieren *darf*.« Zögernd schaut sie zu Nia hinüber, die jetzt auch über meine Situation im Bilde ist, wie sie gerade erfahren hat. »Ich meine, du bist ja nicht im Zeugenschutzprogramm und er wird nicht für deine Sicherheit bezahlt. Oder?«

»Keine Ahnung. Um ehrlich zu sein, bin ich mir da nicht mehr so sicher. Kann sein, dass es Teil seines Jobs hier ist.« Achselzuckend lehne ich mich gegen die Wand.

»Ganz ehrlich, Savannah, dann hat Matt es auch nicht anders verdient. Geh mit anderen Männern aus und hab Spaß, dann wird er schon merken, was er verpasst.« Entschlossen sieht Annie mich an.

Ein gut gemeinter Ratschlag von ihr, doch auf irgendwelche Männergeschichten habe ich im Moment keine Lust. Zumal Matt der Einzige ist, der in meinem Kopf umherschwirrt.

Nia blickt von ihrer Arbeit auf. »Ich weiß, es war wahrscheinlich nicht der beste Zeitpunkt, aber hast du Matt zufällig gefragt, ob er etwas über illegalen Wildtierhandel in der Gegend gehört hat?«

Schuldbewusst schlage ich mir gegen die Stirn. »Sorry, Nia, das habe ich total vergessen nach unserem Gespräch gestern. Würde es dir etwas ausmachen, Finn danach zu fragen? Ich möchte ihn nicht heute direkt darauf anhauen.« Flehentlich lege ich den Kopf schief.

Nias Miene wird weich. »Na klar, kein Problem. Kann ich absolut verstehen. Ich spreche mit Finn.«

Kapitel 27

MATT

Am Freitagnachmittag sitze ich im Fitnessstudio und versuche, meine Gedanken mit Sport zu übertönen, doch leider funktioniert das nicht.

Obwohl ich schon seit über einer Stunde an den Geräten arbeite, bin ich noch nicht platt genug, um aufzuhören. Ich muss körperlich erst komplett ausgeknockt sein, um mich nicht mehr wie ein rastloser Wolf zu fühlen.

Obwohl mein Verstand mir sagt, dass es absolut das Richtige war, Savannah auf Abstand zu bringen, ist mein Herz anderer Meinung. Es versucht mir weiszumachen, dass ich im Unrecht bin und es sich zu kämpfen lohnt. Und es ist nicht gerade hilfreich, dass ich noch nie so für jemanden empfunden habe wie für Savannah.

Die angehaltene Luft ausstoßend, schalte ich das Laufband einen weiteren Gang höher, sodass ich jetzt fast sprinte.

»Da muss sich jemand was von der Seele laufen, was?«

Ich schließe kurz die Augen und seufze innerlich auf.

Diese Stimme gehört zu Anita. Und sie kann ich gerade wirklich nicht gebrauchen.

Das Laufband schalte ich mehrere Gänge hinunter, sodass ich nun im Schritttempo gehe.

»Hi«, sage ich tonlos, nicht überrascht darüber, sie hier zu sehen, schließlich ist sie eine der wenigen Angestellten. Doch dass sie nach der Sache neulich Abend auf mich zu kommt, hätte ich nicht erwartet. Das Fitnessstudio bietet durchaus die Möglichkeit, sich aus dem Weg zu gehen, auch wenn es klein ist.

»Alles klar bei dir?« Ihre Stimme ist honigsüß.

»Ja, alles bestens.« Ich werfe ihr ein schmallippiges Lächeln zu und widme mich dann wieder dem Display des Laufbands.

»Ziemlich verrückt neulich Abend«, redet sie weiter und scheint nicht zu merken, dass ich kein großes Interesse daran habe, mich mit ihr zu unterhalten. »Damit, dass deine Freundin auf einmal im Wohnzimmer steht, hätte ich nicht gerechnet.«

»Hm.«

Es hat keinen Zweck. Ich schalte das Laufband ab, steige hinunter und trete neben Anita, um sie anzusehen. »Hör mal, Anita, du bist echt eine nette Frau. Aber was auch immer du in den Abend hineininterpretiert hast ... Ich war ziemlich betrunken, okay?«

Verdutzt schaut sie mich an. »Hm, so ist das also. Ich habe etwas hineininterpretiert.« Sie schnaubt. »Du bist auch nicht besser als alle anderen. Erst heiß machen und dann fallen lassen.«

»Falls ich das getan habe, war es nicht mit Absicht«, entschuldige ich mich, obwohl ich weiß, dass ich das nicht getan habe. Wir haben uns lediglich nett unterhalten, doch sie muss es in den falschen Hals bekommen haben. Ihr Angebot, mich nach Hause zu fahren, habe ich nicht aus dem Grund angenommen, weil ich mit ihr ins Bett wollte. Aber in meiner Erfahrung ist es ratsamer, Frauen nicht noch mehr zu verärgern. Sie sind wie ein Vulkan – wenn sie erst einmal ausbrechen, dann Gnade dir Gott. Eine Szene hier im Gym ist das Letzte, was ich will.

»Wie schon gesagt, ich war ziemlich betrunken und hatte nie die Absicht, dich mit nach Hause zu nehmen. Es wird auch nicht wieder passieren«, stelle ich unmissverständlich klar.

Ihre Miene versteinert sich augenblicklich. »Weißt du was, ich habe eh etwas Besseres als dich verdient. Und du verdienst dieses knochige Ding, das du deine Freundin nennst.«

Jetzt wird sie unfair, doch als ich etwas erwidern will, dreht sie sich bereits auf dem Absatz um.

»Schönes Leben noch.«

Schnellen Schrittes stolziert sie davon.

Ich werfe den Kopf in den Nacken. Das darf doch alles nicht wahr sein.

Wieso müssen Frauen nur immer direkt so gehässig gegenüber anderen Frauen werden, die sie nicht einmal kennen?

Nein, nicht alle Frauen würden so etwas tun. Bei Savannah kann ich es mir zumindest nicht vorstellen.

Meine Sachen vom Boden klaubend, mache ich mich auf den Weg zu den Duschen.

Kapitel 28

SAVANNAH

Als es schließlich Sonntag ist, weiß ich nicht, ob ich froh darüber sein soll, dass die Sonne scheint, oder nicht. Nia hat mich gestern gewarnt, dass die letzte Walbeobachtungstour des Jahres eventuell gecancelt werden muss, da der Wind in den vergangenen Tagen zugenommen hat.

Doch als ich nun kurz vor Mittag die Vorhänge vor meinem Fenster zurückziehe, ist draußen das schönste Wetter. Die Laubbäume verlieren bei den Herbststürmen immer mehr Blätter und um unsere Hütte herum haben sich ganz schön viele angehäuft. Doch ich mag das bunte Farbenmeer und auch Matt macht keine Anstalten, das Laub zu beseitigen.

Fast hoffe ich, dass er noch schläft, als ich jetzt in meinem Pyjama die Küche betrete, doch mein Wunsch wird natürlich nicht erhört. Er sitzt am Frühstückstisch – der, wie mir auffällt, für zwei Personen gedeckt ist – und trinkt Kaffee.

»Hi«, murmele ich und hole mir ebenfalls einen Kaffee.

»Hey.« Er deutet mit dem Kopf auf das Fenster. »Schönes Wetter heute. Dann findet das Whale Watching bestimmt statt.«

Ich grummele etwas Unverständliches und hätte ihn beinahe gefragt, ob er wirklich mitkommen will. Doch ich lasse es bleiben und setze mich stattdessen ihm gegenüber an den Tisch. Wir gehen zurück in unseren Schweigemodus und hängen unseren eigenen Gedanken nach. Des Öfteren liegt sein Blick auf mir, doch ich versuche mir nichts anmerken zu lassen.

Als es schließlich Zeit ist aufzubrechen, wartet Matt vor der Haustür auf mich und hält den Schlüssel von seinem Wagen in den Händen.

»Wir können auch meinen Wagen nehmen«, biete ich an, doch er schüttelt nur den Kopf.

Die Fahrt ins Dorf verläuft ebenfalls schweigend und als Nia uns vor dem Bürogebäude begrüßt, schaut sie skeptisch zwischen uns hin und her.

»Alles okay?«, fragt sie mich flüsternd, als wir gemeinsam zum Steg hinuntergehen.

»Ja, danke.«

»Okay.« Sie lächelt aufmunternd und führt die kleine Gruppe dann zum Steg.

Genau wie in der letzten Woche steuert Nias Vater die ›Aurora‹ hinaus auf das Wasser. Keiner hätte damit gerechnet, dass das Wetter heute so gut werden würde. Es weht nur eine leichte Brise und die Sonne lässt ihre Strahlen warm und hell auf unsere Gesichter scheinen. Ich lege den Kopf in den Nacken, schließe für einen Moment die Augen und lasse mich von ihnen wärmen.

Matt und ich haben uns erneut auf das Oberdeck gesetzt und warten darauf, dass sich heute vielleicht ein Wal zeigen mag. Die Landschaft um uns herum fasziniert mich immer wieder aufs Neue. Die kleinen Inseln, deren felsige Ufer in dichte Tannenlandschaften im Inneren übergehen. Die Küste, auf deren sandigen Stränden unzählige angespülte Baumstämme liegen. Der Regenwald, dessen sattes Grün so gut zu dem tiefen Blau des Ozeans passt. Das Geschrei der Adler, die über uns kreisen und sich um die zappelnden Fische in ihren Krallen streiten. Die Seelöwen, die sich auf Sand- und Felsbänken ausruhen und ihre Mittagsstunde halten.

Wir nähern uns dem offenen Ozean, sind aber immer noch in Küstennähe unterwegs. Auch die Besitzer anderer Boote scheinen das gute Wetter des heutigen Tages ausnutzen zu wollen, bevor es umschlägt und wieder Wind und Regen über die Küste Vancouver Islands herrschen.

Plötzlich deutet Nia, die am Bug des Bootes steht, auf einen Punkt direkt vor uns und ruft: »Orcas, dort vorne!«

Ein Raunen geht durch die Menge und alle stehe auf, um einen besseren Blick auf das Geschehen vor uns zu erhaschen. Tatsächlich, etwas weiter vor unserem Boot, dort, wo sich das Sonnenlicht im Wasser spiegelt, durchbrechen Rückenflossen in regelmäßigen Abständen die Wasseroberfläche.

Nias Vater nimmt Kurs auf die Wale, hält aber in gebührendem Abstand zu ihnen inne und lässt uns treiben. Nia hisst eine Flagge und signalisiert den anderen Booten damit, dass wir auf Wale gestoßen sind.

Dann konzentrieren wir uns alle auf das Spektakel und warten darauf, dass die Orcas sich wieder zeigen. Keine Minute später tun sie dies tatsächlich. Ihre schwarz-weiße Färbung ist deutlich zu erkennen und ich beobachte gespannt, wie sie aus dem Wasser auf- und wieder eintauchen. Sie bewegen sich dabei so anmutig und lassen bei jedem Mal Luft aus ihrem Blas entweichen.

»Es handelt sich bei diesen Orcas um die so genannten ›Southern Resident Killer Whales‹«, lässt Nia uns alle wissen.

Mittlerweile haben Matt und ich uns zu ihr gesellt, um die Wale besser zu sehen.

»Es gibt also verschiedene Gruppen?«, hake ich nach.

»Oh ja! Man nennt sie auch Ökotypen.«

Ich scheine mit dieser Frage etwas in Nia losgetreten zu haben und muss lächeln. Mit einem Leuchten in ihren Augen, das heller strahlt als die Sonne am Himmel, erklärt sie uns die komplexe Populationsstruktur und das Sozialverhalten der Orcas.

»Es gibt hier vor Ort vier Ökotypen von Orcas, die sich auch untereinander nicht paaren und andere Kulturen, Fressgewohnheiten und sogar unterschiedliche Dialekte, also Sprachen, haben. Man kann sie daran und an ihrer Größe und den unterschiedlich aussehenden Finnen erkennen. Eine der hier lebenden Populationen sind die Offshore Killerwale, also die, die im offenen Pazifik bis nach Kalifornien oder Alaska leben und sich von Fischen und insbesondere Haien ernähren. Die Transient Orcas, auch ›Bigg's Killer Whales‹ genannt, leben im Nordpazifik und entlang der Salischen See. Diese Wale ernähren sich meist von Meeressäugetieren.

Die anderen Ökotypen sind die Residents. Sie sind allerdings nicht wirklich ›Residents‹ und leben nicht nur in diesen Gewässern, auch ihr Gebiet reicht bis vor die Küsten Alaskas und Kaliforniens. Sie ernähren sich allerdings immer in Küstennähe von Fisch, meist von Lachsen — und da die saisonalen Bewegungen von Lachs sehr vorhersehbar sind, sind die von den Resident Orcas das auch und haben zu ihrem Namen geführt.

Sie unterscheiden sich noch einmal in die Southern und die Northern Residents. Die Northern Residents leben weiter nördlich an der Küste Kanadas bis hinauf nach Alaska und sind im nördlichen Teil von Vancouver Island bis hinein in die Johnstone-Straße zwischen Vancouver Island und dem Festland zu finden.

Die Southern Residents – die, die wir gerade beobachten – leben ebenfalls im nordöstlichen Pazifik, sind jedoch in der Salischen See und der Juan-de-Fuca-Straße, in der wie uns gerade befinden, zu Hause. Die relativ kleine Population der Southern Residents besteht aus einem Klan, innerhalb dessen es drei Pods und darin wieder mehrere sogenannte Mutterlinien gibt. Man kann die individuellen Tiere, die alle eine ihrem Pod zugeordnete Nummer haben, anhand ihrer Rückenflossen und Sattelflecken erkennen.

In den jeweiligen Mutterlinien leben die Familien zusammen und werden von dem ältesten Weibchen geführt. Söhne und Töchter der weiblichen Schwertwale, wie Orcas auch genannt werden, bleiben Teil der Familie, selbst wenn sie ihren eigenen Nachwuchs bekommen. Sie paaren sich nur, wenn verschiedene Mutterlinien ihre Wege kreuzen und können anhand ihrer unterschiedlichen Dialekte erkennen, welcher Mutterlinie sie angehören, so vermeiden sie auch Inzucht. Das macht es allerdings für uns Menschen schwerer nachzuvollziehen, welches Kalb von welchem Vater abstammt. Teilweise wissen wir es nicht.« Nia holt während ihrer Ausführungen kaum Luft, und ich muss unwillkürlich darüber schmunzeln, wie sie in ihrem Job als Wal-Spotterin aufgeht. »Allerdings können Forscher lediglich anhand des Dialekts erkennen, welcher Mutterlinie bestimmte Orcas angehören. Das ist ziemlich cool.«

»Das klingt nach einem sehr komplexen Sozialverhalten«, merke ich an und bin, falls überhaupt möglich, noch beeindruckter von diesen faszinierenden Tieren.

»Definitiv. Orcas gelten als sehr intelligent und werden hier auf Vancouver Island schon lange erforscht. Man weiß nur deshalb so viel über sie.« Stolz schwingt in ihrer Stimme mit.

Wir beobachten die anmutigen Tiere noch eine Weile, während sie an uns vorbeiziehen und einem nur ihnen bekannten Weg zu folgen scheinen. Die Luft, die aus ihrem Blas entweicht, stößt ein ums andere Mal eine kleine Wasserfontäne mit hinauf und das Licht bricht sich in den Farben des Regenbogens.

Wenig später entfernt sich die Gruppe und wir lassen sie ziehen. Nias Vater steuert die ›Aurora‹ entlang der Küstenlinie weiter hinauf in den Norden und ich beobachte Nia dabei, wie sie mit dem Fernglas die Wasseroberfläche absucht.

Ich riskiere einen Blick hinüber zu Matt, der rechts neben mir steht und die Hände in seinen Jackentaschen vergraben hat. Das schwarze Haar weht ihm aus der Stirn, doch ich kann seine Augen hinter der dunklen Sonnenbrille nicht erkennen. Er schaut hinaus auf die Weite vor uns, ein zufriedener Ausdruck liegt auf seinem Gesicht.

Plötzlich neigt er den Kopf und sieht mich direkt an. Ich zucke zusammen und merke, wie mit Hitze ins Gesicht schießt, weil Matt mich ertappt hat. Doch es ist zu spät, um wegzusehen. Er weiß, dass ich ihn beobachtet habe, also halte ich seinem Blick stand, weshalb er die Sonnenbrille abnimmt und sie sich ins Haar schiebt. Ich schaue in seine moosgrünen Augen und versinke in ihnen. Lasse zu, dass all meine unterdrückten Gefühle an die Oberfläche kommen und zu einem Strudel heranwachsen. Lasse mich von ihnen mitreißen und hoffe, dass Matt meine innere Zerrissenheit nicht sieht.

Eine gefühlte Ewigkeit stehen wir so da, schauen uns an und lassen uns die kühle Brise um die Nase wehen, bis Nia neben mir entzückt etwas ruft.

Blinzelnd reiße ich mich von Matts Augen los, um zu Nia zu sehen, die erneut den Finger in die Luft streckt und auf einen Punkt in weiter Ferne deutet. Sie spricht in ihr Funkgerät, über das sie mit ihrem Vater kommuniziert.

»Was ist los?« Verwirrt schaue ich auf das Wasser hinaus.

»Dort drüben sind noch mehr Wale. Ich glaube, es sind Buckelwale!« Ihre Aufregung ist ansteckend.

Die Augen aller sind auf die zwei glänzenden Punkte am Horizont gerichtet, wo sich das Sonnenlicht auf den nassen Rücken der Wale spiegelt. Wir nehmen den Kurs auf und warten dann ab, wo sich die Wale erneut zeigen. Minutenlang starren wir auf die glatte Wasseroberfläche vor uns.

»Die Tauchzeit von Buckelwalen dauert in der Regel nur etwa eine Viertelstunde, auch wenn sie die Luft bis zu zwei Stunden anhalten können«, klärt Nia uns auf und sucht dann weiter die Umgebung mit ihrem Fernglas ab.

Auf einmal keucht sie auf. »Stell sofort den Motor ab!«, teilt sie ihrem Vater durch das Funkgerät mit und deutet mit ihrem Finger auf eine Stelle im Wasser.

Ich halte die Luft an. Direkt vor unserer Nase tauchen zwei riesige graue Körper unter der Wasseroberfläche auf. Nur etwa zwei, drei Meter von unserem Boot entfernt schieben sie ihre Köpfe aus dem Wasser und scheinen die Umgebung zu inspizieren. Ein Raunen geht durch die Menge, einige Passagiere schreien entzückt auf.

Die beiden Buckelwale tauchen ab, nur um Sekunden später wieder an der Bootskante aufzutauchen und an seiner Längsseite entlang zu schwimmen. Fasziniert beobachte ich, wie das größere der beiden Tiere sein Auge öffnet und uns alle zu inspizieren scheint. Sanft und schwerelos gleiten sie so durch das Wasser, direkt neben unserem Boot.

»Wahnsinn, so etwas habe ich noch nie erlebt.« Nias Stimme ist kaum mehr als ein ehrfurchtsvolles Flüstern und klingt belegt. Selbst sie hält ihr Handy in den Händen, um diesen besonderen Moment festzuhalten. Freudentränen sammeln sich in ihren Augenwinkeln.

»Das kommt also nicht allzu häufig vor?«, fragt Matt, den Blick weiterhin auf die Buckelwale gerichtet. Er hat seine muskulösen Arme auf die Reling gestützt und schaut fasziniert zu den Ozeanriesen hinunter.

»Nein.« Nia schüttelt den Kopf. »Ich weiß nicht, vielleicht sind wir gerade Teil eines Spiels von ihnen, in das sie uns einbinden und deshalb so nahe an uns herankommen.«

»Hast du keine Angst, dass sie unser Boot umwerfen?«
Skeptisch und mit einem leichten Zittern in der Stimme
schaue ich zu, wie die beiden Ozeanriesen wieder im Wasser
verschwinden. Immerhin wiegen sie mehrere Tonnen und
könnten uns wahrscheinlich allein mit ihrer Schwanzflosse
kentern.

»Nein. Wir haben extra den Motor abgestellt, damit sie uns
genau orten können und ihre Echolokation nicht stören. So
wissen sie genau, wo wir uns befinden, und können um uns
herumschwimmen. Es sind friedliche Tiere und sie sind absichtlich an uns herangeschwommen, ich denke nicht, dass wir uns
Sorgen machen müssen.«

Wieder geht ein Raunen durch die Menge, als eines der
Tiere erneut direkt neben unserem Boot erscheint und
Luft durch sein Blas ausstößt. Es riecht für einen Moment
nach verwesendem Fisch und ich rümpfe die Nase,
vergesse dies aber sofort, als ich das Farbenspiel sehe,
sobald sich das Licht der Sonne direkt über dem Blas des
Tieres bricht und in allen erdenklichen Regenbogenfarben
schimmert.

Dieser Moment ist so magisch. Solch sanfte Ozeanriesen
entscheiden sich einfach, uns einen kleinen Besuch abzustatten.
Als ob sie wüssten, welche Freude sie uns allen damit bereiten.
Mein Herz macht solch gewaltige Freudensprünge, dass ich
denke, dass es gleich aus meiner Brust springt. Dieses Glücks-
gefühl reicht für die ganze nächste Woche.

»Wusstet ihr, dass alle Wale eine Nummer und einen Namen
haben und jede Sichtung verzeichnet wird?« Nia zückt ein
Büchlein, das unter ihrer Jacke versteckt war, und blättert darin
herum. »Anhand ihrer Fluke, also der Schwanzflosse, kann man
sie erkennen.«

»Ehrlich?« Voller Begeisterung erhasche ich einen Blick auf
die Seiten.

»Ja. Das größere der beiden Tiere ist Lorax, ich habe
sie sofort erkannt. Und der andere …«, sie hält auf einer
Seite inne, mustert das Bild und zeigt es uns dann, »ist
Oculet, ein junger Bulle.« Zu sehen ist eine Fluke und der
Umstand, dass anhand derer die Wale identifiziert werden, ist
beeindruckend.

»Wow.« Mehr bleibt mir nicht.

»Wirklich ein toller Job, den du da hast, Nia.« Matt begutachtet das Bild ebenfalls ehrfürchtig.

»Ich würde auch nichts anderes machen wollen.«

Das glaube ich ihr sofort.

Ein wenig entfernt taucht der Rücken des kleineren Wals auf – das muss dann Oculet sein. Alle keuchen auf, als er seine Schwanzflosse aus dem Wasser hebt und damit ordentlich auf die Wasseroberfläche schlägt, sodass auch wir Wassertropfen abbekommen und der leichte Wellengang das Boot schaukeln lässt. Schnell schieße ich ein paar Bilder mit meiner Handykamera, die diesen besonderen Moment jedoch nicht ansatzweise einfangen können. Ich lächle und weiß, dass ich ihn nie mehr vergessen werde.

Unterdessen schwimmt Lorax einmal unter unserem Boot hindurch und taucht vor uns wieder auf. Das riesige Auge ist geöffnet und lässt mich denken, direkt in die Seele dieses umwerfenden Wals blicken zu können. Dieser Moment ist so friedlich, so rein und so frei. Das Glück zu haben, solch majestätischen Tieren so nahe kommen zu dürfen, ist einfach magisch und unbeschreiblich.

Eine Träne stiehlt sich aus meinem Augenwinkel, und ich lasse sie ungehindert meine Wange hinablaufen. In letzter Zeit hatte ich nicht oft das Gefühl, dass die Erde mir noch viel zu bieten hat. Doch dieses Erlebnis beweist, dass es wahre Wunder gibt. Man muss nur dran glauben und sie zulassen.

Auch sie hebt nun eine Brustflosse aus dem Wasser, was uns einen Blick auf die weiße Unterseite der Flosse erhaschen lässt. Als ob sie ihrem Mitspieler Konkurrenz machen will, schlägt auch sie damit auf die Wasseroberfläche. Ein allgemeines Raunen des Erstaunens ertönt.

Noch ganze zwanzig Minuten lang inspizieren die beiden neugierigen Ozeanriesen das Boot und scheinen uns in ihr Spiel einzubinden, wie Nia gesagt hat.

Sie tauchen mit ihren Köpfen aus dem Wasser auf und einige der Passagiere versuchen entzückt, die Tiere zu berühren.

»Bitte unterlassen Sie das!«, verlangt Nia und geht hinüber zu dem Pärchen, das die Hände ausgestreckt hat. »Die Tiere unterliegen einem sehr strengen Schutz. Wenn sie sich uns nähern, ist es vollkommen okay, doch jegliche Interaktion unsererseits ist strafbar.«

Enttäuscht ziehen die beiden die Hände zurück und zücken stattdessen ihre Smartphones, um weitere Bilder und Videos zu machen.

Auch ich habe bereits unzählige gemacht, doch jetzt stehe ich einfach nur gegen die Reling gelehnt da und schaue den Buckelwalen zu. Lasse mich von ihnen verzaubern.

»Magisch, nicht wahr?« Matts Stimme ist kaum mehr als ein Hauch im Wind.

Ich sehe zu ihm hinüber und merke, dass er mich ansieht. Nickend lasse ich meinen Blick wieder auf die massigen grauen Körper gleiten, auf deren Haut das Tageslicht nur so zu glitzern scheint.

Als sie das nächste Mal abtauchen, schaltet Nias Vater den Motor ein und fährt langsam weiter, da unsere Zeit fast um ist und wir zum Hafen zurückkehre müssen. Die Sonne geht bereits unter und wirft orangefarbenes Licht auf die umwerfende Landschaft.

Zurückschauend behalte ich den Punkt im Auge, an dem Lorax und Oculet jeden Moment wieder auftauchen müssten. Einige Minuten lang bleibt die Wasseroberfläche spiegelglatt, nur das Licht der untergehenden Sonne spiegelt sich auf ihr.

Doch plötzlich, wie aus dem Nichts, durchbrich ein gewaltiger Körper die Oberfläche und einer der beiden schiebt sich der Länge nach aus dem Wasser. Fast bis zur Schwanzflosse ist er nun aus dem kühlen Nass gehoben. Vor dem besonderen Licht wirkt dieser Moment noch magischer.

Der Wal dreht sich leicht und lässt sich dann mit einem riesigen Platschen zurückfallen. Wassermassen stoben um ihn herum auf und ein lautes Klatschen ertönt, als er die Wasseroberfläche durchbricht.

Ein Aufschrei geht durch die Menge, von denen einige ihre Handys rechtzeitig auf dieses Naturspektakel gerichtet haben.

Ich schaue zu Matt hinüber, der diesen einzigartigen Moment ebenfalls festgehalten hat. Tränen brennen in meinen Augenwinkeln und ein Gefühl puren Glücks durchfährt mich. Es ist ein riesiges Geschenk, das die beiden Buckelwale uns heute gemacht haben – ob sie es wussten oder nicht. Matt sieht mich ebenfalls an und nimmt meine Hand. Er drückt sie leicht und hält sie fest, lässt auch dann nicht los, als die sanften Wellen wieder einer glatten Wasseroberfläche weichen und wir uns so weit von den Walen entfernen, dass wir sie nicht mehr ausmachen können.

Dieses Erlebnis ist so unglaublich, dass auch der einsetzende Regen, der auf der dreißigminütigen Fahrt zurück zum Hafen plötzlich auf uns niederfällt, als der Himmel an diesem schönen Tag seine Schleusen doch noch öffnet, nichts an unserer Glückseligkeit ändern kann.

SAVANNAH

Am Abend sitze ich auf meinem Bett und betrachte das Bild in meinen Händen. Es zeigt meine Mom, meinen Dad und mich bei einem glücklichen Familienausflug vor ein paar Jahren. Wir waren am Lake Ontario in der Blockhütte meiner Eltern – es muss zur selben Zeit gewesen sein, als das Bild von Max und mir entstanden ist, das Matt mir ins Krankenhaus mitgebracht hat. Beide Fotos zieren nun meinen Nachttisch.

Jeden Sommer sind wir zum Lake Ontario gefahren, diese familiäre Auszeit war immer mein Jahreshighlight. Ohne Handyempfang, nur wir drei und Max, manchmal meine Großeltern. Wie ich diese Zeit vermisse.

Nach dem Whale Watching sind wir sofort nach Hause gefahren, Matt und ich völlig durchnässt von dem Regen, der auf der Rückfahrt eingesetzt hat. Trotz dessen waren alle Passagiere überglücklich, hatten Nia allesamt freudestrahlend gedankt und ihr ein großzügiges Trinkgeld gegeben.

Auch ich habe sie in meine Arme geschlossen und mich für dieses umwerfende Erlebnis bedankt.

Zu Hause bin ich direkt in meinem Zimmer verschwunden, um die nassen Klamotten loszuwerden, während Matt schnell unter die Dusche gesprungen ist. Dabei ist mein Blick auf das Bild auf meinem Nachttisch gefallen.

Ich bemerke eine Bewegung im Türrahmen und schaue auf.

Da steht Matt, seine Silhouette kann ich nur durch den Feuerschein des Kamins erkennen, der das Wohnzimmer und den Flur hinter ihm in ein orangefarbenes warmes Licht taucht.

»Bist du okay?«, raunt er.

»Ja.« Ich stehe auf und gehe zu ihm hinüber. »Ich habe nur nachgedacht.«

Schweigend hält er seinen Blick auf mich geheftet. Als ich näher komme, bemerke ich seinen angespannten Kiefer. Seine Brust scheint sich schneller zu heben und senken als sonst. Ich bleibe vor ihm stehen und lehne mich gegen den Türrahmen. Die Jogginghose und sein eng anliegendes Shirt betonen seine starken Arme und seine muskulöse Brust. Bilde ich mir das nur ein oder hat er, seitdem wir hier sind, noch härter trainiert?

Schließlich fällt mir der Grund für sein Schweigen auf und ich spüre, wie mir das Blut ins Gesicht schießt. Ich trage nur ein Shirt – und einen Slip. Meine nasse Jeans wollte ich ebenfalls gegen trockene Kleidung tauschen, bevor ich von dem Bild abgelenkt worden bin.

Mir auf die Unterlippe beißend, schaue ich zur Seite, unsicher, was ich sagen oder tun soll. Innerlich schließe ich die Augen, schüttele den Kopf und tadele mich selbst.

»Du bist wunderschön.« Matts tiefe, raue Stimme jagt einen Schauer der Erregung durch meinen Körper.

In seinem Blick flackert etwas auf, das ich nicht deuten kann. Er schluckt schwer, seine grünen Augen verdunkeln sich. Sie fixieren meine, fangen meinen Blick ein. Er streckt seine Hand aus und streicht mir eine widerspenstige Strähne, die sich aus meinem lockeren Dutt gelöst hat, hinters Ohr.

All das, was in den letzten Tagen zwischen uns geschehen ist, ist auf einmal verschwunden. Stattdessen greife ich nach seiner Hand und streichele sanft seinen Handrücken. Unsere Augen lassen nicht voneinander ab. Ich gehe einen Schritt auf ihn zu, sodass ich nun direkt vor ihm stehe und seinen Atem spüre. Sein Blick huscht zu meinen Lippen.

Mein Herz klopft mir bis zum Hals, als ich noch ein Stück näher trete. Auf dem Boot vorhin hat sich etwas zwischen uns verändert, und ich merke, dass seine harte Fassade zu bröckeln beginnt. Vielleicht ist es dieser Umstand, der mich jetzt mutiger macht.

»Savannah.«

Würde ich nicht so nah vor ihm stehen, hätte ich ihn vermutlich nicht gehört, so heiser klingt seine Stimme. Sein Bart ist ein wenig länger als sonst, da er sich seit ein paar Tagen nicht rasiert hat.

Mit meinem Daumen streiche ich darüber und lande auf seinen weichen Lippen. In seinen Augen erkenne ich dasselbe Lodern, das auch von mir Besitz ergriffen hat.

Ich will ihn. Und egal, was er sagt – ich spüre, dass er mich auch will.

In der Mitte meines Körpers beginnt ein wildes Flattern, als er mich sanft an sich zieht und seine Lippen auf die meinen legt. Zärtlich, fast unsicher.

Es ist ein anderer Kuss als letzten Samstag auf der Veranda. Doch als er merkt, dass ich ihn erwidere, entweicht ein leises Grollen aus seiner Brust und er umfasst mich fester mit seinen Armen, drückt mich gegen den Türrahmen. Der Kuss wird fordernder, tiefer, heißer und es scheint, als hätten wir Feuer gefangen. Meine Arme um seinen Hals legend, presse ich meinen Körper gegen seinen, will ihm noch näher sein.

Matt hebt mich hoch und ich schlinge meine nackten Beine um seine Hüften. Seine starken Hände halten mich, als er mich in sein Zimmer gegenüber trägt und mich sanft auf seinem Bett ablegt.

Die Matratze gibt nach, als Matt sich neben mich legt. Seine Augen sind so dunkel geworden, dass ich seine Pupillen kaum noch ausmachen kann. Er beugt sich über mich und küsst mich erneut, seine Hand ruht auf meiner Taille, mit dem anderen Arm stützt er sich ab. Ich greife in sein Haar und ziehe ihn noch näher an mich heran, wühle durch seine dunklen Strähnen und verliere mich in diesem Moment. Wieder entfährt ihm ein leises Grollen und ich bekomme augenblicklich eine Gänsehaut vor Verlangen.

Keuchend unterbricht er den Kuss und sieht mich mit erhitztem Blick an. Ein Lodern geht durch mich hindurch, als er so über mir liegt wie ein Raubtier, das seine Beute für sich beansprucht. In meiner Mitte zieht sich etwas zusammen. Sein Haar fällt ihm ins Gesicht und ich streiche es sanft nach hinten.

»Was ist?«, frage ich flüsternd. Meine Stimme zittert leicht, so erregt bin ich.

Er seufzt schwer. »Wenn wir jetzt weitermachen, gibt es kein Zurück. Ich weiß, dass ich gesagt habe, dass es nicht geht – aber ich will dich, Savannah.« Er macht eine Pause, aus seinem Blick spricht Verlangen. »Ich will von deiner Enge umhüllt sein, will dich um den Verstand küssen und dich so laut stöhnen hören, dass das Haus erzittert.«

Tief blickt er mir in die Augen, wartet auf eine Antwort. Seine Hände streichen über meinen Bauch und lassen das Kribbeln nur noch stärker werden.

Es ist meine Entscheidung. Egal, wie stark sein Verlangen nach mir auch ist, wenn ich es jetzt beende, wird er es akzeptieren.

Ich verstehe, wie er es meint. Wenn wir weitermachen, wird er einen Teil von mir bekommen und ich einen Teil von ihm. Für immer. Wir können es dann nicht mehr rückgängig machen.

Aber mein Verlangen nach ihm ist zu stark. Es ist nicht einfach nur der Sex, den ich begehre – ich begehre *ihn*. So sehr, dass ich denke, ich würde von innen verbrennen.

Tausend Wogen brausen durch meinem Unterleib, als sich sein Griff um meine Taille verstärkt. Und ihn nun endlich aussprechen zu hören, was seit einiger Zeit durch meine eigenen Gedanken kreist, lassen sie zu einem Sturm anschwellen. Das Verlangen brennt in mir und ich bin nicht bereit, dieses Feuer zu löschen.

Ich ziehe sein Gesicht wieder näher an meins heran. Mein Herz rast in meiner Brust und droht dort zu zerspringen.

»Ich will dich. Jetzt«, stöhne ich und küsse ihn. Zeige ihm, dass ich ihn will. Deutlicher kann ich nicht werden.

Es scheint, als hätte ich mit diesen Worten ein Tor geöffnet. Auf einmal hält Matt sich nicht zurück, sondern zeigt mir, wie stark auch sein Verlangen ist. Unsere Zungen tanzen, seine Hand vergräbt sich in meinem Haar und er erdrückt mich fast mit seiner Leidenschaft, als er sich auf mich herabsenkt.

Ich gebe ihm alles zurück, presse meinen Körper an ihn und umschlinge seine Hüften mit meinen Beinen.

Seine Hand gleitet mein nacktes Bein hinauf und umschließt fest meinen Po, den er genüsslich knetet, bis er einen Finger in meinen Slip einhakt.

Er richtet sich auf und lässt ihn langsam von meinen Hüften gleiten. Dann zieht er sich ebenfalls aus. Komplett.

In seiner ganzen Pracht steht er nun vor mir und ich bewunderte das Spiel seiner Muskeln, als er zu mir zurück krabbelt und mein Shirt packt. Mit einer einzigen fließenden Bewegung zieht er es mir über den Kopf und greift hinter mich, um meinen BH mit einer Hand zu öffnen. Auch er landet neben den anderen Kleidungsstücken auf dem Boden.

»Das hast du nicht zum ersten Mal gemacht.« Ein Schmunzeln stiehlt sich auf meine Lippen.

Matt zwinkert mir zu. »Nein.«

Dann betrachtet er mich in dem schwachen Licht. »Du bist wunderschön.« Seine Stimme ist heiser, seine Augen sind immer noch in Schwärze getaucht.

Hitze schießt mir ins Gesicht und ich bin froh, als Matt sich endlich zwischen meinen Beinen niederlässt und mich küsst. Sein Verlangen ist deutlich spürbar, als ich mich ihm entgegen recke. Matt stöhnt auf und im selben Moment wird der Kuss wilder, fordernder. Wir verschlingen uns gegenseitig und erkunden unsere Körper mit unseren Händen.

Als ich es kaum noch aushalte, fährt Matt mit einer Hand zwischen uns und berührt mich an meiner empfindlichsten Stelle. Dort, wo ich ihn am meisten spüren will. Keuchend biege ich den Rücken durch, als Matt seine Finger kreisen lässt. Er rutscht ein Stück nach unten und umspielt meine Brustwarze mit seinen Lippen. Laut stöhnend strecke ich mich ihm entgegen, während er einen Finger in mich gleiten lässt und mit seinem Daumen meine Klit massiert. Er knabbert sanft an meinem Nippel und dring mit einem weiteren Finger in mich ein. Das Verlangen potenziert sich in diesem Moment, was ich nie für möglich gehalten hätte, und ich bewege mich unter seinen Berührungen.

»Nicht so ungeduldig.« Lächelnd gleitet Matt weiter nach unten, bis sein Gesicht sich zwischen meinen Schenkeln befindet. Er sieht mich kurz an, bevor er seine Lippen auf meine Mitte hinabsenkt. Ich stöhne laut und spreize meine Beine noch ein bisschen weiter. Matts Hände liegen auf meinen Oberschenkeln und streicheln sie, während seine Zunge über meine Spalte und meine Klit wandert.

All meine Gefühle lasse ich zu, recke mich ihm weiter entgegen. Verliere mich in diesem Verlangen, das ich verspüre und das sich langsam in meiner Körpermitte aufbaut. Ich gebe mich seiner Zunge hin und bewege mich in seinem Takt, während ich dem Höhepunkt immer näher komme. Meinen Kopf nach hinten werfend, greife ich in Matts Haar, als er eine besonders gute Position findet. Als Matt schließlich den Druck erhöht und seine Finger noch tiefer in mich gleiten lässt, explodiere ich. Es fühlt sich an wie ein Feuerwerk, bei dem das Ende der Zündschnur erreicht ist. Und nur Matt besitzt das passende Werkzeug, um es so gewaltig werden so lassen – es ist, als hätte er sie selbst gelegt. Unter seinen Lippen bebe ich und ziehe mich um seine Finger zusammen. Wie durch einen fernen Schleier nehme ich mein eigenes Stöhnen wahr, so sehr hält mich die Ekstase gefangen.

Nur langsam ebbt das Gefühl unsäglicher Glückseligkeit ab. Keuchend komme ich wieder zu mir und streiche sanft über Matts Haar.

Lächelnd lässt er von mir ab und rutscht zu mir nach oben. Seine Lippen finden meine und ich schmecke mich selbst auf ihnen. Mein Herz schlägt schnell in meiner Brust und ich erzittere, als Matts Finger sanft an meiner Seite hinabfahren. Dann stemmt er sich von der Matratze hoch und greift über mich hinweg in die Schublade seines Nachtschranks, aus der er ein Kondom herauszieht.

»Das hast du alles so geplant, was?«, necke ich ihn und rücke ein Stück nach oben, immer noch benebelt von dem rasenden Orgasmus.

Matt grinst, während er sich das Kondom überrollt. »Du hast ja keine Ahnung.« Er kommt zu mir zurück und gibt mir einen sanften Kuss. Seine Stimme klingt heiser, als er sich etwas zurückzieht und mir in die Augen schaut. »Ich weiß, dass ich der Grund für die kleine Verzögerung war. Doch ich will dich schon lange, Savannah.« Seine dunklen Augen spiegeln sein Verlangen wider. »Schon sehr, sehr lange.«

Seine Worte lassen einen heißen Schauer durch mich hindurch fahren und bei dem Anblick, der sich mir bietet, beginnen die Schmetterlinge in meinem Bauch Samba zu tanzen.

Zwischen meinen Beinen ragt er über mir auf und ich bewundere jeden Zentimeter seines sportlichen Körpers. Seine Haare stehen in alle Richtungen ab, seine muskulöse Brust hebt und senkt sich unregelmäßig. Seine kräftigen Arme stützen sich jetzt rechts und links neben mir auf der Matratze ab, während er mich nun mit seinem Gewicht wieder tief hinein drückt.

Unsere Lippen finden sich und ein wohliges Seufzen entfährt mir.

Erneut greift er zwischen uns, hält aber kurz inne.

»Okay?«, fragt er atemlos. Bei seinem Blick lodere ich direkt wieder auf.

Ich schmunzle. »Okay.«

Als würde ich jetzt noch aufhören wollen.

Endlich versinkt er in mir, und mir bleibt die Luft weg. In Matts grünen Augen scheint dieselbe Zärtlichkeit, dasselbe Verlangen, das auch ich empfinde. Langsam gleitet er immer tiefer in mich hinein und mein Verstand schaltet zum Glück für einen Moment auf Sendepause. Ich fühle nur noch ihn, habe sonst keine anderen Gedanken.

Unsere Lippen finden sich erneut. Matt beginnt sich in mir zu bewegen und ich kann nicht ausmachen, ob das darauffolgende Stöhnen aus seinem oder meinem Mund entfährt. Ich weiß nur, dass ich ihn begehre.

So sehr.

»Oh fuck, Savannah«, haucht Matt. »Ich kann nicht langsam machen.«

»Dann tu es nicht.« Ehrfürchtig schauen wir uns an. Sind gefangen in unserem Moment.

Gemeinsam erklimmen wir den Gipfel unserer Lust. Als Matt kommt, reißt er auch mich mit in den Abgrund. Er stöhnt laut meinen Namen, während ich mein Gesicht in seine Halsbeuge presse und mich ihm ganz und gar hingebe.

Es ist anders als vorhin. Matt zuzusehen wie er kommt, setzt Gefühle in mir frei, die ich bisher noch nicht kannte. Potenziert mein Verlangen um ein Vielfaches, lässt meinen Körper stärker erbeben.

Nur langsam verebbt dieses Gefühl vollster Befriedigung und lässt uns beide immer wieder erzittern. Fest umschlungen liegen wir noch einen Moment so da, bevor Matt sich von mir herunterrollt.

»Wow.« Atemlos streift er das Kondom ab und streckt einen Arm aus, sodass ich mich an ihn schmiegen und meinen Kopf auf seine Brust legen kann. Sein Herz hämmert in halsbrecherischem Tempo dagegen und schnell findet meins seinen Takt.

»Hm.« Kichernd schaue ich hoch in sein Gesicht, hauche einen Kuss auf seine Wange.

Es sind keine weiteren Worte notwendig, das spüren wir beide. Überwältigt von unseren Gefühlen liegen wir eng umschlungen da und lauschen dem Herzschlag des jeweils anderen. Während Matt mir über den Rücken streichelt, versuche ich mich daran zu erinnern, wann ich das letzte Mal so glücklich gewesen bin.

Ich hoffe nur, dass es diesmal anhält.

Kapitel 30

MATT

Ich kann nicht einschlafen.
Als ich auf mein Handy schaue, bin ich überrascht. Es ist erst zehn Uhr, in Edmonton muss es demnach neun Uhr sein. Nachdem ich es vom Nachttisch geklaubt habe, wähle ich Davids Nummer. Er geht direkt nach dem zweiten Klingeln ran.

»Hey, Matt. Was gibt's so spät noch?«, fragt er gut gelaunt.

»Hi. Wie geht es dir?« Ich gehe hinaus in den Flur und bleibe im Türrahmen stehen.

»Ganz gut. Aber du hast doch bestimmt nicht angerufen, um mich das zu fragen, oder?«

»Nein, du hast recht.« Einen Moment überlege ich, wie ich anfange. »Gibt es Neuigkeiten über Boucher?«

»Nein.« Davids Stimme klingt mit einem Mal tiefer, so als hätte ich seiner Stimmung mit dieser Frage einen Dämpfer verpasst. »Wir ermitteln wie die Blöden, aber bis jetzt gibt es leider nichts Neues. Wie geht es Savannah denn?«

Innerlich seufze ich auf. Es ist falsch mir zu wünschen, dass es mit Boucher so bleibt, denn sobald er gefasst wird, kehren Savannah und ich in unsere eigenen Leben zurück. Sie wird vermutlich heim nach Edmonton gehen und ich weiß nicht, ob mir dieser Gedanke gefällt.

»Ganz gut. Sie hat hier Freundinnen gefunden und sich eine Aufgabe gesucht.« Ich schaue zu ihr hinüber, wie sie, zusammengerollt unter einer dicken Decke, in meinem Bett liegt, Duncan zu ihren Füßen. Ein Lächeln stiehlt sich auf mein Gesicht. Zugegeben, zu dritt ist es kuschelig eng, doch zum Glück passt das zur Jahreszeit. Und der Anblick lässt mein Herz beinahe vor Freude zerspringen.

»Das hört sich doch gut an. Und wie kommt ihr beiden miteinander aus?«

Einen Moment lang sage ich nichts, lehne meinen Kopf gegen den Türrahmen.

»Matt?«, hakt David nach. Dann schnaubt er. »Bitte sag mir nicht, dass eingetroffen ist, von dem ich denke, was eingetroffen ist.«

»Was denkst du denn?« Meine Frage klingt gedehnt.

»Komm, Mann, das weißt du genau.« David schweigt und gibt mir die Möglichkeit, ihn vom Gegenteil zu überzeugen, doch das tue ich nicht. »Scheiße Matt, was treibst du da? Brichst du ihr am Ende das Herz? Ich denke, das fördert ihre psychische Gesundheit nicht gerade.«

»Nein, Mann.« Diesmal seufze ich und schaue zu Savannah hinüber. Unbewusst fahre ich mir mit einer Hand durchs Haar. »Ich habe Angst, dass sie es mir zuerst bricht.« Diese Worte kommen nur sehr leise über meine Lippen. Ich weiß nicht, ob David sie gehört hat.

Resigniert stößt er die Luft aus und ich stelle mir vor, wie er eine Hand in die Hüfte stemmt, während er mit der anderen sein Telefon an sein Ohr hält. Bei dem Gedanken daran muss ich unweigerlich schmunzeln, obwohl dieses Telefonat alles andere als lustig ist.

»Das ist nicht gut, Matt. Sie ist deine Klientin.«

»Ich weiß.«

»Ihr solltet nichts miteinander anfangen.«

»Sollten, nicht dürften?«, wiederhole ich Savannahs Worte von letzter Woche.

»Reicht ›sollten‹ nicht aus?« David seufzt. »Aber ja, ›dürften‹ würde es wohl besser treffen.«

So ähnlich hatten Savannah und ich auch diskutiert.

»Lass dich davon nicht ablenken.«

»Werde ich nicht.«

David brummt etwas davon, dass er sich meldet, sobald er etwas über Steve Boucher erfährt, und legt dann auf.

Ich nehme mein Handy vom Ohr und bleibe noch einen Moment im Türrahmen stehen. Mein Blick schweift zu Savannah und ich fahre mir mit den Händen übers Gesicht.

David hat recht. Diese Situation ist so gar nicht optimal, so war das alles nicht geplant. Aber nun ist es passiert und ich kann nicht zurück. Ich *will* auch nicht zurück.

Zumindest das muss ich mir eingestehen.

Und solange David mich deswegen nicht feuert, gehe ich gerne das Risiko ein.

Ich ziehe mir eine Jogginghose an und krabbele zurück ins Bett, streiche Savannah eine Haarsträhne aus dem Gesicht und gebe ihr einen sanften Kuss auf die Wange. Sie stöhnt leise und bewegt sich etwas, schläft aber weiter.

Lächelnd knipse ich meine Nachttischlampe an und nehme mein Buch vom Nachttisch. Hin und wieder mustere ich dieses schöne Mädchen neben mir und jedes verdammte Mal setzt mein Herz einen Schlag lang aus. Womit habe ich es verdient? Ich weiß es nicht, doch ich wünschte, dass dieser Moment nie vergeht.

So etwas habe ich noch nie empfunden.

Und ich kann nur hoffen, dass sie genauso empfindet.

Kapitel 31

SAVANNAH

Mitten in der Nacht wache ich davon auf, dass etwas Schweres auf meinem Bauch mich zu erdrücken scheint. Als ich mich leicht drehe, entdecke ich Matt, der auf die Seite gerollt da liegt, die Beine um die Bettdecke geschlungen, einen Arm auf mir liegend. Vorsichtig nehme ich ihn hoch und bette ihn zwischen uns, damit ich wieder atmen kann. Er schläft weiter und bekommt nichts davon mit.

Eine Weile beobachte ich ihn. Er sieht so friedlich aus, so wunderschön. Selbst im Schlaf scheinen seine Muskeln nur so zu tanzen. Sein Haar hängt ihm lose in die Augen, wodurch es sein hübsches Gesicht noch mehr zur Geltung bringt.

Ich fahre ein Tattoo auf seinem Oberarm nach, eine Verzweigung mehrerer Flammen. Lächelnd frage ich mich, wann ich angefangen habe, Tattoos sexy zu finden. Denn das sind sie, an Matt erst recht.

Irgendwann stehe ich auf und gehe ins Bad hinüber, auf dem Flur kommt Duncan mir entgegen. Er reckt sich und tapst nach einer kurzen Streicheleinheit in mein Zimmer, wo er kurzerhand auf das Bett springt und es sich gemütlich macht. Schmunzelnd schaue ich ihm nach. Das ist nur fair, schließlich mache ich ihm wohl gerade seinen Schlafplatz streitig.

Im Bad knipse ich das Licht an. Aus dem Spiegel über dem Waschbecken schaut mir eine zufriedene, junge Frau entgegen, die ich in den letzten Tagen kaum zu Gesicht bekommen habe – gar nicht, um genau zu sein. Jetzt lächelt sie mich an, und zum ersten Mal seit langem erreicht es ihre Augen.

Als ich zurück in Matts Schlafzimmer komme, ist er wach und liegt auf einen Arm gestützt da.

Mir ist etwas unbehaglich zumute. Ich bin nackt und froh, dass es dunkel ist und er mein hochrotes Gesicht nicht sehen kann.

»Hey«, murmele ich und ziehe meinen Slip und das T-Shirt an, das ich gestern Abend getragen habe.

»Hey.« Gott, seine raue Stimme klingt noch betörender, wenn er müde ist. »Alles okay bei dir?«

Nickend bleibe ich vor dem Bett stehen. Ich weiß selbst nicht, warum ich auf einmal so schüchtern bin. Wir haben doch bereits miteinander geschlafen. Und es war wunderschön. Vielleicht sind meine Selbstzweifel schuld daran, weil ich nicht weiß, ob so jemand wie Matt es ernst mit so jemandem wie mir meinen kann? Es klingt absurd, das weiß ich selbst, aber diese Gedanken gehen mir gerade durch den Kopf.

»Komm her«, meint er und schlägt die Decke ein Stück zurück, sodass ich mich ihm zugewandt neben ihn kuscheln kann.

»Worüber denkst du nach?«, fragt er mit rauer Stimme und stupst mit seinem Finger gegen meine Nasenspitze.

»Das ist absurd«, versuche ich abzuwimmeln, doch er schüttelt nur mit dem Kopf. Abwartend sieht er mich an, drängt mich aber nicht.

»Ich weiß nicht«, gebe ich zu und schlage die Augen nieder. »Ich meine, ist es nicht total unglaublich? Wir beide, hier, zusammen?«

»Wie meinst du das?« Stirnrunzelnd streichelt er meinen Rücken, zieht mich noch näher zu sich heran.

»Na, du und ich. Ich meine, schau dich mal an. Du bist eine Bombe. Und ich? Und dann die Welten, aus denen wir kommen.«

»Was meinst du damit?« Er stupst mein Kinn an, sodass ich zu ihm aufsehen muss. Die Verwirrung über meine Worte steht ihm ins Gesicht geschrieben. »Savannah, hör mir mal zu. Du bist eine unglaubliche Frau. Ich habe noch nie jemandem gegenüber so empfunden wie bei dir. Wenn du mir nicht glaubst, leg deine Hand auf meine Brust und fühl, wie mein Herz gerade in diesem Moment pocht. Und komm mir nicht mit ›wir spielen nicht in einer Liga, weil du eine Bombe bist und ich nicht‹, denn wenn hier einer von uns beiden eine Bombe ist, dann bist du das.«

Er keucht leicht, als er meine Hand auf seine nackte Brust legt, dann nimmt er mein Gesicht in seine Hände. Eine Horde galoppierender Wildpferde ist nichts gegen Matts Herzschlag.

In seinen Augen lese ich Verlangen, aber auch so etwas wie Bestürzung. Bestürzung darüber, wie ich so etwas denken kann?

»Danke«, murmele ich und schlage die Augen nieder. »Darf ich dich etwas fragen?«

Matt nickt. »Klar, du kannst mich alles fragen.«

Ich schaue zu ihm auf. »Was hat deine Meinung über uns geändert?«

»Hm.« Einen Moment überlegt er. »Ich habe in der letzten Woche gemerkt, dass ich nicht möchte, dass es weiterhin so beschissen zwischen uns läuft. Dass wir uns aus dem Weg gehen und kaum mehr ein Wort miteinander wechseln.« Sein Blick wird eindringlich. »Es stimmt, dass wir keine Beziehung führen dürften. Aber meine Selbstdisziplin geht in deiner Nähe eindeutig den Bach runter.« Nun lächelt er. »Und Finn hat es schon richtig ausgedrückt: Manchmal lohnt es sich, etwas zu riskieren, vor allem, weil ich mich wirklich zu dir hingezogen fühle.« Sein Lächeln verwandelt sich in ein Grinsen. »Wenn David das nicht passt, kann er sich gerne eine andere Lösung suchen.«

Bestürzt will ich protestieren, da kommt Matt mir schon zuvor.

»Wird er aber nicht.« Beschwichtigend sieht er mich an. »David weiß, dass du in meinen Händen gut aufgehoben bist.«

Mit einem Kuss auf meine Nasenspitze lasse ich mich wieder in seine Arme sinken.

Dann kommt mir etwas anderes in den Sinn, was Matt gesagt hat, und ich kneife die Augenbrauen zusammen. »Du hast mit Finn darüber gesprochen?«

»Mm-Hm. Und du mit Nia. Ich habe heute ganz genau gesehen, wie sie uns beobachtet hat.« Seine Mundwinkel heben sich entwaffnend.

»Okay, das stimmt.« Mit einer Hand fahre ich durch sein Haar. »Ich bin froh, dass du deine Meinung geändert hast.«

»Ich auch.« Matt rückt noch näher an mich heran und gibt mir einen sanften Kuss auf den Mund. Ich erwidere ihn und lege meine Hände auf seine stählerne Brust.

Er unterbricht den Kuss.

»Fühl mal, was du mit mir machst.«

Langsam bringt er meine linke Hand zu seinem besten Stück, das schon wieder steinhart in seiner Hose geworden ist. Ich schiebe meine Hand in die Boxershorts und umfasse ihn sanft. Er keucht auf und legt sich in Sekundenschnelle auf mich, wobei er es gerade noch fertigbringt, seine Jogginghose und die Boxershorts loszuwerden. Seine Augen sind tiefschwarz. Wir lieben uns ein zweites Mal, doch dieses Mal ist es anders. Fordernder und härter. Unter seinen Küssen keuche ich erregt auf. Als wir beide kommen, bleibt er noch eine Weile über mir liegen und wir sehen uns einfach nur an, während seine Hände sanft durch mein Haar gleiten. Unsere Herzen rasen um die Wette.

Irgendwann, nach einer Ewigkeit, rollt er sich von mir herunter und legt sich so, dass er mich von hinten umarmen kann. Wir sprechen nicht mehr, sondern genießen einfach nur diesen Moment. Wenig später vernehme ich sein leises Schnarchen und lächele. Ebenfalls die Augen schließend, schlafe ich erstmals seit einiger Zeit glücklich ein.

Am nächsten Morgen wache ich allein in Matts Bett auf – mehr oder weniger. Duncan hat es sich am Fußende gemütlich gemacht. Matt muss schon aufgestanden sein. Ich recke mich und döse ein wenig vor mich hin, bevor ich aufstehe, um zu duschen. Als ich in den Flur trete, bemerke ich den wunderbaren Duft von Pancakes.

Wenig später knote ich meine nassen Haare zu einem unordentlichen Dutt zusammen und ziehe mir einen Pulli und eine Leggings an, bevor ich zu Matt in die Küche stapfe.

»Guten Morgen«, begrüße ich ihn und lehne mich gegen die Küchenzeile bei dem Versuch, möglichst lässig zu erscheinen. Dabei erfüllt mich ein sanftes Kribbeln und meine innere Nervosität lässt mich meine Arme vor der Brust verschränken, um sie am Zittern zu hindern.

»Hey. Gut geschlafen?« Matt kommt zu mir herüber, um mir einen Kuss zu geben.

Genüsslich seufze ich auf, als seine Lippen auf meine treffen. Sanft lege ich meine Hände auf seine muskulöse Brust.

»Bist du hungrig?«, fragt er, als er sich von mir löst. Seine Hände stützt er rechts und links von mir auf dem Tresen ab, sein Gesicht dicht an meinem. Sein warmer Atem kitzelt meinen empfindlichen Hals.

»Und wie.« Langsam fahre ich ein Tattoo an der Innenseite seines Unterarms nach. Es erinnert mich ein wenig an eine Art Kompass, allerdings hat er mehrere symmetrische Nadeln und Kreise, eine lange Linie verläuft vertikal hindurch. Er liegt verschnörkelt inmitten anderer Elemente, darunter eine Uhr und gespannte Flügel. Als ich bei seinem Handgelenk angekommen bin, nimmt er meine Hand in die seine und streichelt sie sanft.

»Okay. Frühstück ist gleich so weit.«

»Was bedeutet dieses Tattoo?«, flüstere ich.

Matt schaut auf seinen Unterarm. »Es soll mich nie vergessen lassen, dass wir nur dieses eine Leben haben und es viel zu schnell vorbei sein kann. Daher möchte ich mich niemals selbst verlieren und immer die Richtung bestimmen, in die mein Leben verläuft.«

Er schaut mich nicht an, als ich zu ihm aufsehe.

»Das ist wunderschön.«

»Hm.« Matt lächelt sanft, gibt mir einen Kuss und macht sich dann wieder auf den Weg zurück zum Herd.

Er trägt nur eine Jogginghose. Sein Oberkörper ist unverhüllt und gibt in der Morgensonne, die auf seine goldene Haut scheint, einen unvergesslichen Anblick ab. Vorher habe ich ihn nur selten halb nackt zu Gesicht bekommen, um mich daran zu laben. Jetzt ist es ihm scheinbar egal.

Duncan kommt um die Ecke geschlendert und tapst schwanzwedelnd auf mich zu.

»Hey, Buddy. Hast du es auch aus dem Bett geschafft?«, begrüße ich ihn und beuge mich zu ihm hinunter. Bei seinem Versuch mein Gesicht abzuschlabbern, quietsche ich auf. »Duncan, du Schlawiner. Ich habe schon geduscht!«

Doch Duncan freut sich so überschwänglich, dass ich lachend mit ihm zu Boden gehe und er sich halb auf mich drauflegt, damit ich nicht aufhöre, ihn zu kraulen. Matt stimmt in mein Lachen mit ein und kommt um den Tresen herum zu uns, um mir dabei zu helfen, mich aus Duncans Umarmung hochzukämpfen.

Dann machen wir uns über das Frühstück her. Matts Pancakes sind wie immer, wenn er sie für mich macht, der Hammer, und ich seufze genussvoll auf, als ich mir den ersten Bissen in den Mund schiebe.

Matt grinst. »Schön, dass dich meine Pancakes ebenfalls in Ekstase versetzen.« Mit einer hochgezogenen Augenbraue mustert er die Früchte, die Sahne und den Ahornsirup, der den kompletten Inhalt meines Tellers darin versinken lässt.

»Oh, definitiv!«, schmatze ich mit vollem Mund.

In Nullkommanichts leere ich meine Teller und halte mir danach zufrieden den Bauch. »Das waren die besten Pancakes, die ich je gegessen habe.«

»Das hast du letzte Woche auch schon gesagt«, neckt Matt mich.

»Sie werden halt immer besser, ich kann nichts dafür.«

Ich liebe es, wie Matts Lippen sich zu einem Lachen verziehen. Seitdem ich nach einem emotionalen Breakdown vor ein paar Wochen davon gesprochen habe, dass Steve sich gerade bestimmt Pancakes mit Ahornsirup gönnt, ist Matt stets bemüht, mir einmal die Woche welche zu backen. Dieser Mann hat echt viele Talente – er gibt nicht nur einen guten Bäcker ab, sondern ist auch ein verdammt guter Zuhörer.

»Du hast da was«, raunt er jetzt und deutet auf meine Lippe.

Mit einem Finger fahre ich darüber, doch er schüttelt nur lachend den Kopf.

»Darf ich?«

»Klar.«

Als Matt sich daraufhin vorbeugt und sanft mit seinem Finger meinen Mundwinkel entlangfährt, beschleicht ein Kribbeln meinen gesamten Körper. Anschließend fährt er über meine Unterlippe. Erneut sitzen wir in unserer Bubble, in der nur wir Platz finden. Unsere Umgebung ist ausgeblendet, es gibt nur uns. In Matts Augen steht so viel, was ich selbst empfinde. Sie huschen zu meinen Lippen und im selben Moment beugen wir uns vor.

Er schmeckt ebenfalls nach Pancakes und der Süße des Ahornsirups.

Viel zu schnell lösen wir uns wieder voneinander.

Sich räuspernd lächelt Matt mich an. »Möchtest du noch einen Kaffee?«

Nickend ziehe ich meine Beine an, schaue nach draußen und lasse die Sonnenstrahlen in mein Gesicht scheinen, während Matt den Kaffee holt und mir nachgießt.

»Musst du heute noch aufs Revier?«, frage ich ihn zwischen zwei Schlucken.

»Nein, heute habe ich frei.« Matt setzt sich wieder und umschließt seinen Kaffeebecher mit beiden Händen. »Fährst du zu Nia ins Center?«

»Nein, heute nicht.«

Matt grinst schelmisch. »Okay, also dann: Was möchtest du heute unternehmen?«

»Hm, keine Ahnung.« Mein Blick gleitet erneut zum Fenster. Noch ist herrliches Herbstwetter, doch in der Ferne sind bereits die Regenwolken im Anmarsch. »Wie wäre es, wenn wir einen Spaziergang mit Duncan machen, solange die Sonne uns noch mit ihrer Anwesenheit beehrt, und danach einfach mal einen Tag auf dem Sofa verbringen?«, schlage ich vor.

»Das klingt nach einer fabelhaften Idee.«

Und tatsächlich wird es der beste Montag seit langem. Nach unserem Spaziergang durch die herbstliche Landschaft, bei dem das bunte Laub unter unseren Füßen raschelte und die kühle Meeresbrise meine Haare zerzaust hat, fläzen wir uns auf das gemütliche Sofa, um uns einen Film anzusehen. Als ich mich aus Gewohnheit auf meinen alten Stammplatz setze, brummt Matt etwas Unverständliches und hebt mich kurzerhand hoch, was mir ein Quietschen entrinnen lässt. Er setzt mich neben sich auf der Couch wieder ab und legt meine Beine über die seinen.

Nachdem er eine Decke über uns ausgebreitet hat, grinst er wie ein Honigkuchenpferd, das auf dem Jahrmarkt den Hauptgewinn erzielt hat. Lachend beuge ich mich vor, um zu ihn küssen.

»Ich bin froh, dass ich hier bei dir bin. Weißt du, es ist mir die letzten Wochen echt schwergefallen, mich von dir fernzuhalten.«

»Ich weiß, mir auch.« Matt lehnt seine Stirn an meine. »Du bist wie ein verdammter Magnet für mich.«

»Ist das etwa was Schlechtes?«, necke ich ihn.

Matt lacht. »Nein. Ganz und gar nicht.«

Als nun der Himmel zum zweiten Mal an zwei Tagen seine Schleusen öffnet, könnte ich mir nichts Besseres vorstellen, als mit Matt im Schein des gemütlichen Kaminfeuers auf dem Sofa zu kuscheln.

Kapitel 32

SAVANNAH

Als ich am Dienstagmorgen wieder losfahre, um Nia zu helfen, bin ich so gut gelaunt wie schon lange nicht mehr und summe im Auto die Melodie von ›Fallin' All In You‹ von *Shawn Mendes* mit.

Im Center stoße ich die Tür auf und flöte Nia ein »Guten Morgen« entgegen, woraufhin sie mich nur kurz prüfend ansieht, bevor sie eine wissende Miene aufsetzt.

»Ihr habt euch also wieder vertragen?«, stellt sie fest, formuliert es aber trotzdem wie eine Frage.

»Du meinst …« Ich ziehe eine Augenbraue hoch.

»Matt natürlich.« Nia knufft mir in die Seite. »Erzähl! Du siehst aus, als hättest du gerade den besten Sex deines Lebens hinter dir!«

Mir schießt die Hitze ins Gesicht, doch ich zucke mit den Schultern. Mein Grinsen verrät mich wahrscheinlich trotzdem. »Vielleicht.«

Nia verdreht leicht genervt die Augen. »Muss ich dir denn alles aus der Nase ziehen?!«

»Okay, okay.« Beschwichtigend hebe ich die Hände, bevor ich meinen Regenmantel an die Garderobe hänge und Nia dann in die gemütliche Country-Küche folge.

Sie füllt Wasser in den Wasserkocher und stellt ihn an, bevor sie gegenüber von mir an dem kleinen Tisch Platz nimmt, ihre Ellenbogen aufstützt, ihr Kinn in ihre Handflächen bettet und mich schmunzelnd ansieht. »Also. Ich will alles wissen.«

»Woher weißt du eigentlich, was los ist?«

Nia grinst süffisant. »Ich habe eben ein Gespür für so etwas. Also?«

Resigniert lächelnd gebe ich ihr eine kurze Zusammenfassung davon, was seit dem Whale Watching zwischen Matt und mir passiert ist.

Dass wir uns nicht mehr voneinander fernhalten wollen – geschweige denn können. Wir erst einmal alles auf uns zukommen lassen. Überraschenderweise tut es erstaunlich gut, mich Nia anzuvertrauen und mit ihr darüber zu sprechen. Erst jetzt wird mir bewusst, wie sehr mir eine solche Freundschaft gefehlt hat.

Wenn ich es nicht besser wüsste, könnte man meinen, dass kleine Herzchen in Nias Augen tanzen – obwohl ich sie ansonsten nicht gerade für einen romantischen Typ gehalten hätte. Als ich geendet habe, geht sie zum Tresen hinüber, um uns einen Tee einzuschenken. Ihre braunen Locken wirbeln umher, als Nia den Kopf über die Schulter dreht und mich angrinst. »Ich habe dir ja gleich gesagt, dass er auf dich steht.«

»Ja, ja.« Ich strecke ihr die Zunge heraus.

Lachend stellt sie eine dunkelgrüne Tasse vor mir ab, auf die in beige das Logo des Centers gedruckt ist. Es sind Adlerschwingen, darunter in großen Lettern OWRARC – die Anfangsbuchstaben der Wildtierauffangstation.

»Ich freue mich jedenfalls für euch.«

»Danke.« Da fällt mir ein Gedanke ein. »Hat Finn eigentlich schon etwas in Bezug auf den Wolf herausgefunden?«

Nia nimmt einen Schluck aus ihrer Tasse und zieht danach scharf die Luft ein. »Scheiße, ist das heiß«, hechelt sie. »Doch nein, leider nicht. Aber jetzt, da du wieder mit Matt redest«, sie zwinkert mir zu und ich werfe eine Packung Taschentücher, die auf dem Tisch liegt, nach ihr, die sie lachend auffängt, »könntest du ihn ja auch drauf ansetzen, oder?«

»Klar. Aber wahrscheinlich hat Finn das sowieso schon gemacht.«

Wenn ich darüber nachdenke, wie gut die beiden mittlerweile befreundet sind, kann ich mir das vorstellen. Außerdem arbeiten sie zusammen, also hätte Matt sowieso früher oder später davon erfahren.

»Wie geht es dem Welpen denn?«

Nias Miene verdunkelt sich etwas. »Ich kann es noch nicht genau sagen, aber das Bein verheilt nicht so gut wie ich es mir erhofft hatte. Die Wunden haben sich entzündet, ich musste ihn gestern erneut sedieren, um ihn behandeln zu können.

Zudem ist er sehr neugierig und jault die ganze Zeit, wenn ich die Klappen herunterlasse, um das Futter in seinem Gehege zu platzieren.«

»Meinst du denn, er würde dir etwas tun, wenn du die Klappen offen lassen würdest?« Zweifelnd sehe ich sie an.

Kopfschüttelnd zieht sie ein Bein auf ihren Stuhl. »Darum geht es gar nicht, sondern darum, dass er sich nicht an die Nähe des Menschen gewöhnen soll.«

»Hm.« Ich nehme ebenfalls einen Schluck Tee. »Das ist natürlich schwierig.«

»Ja.« Nias Blick schweift in die Ferne. »Ich hoffe darauf, dass wir ihn wieder auswildern können. Und wenn er dann keine Angst vor Menschen mehr hat, wäre das echt ein Problem. Obwohl ich mir nicht sicher bin, ob er die Gegenwart von Menschen nicht bereits kennt, so, wie er sich verhält und teilweise schon am Rande des Käfigs auf einen wartet. Fast, als würde er sich freuen. Aber wenn das Bein, das wegen des Bruchs sowieso schon in einem schlechten Zustand ist, sich auch noch entzündet ...« Sie zuckt mit den Schultern. »Wir werden sehen. Abwarten ist die Devise.«

»Mein Dad hat immer gesagt ›In der Ruhe liegt die Kraft und alles kommt so, wie es kommen soll‹.« Ich starre in meinen Tee und sehe dann zu Nia auf.

»Dein Vater war ein weiser Mann.« Ein sanftes Lächeln umspielt ihre weicher werdenden Mundwinkel.

»Ja, das war er.« Bevor die Stimmung vollends kippt und mich melancholisch werden lässt, hole ich einmal tief Luft. »Wäre es denn so schlimm, wenn wir den Wolf nicht wieder auswildern können?«

»Na ja, wir können ihm hier sicher ein relativ schönes Zuhause bieten, aber wirklich gerecht wäre es nicht. Das ist nur die wilde Natur.«

»Hm.« Für einen Moment hängen wir beide unseren Gedanken nach, bevor ich mir einen Ruck gebe. »Wollen wir starten?«

»Unbedingt.«

Die nächsten Tage fühle ich mich wie beflügelt.

Obwohl der Alltag uns wieder einholt, sind meine Gedanken leicht und unbeschwert. Ganz anders als in den letzten Wochen, als die Stimmung zwischen Matt und mir eher frostig war. Niemals hätte ich gedacht, dass ich so empfinden könnte. Doch wenn Matt abends nach Hause kommt, macht mein Herz bei seinem Anblick jedes Mal einen Hüpfer. Und wenn er dann seine Arme um mich schlingt und mir mit seiner tiefen Stimme ein »Hello, Beautiful« ins Ohr raunt, bevor er mich küsst, könnte ich vor Glück explodieren.

Seit der Nacht von Sonntag auf Montag habe ich nicht mehr in meinem eigenen Bett geschlafen. Irgendwie haben wir uns stumm darauf geeinigt, dass wir von nun an die Nächte gemeinsam in Matts Zimmer verbringen – und uns jede Nacht leidenschaftlich lieben.

Ich muss nicht lügen, um zu sagen, dass ich noch nie zuvor so guten Sex gehabt habe.

Doch es ist nicht nur der Sex, der Matt und mich verbindet. Schon bevor wir diesen Schritt gewagt haben, verstanden wir uns unheimlich gut. Er bringt mich zum Lachen, aber auch zum Nachdenken und, was noch wichtiger ist, zum Hinterfragen. Er findet immer die richtigen Worte und wenn wir einmal schweigen, ist es keineswegs unangenehm. Ich mag die Person, die ich bin, wenn ich mit ihm zusammen bin. Er bringt die besten Seiten in mir zum Vorschein.

Es herrscht so eine tiefe Verbundenheit zwischen uns, dass es mir manchmal Angst einjagt. Angst davor, was wird, wenn Steve gefasst wird und ich wieder zurück nach Edmonton muss – denn Matt wird seine sechs Monate hier nicht abbrechen. Die Firma meiner Eltern wartet allerdings auf mich und ich kann sie nicht einfach links liegen lassen. Oder?

Immerhin ist diese Firma das Vermächtnis meiner Eltern an mich. Sie haben darauf vertraut, dass ich sie im Namen der Familie weiterführen werde.

Wahrscheinlich mache ich mir jetzt schon zu viele Gedanken. Steve muss erst einmal gefasst werden, damit der Fall eintritt, und dann kann Simon die Geschäfte vielleicht ein wenig länger führen, bis ich gemeinsam mit Matt nach Edmonton zurückkehren kann.

Auch wenn es mir schwerfallen wird, diesen besonderen Ort hier wieder zu verlassen. Doch zum Glück habe ich nicht viel Zeit, mir darüber den Kopf zu zerbrechen. Wenn ich abends mit Matt auf dem Sofa liege oder wir weiter die Gegend erkunden, meiden wir dieses Thema gekonnt und lenken uns anderweitig ab.

Und auch im Center ist alle Hände voll zu tun. Mittlerweile bin ich fast täglich dort und kann Duncan sogar mitnehmen. Nia hatte bis zum letzten Jahr selbst einen Hund, der dann leider eingeschläfert werden musste. Allerdings hatte sie für ihn einen eigenen Auslauf mit Anschluss zum Haupthaus gebaut, sodass er sich draußen bewegen, aber nicht zu den verletzten Tieren laufen konnte. Da Duncan ansonsten den ganzen Tag allein in unserer Hütte verbringen würde, haben Matt und ich uns nach Nias Angebot, ihn mitzubringen, entschlossen, dass es eindeutig die tierfreundlichere Alternative ist. Zumal er so zwischendurch Streicheleinheiten und Leckerlies zugesteckt bekommt.

Doch selbst zu zweit kommen wir kaum gegen die Arbeit an, die tagtäglich auf uns wartet. Ich will gar nicht wissen, wie Nia dieses Pensum an Arbeit allein hätte bewerkstelligen wollen. Umso dankbarer bin ich darüber, dass mein verletzter Arm immer mehr an Stärke und Kraft zunimmt und ich ihn besser einsetzen kann.

Obwohl der Wolf mittlerweile seit über zwei Wochen im Center ist, hat sich sein Zustand nicht merklich verbessert. Die Wunden heilen nicht so schön ab wie erhofft und der Bruch scheint nicht gut zu verheilen, weshalb der Tierarzt ihn erneut operieren musste. Er läuft noch immer auf drei Beinen, fressen will er zu allem Überfluss auch nicht richtig. Es ist ihm anzusehen, dass er einsam ist und seine Familie vermisst, und da Nia mittlerweile davon ausgeht, dass wir ihn nicht wieder auswildern können, versuchen wir seine Annäherungsversuche nicht weiter zu unterbinden. Auch wenn Nia normalerweise strikt dagegen ist, wilde Tiere anzufassen, und sie sogar einmal zu mir meinte: ›Wenn du an einen Ort kommst, an dem du wilde Tiere anfassen kannst, handelt es sich mit Sicherheit nicht um eine Wildtierrettung‹, muss auch sie zugeben, dass dieser Wolf eine Ausnahme darstellt. Außerdem ist er für Besucher natürlich trotzdem nicht zugänglich.

Und so haben wir ihm schließlich einen Namen gegeben: Pip. Ich hätte dies niemals von einem wilden Tier erwartet, doch Pip verhält sich wie ein junger Hundewelpe. Er ist quirlig und viel zufriedener, seitdem er uns näherkommen kann. Er lässt sich sogar anfassen und kommt immer mit wedelnder Rute bis auf ein paar Zentimeter an uns heran und beschnüffelt uns vorsichtig. Angst vor Menschen hat er fast gar nicht, was unseren Verdacht auf einen illegalen Handel mit diesen prächtigen Tieren verstärkt.

Allerdings passt das Bild trotzdem nicht so ganz zusammen, denn vermutlich hätte er dann erst recht Angst vor Menschen oder würde aggressiv reagieren, zumindest unseren Überlegungen nach.

»Vielleicht waren es aber auch Leute, die trotz allem tierlieb sind und nicht auf brutale Weise mit ihnen verfahren«, überlegt Nia laut, als wir an diesem Nachmittag vor dem Käfig stehen und ihn beim Spielen beobachten.

Zweifelnd sehe ich Nia an. »Wer tierlieb ist, betreibt keinen Handel mit ihnen.«

Sie zuckt mit den Schultern. »Ich glaube, dass nicht immer alles schwarz und weiß ist. Vielleicht macht es jemand aus Verzweiflung oder Erpressung heraus. Es gib viele Gründe, warum Menschen so werden wie sie sind oder etwas tun, was sie eigentlich nicht tun wollen.«

Zwar zweifle ich daran, sage aber nichts weiter. Mag sein, dass Nia recht hat. Doch wenn tatsächlich illegale Händler im Spiel sind, habe ich kein Verständnis für sie – egal, welche Beweggründe sie haben.

Kapitel 33

MATT

Innerlich brodelnd fahre ich mir mit einer Hand durchs Haar.

Ich sitze auf der Wache und hatte gerade ein anstrengendes Gespräch mit einer älteren Dame, die sich darüber beschwert hat, dass die Eiche ihres Nachbarn zu nah an ihrem Grundstück stünde und die ganzen Blätter jetzt im Herbst auf ihren Rasen fallen würden. Auch nachdem ich ihr erläutert habe, dass sie dieses Problem mit ihrem Nachbarn klären müsse, hat sie nicht eingelenkt und die Leitung weitere zwanzig Minuten in Anspruch genommen. Als ich ihr – zum wiederholten Male – erklärt habe, dass die Polizei für solche Fälle nicht zuständig ist, hat sie sich über unsere angebliche Unfähigkeit aufgeregt und schließlich aufgelegt.

Die Eingangstür öffnet sich und Finn kommt hereingestolpert, schüttelt sich einmal und nimmt die Kapuze vom Kopf.

»Sag mal, hast du dieses miese Wetter bestellt?«, fragt er und sieht an seiner nassen Kleidung hinunter.

Schmunzelnd lehne ich mich auf dem Bürostuhl zurück. Es ist mittlerweile Mitte November, das Wetter hat sich dementsprechend angepasst. Es regnet schon seit Tagen wie aus Kübeln.

»Für dich nur das Beste, weißt du doch.« Ich grinse Finn an, der gerade von einem Einsatz wiederkommt. Ein Auto war von der Straße abgekommen und wir mussten die Unfallstelle absichern, bis Tucker – der Besitzer des Abschleppdienstes hier im Ort – den Wagen aus dem Graben ziehen konnte.

Finn schnaubt und zeigt mir seinen Mittelfinger, bevor er durch den Flur zu den Umkleiden hinübergeht.

Ich sehe wieder auf den PC. Vor dem Anruf habe ich nach einer weiteren Spur zu dem verletzten Wolf gesucht, doch es ist nichts zu finden.

Auch das Sichten mehrerer Akten zu Vorfällen aus der Vergangenheit und das Durchforsten des Internets liefern mir keine brauchbaren Informationen. Wenn es Nia und Savannah nicht so am Herzen liegen würde aufzuklären, was genau passiert ist, hätte ich mich nicht so reingehangen. Doch jetzt kann ich nicht anders, und wenn auf dem Revier nicht allzu viel zu tun ist, ist diese Sache sogar eine willkommene Abwechslung.

Meine Gedanken schweifen zu dem blonden Mädchen, das sich langsam und leise in mein Herz geschlichen und es dann im Sturm erobert hat. Ein Lächeln stiehlt sich auf meine Lippen.

Seitdem wir mehr oder weniger zusammen sind – obwohl noch keiner von uns beiden das Wort mit B ausgesprochen hat –, geht es mir deutlich besser. Ich schlafe besser und eine innere Ruhe beherrscht mich, die ich schon lange nicht mehr verspürt habe. Von Anfang an habe ich gemerkt, dass Savannah mir guttut. Doch wie sehr spüre ich erst jetzt.

»Was machst du?«, reißt Finn, der hinter mir aufgetaucht ist, mich aus meinen Gedanken.

»Ach.« Genervt deute ich auf den Artikel, den ich geöffnet habe. »Ich hoffe, dass ich etwas über Wilderei oder Wildtierhandel in der Gegend herausfinden kann. Du weißt schon, wegen dem Wolf. Savannah und Nia denken noch immer, dass so etwas dahintersteckt.« Ich zucke mit den Schultern und schließe den Artikel, in dem es nur um die Auswilderung bestimmter Nagetiere hier auf Vancouver Island geht.

»Hm.« Finn setzt sich halb auf den Schreibtisch. »Glaubst du das auch?«

Ich lege den Kopf schräg und sehe ihn an. »Ich weiß es nicht. Es ist alles schon sehr seltsam, aber ich kann keine ähnlichen Fälle finden. Entweder es gab sie hier noch nie oder sie wurden einfach nicht polizeilich aufgenommen oder gar vertuscht.«

Finn knetet seine Hände. »Ich werde mich auf jeden Fall auch noch einmal umhören.«

»Danke, Mann.«

»Klar.« Er klopft mir auf die Schulter und erhebt sich dann. »Hast du Lust auf Mittagessen? Ich sterbe vor Hunger, nachdem ich fast bei dem Regen da draußen erfroren bin.« Erneut schüttelt er sich.

Bei seinem Gemecker muss ich lachen. »An was hast du gedacht?«

Kapitel 34

SAVANNAH

Am Wochenende klart das Wetter zum Glück etwas auf. Der Regen ist der Sonne gewichen und hat mir den Tag im Center gehörig versüßt.

Nia ist auf einem Lehrgang und hat mich gefragt, ob ich die Tiere im Center versorgen könnte. Natürlich bin ich gerne eingesprungen und habe meinen Tag dort verbracht – so konnte ich einige Bilder für den ins Leben gerufenen Instagram-Account des OWRARC aufnehmen, um auf Nias Arbeit im Center aufmerksam zu machen. Matt ist ohnehin noch auf die Wache gefahren, um einige Vorgänge abzuschließen.

Jetzt, am frühen Abend, laufen Matt und ich Hand in Hand am Strand der Landzunge entlang und nutzen das letzte Licht des Tages. Da es mittlerweile Mitte November ist und das Wetter immer schlechter wird, genießen wir die heutige Sonne, die langsam am Horizont verschwindet, und die herbstlichen Farben um uns herum.

Duncan tobt übermütig durch den Sand und rennt immer wieder ins Wasser, um die Kanadagänse zu verscheuchen, die sich daraufhin laut schnatternd in die Lüfte erheben.

Matt und ich lachen und er hält inne, um mich an sich zu ziehen. Ich lehne mich gegen seinen breiten Oberkörper und seufze zufrieden auf. Gemeinsam schauen wir auf die unglaubliche Natur vor uns.

Die untergehende Sonne taucht alles in ein violett-orangefarbenes Licht, was zu dieser romantischen Stimmung passt. Meine Haare werden vom Wind zerzaust und ich kuschele mich noch ein wenig mehr in den weichen Rollkragenpulli. Dann lasse ich den Anblick auf mich wirken.

Das Meer, das heute erstaunlich ruhig ist. Nur leichte Wellen schwappen bis an unsere Zehen heran – die Schuhe haben wir trotz der kühlen Temperaturen ausgezogen, um den Sand unter unseren Füßen zu spüren.

Die sanfte Brise, die um unsere Nasen weht.

Die hohen Tannen, die um uns herum aufragen.

Der Sand, der durch die Wellen feucht glänzt und unsere Silhouetten spiegelt.

Unsere Fußspuren, die hinter uns liegen und mich daran erinnern, dass Matt fortan an meiner Seite sein wird.

All das macht mich glücklich.

Mehr braucht es nicht.

Nur Matt, Duncan, den Ozean, den Regenwald um uns herum.

Und die Freunde, die wir hier in Oakajoks gefunden haben.

Ein Schmunzeln stiehlt sich auf mein Gesicht – denn zum ersten Mal lasse ich den Gedanken zu, der in den vergangenen Tagen schon des Öfteren in mir aufgekeimt ist.

Ich drehe mich kurz zu Matt um und blicke diesen wunderschönen Mann hinter mir an, der das Potential hat, mich zu zerbrechen – aber auch wieder zusammenzusetzen.

Dann bin ich mir sicher.

Ich lehne mich noch mehr in Matts Umarmung hinein, schaue auf den Pazifik hinaus und weiß – dieser malerische Küstenort ist mein Zuhause. In Oakajoks fühle ich mich frei.

Matt ist mein Zuhause.

Ich lehne den Kopf an seine Brust, schaue zu ihm auf und sage, was mir als Erstes in den Sinn kommt.

»Du bist wirklich unglaublich sexy.«

Matt prustet los und ich boxe ihm ungläubig in den Arm, weil er die romantische Stimmung zerstört hat.

»Hey!«, rufe ich empört.

»Sorry, aber das kam so aus dem Nichts.« Matt will mich wieder an sich ziehen, aber ich winde mich aus seinen Armen und laufe lachend davon.

»Fang mich doch!«

Schnell werde ich von Duncan eingeholt, der bellend neben mir her rennt und dieses Spiel offensichtlich großartig findet.

Matt setzt zur Verfolgung an und hat mich in Sekundenschnelle eingeholt. Er will mich erneut an sich ziehen, doch ich wehre mich spielerisch und versuche ihm ein Bein zu stellen.

»Was machst du da?«, fragt Matt kopfschüttelnd und lacht nur noch mehr. »Da musst du schon früher aufstehen, wenn du mich zu Fall bringen willst, Süße.«

Er hält mich in einer Umarmung fest und drückt mir einen Kuss auf die Wange.

Da er tatsächlich standhaft wie ein Felsen ist, kann ich nichts an ihm rütteln.

Völlig aus der Puste gebe ich schließlich auf. Ich stütze die Hände auf die Knie und schaue Matt an. »Du könntest mich wahrscheinlich innerhalb von Sekunden auf den Boden werfen.«

Matt zuckt selbstgefällig mit den Schultern. »Könnte ich, wenn ich wollte.« Verschmitzt zwinkert er mir zu.

Ich richte mich wieder auf. »Beweis es«, fordere ich ihn heraus.

Matt lacht auf. »Ich will dir nicht weh tun, Savannah.«

»Oh. Du hast bestimmt einen Weg gelernt, es sanft zu tun.« Einen Schritt auf ihn zugehend, flüstere ich ihm ins Ohr: »Ich verspreche auch, nicht zu weinen.« Herausfordernd blicke ich ihm in die Augen und er fährt sich lachend mit einer Hand durchs Haar.

»Das ist schön, aber …«

»Du kannst es also doch nicht.« Siegessicher drehe ich mich um und gehe weiter am Strand entlang. »Denn wenn …«

Den Satz habe ich noch nicht zu Ende gesprochen, da fühle ich nur einen Fuß an meinem Bein und eine Hand an meinem unverletzten Arm, und das Nächste, was ich wahrnehme, ist, dass ich rücklings im Sand liege.

Es geht so schnell, dass ich gar nicht mitbekommen habe, wie Matt das angestellt hat.

Ich muss kurz durchatmen und blicke Matt erschrocken an, der nun mit hochgezogenen Augenbrauen über meinem Gesicht aufragt, eine Hand unter meinen Kopf gestützt. Ein siegreiches Lächeln liegt auf seinen Lippen.

»Hm.« Grinsend ziehe ich sein Gesicht zu mir herunter, sodass er nun doch ins Wanken gerät und fast auf mich fällt. Im letzten Moment stützt er sich rechts und links von mir ab und lächelt verschmitzt. »Du siehst so heiß aus, wie du hier im Sand liegst.«

Als ich ihn nun noch weiter zu mir ziehe, berühren sich unsere Lippen endlich. Stöhnend öffne ich sie, um ihn einzulassen. Bereitwillig nimmt er die Einladung an und lässt seine Zunge mit meiner tanzen. Seine Hand gleitet zu meiner Hüfte, meine Hand fährt in sein wuscheliges Haar, das in den letzten Monaten ganz schön lang geworden ist.

»Entschuldigung, ist das Ihr Hund, der gerade einem Kaninchen hinterherjagt?«

Erschrocken fahren Matt und ich auseinander und blicken eine ältere Dame an, die neben uns stehen geblieben ist und auf Duncan deutet, der tatsächlich auf und davon rast. Matt rappelt sich auf und ruft nach ihm, doch er hört nicht.

»Ähm, ja, danke, wir kümmern uns drum.« Scheinbar lässig reicht er mir die Hand und hilft mir auf.

Die Frau bedenkt uns mit einem Lächeln und geht dann kopfschüttelnd weiter.

Mein Kopf glüht und ich beiße mir auf die Lippen, um nicht laut loszulachen. Matt geht es ebenso.

»Lass uns Duncan holen.« Grinsend deutet er mit einem Kopfnicken auf den Schäferhund, der nur noch ein brauner Fleck am Horizont ist.

Als wir eine Stunde später wieder an unserer Hütte ankommen, haben wir Duncan über eine halbe Stunde gesucht und schließlich in einem kleinen Park wiedergefunden, wo er genüsslich Löcher in den Boden gegraben hat. Heute hat das Schlitzohr es eiskalt ausgenutzt, dass Matt abgelenkt und er nicht angeleint war. Zum Glück ist sonst nichts passiert.

»Sag mal, kannst du mir zeigen, wie du das heute gemacht hast?«, frage ich Matt, während wir unsere Boots ausziehen.

Er steht vornübergebeugt mit einem Fuß auf der Verandatreppe und öffnet die Schnürsenkel. »Du kannst nicht verlieren, was?«, neckt er mich.

Die Hände in die Seiten stemmend schüttele ich den Kopf.

»Ich kann sehr wohl verlieren, danke auch.« Ich strecke ihm die Zunge heraus, doch er lacht nur.

Mein Blick wird wieder ernst und ich schaue auf meine Hände hinunter. »Nein, mal ehrlich. Es wäre toll, wenn ich mich im Ernstfall selbst verteidigen könnte. Ich möchte nicht nochmal … so ein hilfloses Opfer sein.« Meine Stimme bricht.

Matt richtet sich auf, kommt zu mir herüber und nimmt mich in den Arm. »Okay. Nächste Woche zeige ich dir einige Übungen zur Selbstverteidigung. Einverstanden?«

Ich nicke an seiner Schulter und schließe für einen Moment die Augen. An seiner Brust fühle ich mich sicher und geborgen.

»Was hältst du davon, wenn wir den Jacuzzi anstellen?«

Er gibt mir einen Kuss auf die Nasenspitze, als ich zu ihm aufschaue.

»Das halte ich für eine ganz wundervolle Idee.«

Kapitel 35

MATT

Eine Stunde später ist der Jacuzzi heiß und sprudelt munter vor sich hin.

Ich habe Duncan im Haus eingesperrt, damit wir kein Auge auf ihn werfen müssen, und dann ein paar Leckereien für uns nach draußen getragen. Savannah und ich haben uns Zitronen- und Orangenscheiben geschnitten und dazu eine Tafel Schokolade in Stücke gebrochen. Das alles liegt nun schön angerichtet auf dem Teller in meiner Hand. In der anderen halte ich eine Weinflasche und zwei Gläser. All das stelle ich nun auf dem breiten Rand des Jacuzzi ab und teste die Temperatur des Wassers mit meiner Hand. Es ist perfekt.

Das Handtuch, das ich mir um die Hüfte geschlungen habe, nehme ich ab und lege es auf einen Gartenstuhl direkt neben dem blubbernden Pool. Als ich in das Wasser steige, umfängt mich wohlige Wärme und verdrängt das Zittern, das sich gerade in der winterlichen Kälte am späten Abend bei mir eingestellt hat. Ich setze mich auf eine der Stufen und schaue in den Sternenhimmel hinauf. Es ist eine sternenklare Nacht, perfekt für einen gemütlichen Ausklang des Tages.

»Guten Abend, schöner Mann.«

Ich habe Savannah nicht kommen hören und zucke leicht zusammen.

»Gute Abend, schöne Frau.«

Ihre Augen glitzern. Sie hat sich ebenfalls ein Handtuch um ihren Körper geschlungen. Als sie es nun abnimmt und auf den Stuhl zu meinem legt, bleibt mir schier die Luft weg. Auch wenn ich sie fast jede Nacht in ihrer ganzen Schönheit sehe, kann ich nicht genug von diesem Anblick bekommen.

Ihre wohlgeformten, sanften Kurven wirken im Mondlicht noch anziehender auf mich. Sie hat sich einen hellblauen, fast türkisen Bikini angezogen, der ihren schönen Körper betont. Ihre langen blonden Haare hat sie zu einem Knoten hochgebunden.

»Ist da drin noch Platz für mich?«, neckt sie mich.

Ich schaue mich um und recke übertrieben meinen Kopf zur Auffahrt hinüber. »Also, sofern nicht noch ...« Weiter komme ich nicht, da trifft ein Schwall Wasser mitten in mein Gesicht.

Lachend fahre ich mir mit der Hand über die Augen.

»Wage es nicht, Matt Callahan.« Kopfschüttelnd setzt sie einen Fuß ins Wasser.

»Du wolltest es nicht anders.« Grinsend rutsche ich ein Stück zur Seite und als sie nun zu mir in den Jacuzzi steigt, kann ich mein Glück kaum fassen, dass sie hier bei mir ist.

Belegt schluckend lege ich einen Arm um sie, als sie sich neben mir niederlässt.

»Hi«, haucht sie an meinen Lippen, bevor sie mir einen sanften Kuss gibt.

»Hi.« Ich stupse ihre Nase mit meiner an und grinse bis über beide Ohren.

»Was ist los?« Argwöhnisch zieht Savannah sich ein Stück zurück und mustert mich mit schiefgelegtem Kopf, aber ebenfalls einem Grinsen auf den Lippen.

»Ich bin gerade einfach nur sprachlos, dass wir beiden hier zusammen sind. Das ist alles.«

Das Grinsen auf ihren Lippen erschlafft und wird zu einem warmen Lächeln. »Hm. Ich finde es auch unglaublich.« Sie beugt sich vor und küsst mich. Richtig diesmal.

Als wir uns voneinander lösen, seufze ich auf und schließe Savannah in meine Arme. Sie lehnt sich gegen meine Brust und wir schauen eine Weile einfach nur gemeinsam in den Sternenhimmel.

Es ist stockfinster und nur die Sterne und der halbvolle Mond spenden etwas Licht in dieser fast vollkommenen Schwärze. Abgesehen von der kleinen Außenlaterne auf der Veranda, die wir angelassen haben. Der Wind raschelt ab und zu zwischen den Ästen der Bäume um uns herum hindurch und das Wasser des Jacuzzi plätschert leise vor sich hin, ansonsten ist es still.

Plötzlich gibt Savannah einen entzückten Laut von sich und deutet in den Himmel. »Matt, sieh nur.«

Ich folge ihrer ausgestreckten Hand. Am sternenklaren Himmel leuchtet eine Sternschnuppe auf und zieht einen langen Schweif hinter sich her, bevor sie ein paar Sekunden später noch einmal aufglüht und dann zerfällt.

Savannah wendet sich zu mir um. Tränen glitzern in ihren Augen, sie sieht mich ehrfurchtsvoll an.

»Wünsch dir was, Süße.« Meine Stimme klingt heiser in meinen Ohren.

Sie nickt und in ihrem Blick verändert sich etwas. Er wird glühend, ihre Augen verdunkeln sich. Als sie eine Hand nach meiner Wange ausstreckt und sanft darüberfährt, kribbelt meine Haut genau dort. Dann fährt ihre Hand in meinen Nacken. Bereitwillig gebe ich ihrem sanften Druck nach und berühre ihre Lippen mit meinen.

Dieser Kuss ist anders als der zuvor. Er ist zu mehr bestimmt. Wir fangen Feuer und geben uns unseren Gefühlen füreinander hin. Was auch immer Savannah sich gewünscht hat – ich bin mir in diesem Moment ziemlich sicher, dass es dasselbe war wie bei mir.

Und als ihre Hand wenig später in meiner Badehose verschwindet, kann ich nicht umhin zu staunen, wie ehrfürchtig ich von der Magie dieses wundervollen Augenblicks umhüllt werde.

Kapitel 36

SAVANNAH

Wie Matt versprochen hat, stehen wir ein paar Tage später im Wohnzimmer und haben die Möbel an die Wand gerückt. Ein leichtes Grinsen umspielt Matts Lippen, während er seine Pistole entlädt.

»Also, du bist sicher, dass du das tun willst?«, neckt er mich.

»Sicher«, erwidere ich und stelle mich ihm gegenüber auf, die Hände in die Seiten gestemmt und das Kinn in die Höhe gereckt. Ich habe gemeint, was ich am letzten Wochenende zu Matt gesagt habe.

Nie wieder will ich ein Opfer sein.

Oder zumindest kein so leichtes Opfer.

»Okay.« Matt legt die Munition zur Seite und klickt den Schaft wieder ein. Dann reicht er mir die Waffe. Sie ist schwerer als erwartet und meine Hand sackt ein gutes Stück nach unten.

»Sie ist schwer, nicht wahr? Darum geht's. Bekomm ein Gefühl dafür und wieg sie ein bisschen hin und her.«

Wie mir geheißen drehe ich die Waffe ein paarmal. Dann gebe ich sie Matt zurück, der sie sich hinten in den Hosenbund steckt.

»Und jetzt«, Matt zwinkert mir zu, »zeig mir, was du tun würdest, um mich anzugreifen.« In seinen Augen leuchtet es.

Ich wäge meine Optionen ab. Matt will mich eindeutig testen, obwohl er doch von unserem Stranderlebnis wissen müsste, dass ich absolut keine Ahnung von Selbstverteidigung geschweige denn einem aktiven Angriff habe.

Ich schaue ihn mir genauer an. Die Waffe steckt in Matts Hosenbund. Vielleicht kann ich sie ihm klauen. Blitzschnell versuche ich um ihn herum zu greifen, doch Matt wehrt mich sofort ab. Sanft, aber bestimmt schiebt er mich von sich und schüttelt mit dem Kopf.

»Ich glaube, du musst dir etwas anderes ausdenken.« Er lacht, lacht mich dabei aber nicht aus. Ich weiß selbst, dass das nicht die klügste Idee war, und ein Lächeln stiehlt sich ebenfalls auf meine Lippen.

Ein paar Schritte zurückgehend überlege ich. Es ist nicht einfach, Matt die Pistole zu klauen, vor allem wenn er mich auf Schritt und Tritt beobachtet. Ich bin mir nicht sicher, was für eine Übung das sein soll, wo ich doch offensichtlich nicht weiß, wie ich das Problem angehen kann. Das hier funktioniert höchstens, wenn mein Gegner derart abgelenkt ist, dass er gar nicht mehr auf mich achtet.

Ablenkung. Das ist es.

Ich muss ihn ablenken.

Aber wie?

Als ich Matt in die Augen schaue, lächelt er mich an. Es ist allerdings kein normales Lächeln. Es ist ein siegessicheres, da er weiß, dass ich ihm die Pistole nicht abnehmen kann.

Die Luft um uns herum knistert.

Süffisant grinsend gehe ich einen Schritt auf ihn zu. Dann lehne ich mich in einem Täuschungsversuch nach links, obwohl das gar keinen Sinn macht, und er lehnt sich ebenfalls in diese Richtung. Umfasst meine Taille, um mich am Weitergehen zu hindern. In diesem Moment lehne ich mich nach vorn, schlinge meinen rechten Arm um seinen Nacken und berühre seine Lippen sanft mit meinen. Ein überraschtes Keuchen entfährt ihm – oder mir? Ich weiß es nicht. Was ich aber weiß, ist, dass dieser Kuss mich umhaut. Es sollte eine Ablenkung werden, doch jetzt bin ich selbst gefangen von seinen Lippen.

Zunächst unsicher seufzt Matt auf einmal auf und zieht mich an sich. Sein Kuss ist warm und sanft, so zärtlich, als könne dieser Moment zerbrechen. Dennoch lasse ich mich gegen ihn sinken und küsse ihn mit einer Inbrunst, die meinen ganzen Körper kribbeln lässt. Wellen des Verlangens zucken durch mich hindurch und ich schmiege mich weiter an ihn.

Bevor der Kuss mehr Fahrt aufnehmen kann, löst Matt sich von mir, lässt seine Hände aber auf meiner Taille liegen.

Einmal mehr bin ich in seinem Blick gefangen, in dem dasselbe Feuer brennt, das auch ich verspüre.

Diesen Gedanken abschüttelnd, löse ich mich von ihm und gehe einen Schritt zurück.

Dann recke ich die Pistole in die Höhe.

Erstaunen liegt in Matts Blick, bevor er sich an den Hosenbund greift und ihn leer vorfindet.

»Nicht schlecht, Savannah. Das war taktisch nicht unklug, aber verdammt mies.« Und doch liegt ein Lächeln auf seinen Lippen.

Wie er meinen Namen ausspricht. Seine Stimme scheint drei Oktaven tiefer zu sein als sonst, und schon wieder beginnen die Schmetterlinge in meinem Bauch zu flattern.

Als würde er sich rächen wollen, zieht Matt mich an sich und küsst mich erneut. Diesmal ist der Kuss von Anfang an heiß und feurig und wir lassen uns gegeneinander sinken. Viel zu schnell lehnt Matt sich zurück und löst den Kuss, hält mich aber weiterhin fest.

»Ich glaube, so wird das nichts mit dem Selbstverteidigungskurs«, lacht Matt, immer noch schwer atmend.

»Nein, wohl eher nicht.« Erhitzt schaue ich in sein hübsches Gesicht und spüre die Schmetterlinge in meinem Bauch umherflattern.

Matt lässt mich los. »Also, zurück zum eigentlichen Tagesordnungspunkt.«

Ich lache auf und boxe ihm gegen den Arm, weil er den Moment mit diesem Kommentar in ein Businessmeeting verwandelt hat.

Matt und ich stellen uns wieder gegenüber voneinander auf und er erklärt mir einige Sachen zum Thema sicherer Stand und Schutz meines Körpers. Okay, zuerst ein paar Grundlektionen also, bevor er zu aktiveren Lektionen übergeht und ich gleich mehrmals auf der Isomatte auf dem Boden lande.

Als ich am nächsten Morgen zum Center fahre, spüre ich den Muskelkater in meinem gesamten Körper.

Matt hat mich am gestrigen Abend ganz schön gefordert, und als ich nach einer Stunde dann fix und fertig und schweißgebadet auf dem Boden des Wohnzimmers liegen geblieben bin, hat er das Training für beendet erklärt.

Er hat mir zwar versichert, dass ich mich gut angestellt habe, doch ich habe selbst gemerkt, wie sehr mir meine Ausdauer von vor den Geschehnissen der letzten Monate fehlt. In meinem Kopf habe ich mir notiert, ab jetzt mit etwas Sport anzufangen, um meine Kondition wiederzubekommen. Auch mein linker Arm schmerzt, doch ich habe es nicht anders gewollt. Und Matt hat extra darauf geachtet, diesen Arm nicht unnötig zu belasten und mich immer sanft zu Boden gleiten lassen.

Beim Center angekommen, parke ich meinen Wagen und lege den kurzen Weg zum Eingang sprintend zurück, da es mal wieder regnet. Duncan habe ich nicht dabei. Er ist bei Matt geblieben, der den heutigen Tag frei hat.

Drinnen schüttele ich mich einmal und ziehe damit Nias Aufmerksamkeit auf mich, die hinter dem Tresen sitzt und Papiere sortiert.

Sie beginnt zu lachen und lässt den Stapel in ihrer Hand sinken. »Du schüttelst dich ja wie ein begossener Pudel!«

»Weißt du, wie es draußen schüttet?« Ich ziehe meine Jacke aus und halte sie mit der Hand fest, um sie gleich an der Garderobe vor dem Büro aufzuhängen.

»Eklig, nicht wahr?« Jetzt schüttelt sie sich selbst und wir beide prusten im selben Moment los.

»Bist du schon lange hier?«, frage ich sie, als wir uns wieder beruhigt haben.

»Ja, ich habe hier übernachtet.«

Verdutzt sehe ich sie an. Ich weiß, dass sie im Zimmer neben dem Büro so etwas wie ein Notfallschlafzimmer eingerichtet hat, in dem ein Schlafsofa steht und sogar ein voll ausgestattetes Bad nebenan ist, aber ich habe noch nicht mitbekommen, dass Nia es tatsächlich nutzt. »War so viel zu tun gestern?«

»Das und ich wollte nicht nach Hause. Mein Vater kann zum Ende der Walbeobachtungssaison sehr launisch sein, am besten werden alle Tätigkeiten – sowas wie das Boot für den Winter fertig machen zum Beispiel – auf einmal erledigt.« Sie seufzt auf. »Das ist ziemlich anstrengend, also bin ich hiergeblieben.«

»Oh, das kann ich verstehen. Aber mit den Tieren hier ist alles in Ordnung? Mit Pip?«, frage ich sicherheitshalber nach.

Das entlockt Nia ein Lächeln. »Ja, mit deinem Liebling ist alles in Ordnung, keine Sorge.« Sie grinst mich an und ich strecke ihr die Zunge heraus.

Als ich gerade an ihr vorbeigehen will, um meine Jacke aufzuhängen, höre ich, wie die Eingangstür geöffnet wird. Nias und mein Blick schnellen gleichzeitig herum und wir sehen verblüfft den Mann an, der nun im Eingangsbereich steht. Mir stockt für einen Moment der Atem.

Plötzlich fühle ich mich in die Situation im Park in Edmonton zurückversetzt. Als die Tür des Lieferwagens aufgerissen und ich hineingezerrt wurde.

Mein Mund wird trocken, ich weiche kaum merklich einen Schritt vor dem Mann zurück. Muss mich zwingen, ruhig zu atmen. Ich sehe zu Nia.

»Wir haben geschlossen«, sagt diese freundlich, aber bestimmt und erhebt sich.

»Ähm … ja, ich weiß, ich wollte …« Der Blick des Mannes huscht von Nia zu mir und wieder zurück. Er ist groß gewachsen und hat längeres, dunkles, schütteres Haar. Ich würde ihn nicht gerade als heruntergekommen bezeichnen, aber viel fehlt für diesen Zustand definitiv nicht mehr. »Ich wollte mich nur nach … dem Wolf erkundigen.« Sein Blick wirkt gehetzt, er scheint nicht so recht mit der Sprache rausrücken zu wollen.

Als Nia und ich ihn nur abwartend ansehen, fügt er hinzu: »Den Wolfswelpen, den Sie seit einiger Zeit hier behandeln. Geht es ihm gut?« Ein leichtes Zittern liegt in seiner Stimme.

Abwartend sehe ich Nia an, die genauso verdutzt ist wie ich. Diese Worte lassen mich meine aufkeimende Panik ein wenig vergessen.

»Es geht ihm gut. Woher wissen Sie von ihm?«, hakt sie skeptisch nach.

»Oh, das ist gut. Ähm, habe ich in einem Bericht gelesen, glaube ich«, stottert der Mann los.

Nia zieht die Augenbrauen zusammen und sieht den Mann nun noch skeptischer an.

»Ist auch egal, ich muss los.« Er ist fast zur Tür hinaus, als Nia ihm nachruft: »Warten Sie!«

Doch der Mann ist so schnell wieder verschwunden, wie er aufgetaucht ist.

»Scheiße, kannst du das Nummernschild des Trucks erkennen?« Nia umrundet den Tresen.

Ich brauche ein paar Sekunden, um meine Gedanken zu sortieren, und stürme ebenfalls hinaus in den strömenden Regen, um einen Blick auf den Wagen zu erhaschen. Doch der Mann hat ihn bereits gestartet und prescht nun im waghalsigen Tempo die Auffahrt hinunter.

»Scheiße«, ruft Nia erneut und rauft sich die nassen Haare. Wir starren dem roten Pick-up nach, von dem nur noch die Rücklichter auszumachen sind.

Als wir wieder ins Innere des Centers treten, sind wir beide klitschnass.

»Konntest du noch was erkennen?« Nia schließt die Tür hinter uns ab.

»Nein, leider nicht.« Ich schaue an mir hinunter. Gerade eben hat die Jacke den meisten Regen abgehalten, doch nun bin ich komplett durchnässt. Ein paar Mal atme ich tief durch und bin dankbar, dass der Mann weg ist.

»So ein Mist.« Kopfschüttelnd geht Nia zum Tresen hinüber und stützt sich ab. »Das war äußerst seltsam. Wir haben nirgendwo einen Bericht über den Welpen geschaltet, nicht einmal in der Tageszeitung wurde darüber berichtet. Auf Social Media haben wir ihn auch komplett rausgehalten.«

»Meinst du, er hat was damit zu tun?«

Nia legt den Kopf schräg. »Schon ein seltsamer Zufall sonst, oder?«

Nickend kaue ich auf meiner Unterlippe herum. »Ich werde Matt auf jeden Fall davon erzählen und ihm eine Beschreibung des Typen geben. Vielleicht hilft ihm das ja bei seinen bisherigen Ermittlungen weiter.«

»Ja, mach das. Der Tag fängt ja gut an.« Sie sieht zuerst an sich und dann an mir hinunter. »Hast du noch andere Klamotten mit?«

»Im Auto«, erkläre ich und deute hinaus auf die Wassermassen, die der Himmel kübelweise auf die Erde schüttet.

Wir verfallen beide in ein herzhaftes Lachen, das die Anspannung von vorhin von uns abfallen lässt.

MATT

Als Savannah mir beim Abendessen von dem Vorfall im OWRARC erzählt, glaube ich ebenfalls nicht an einen Zufall.

»Wie geht es dir jetzt?«, frage ich zuerst.

Achselzuckend weicht sie meinem Blick aus. »Gut. Er hat mich nur überrascht, ich bin scheinbar etwas empfindlich geworden.«

»Verständlicherweise. Das wird auch noch eine Weile dauern, und das ist absolut okay«, versichere ich und lächle ihr aufmunternd zu. »Und der Mann? Er hat gezielt nach Pip gefragt?«, hake ich noch einmal bei Savannah nach, die mir die Geschehnisse auf meine Bitte hin bereits zum zweiten Mal schildert.

»Ja, und er wusste auch, dass er erst seit einigen Wochen bei uns ist.«

»Hm.« Ich starre auf meinen Teller, auf dem sich das Kartoffelgratin befindet, das Savannah heute für uns gemacht hat. Ihre Kochkünste werden in der Tat immer besser. »Kannst du ihn mir noch einmal beschreiben?«

Sie kommt meiner Bitte nach und beschreibt den Mann und das Auto so gut sie kann. »Wie gesagt, als wir nach draußen gekommen sind, war er schon ein gutes Stück entfernt und wir konnten das Nummernschild leider nicht mehr ausmachen.«

»Das ist schade, aber nicht zu ändern. Vielleicht bekommen wir auch so was raus.« Aufmunternd lächle ich sie an.

Doch leider ist dem nicht so. Am nächsten Tag durchforste ich die komplette Datenbank nach roten Trucks, die bisher in irgendeinem Zusammenhang mit Auffälligkeiten oder einem Verbrechen stehen, allerdings scheint keiner zu der Beschreibung von Savannah zu passen. Die Infos sind einfach doch zu wässrig.

Als wir am Donnerstagnachmittag einkaufen fahren, konnte ich leider immer noch nichts herausfinden.

Ich parke meinen Wagen auf dem Parkplatz vor dem Supermarkt. Wir erledigen unseren Wocheneinkauf und springen anschließend schnell im Drogeriemarkt rein, um Shampoo und ein paar weitere Artikel für Savannah zu besorgen.

Während wir unsere Einkäufe verstauen, vernehmen wir Kindergeschrei hinter uns und Savannahs lässt daraufhin ihren Blick über den Parkplatz schweifen. Er bleibt an etwas hängen und sie zieht die Augenbrauen zusammen.

»Was ist los?« Fragend folge ich ihrem Blick, kann jedoch nichts Ungewöhnliches erkennen.

»Siehst du den roten Truck dort vorn?« Sie deutet auf die Hauptstraße, an der mehrere Wagen in den Parklücken entlang des Seitenstreifens stehen.

Mein Blick schweift über sie hinweg und bleibt an einem roten Truck hängen. »Ja. Meinst du, das ist derselbe, den der Mann beim Center gefahren hat?«

»Vielleicht. Es hat ziemlich stark geregnet, aber es könnte sein.«

»Okay.«

Wir laden die restlichen Einkäufe ins Auto, doch als sie sich auf den Beifahrersitz setzt, gehe ich zu dem Wagen hinüber und schaue scheinbar beiläufig auf das Nummernschild. Ich präge es mir ein und laufe zurück zu Savannah, die nervös im Wagen auf mich wartet.

»Was tust du denn?«, fragt sie entsetzt.

Ich schwinge mich auf den Fahrersitz. »Ich habe mir das Nummernschild angesehen«, antworte ich und notiere mir die Zahlen- und Buchstabenkombination im Handy.

»Und wenn der Typ dich gesehen hätte?«

Eine Augenbraue hochziehend muss ich über ihren Gesichtsausdruck schmunzeln. »Ich bin ein Cop, schon vergessen? Außerdem hat er falsch geparkt, er steht halb auf einem Behindertenparkplatz.« Ich deute auf den Truck, der tatsächlich über den Rand der weißen Begrenzungslinie hinweg steht. »Normalerweise würde ich dafür nicht unbedingt ein Knöllchen schreiben, aber falls er sich in den nächsten zehn Minuten Blicken lässt, weise ich ihn darauf hin.«

Savannah windet sich unruhig auf ihrem Sitz hin und her. »Du willst ihn ansprechen? Und dann?« Sie hört sich nicht sehr überzeugt an.

»Ich will seinen Namen haben, Savannah. Keine Sorge, ich spreche ihn natürlich nicht auf die Sache im Center an. Er steht zum Glück wirklich falsch.«

Über die Mittelkonsole hinweg greife ich nach ihrer Hand und drücke sie. Ihre Anspannung lässt etwas nach und ich wende meinen Blick wieder dem roten Truck zu.

Keine zwei Minuten später tritt ein Mann an ihn heran und beginnt, Sachen im Kofferraum zu verstauen.

»Ist er das?«

Savannah nickt.

»Okay, du wartest hier. Ich bin gleich wieder da.« Nach einem aufmunternden Lächeln steige ich aus und gehe zielstrebig zu dem Mann hinüber.

»Entschuldigen Sie«, spreche ich ihn an, als ich neben ihm zum Stehen komme.

»Was willst du?«, fragt er mich barsch, wirkt aber zugleich unsicher.

»Sie haben falsch geparkt, das hier ist ein Behindertenparkplatz.« Ich deute mit meiner Hand auf den besagten Parkplatz. Dann ziehe ich meine Polizeimarke aus der Hosentasche und zeige sie ihm. »Officer Matthew Callahan. Dürfte ich ihren Ausweis, Führerschein und die Fahrzeugpapiere sehen?«

Als hätte ich ihn geohrfeigt, starrt der Mann mich an. Sein Blick huscht gehetzt von links nach rechts, bevor er seine Stimme wiederfindet. »Ich bin doch schon weg, außerdem stehe ich noch nicht einmal …«

»Bitte zeigen Sie mir einfach ihre Dokumente, Sir.« Ich unterbreche ihn nicht unfreundlich, aber bestimmt.

Den Karton, den er eben noch in den Händen gehalten hat, stellt er nun mit Nachdruck in den Kofferraum und geht um den Wagen herum zur Fahrertür. Als er sie öffnet und hineingreift, beobachte ich das Geschehen mit Argusaugen. Ich will nicht von einer plötzlich hervorgezogenen Waffe überrascht werden.

Doch stattdessen klaubt er den Fahrzeugschein aus der Sonnenblende und reicht ihn mir, bevor er mit leicht zittrigen Händen seine Geldbörse aus der Hosentasche zieht und mir seinen Führerschein sowie Ausweis reicht. Ich schaue auf die Dokumente und vergleiche das Bild mit dem Gesicht des Mannes vor mir, dessen Blick unruhig umherschweift.

Daniel Smith.

Der Name sagt mir nichts, aber das muss nichts heißen. Mein Gedächtnis ist gut, doch auch ich kann mir nicht tausende von Namen aus den verschiedensten polizeilichen Akten merken.

Nachdem ich ihm die gültigen Dokumente zurückgegeben habe, deute ich auf den Wagen.

»Ich lasse Sie heute noch einmal davonkommen, aber parken Sie das nächste Mal lieber nicht so. Wer weiß, wie der nächste Polizist das sieht.«

»Alles klar.«

Dem Mann steht der Schweiß auf die Stirn geschrieben. Aber warum? Wegen eines falsch geparkten Wagens?

Wohl kaum.

Ich nicke ihm noch einmal zu, dann gehe ich in Richtung des Baumarkts davon, um die Aufmerksamkeit nicht auf meinen Wagen und die darin sitzende Savannah zu lenken – nur für den Fall, dass er etwas im Schilde führt.

Einige Minuten später, der rote Truck ist bereits vom Parkplatz verschwunden, öffne ich die Fahrertür meines Pick-ups. Savannah schrickt zusammen.

»Du meine Güte, Matt!«, ruft sie und presst sich die Hand auf die Brust.

»Sorry, ich wollte dich nicht erschrecken.« Schuldbewusst lege ich ihr meine Hand auf ihren Oberschenkel. Ich hätte wissen müssen, dass Savannah nach den Geschehnissen mit ihrer Familie und der Entführung ängstlich ist und nicht viel von solchen Aktionen hält.

Jetzt drückt sie meine Hand kurz, bevor ich den Motor starte und den Weg nach Hause einschlage.

»Konntest du etwas herausfinden?«

»Ja, ich habe seinen Namen. Er lautet Daniel Smith.«

»Hm.« Savannah überlegt. »Der Name sagt mir nichts.«

»Nein, mir auch nicht. Aber ich werde trotzdem mal nachsehen.«

Sie nickt und schaut dann aus dem Fenster, hin zu den tosenden Wellen, die sich bei diesem stürmischen Wetter im seichten Wasser brechen.

»Finn hat mir heute Morgen übrigens erzählt, dass Jackson McLaughlin Samstagabend im Pub spielt. Hast du Lust hinzugehen?«

Ihr Blick schnellt zu mir herum. »Jackson McLaughlin? Im Ernst?« Ungläubig sieht sie mich an und lächelt dabei das schönste Lächeln, das ich mir wünschen könnte. Genau diese Reaktion habe ich mir erhofft.

Ich muss lachen. »Ja, ernsthaft. Er kommt gebürtig aus Oakajoks, also spielt er wohl traditionell im Pub, wenn er hier ist.«

»Ja, das haben Annie und Nia mir auch schon erzählt.« Ihre Augen strahlen. »Ich würde sehr gerne hingehen.«

»Okay.« Ich nehme ihre Hand, die achtlos auf ihrem Oberschenkel liegt, verschränke sie mit meiner und hauche einen zarten Kuss darauf. Als ich wieder zu Savannah schaue, hat sich ihr Blick leicht verändert. Ihre Augen leuchten immer noch, aber anders.

Diesen Blick hat sie für mich reserviert, das weiß ich mittlerweile.

Und ich freue mich jedes verdammte Mal wie ein kleiner Junge an Weihnachten, wenn sie ihn mir schenkt.

Kapitel 38

SAVANNAH

Am nächsten Morgen bin ich mit Nia, Annie und Katie zum Frühstück im ›The Coffee Mug Café‹ verabredet. Ich habe die drei noch nicht zur Begrüßung umarmt, als ich auch schon mit der Frage herausplatze, die mir auf der Zunge brennt.

»Matt hat erzählt, dass Jackson McLaughlin morgen Abend im Pub spielt. Wollen wir hingehen?!« Dass ich übertrieben wie ein Fangirl klinge, ist mir in diesem Moment egal.

Die Reaktionen der drei könnten unterschiedlicher nicht ausfallen.

Nia sieht betroffen aus, Katie mustert mich skeptisch und Annie fängt lauthals an zu lachen.

Irritiert schaue ich eine nach der anderen an. »Was ist los?«, frage ich unsicher. Ich habe das Gefühl, dass alle Blicke in dem kleinen Café auf uns gerichtet sind, und mir schießt die Hitze ins Gesicht.

Annie bekommt ihr Lachen nur schwer wieder unter Kontrolle. »Ich wusste gar nicht, dass du so ein Fangirl von Jackson bist.« Sie verschluckt sich und beginnt heftig zu husten. Als sie sich wieder beruhigt hat, glitzern Tränen in ihren Augen. »Aber ich glaube, du hast Nia gerade den Tag versaut.«

Betroffen sehe ich Nia an. »Wieso das denn?«

Nia legt mir beschwichtigend ihre Hand auf den Arm. »Nein, alles gut, Annie übertreibt.« Sie wirft ihr einen Blick zu, der wohl wütend sein soll, aber es gelingt ihr nicht so ganz. Dann zuckt sie mit den Schultern. »Aber ich dachte, ich könnte dich damit heute überraschen.« Jetzt lächelt sie. »Aber da ist Matt mir wohl zuvorgekommen.«

»Tut mir leid.«

»Ach Quatsch, das muss es nicht. Wie gesagt, Annie übertreibt.« Sie klopft auf den freien Platz neben sich, damit ich mich endlich zu ihnen setze. »Aber ja, natürlich gehen wir hin!«

»Also ich weiß ja echt nicht, warum ihr so ein Aufsehen um ihn macht«, meint Katie und rümpft die Nase.

»Hallo? Er ist ein internationaler Country Star, der aus Oakajoks kommt und hier exklusiv für uns spielt! Ich denke, das ist definitiv ein Grund!«

»Ja, schon. Aber wisst ihr noch, wie sehr er Leah verletzt hat?« Katie legt den Kopf schief und sieht nachdenklich aus.

»Ja, natürlich. Aber Leah ist auch nicht ganz unschuldig an der Trennung, außerdem ist das eine Sache zwischen den beiden.« Nia legt Katie eine Hand auf den Arm.

»Müssen wir diese Unterhaltung wirklich jedes Mal führen, wenn er hier auftaucht? Können wir nicht einfach hingehen und uns einen Abend lang unbesorgt seine Musik anhören?« Versöhnlich lächelt sie Katie an.

»Außerdem war Leah noch nie sauer auf uns, wenn wir hingegangen sind«, merkt Annie an.

Katie seufzt. »Nein, ihr habt recht. Entschuldigt.«

»Ach, ist doch kein Problem«, winkt Nia ab.

Aufmerksam verfolge ich das Gespräch der drei und frage mich erneut, was genau damals zwischen Jackson und Leah passiert ist. Aber das ist wohl eine Geschichte, nach der ich Leah fragen muss.

»Wollen wir nun frühstücken, oder was?«, versucht Annie das Gespräch wieder auf ein unverfänglicheres Thema zu lenken, und sie erntet dafür allgemeine Begeisterung.

Am späten Samstagnachmittag treffen wir uns wie vereinbart mit den anderen im Pub.

Ich bin etwas aufgeregt, schließlich kommt es nicht alle Tage vor, dass man einem berühmten Countrysänger begegnet. Seitdem Matt mir vor zwei Tagen davon erzählt hat, kreisen meine Gedanken nur noch um Jacksons bevorstehenden Auftritt. Auch wenn ich mich zu der allgemeinen Country-Szene nicht sonderlich hingezogen fühle, mag ich doch den ein oder anderen Song. Und Jackson gehört definitiv zu den besten Sängern.

Als Matt mir die Tür aufhält, ist der Pub bereits proppenvoll – und wir sind schon extra früh losgefahren. Jackson wird erst in drei Stunden seine Musik zum Besten geben, doch die anderen haben uns vorgewarnt, dass ganz Oakajoks den Pub aufsuchen wird und wir früh da sein sollten. Alle Tische sind belegt und auch vor der Theke ist kein Platz mehr frei. Mir fällt auf, dass heute viele Gäste in Boots geschlüpft sind und Cowboyhüte tragen, passend zur Country-Szene.

Matt bahnt uns einen Weg durch die Menschenmenge – wir ernten dafür zwischendurch grimmige Blicke –, um hinüber zu einem der hinteren Tische zu gelangen, an dem unsere Freunde sitzen und uns zuwinken. Entschuldigend schieben wir uns zwischen den letzten im Weg stehenden Personen hindurch.

»Whoa, der Mann ist ja heiß begehrt.«

Alle lachen auf.

»Na, wir sind schließlich auch hier, nicht wahr?«, meint Annie und umarmt mich zur Begrüßung, genau wie die anderen Mädels. Matt und die Männer klopfen sich gegenseitig kurz auf die Schulter und dann wird uns bereits ein Bier vor die Nase gesetzt.

»Bringen sie den ganzen Abend Bier an die Tische?« Skeptisch lässt Matt den Blick über die unzähligen Menschen schweifen, die sich jetzt schon im Pub befinden.

»Nein.« Noah schüttelt mit dem Kopf. »Ich schätze in ein, zwei Stunden müssen wir uns selbst durchkämpfen.«

»Dann sollten wir uns vielleicht vorher noch eindecken«, gibt Finn zu bedenken und leert mit einem Zug sein Bierglas, woraufhin allgemeines Lachen ausbricht.

»Wann fängt er an zu spielen?«, fragt Nia und schaut auf die Uhr.

»Um acht.« Annie wippt gut gelaunt im Takt der Musik, die aus den Lautsprechern schallt, auf ihrem Stuhl hin und her.

»Und als Brüder des Stars habt ihr uns keine Logenplätze organisiert?«, fragt Finn belustigt und kassiert dafür von Noah einen Klaps auf den Arm.

»War leider nicht drin, Mann. Mein kleiner Bruder schert sich nicht um so was. Für ihn sind wir ganz normale Gäste, nicht mehr und nicht weniger.«

»Was ihn aber auch sympathisch macht«, wirft Katie ein.

»Kann schon sein. Für mich ist und bleibt er mein kleiner Bruder.«

»Apropos, wo steckt er überhaupt? Er wollte doch mit uns ein Bier trinken.« Kyle sieht sich um.

Die beiden Brüder des Stars passen ebenfalls perfekt in die Szenerie. Auch sie tragen Cowboyboots und Cowboyhüte, fast so, als wollten sie ihrem Bruder Konkurrenz machen.

Noah zuckt mit den Schultern. »Keine Ahnung. Vielleicht hat ihn die Meute unterwegs zerfetzt.«

Diesmal erntet Noah einen Klaps von Nia. »Du kannst echt gemein sein, Noah.« Sie rügt ihn, muss aber selbst lachen.

Noah legt lachend einen Arm um sie und zieht sie an sich.

»Jackson ist schon hier?« Meine Stimme ist leicht piepsig.

»Jap, irgendwo zumindest.« Noah grinst mich breit an.

»An deiner Stelle würde ich lieber nicht umkippen«, raunt Finn mir ins Ohr. »Nicht, dass dein Freund hier noch eifersüchtig wird«, betont er etwas lauter und deutet auf Matt. Ein breites Lachen ziert nun sein Gesicht, Schalk blitzt in seinen Augen auf.

»Warum sollte ich eifersüchtig sein?« Matt hält ein Bier in der Hand und nimmt einen Schluck.

»Auf den Star, wegen unserem Fangirl hier.«

»Ich bin kein *Fangirl*«, gebe ich genervt zurück und setze Anführungszeichen in die Luft. »Aber ich habe eben noch nie einen Star getroffen, anders als ihr offensichtlich.« Ich rolle mit den Augen und alle lachen auf.

»Ich will dich doch nur aufziehen, Savannah.« Finn stößt mit seinem Bierglas an meins und hält es sich dann an die Lippen.

»Ich weiß, aber ich bin echt aufgeregt.« Entschuldigend sehe ich Matt an.

Dieser zieht mich lachend an sich und gibt mir einen Kuss auf die Stirn. »Mach dir nichts aus dem Geplänkel von Finn, der kann nicht anders.« Leise, sodass kein anderer es hören kann, flüstert er mir noch etwas ins Ohr. »Aber falls du ohnmächtig werden solltest, fange ich dich selbstverständlich auf.«

Ich gebe ihm einen Schubs. »Du hast es also doch gehört!«

Matt zwinkert mir nur verschmitzt zu.

»Wenn man vom Teufel spricht«, meint Noah auf einmal und deutet mit einem breiten Grinsen hinter uns, wo gerade die ganze Menge zu jubeln beginnt. Matt und ich drehen uns um und werden Zeugen davon, wie ein junger Mann sich zwischen den Menschen hindurch einen Weg zu uns bahnt. Auch er trägt einen Cowboyhut, dazu ein Jeanshemd, das an den Ärmeln hochgekrempelt ist, und natürlich Jeans und Boots. Seine kurzen dunkelblonden Haare lugen nur an den Seiten unter seinem Hut hervor. Der Dreitagebart ist frisch rasiert, seinen rechten Unterarm zieren Tattoos. Er sieht genauso aus wie auf den zahlreichen Bildern, die ich mir in den letzten Tagen zugegebenermaßen von ihm angesehen habe.

Mehrere Leute klopfen Jackson McLaughlin auf die Schulter oder geben ihm die Hand, einige wenige haben ihr Smartphone gezückt, um diesen Moment für immer festzuhalten.

Dabei bin ich davon ausgegangen, dass er hier sowas wie ein Einheimischer ist und kein Aufsehen um ihn gemacht wird.

Doch da habe ich mich wohl geirrt – die Menschen hier in Oakajoks scheinen stolz auf ihren Star aus der Kleinstadt am Rande von Vancouver Island zu sein.

»Hi!«, wirft Jackson außer Atem in die Runde, nachdem er sich endlich nach zahlreichem Händeschütteln zu uns durchgekämpft hat.

»Hi!«, tönt es ihm aus aller Munde entgegen, bevor er seine Freunde dann der Reihe nach umarmt. Allgemeines Gelächter ertönt und die Wiedersehensfreude scheint groß zu sein.

Als er bei uns angekommen ist, wirkt er kurz verdutzt.

»Savannah und Matt, das ist unser Bruder, Jackson.« Kyle, der mittlerweile neben mir steht, gibt den perfekten Gastgeber und stellt uns dem Country Star vor.

»Hey, schön, euch kennenzulernen.« Jackson reicht erst Matt und dann mir die Hand.

»Hey, ebenso«, erwidere ich und merke, wie mir die Hitze ins Gesicht schießt. Aber entweder Jackson bemerkt es nicht oder ist schon so daran gewöhnt, dass er nicht weiter darauf eingeht.

Annie grinst mich derweil von der anderen Seite an und ich recke nur das Kinn, was sie mit einem Lachen quittiert.

»Leah ist nicht in der Stadt?«, fragt Jackson scheinbar beiläufig. Katie und Nia werfen sich einen wissenden Blick zu und schütteln die Köpfe. »Sie war zuletzt vor ein paar Wochen hier, ist aber mittlerweile wieder unterwegs.« Nia wirft ihm einen fast schon entschuldigenden Blick zu.

»Oh, achso.« Er räuspert sich kurz und reibt sich dann mit der Hand den Nacken.

»Sie ist außerdem nie hier, wenn du hier bist, Bro«, meint Noah achselzuckend.

»Besitzt du eigentlich so etwas wie Taktgefühl?«, rügt Nia ihn tadelnd und alle lachen.

»Bier?«, fragt Kyle und hält seinem Bruder ein Pint unter die Nase. Er hat gekonnt das Thema gewechselt.

»Da fragst du noch? Nach dem Kampf hierher zu kommen, brauche ich mehr als eins.« Lachend nimmt Jackson einen großen Schluck.

»Wo warst du denn noch so lange?«, hakt Kyle nach und nimmt sich ebenfalls ein neues Pint. Finn war so schlau und hat uns ein ganzes Tablett voll geordert.

»Bei Mom und Dad, sie stehen gleich da vorn.« Jackson deutet auf einen Punkt mitten in der Menschenmenge, in der man auf keinen Fall irgendwelche Individuen ausmachen könnte, selbst wenn man wollte.

»Wie geht's dir? Hast du deine Tour beendet?« Nia muss fast schreien, damit man sie über den Geräuschpegel im Inneren des Pubs hinweg überhaupt versteht.

»Ja, aber nur die Europa-Tour. Im Frühjahr geht's durch die USA, danach durch Kanada.« Stolz, aber keine Überheblichkeit schwingt in seiner Stimme mit. »Aber erstmal freue ich mich auf eine kleine Erholungspause.« Er zwinkert und sieht zu seinen Brüdern hinüber.

»Oh, da muss ich dich enttäuschen. Auf der Farm wartet jede Menge Arbeit auf dich.« Noah prostet ihm zu und alle stimmen in sein Lachen mit ein.

In der nächsten Stunde erfahre ich einiges über Jackson McLaughlin – zum Beispiel, dass er trotz seines Erfolgs ein super bodenständiger Mann ist, der sich einfach freut, inmitten seiner Freunde zu stehen. Es wird viel gelacht, erzählt und auch geneckt, die Freunde sprechen über die alten Zeiten.

Als Finn mir erneut ein Pint voll Bier reichen will, lehne ich ab. »Ich glaube, ich muss erst das Bad aufsuchen«, gebe ich zu und schaue Nia, Katie und Annie an. »Kommt ihr mit?«

»Jap«, ruft Nia sofort und hüpft von dem Barhocker, auf dem sie gesessen hat.

»Ich glaube aber, wir sollten uns beeilen. Es ist schon nach sieben«, gibt Katie zu bedenken und schaut besorgt auf ihre Uhr.

Irritiert sehe ich sie an, doch als wir uns ins Getümmel stürzen, weiß ich, warum sie das gesagt hat. Es kostet uns über eine halbe Stunde, um durch die Menge zu den Toiletten und wieder zurück zu unseren Freunden zu gelangen. ›Dermot's Pub‹ platzt wortwörtlich aus allen Nähten und trotz der kalten Temperaturen draußen stehen die Türen sperrangelweit auf, um den Menschen, die sich vor dem Pub eingefunden haben, die Möglichkeit zu geben, Jacksons Musik zu lauschen.

Mir ist etwas unbehaglich zumute, da diese Situation es Leuten wie Steve leicht macht, in der Menge unterzutauchen und zuzuschlagen, wenn man es am wenigsten erwartet. Doch ich gehe zielstrebig hinter meinen Freundinnen her und weiß, dass Matt am anderen Ende des Raumes auf mich wartet.

»Hi!«, ruft da auf einmal eine mir unbekannte Stimme und schon wird Nia in die Arme einer zierlichen Frau gezogen. Kurz bekomme ich einen Schreck, doch als Nia die Umarmung erwidert, atme ich erleichtert aus.

»Nikki, hey! Wann seid ihr den angekommen?« Ungläubig sieht Nia die blonde Frau an. Sie ist wahnsinnig hübsch und kann höchstens ein paar Jahre älter sein als wir.

»Vor einer halben Stunde, wir sind direkt hierher gefahren.« Nikki grinst.

»Hey, Schwesterherz.« Ein großer, breitschultriger Mann umarmt Nia nun ebenfalls.

»Ty!« Nia scheint erfreut und ich gehe davon aus, dass es sich um ihren Bruder Tyler handelt.

»Hey«, grüßt dieser jetzt in die Runde, verzichtet aber darauf, jeden von uns zu umarmen. Wir werden ohnehin bereits von der Masse hin und her geschubst.

»So gerne ich auch mit euch plaudern würde, wir machen uns besser auf den Weg zurück zu unseren Freunden. Wir sehen uns nachher, ja?«, würgt Nia die beiden ab, und schon werden wir von der Menge in den hinteren Teil des Raumes geschoben.

»Alles klar, bis nachher!«, ruft Nikki noch, doch dann sind die beiden bereits aus unserem Sichtfeld verschwunden.

Auf dem Weg zurück fallen mehr »Heys« und »Wie geht's?«, und ich bin immer wieder fasziniert vom Kleinstadtleben.

»Hier kennt wirklich jeder jeden, oder?«, frage ich Annie.

Diese lacht und zuckt mit den Schultern. »Tja, Kleinstadt eben.«

Es dauert mehrere Minuten, bis wir unsere Freunde erreichen.

»Meine Güte, ist das voll hier«, stöhnt Katie und lässt sich gegen Josh sinken, als wir es endlich an unsere alten Plätze geschafft haben.

»Allerdings«, gibt dieser zurück und zieht seine Freundin in eine Umarmung.

»Alles klar?« Matt drückt mich an sich.

»Ja, danke.«

Ich lehne meinen Kopf gegen Matts Brust und er gibt mir einen Kuss auf den Scheitel, während er meinen Arm streichelt.

»Ist Jackson schon auf dem Weg zur Bühne?«, will Nia von Noah wissen.

Dieser prustet los. »Auf dem Weg, ja, das kann man wohl sagen. Ich könnte mir vorstellen, dass er noch länger braucht als ihr.«

»Die kleinen Allüren, die man als Star in seinem Heimatort ertragen muss.« Finn grinst und prostet Noah zu.

»Dann kannst du ja froh sein, dass du nur einer der hiesigen Cops bist«, neckt Nia Finn und kassiert dafür einen ungläubigen Blick.

»Nur?! Jetzt hast du mich aber verletzt, Nia.« Er schnieft theatralisch und brüstet sich dann. »DER heißeste Cop, bitte schön.«

Nia prustet los. »Ich will dich ja nicht kränken, aber Matt macht dir ganz schön Konkurrenz, mein Lieber.« Alle lachen auf und Matt grinst sein breitestes Grinsen, während er mit Nia anstößt.

»Der ist aber vergeben«, zwinkert Finn.

»Und was hat das damit zu tun? Deswegen kann ich nicht der heißeste Cop sein?«, schaltet Matt sich ein und sieht Finn schmunzelnd an.

»Ausschlusskriterium Nummer eins.« Finn nickt und nimmt dann einen großen Schluck Bier.

»Also, für mich bist du definitiv der heißeste.« Ich beuge mich zu Matt vor und küsse ihn so ausgiebig, sodass die anderen zu grölen beginnen.

Als wir uns voneinander lösen, zieht Matt mich in eine Umarmung und gibt mir einen Kuss auf die Wange, was von den anderen mit einem breiten Grinsen quittiert wird.

»Habt ihr beiden eigentlich schon was zu dem Mann herausgefunden, der im Center aufgetaucht ist?«, wechselt Nia das Thema.

»Nein, leider nicht, wir hatten in den letzten Tagen ziemlich viel um die Ohren. Wir hängen uns aber rein.« Finn lässt seinen Blick über den Tisch schweifen, auf dem sich die leeren Biergläser stapeln. »Noch eine Runde Bier vor Konzertbeginn, oder was?«

Alle stimmen zu und so machen er und Noah sich auf, um noch eine letzte Runde Bier zu besorgen, doch sie schaffen es nicht rechtzeitig zum Beginn des Konzerts zurück.

Pünktlich um acht tritt Jackson auf die kleine Holzbühne, die im vorderen Bereich des Pubs direkt neben der Bar aufgebaut wurde. Ein Hocker, seine Gitarre sowie ein Mikrofon und ein Verstärker stehen dort bereits.

»Guten Abend, alle zusammen!« Durch das Mikrofon schallt Jacksons Stimme durch den ganzen Pub.

Allgemeiner Jubel und Applaus ertönen. Die Leute heben ihre Biergläser und prosten Jackson zu, der sich gerade seine Gitarre umhängt und sich dann halb auf dem Hocker niederlässt.

»Wow.« Er schaut in die Runde und schweigt währenddessen kurz. »Ich bin überwältigt, wie viele von euch heute hergekommen sind, um mich spielen zu hören. Danke, dass ihr alle da seid!«

Erneut ertönt Applaus durch den Pub und Jackson deutet eine kleine Verbeugung an.

»Es ist mir wirklich eine Ehre, heute hier spielen zu dürfen. Vielen Dank dafür, Dermot!« Er hebt eine Hand in Richtung des Pub-Besitzers, der daraufhin der Menge zu winkt, die erneut in laute Rufe und Applaus ausgebrochen ist.

»Wisst ihr, egal, wie groß die Bühnen auch sein mögen, auf denen ich schon das Glück hatte spielen zu dürfen – dies ist mein Zuhause. Und dieses Gefühl, von euch allen hier so empfangen zu werden, ist wahnsinnig überwältigend.« Er legt eine kurze Pause ein. »Ich möchte euch allen dafür danken, dass ihr mich so unterstützt habt. Dass ihr meine Musik hoffentlich immer noch gerne hört. Ich hoffe, dass ich euch durch meine Songs ein Stück weit etwas zurückgeben kann. Dass meine Musik euch genau so viel Freude bereitet wie mir.

Und ganz besonders danken möchte ich meinen Eltern, die heute ebenfalls hier in der Menge stehen.« Er winkt einigen Leuten zu. »Danke, dass auch ihr den Glauben an mich und meine Musik nie aufgeben habt. Und für eure Unterstützung. Ohne euch hätte ich es niemals so weit gebracht.«

Dann schweift sein Blick in die Ecke, in der wir uns an unseren Stehtischen tummeln – die Stühle haben wir längst aufgestapelt. »Dasselbe gilt natürlich auch für meine Brüder. Obwohl die mir schon versprochen haben, dass zu Hause eine Menge Arbeit auf mich wartet und ich mich mal wieder so richtig schmutzig machen soll.« Der Schalk spricht aus seinem Blick und die Menge bricht in Gelächter aus.

»So haben wir das nicht gesagt«, ruft Noah über das Getose der Menge hinweg, woraufhin wir alle noch heftiger in Lachen ausbrechen.

Jackson stimmt in das Gelächter ein. »Na ja, wir werden sehen. Aber erstmal werde ich euch jetzt ein paar Songs spielen. Viel Spaß!«

Die Menge jubelt erneut, bevor es still wird.

Jackson nimmt seine Gitarre zur Hand und stimmt den ersten Song an.

Ich kenne ihn, er heißt ›Life Of A Country Singer‹.

Genau wie die Menge wippe ich zum Takt der flotten Musik hin und her und lasse mich von den sanften Klängen der Gitarre und Jacksons tiefer Stimmer einlullen. Er hat die Menge sichtlich hinter sich, alle scheinen Spaß zu haben und singen mit.

Soweit möglich, versuchen wir auf der Stelle zu tanzen. Als zu einem seiner Songs ein Line Dance angefangen wird, geht dieser leider nicht durch, dafür ist der Pub viel zu voll.

Also genießen wir einfach nur so Jacksons kleines Konzert, das Bier tut sein Übriges. Er spielt noch ein paar schnellere Songs, bis die Stimmung plötzlich wechselt.

Als er das nächste, langsame Lied anstimmt, horchen Nia, Annie und Katie auf und schauen sich gegenseitig an.

»Was ist los?«, will ich wissen.

Annies Miene verdüstert sich. »Wir haben ihn nie gefragt, sind uns aber ziemlich sicher, dass er diesen Song, ›Your Way To Get Over Me‹, über Leah geschrieben hat.«

»Oh.« Ich wende mich wieder der Bühne zu und lausche den Lyrics etwas genauer.

I hope you feel my eyes staring into your back
As you leave me sitting here 'cause you've got stuff to pack
I don't know if I can handle you leaving me without tears to show
'Cause I thought we were okay, and now just happened what I feared the most

Tell me, are we really over?
Without you, I don't think I can cover

But when I went to the club, I saw you kissing another guy
And as soon as I turned around there were others passing by
Was I just a game or a trophy to you?
Are you already out to look for something new?
I hope that it's not what it seems to be
Maybe it's just your way to get over me

Mir schnürt sich die Kehle zu, als ich jetzt diesem Song lausche. Ich habe mir nie weiter Gedanken über die Bedeutung des Songs gemacht – klar, er hat Traurigkeit und auch Verletzlichkeit ausgestrahlt –, doch ihn und Leah scheint etwas sehr Tiefes verbunden zu haben.

Eine Gänsehaut läuft über meinen Körper und mir schießen Tränen in die Augen.

Seine Musik geht mir auf eine Weise unter die Haut, die ich nicht erwartet hätte. Doch es passt alles perfekt. Seine tiefe Stimme gibt den Songs das nötige Gefühl, die Gitarrenklänge gehen direkt ins Herz.

Die Augen schließend lasse ich mich von der Musik umfangen, sie mich durch die Songs tragen. Live-Musik ist noch einmal etwas ganz anderes, als wenn man ihr im Radio lauscht.

Jackson spielt zwei weitere langsamere Songs, bevor die Gitarre verstummt und er einen Augenblick später ins Publikum lächelt. Mehrere Leute wischen sich die Augen mit Taschentüchern trocken. Mir geht es nicht anders.

»Vielen Dank, dass ihr heute Abend hier wart. Das bedeutet mir alles, wirklich.«

Donnernder Applaus ertönt, alle jubeln Jackson zu. Die Ausrufe nach einer Zugabe werden laut und Jackson gibt sich geschlagen.

»Okay, einen Song habe ich noch für euch.« Lachend nimmt er die Gitarre wieder auf.

Als die ersten Klänge dieses Lieds erklingen, freue ich mich riesig. Er heißt ›Just Another Country Song‹ und ist sein vielleicht bekanntester Song.

Jackson beginnt zu singen, und beim Refrain grölt der ganze Pub mit.

This is just another country song
But it's written for you
I don't know how it makes you feel
But I'll just tell you the truth
Together we belong, but I just know
I'll never be enough for you
This is just another Country Song
But it's written for you

Als der Song endet und die Gitarre ein für alle Mal verstummt, ist der Lärmpegel des Pubs kaum zu übertreffen. Die Leute jauchzen, grölen und jubeln Jackson zu, der jetzt mit einer Hand seine Gitarre in die Luft hält und den Applaus sichtlich genießt.

Ein Lächeln umspielt seine Lippen und ich meine sogar Tränen in seinen Augenwinkeln schimmern zu sehen.

Dieses Konzert war wirklich etwas ganz Besonderes.

Kapitel 34

SAVANNAH

In der nächsten Woche gibt es endlich Hinweise auf den mysteriösen Fremden.

Auch wenn Daniel Smith selbst keinen Eintrag in unserer Datenbank hat, ergab das Nummernschild des Trucks einen Treffer. Der Wagen ist früher dunkelgrün gewesen, weshalb er mir bei meiner vorherigen Recherche nicht aufgefallen ist, und muss dann nachträglich rot angesprüht worden sein. Er ist in Zusammenhang mit Drogen in der Datenbank eingetragen, doch der Fahrzeughalter war damals noch nicht Daniel Smith.

Trotzdem ist dies für mich Anlass genug, um ihm einen Besuch abzustatten und ihn zu den Geschehnissen zu befragen. Auf mich wirkte der Mann definitiv gehetzt und nervös, aber nicht wie ein Verbrecher. Es mag also sein, dass er etwas über die Sache weiß und mit der Sprache herausrücken wird, wenn man ihn direkt darauf anspricht.

Während Gunnar die Stellung auf dem Revier hält, setze ich mich in einen unserer Dienstwagen und fahre zu dem unweit gelegenen Haus von Daniel Smith.

Dort kommt mir erst einmal alles normal vor. Das kleine Häuschen und der dazugehörige Garten sehen gepflegt aus, vor den Fenstern hängen geblümte Gardinen. Der rote Truck steht in der Auffahrt, weshalb ich mir gute Chancen ausmale, ihn anzutreffen.

Nachdem ich auf die Klingel gedrückt habe, dauert es ein paar Minuten, bis ich das Geräusch von näherkommenden Schritten vernehme. Eine Frau, Anfang vierzig, öffnet mir die Haustür.

Ihr Blick versteift sich, als sie meine Uniform erkennt. »Guten Tag, kann ich Ihnen helfen?«

»Guten Tag, Matt Callahan von der RCMP.« Ich halte meine Polizeimarke der Royal Canadian Mounted Police hoch. »Ist Daniel Smith vielleicht zu Hause?«

»Worum geht es denn?« Misstrauisch schließt sie die Tür um wenige Zentimeter.

»Ich habe ein paar Fragen an ihn bezüglich des Vorfalls am OWRARC.«

»Was für ein Vorfall?« Die Frau wird immer skeptischer.

»Das würde ich gerne mit Mr Smith besprechen. Ist er da?«

Missmutig mustert sie mich noch einige Sekunden, bevor sie nickt. »Warten Sie hier.«

Sie schlägt mir die Tür vor der Nase zu. Dieses Verhalten kenne ich nur allzu gut. Die meisten Leute werden nicht gerne von der Polizei befragt.

Wieder dauert es einige Minuten, bis die Tür erneut geöffnet wird und Daniel Smith vor mir steht. Sein Blick wirkt auch diesmal gehetzt, unruhig schaut er sich um.

»Was wollen Sie?« Seine Stimme zittert leicht. »Sie haben doch gesagt, dass die Sache mit dem Parken erledigt ist.«

»Darum geht es nicht.« Auch ihm halte ich meine Polizeimarke hin, obwohl ich sie ihm bereits gezeigt habe. »Es geht um den jungen Wolf im OWRARC. Sie waren vor ein paar Tagen dort und haben sich nach ihm erkundigt. Woher wissen Sie von ihm?«

»Ich habe in einem Artikel von ihm gelesen«, stottert er mehr schlecht als recht. Definitiv eine Lüge.

»Hm.« Ich lege den Kopf schräg. »Ich kann mich nicht erinnern, dass eine Zeitung oder andere Plattform etwas über ihn berichtet hat«, gebe ich zu bedenken und schaue den Mann vor mir abwartend an.

Dieser presst die Lippen aufeinander und hüllt sich in Schweigen.

Ich seufze innerlich auf. »Wir haben Grund zur Annahme, dass der Wolf in Zusammenhang mit Tierschmuggel oder anderen zwielichtigen Geschäften steht. Wissen Sie etwas darüber?«

Mein Gegenüber genau beobachtend meine ich, in seinen Augen kurz etwas wie Erschrecken zu sehen. Doch da der Mann sowieso schon so nervös ist, kann ich es nur schwer sagen, obwohl ich Menschen recht gut einschätzen kann.

»Nein, ich weiß nichts über solche Geschäfte«, gibt er zurück. »War es das dann?«

Nicht gleich antwortend warte ich einen Moment ab, ob er seine Meinung noch ändert, doch er hüllt sich in Schweigen.

Resigniert nicke ich.

»Falls Ihnen doch etwas einfällt, melden Sie sich bitte bei uns.«

Der Mann nickt nur knapp und erneut wird mir die Tür vor der Nase zugeschlagen.

Ich drehe mich um und laufe zurück zu meinem Wagen. Keine Ahnung, was ich mir erhofft habe, doch immer noch mit leeren Händen dazustehen, fühlt sich echt beschissen an.

Obwohl ich felsenfest davon überzeugt bin, dass dieser Daniel Smith mehr weiß, als er zugibt.

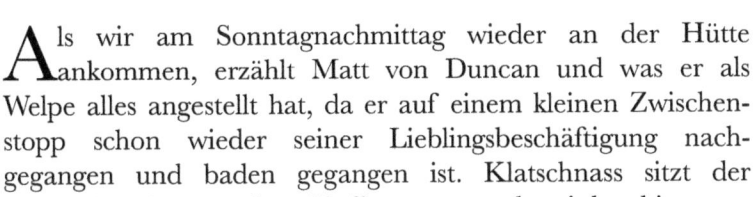

SAVANNAH

Als wir am Sonntagnachmittag wieder an der Hütte ankommen, erzählt Matt von Duncan und was er als Welpe alles angestellt hat, da er auf einem kleinen Zwischenstopp schon wieder seiner Lieblingsbeschäftigung nachgegangen und baden gegangen ist. Klatschnass sitzt der Schäferhund nun im Kofferraum und stinkt bis zum Himmel.

Wir waren für das Wochenende in Nanaimo, der zweitgrößten Stadt hier auf Vancouver Island, und haben uns eine kleine Auszeit gegönnt. Dort kommen ebenfalls viele Fähren von Vancouver aus am Departure Bay an und setzen Passagiere ab. Nanaimo hat mir sehr gut gefallen – der Waterfront Walk in Downtown bietet eine unglaubliche Aussicht, auch die nahe Umgebung ist wunderschön. Wir waren mit Duncan am Westwood Lake spazieren und ich persönlich würde sagen, dass dieser See definitiv mit den tourismusumworbenen Seen in den Rockies mithalten kann.

Als wir in unsere Auffahrt einbiegen, verstummt Matt plötzlich und seine Miene verhärtet sich. Ich lache gerade herzhaft und frage, was los ist, als ich die offene Haustür erblicke.

Haben wir sie beim Verlassen am Freitag etwa nicht abgeschlossen?

Doch, ganz sicher. Matt und ich haben beide einen niederen Kontrollzwang und schauen immer dreimal, ob wir alles zugemacht haben.

Matt beugt sich zu mir herüber und zieht eine Pistole unter meinem Sitz hervor.

Gerade will ich nachfragen, wieso er eine Waffe im Auto hat, doch Matt presst seinen Zeigefinger auf seine Lippen und bedeutet mir so, leise zu sprechen.

Panik keimt in mir auf.

»Setz dich auf den Fahrersitz und fahr los, wenn ich es dir sage. Falls jemand auf dich zu kommt, den du nicht kennst, fährst du ebenfalls los. Und lass den Wagen laufen«, weist er mich an.

»Aber …«

»Kein aber, tu es einfach.« Bestimmt sieht er mich an.

»Denkst du etwa, Steve hat uns gefunden?« Meine Stimme ist kaum mehr als ein Flüstern, zu allem Überfluss zittert sie auch noch.

»Ich weiß es nicht, aber ich geh nachsehen.« Er drückt kurz meine Hand. »Du bleibst im Auto, alles klar? Ruf schon mal die Polizei an. Wenn etwas passiert, fährst du weg. Verstanden?«

Ich nicke.

»Duncan.« Matt pfeift einmal und der Schäferhund springt auf die Rückbank.

Dann wirft er mir einen letzten Blick zu und sobald er den Wagen verlassen hat, rutsche ich hinters Steuer. Duncan springt neben mich auf den Beifahrersitz und ich bin erleichtert über seine Anwesenheit.

Matt ist mittlerweile fast beim Haus, als ein Schuss ertönt.

»Matt!«, rufe ich und will aus dem Wagen steigen, doch er schreit: »Fahr los! Ruf Finn an!«, und rennt dann in gebückter Haltung auf die Veranda zu. Es fallen noch mehrere Schüsse, doch soweit ich sehen kann, wird Matt nicht getroffen.

Mit zitternden Händen hole ich mein Smartphone hervor und versuche zeitgleich, den Wagen rückwärts aus der Auffahrt zu manövrieren. Ich brauche drei Anläufe, bis ich Finns Nummer gefunden habe und ihn schließlich erreiche.

»Finn, endlich! Du musst sofort hierherkommen, jemand ist bei uns eingebrochen und schießt auf Matt!«

Ich schluchze.

»Scheiße, Savannah, nochmal langsam. Was ist los?«

Nachdem ich ihm kurz die Situation geschildert habe, verspricht Finn, sofort Verstärkung anzufordern und selbst zu kommen.

»Ich bin in zehn Minuten da. Such Schutz und steig nicht aus dem Wagen, verstanden?«

Zustimmend lege ich auf.

Mit zitternden Händen umklammere ich das Lenkrad fester und drücke aufs Gaspedal. Ich fühle mich schrecklich dabei, Matt allein zu lassen, also beschließe ich, lediglich ein paar Straßen weiterzufahren und mir Schutz auf einem abgelegenen Pfad zu suchen.

Dann warte ich darauf, dass entweder Matt oder die Polizei sich meldet.

Was auch immer zuerst passieren mag.

MATT

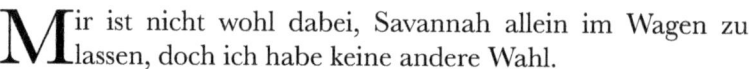

Mir ist nicht wohl dabei, Savannah allein im Wagen zu lassen, doch ich habe keine andere Wahl.

Weitere Schüsse sind ertönt und es wäre schwierig gewesen, heil zum Wagen zurückzukommen, zumal ich damit die Aufmerksamkeit darauf gelenkt hätte. Außerdem muss ich wissen, was hier vor sich geht.

Als ich endlich auf der Veranda stehe, presse ich mich gegen die Hauswand und stoße die Luft aus, die ich unbemerkt angehalten habe. Ich schaue auf meinen Arm hinab und sehe, was ich befürchtet habe – als Savannah meinen Namen gerufen hat, war ich für den Bruchteil einer Sekunde unaufmerksam und habe mir eine Kugel am Oberarm eingefangen. Durch das Loch meiner Winterjacke hindurchschauend, atme ich erleichtert aus. Es ist nur ein Streifschuss. Ich werde es überleben, die Wunde nicht direkt abzubinden.

Weitere Schüsse ertönen. In einer Feuerpause lehne ich mich leicht nach links und feuere selbst ein paar ab.

Jemand stöhnt auf und etwas kracht zu Boden.

»Scheiße!«, ertönt es aus dem Inneren des Hauses.

Ich lehne mich ein Stück zur Seite, luge vorsichtig um die Ecke und erkenne, wie jemand eine andere Person durch den schmalen Flur zu den Schlafzimmern zieht. Also scheine ich einen von ihnen getroffen zu haben und es befinden sich mindestens zwei im Haus.

Langsam wage ich mich ins Innere vor und mir stockt der Atem.

Alles ist komplett durchgewühlt. Schubladen sind herausgezogen, Schränke sind geöffnet, überall liegt Zeug auf dem Boden verteilt. Es sieht aus wie auf einem Schlachtfeld.

Ich konzentriere mich auf die beiden Personen und folge ihnen durch den schmalen Flur bis zu den Schlafzimmern.

Sie sind in Savannahs abgebogen und ich atme erleichtert auf. Jetzt sitzen sie in der Falle, denn das Fenster in diesem Zimmer ist von außen verrammelt. Nach einem Sturm war es verbogen und ließ sich nicht mehr richtig schließen, weshalb wir es von innen und zusätzlich von außen gesichert haben.

Ich presse mich gegen die Wand. »Werft eure Waffen raus, sofort!«

Eine Antwort erhalte ich nicht, stattdessen fliegen mir wieder Kugeln um die Ohren. Mich von der Tür weg beugend presse ich mich noch weiter gegen die Wand, um bloß keine Angriffsfläche zu bieten.

Wenn Savannah die Polizei oder direkt Finn angerufen hat, könnte ich im schlimmsten Fall hier ausharren und auf Verstärkung warten. Doch ich werde diese Schweine um keinen Preis entkommen lassen.

Erneut ertönen Schüsse um mich herum. Die nächste Feuerpause nutze ich, um selbst welche abzugeben. Doch das Echo verrät mir, dass ich diesmal nicht so erfolgreich war.

»Waffen runter, sofort!«, brülle ich erneut und hoffe, dass sie der Aufforderung jetzt nachkommen.

Doch stattdessen knurrt mir nur eine nicht vertraute Stimme entgegen: »Davon träumst du wohl, Callahan.«

Sie kennen also meinen Namen. Wissen, wer ich bin.

»Was zum Teufel wollt ihr?«, zische ich, immer noch gegen die Wand gepresst dastehend, meine Pistole im Anschlag.

»Dass du aufhörst herumzuschnüffeln, du Arsch.«

Erneut zerreißen Schüsse die Luft.

Okay, sie haben es also auf mich abgesehen, nicht auf Savannah. Das ist gut.

Durch ein Geräusch abgelenkt horche ich auf. Es sind Sirenen, die schnell näherkommen.

Erleichtert atme ich aus und lehne den Kopf an die Wand, noch immer nicht wissend, ob sich zwei oder vielleicht sogar drei Personen in dem Raum befinden, also bleibe ich wachsam und warte auf Verstärkung.

Ein Stöhnen verrät, dass die Person, die ich getroffen habe, noch lebt. Eine andere Stimme redet leise auf sie ein, feuert aber immer mal wieder Schüsse ab, um mich am Näherkommen zu hindern.

Als die Sirenen nun so laut sind, dass der Wagen mittlerweile auf der Auffahrt stehen muss, horcht auch der zweite Täter auf.

»Du scheiß Bulle«, flucht er und schießt erneut drauf los. Ich höre Schritte näherkommen und vermute, dass er gleich um die Ecke schießen wird, weshalb ich in Deckung gehe und meinerseits das Feuer eröffne. Die Wände der Hütte müssen heute ganz schön was einstecken.

»Matt?«, ruft eine mir vertraute Stimme durch den ohrenbetäubenden Lärm hindurch.

Finn, na endlich.

»Hier!«, gebe ich zurück, ohne die Aufmerksamkeit von der Tür zu nehmen, hinter der ich den Täter nun ganz nah vermute.

»Gib mir Deckung!«, ordert Finn und ich eröffne das Feuer, sodass Finn sich zu mir gesellen kann.

»Wie viele sind es?«, will er ohne Umschweife wissen, als er sich neben mich gehockt hat.

»Mindestens zwei, einen davon habe ich getroffen.«

»Beide in dem Zimmer rechts?«

Ich nicke, lasse meine Deckung aber nicht fallen. Finn trägt zumindest eine Schutzweste. Zum Glück hat er mir eine mitgebracht, und so schmeiße ich sie mir über, während Finn mir Deckung gibt. Außerdem überreicht er mir eine Atemschutzmaske.

Mein linker Arm schmerzt mittlerweile ziemlich, doch ich lasse ihn nicht sinken, als ich meine Position wieder aufnehme.

»Was nun?«, frage ich leise an Finn gewandt, damit die Täter uns nicht hören.

»Ich schätze, dass die Kollegen aus Victoria noch etwa zehn bis fünfzehn Minuten brauchen. Versuch du noch einmal zu verhandeln, ich gehe außen herum über die Veranda. Du wirfst eine Rauchgranate ins Zimmer. Wie klingt das?«

»Nach einem verdammt guten Plan«, flüstere ich und nehme die Granate von Finn entgegen. »Das Zimmer ist von außen und von innen verrammelt. Wenn du aber Glück hast, haben sie es von innen schon geöffnet, dann musst du es nur noch von außen öffnen.«

Mein Kollege nickt und ich halte meine Stellung, als Finn sich auf den Weg nach draußen macht.

»Hört zu, Verstärkung wird jederzeit hier sein, ihr sitzt in der Falle. Schiebt eure Waffen hinaus in den Flur!«, versuche ich es erneut, aber wieder ernte ich nur ein Knurren.

Also setze ich die Maske auf und werfe die Rauchgranate. Nun geht alles ganz schnell.

Mit einem Plopp landet die Granate durch den schmalen, geöffneten Spalt in der Tür in Savannahs Zimmer, kurz darauf entsteht dichter Rauch. Langsam wage ich mich vor.

Ich vernehme starkes Husten – einer der Täter steht direkt vor mir.

Ihm die Waffe aus der Hand schlagend, bringe ich ihn mit ein paar Handgriffen zu Boden, meine dabei im Anschlag. Das Überraschungsmoment ist auf unserer Seite, so gelingt es Finn, der es durch das Fenster geschafft hat und mittlerweile auch im Zimmer steht, hinten im Raum einen weiteren Mann zu Fall zu bringen. Der dritte liegt auf dem Rücken auf dem Fußboden und rührt sich kaum.

Wir legen ihnen Handschellen an und schieben sie vor uns her auf die Veranda des Hauses. Finn geht zurück, um den verletzten Mann ebenfalls zu holen, während ich die beiden in Schach halte, die sich immer noch hustend krümmen und kaum zu Atem gelangen.

Finn erscheint wieder im Türrahmen, den Mann über die Schulter geworfen. Er lässt ihn zu Boden sinken und ich bemerke das Blut in seiner Mitte. Ein Blick in Finns Gesicht spiegelt wider, was ich denke. Wenn der Mann nicht schnell versorgt wird, wird er es nicht schaffen.

Finn bestellt einen Krankenwagen und leistet dann erste Hilfe, indem er den Kopf des Mannes überstreckt und die Wunde abdrückt.

Bis die Polizei aus Victoria eintrifft, dauert es noch geschlagene zehn Minuten. Als die drei Einsatzfahrzeuge endlich um die Ecke biegen und die Auffahrt hinauffahren, atme ich erleichtert aus. Finn und ich haben kein Wort gewechselt, weder untereinander noch mit den stark hustenden Tätern. Sie können ihre Beweggründe gerne auf der Wache erklären.

Als sich gleich mehrere schwer bewaffnete Einsatzkräfte zu mir gesellen, lasse ich meine Waffe sinken, sichere sie und stecke sie in meine hintere Hosentasche.

»Alles klar?«, fragt ein junger Mann, den ich nicht kenne.

Nickend übergebe ich die beiden Männer an die sechs Kollegen.

Nun biegt auch der Krankenwagen in unsere Auffahrt ein und Finn übergibt an die zwei Sanitäter, die sich neben ihn und den Verwundeten sinken lassen.

Erschöpft beobachte ich, wie die anderen beiden abgeführt werden, und hole mein Handy hervor, um Savannah anzurufen.

»Matt?«, meldet sie sich atemlos.

»Hey, Babe. Alles ist gut, die Polizei ist da und die Täter sind abgeführt. Du kannst herkommen.«

»Bin sofort da«, erklärt sie knapp und legt dann auf.

Keine fünf Minuten später biegt mein Truck in die Auffahrt ein und ich begebe mich zu ihm hinüber.

Savannah sprintet auf mich zu und wirft sich mir in die Arme.

»Ich habe mir solche Sorgen um dich gemacht!«

Sie schluchzt.

Ich stöhne auf, als ich meinen verletzten Arm bewege, um sie in die Arme zu schließen.

Daraufhin drückt sie mich ein Stück von sich weg. »Du bist verletzt.«

»Ist nicht so schlimm«, behaupte ich und versuche mich an einem Lächeln.

Finn gesellt sich zu uns. »Das habe ich gar nicht bemerkt, Mann. Ich rufe einen der Sanitäter.« Bevor ich etwas erwidern kann, läuft Finn zu den Einsatzkräften hinüber, die den verletzten Mann gerade auf einer Liege zum Krankenwagen transportieren.

Savannah hilft mir derweil, meine Jacke loszuwerden, und ich verziehe schmerzerfüllt das Gesicht.

Sie zieht die Augenbrauen zusammen. »Nicht so schlimm, ja?«, rügt sie mich, haucht mir aber dennoch einen Kuss auf die Wange.

Finn kommt mit einer Sanitäterin im Schlepptau zu uns zurück und deutet auf mich. Sie stellt ihren Koffer auf den Boden und inspiziert dann meine Wunde.

»Ist nur ein Streifschuss, Sie haben Glück gehabt. Ich werde es notdürftig verbinden, Sie müssen aber ins Krankenhaus fahren und die Wunde nähen lassen. Kann Sie jemand bringen oder soll ich einen weiteren Krankenwagen anfordern?«

»Ich bringe ihn, danke«, schaltet Savannah sich ein und ich lächle sie dankbar an.

Die Sanitäterin nickt und verbindet dann meine Schusswunde mit einem Druckverband.

»Wird er es schaffen?« Fragend richte ich meinen Blick auf den Krankenwagen.

Achselzuckend sieht sie zu mir auf. »Ich weiß es nicht. Die nächsten Stunden sind entscheidend.«

Wir verabschieden uns mit einem Nicken, und kurz darauf rollen der Krankenwagen und zwei der Polizeifahrzeuge, in denen die anderen beiden Täter sitzen, von unserer Auffahrt.

Die verbliebenen Polizisten gesellen sich zu Finn und gehen zu unserer Hütte hinüber.

»Warte hier«, bitte ich Savannah und will ihre Hand loslassen, die mit meiner verschränkt ist, doch sie hält meine fest und sieht mich stur an. Seufzend drücke ich ihre Hand, bevor wir uns in Bewegung setzen und geradewegs auf unsere kleine Hütte zu gehen.

In mich hineingrübelnd schüttele ich missmutig den Kopf. Das alles hätte so nicht passieren dürfen.

»Alles klar?«, fragt Finn, als wir uns zu den dreien gesellen.

»Klar, das wird schon wieder.« Ich nicke den anderen beiden Kollegen zu.

»Was genau ist hier passiert?«, will der eine nun wissen. Er ist relativ klein, etwas kräftiger, blond und ich würde ihn auf Mitte vierzig schätzen.

Ich und auch Finn geben ihm eine Zusammenfassung. Wie ich die offene Haustür bei unserer Rückkehr bemerkt habe und Schüsse gefallen sind, wie ich einen der drei getroffen habe und wie Finn dann endlich eintraf und die Idee mit der Rauchgranate hatte.

Fleißig machen sie sich Notizen.

»Haben Sie eine Ahnung, was die drei von Ihnen wollten?«, fragt nun der andere. Er ist schätzungsweise in unserem Alter, schwarzhaarig und schlank.

Ich fahre mir mit der Hand durchs Haar. »Ich bin mir nicht sicher, allerdings sind wir gerade an einem Fall über Wilderei und Wildtierhandel dran. Sie kannten meinen Namen und haben mir gesagt, dass ich aufhören soll, herumzuschnüffeln.«

Savannah versteift sich neben mir.

»Sie meinen, das könnte zusammenhängen?« Der Polizist runzelt die Stirn.

»Möglich, aber definitiv sagen kann ich es nicht.«

»Das werden wir herausfinden.« Der kräftigere von beiden schlägt sein Notizbuch zu.

Savannah geht derweil zu meinem Wagen zurück und lässt Duncan heraus, der sich laut kläffend bemerkbar gemacht hat.

Nach ein paar weiteren gewechselten Worten schaut Finn zu unserer Hütte hinüber. »Hier werdet ihr heute Nacht nicht bleiben können.«

Ich seufze auf. »Nein, eher nicht. Wir werden uns für ein paar Nächte ein Zimmer in Victoria oder im Hotel von Katies Eltern mieten, bis sich jemand das Haus ansehen und wieder herrichten kann.«

Finn geht zur Haustür hinüber und zieht sie prüfend zu. »Sie lässt sich nicht mehr abschließen. Wir können sie absperren, aber ihr solltet eure Habseligkeiten besser mitnehmen. Allerdings dürft ihr das erst, wenn die Spurensicherung einmal durch war.«

»Klar.« Erschöpft folge ich ihm und fahre ich mir mit der Hand übers Gesicht. Ich weiß nicht, ob ich mich heute Nacht auf noch einen Überfall einstellen muss.

Als hätte Finn meine Gedanken erraten, räuspert er sich kurz und spricht dann leise an mich gewandt. »Meinst du, die versuchen es noch einmal?«

»Das werden wir wohl erst erfahren, wenn wir genau wissen, wer sie waren und was sie wollten.«

Ich schaue zu Savannah hinüber.

Finn folgt meinem Blick. »Du denkst aber nicht, dass sie wegen ihr hier sind?«

Kopfschüttelnd kneife ich die Augen zusammen. »Nein, hörte sich nicht so an. Sie wollten irgendetwas von mir, was ich den Polizisten gesagt habe, meinte ich auch so.

Sieht eher nach den Schmugglern aus.« Ich schaue meinen Kumpel direkt an. »Sei du auch vorsichtig, ja?«

»Hm.« Finn klopft mir kurz auf die Schulter.

Die beiden Polizisten haben derweil ihre Inspektion beendet und warten mit uns auf die Spurensicherung, die keine Stunde später eintrifft und sich alles genau ansieht. Nachdem sie die Räume inspiziert und verdächtige Gegenstände und Spuren sichergestellt haben, dürfen wir ein paar Habseligkeiten zusammensuchen. Eigentlich ist es nicht erlaubt, etwas von einem Tatort zu entwenden, doch unsere Wertsachen dürfen wir ausnahmsweise mitnehmen.

Finn bleibt so lange, bis Savannah und ich unsere Taschen gepackt und ins Auto verfrachtet haben. Da wir übers Wochenende weg waren, sind es zum Glück nicht mehr viele.

Dann wird die Haustür mit polizeilichem Flatterband abgesperrt und wir machen uns auf den Weg zu dem Motel, in dem ich vorhin angerufen und ein Zimmer für mich und Savannah reserviert habe.

Duncan springt auf die Rückbank und ich schwinge mich auf den Fahrersitz, nachdem ich Savannah versichert habe, dass ich fahren kann. Ich schenke ihr nur ein angedeutetes Lächeln, bevor ich den Wagen auf die Straße lenke.

Kapitel 42

SAVANNAH

Die Fahrt nach Victoria dauert eine gefühlte Ewigkeit. Wir fahren die gewundene Küstenstraße entlang, mittlerweile umhüllt uns die Dunkelheit der Nacht.

Ich beobachte Matt eine ganze Weile, was er entweder nicht bemerkt oder gekonnt ignoriert. Seine Lippen sind zu einer schmalen Linie verzogen und seine Augen angestrengt auf die Fahrbahn gerichtet. Sein Drei-Tage-Bart scheint ein wenig länger als sonst.

Wir reden nur einmal miteinander, nämlich als er mich fragt, ob ich kurz das Lenkrad halten könne, damit er sich eine Jacke überstreifen kann. Ich rücke näher an ihn heran, reiche ihm aber anstatt seiner blutverschmierten Winterjacke eine dicke Strickjacke und halte dann das Lenkrad, während er sie sich überstreift. Nicht einmal jetzt verzieht er eine Miene, obwohl sein Arm sicher schmerzt.

»Geht es?«, frage ich besorgt und Matt schenkt mir zum ersten Mal, seitdem wir im Auto sitzen, ein kleines Lächeln.

»Alles gut.«

Ich sehe in seine schönen Augen, die er viel zu schnell wieder abwendet.

Wir fahren noch eine Weile, bis Matts Handy klingelt. Es verbindet sich automatisch mit dem Lautsprecher des Wagens und so höre ich, wie David sich meldet.

»Was ist passiert?«, fragt er anstelle einer Begrüßung und klingt alarmiert.

Matt gibt ihm eine kurze Zusammenfassung der Geschehnisse und hält seinen Blick stur geradeaus auf die Straße gerichtet.

»Es war also nicht Boucher?«, hakt David nach, nachdem Matt geendet hat.

»Nein, ich denke nicht, dass es seine Leute waren.«

»Hm«, macht David. »Passt trotzdem auf euch auf, okay?«

»Klar«, verspricht Matt, bevor er das Gespräch beendet.

»Ist er immer so kurz angebunden?« Stirnrunzelnd beobachte ich, wie das Display wieder auf die Radioanzeige umschwenkt.

»Meistens, ja.«

Ich schaue zu Matt hinüber.

Irgendetwas stimmt nicht. So kühl und abweisend war er noch nie zu mir. Klar hat er gerade einen Einbruch miterlebt und war im Einsatz, doch so etwas muss er schon hundertmal mitgemacht haben in der Spezialeinheit, oder?

Liegt es daran, dass dieser Vorfall sich in seinen eigenen vier Wänden ereignet hat?

Oder ist er immer so nach solcher Art von Einsätzen und ich habe es noch nicht mitbekommen, weil er keinen Einsatz hatte, seitdem wir zusammenwohnen?

Ich weiß es nicht, doch ich werde ihn jetzt nicht darauf ansprechen.

Vielleicht rückt er nachher ja selbst mit der Sprache raus.

Kapitel 43

SAVANNAH

Wenig später kommen wir, nach einem kurzen Abstecher im Krankenhaus, um meine Wunde versorgen zu lassen, im Motel in Victoria an. Ich gehe zur Anmeldung und hole den Schlüssel ab, und nachdem ich den Raum sicherheitshalber durchgecheckt habe, lasse ich Savannah und Duncan eintreten. Mittlerweile ist es zehn Uhr abends und ich bin fertig. Mein Arm beginnt zu pochen und ich bin dankbar für die Schmerztabletten, die sie mir im Krankenhaus mitgegeben haben.

Die Tür schließe ich hinter uns ab und ziehe mir einen Stuhl direkt vors Fenster, auf den ich mich dann fallen lasse, um den Parkplatz des Motels im Auge zu behalten. Savannah sieht mich einige Minuten an, doch als ich keine Anstalten mache, etwas zu sagen, geht sie schließlich ins Bad. Als ich das Geräusch von prasselndem Wasser aus der Dusche vernehme, seufze ich auf. Es ist falsch von mir sie abzuschirmen, doch ich bin zu wütend auf mich selbst. Sie kann nichts dafür, und bevor ich meinen Frust an ihr auslasse, werde ich sie lieber eine Weile ignorieren. Es ist besser so.

Meinen Kopf in den Händen vergrabend, raufe ich mir die Haare. Das darf doch alles nicht wahr sein, verdammt! Der Tag heute hat so gut begonnen und dann ist so viel schiefgelaufen.

Ich habe mich nicht richtig auf meinen Job konzentriert, weil ich mich in die Frau verliebt habe, die ich beschützen soll.

Langsam stoße ich die Luft aus.

Da ist sie also.

Die Wahrheit, die ich versucht habe zu verdrängen. Die ich versucht habe zu ignorieren und gegen die ich mich versucht habe zu wehren, doch es ist zwecklos.

Ich bin Savannah verfallen – und das ist ein beschissenes Problem. Es gibt einen Grund, wieso es verboten ist, sich mit Klienten einzulassen. Und letztendlich haben meine Gefühle für sie mich heute in Gefahr gebracht. Ich habe so etwas geahnt und bin ihnen trotzdem nachgegeben.

Plötzlich muss ich lächeln, als Savannahs hübsches Gesicht vor meinem inneren Auge erscheint und sie mich leise daran erinnert, dass man sich nicht aussuchen kann, an wen man sein Herz verliert.

Und das Schlimmste ist, dass sie damit recht hat.

Doch es darf so nicht sein, zumindest nicht, solange sie unter meinem Schutz steht. Ich muss dafür sorgen, dass sie in Sicherheit ist, und heute wurde mir klar gemacht, dass ich mich nicht darauf konzentrieren kann, wenn sie in Gefahr schwebt. Das nächste Mal könnte es tatsächlich Boucher sein. Ich will mir gar nicht ausmalen, was passiert, wenn ich dann unkonzentriert bin.

Die Badezimmertür öffnet sich und Savannah kommt in ihrem Pyjama heraus. Ihre Haare sind feucht. Sie kuschelt kurz mit Duncan, der sie wie immer freudig begrüßt, als wäre sie tagelang weg gewesen, bevor sie zu mir tritt und eine Hand auf meine Schulter legt.

Ich hasse es, dass sie so vorsichtig ist und mich gerade offensichtlich nicht einschätzen kann.

Eine Hand auf die ihre legend, sehe ich kurz in ihr wunderschönes Gesicht, bevor ich mich wieder dem Parkplatz zuwende.

»Geh schon mal ins Bett, ich komme gleich.« Kurz drücke ich ihre Hand und nehme sie dann herunter.

Ich werde nicht ins Bett kommen. Ich werde die ganze verdammte Nacht hier sitzen bleiben und Wache halten, sollte jemand uns gefolgt sein und etwas von ihr oder uns wollen.

»Okay.« Zögerlich wendet sie sich wenig später ab, um unter die Decke zu krabbeln.

Kapitel 44

SAVANNAH

Ich muss eingenickt sein, denn ich werde von einem Klingeln wach. Matt späht kurz zu mir herüber und nimmt dann ab, ich kann jedoch nicht verstehen, was er sagt oder mit wem er spricht. Das Telefonat dauert keine Minute und als Matt aufgelegt hat, rappele ich mich auf und setze mich auf die Bettkante.

»Willst du nicht ins Bett kommen?«, flüstere ich.

Er schüttelt nur den Kopf. Die Stille im Raum ist fast greifbar, sodass ich zusammenzucke, als Duncan laut gähnt.

»Schlaf weiter, Savannah. Es war ein anstrengender Tag.« Matt sieht mich noch immer nicht an.

»Für dich doch auch.«

Ich stehe auf und ziehe den zweiten Stuhl, der am kleinen Tischchen in der gegenüberliegenden Ecke des Zimmers gestanden hat, zu Matt heran.

Ihn zu berühren vermeide ich, da er aufgewühlt wirkt, doch ich will wissen, was in ihm vorgeht. Das, was heute passiert ist, hat irgendetwas in ihm ausgelöst. Und ich muss wissen, ob ich etwas getan habe, das ihn verärgert hat.

Matt sieht aus den Augenwinkeln zu, wie ich Platz nehme, richtet seinen Blick jedoch direkt wieder aus dem Fenster. Eine Weile bleiben wir schweigend nebeneinander sitzen und es scheint fast, als genießen wir lediglich die Weite des wunderschönen Sternenhimmels, die nur durch das Flimmern einiger Lampen auf dem Parkplatz gestört wird.

»Was ist los, Matt?«

Ich sehe ihn nicht an, doch ich nehme wahr, dass er sich versteift. Da er nicht direkt antwortet, scheint es, als überlege er sich die nächsten Worte gut.

»Ich möchte den Parkplatz im Auge behalten, falls uns doch jemand gefolgt sein sollte.«

Zitternd atme ich aus. »Aber die drei Täter habt ihr doch festgesetzt, die sind längst auf dem Polizeirevier. Oder denkst du,
dass noch jemand mit drinsteckt?«

Ich will seine Besorgnis auf keinen Fall durch den Dreck
ziehen, doch es scheint mir mehr eine Ausrede als die Wahrheit
zu sein.

»Ich weiß es nicht, aber wir müssen auf alles vorbereitet
sein. Wenn sie in den Wildtierhandel involviert waren, stecken
bestimmt noch mehr dahinter. Diese Banden sind größer, als
man denkt.« Wieder erhalte ich nur eine knappe Antwort.

Einige Minuten schweigen wir beide, dann gebe ich mir einen
Ruck und beuge mich so weit zu ihm vor, dass ich seine linke
Hand in meine nehmen kann.

»Es steckt noch mehr dahinter, oder nicht?«

Matt atmet langsam aus und sieht in seinen Schoß hinab. Er
beißt den Kiefer so fest aufeinander, dass ich den Ärger und
Schmerz förmlich spüre. Bedrängen will ich ihn nicht, doch ich
muss wissen, was los ist. So kenne ich Matt einfach nicht.

Erneut drücke ich seine Hand, und wieder stößt er langsam
die Luft aus.

»Matt.« Meine Hand fährt an seine Wange. Lediglich das orangefarbene Schimmern der Parkplatzlaternen scheint gedämmt
in unser kleines Zimmer und hüllt alles in ein Spiel aus Licht
und Schatten. Matt sieht in diesen Verhältnissen aus wie ein
wunderschöner, todbringender Krieger. Seine gerade Haltung,
sein durchdringender Blick, seine angespannten Kiefermuskeln
– alles die Indizien für einen Mann, der sich gut unter Kontrolle
hat.

Langsam nimmt er meine Hand von seiner Wange und legt
sie auf seinen Oberschenkel, bevor er seine Ellbogen ebenfalls
darauf stützt.

»Ich habe heute einige Fehler gemacht, Savannah. Fehler, weil
du in Gefahr warst. Ich habe mich mehr auf dich konzentriert
als auf alles andere. Als du meinen Namen gerufen hast, hatte
ich eine solche Angst, dass du ebenfalls ins Kreuzfeuer geraten
bist. Und es ist nicht deine Schuld«, fügt er direkt an, als ich
erschüttert den Mund öffne, um etwas zu erwidern. Er atmet
schwer ein. »Dieser Schuss, auch wenn er mich nur gestreift hat,
hätte mich nicht treffen dürfen.«

»Aber du konntest doch nicht sehen, wo sich der …«

»Ich wurde dafür ausgebildet, Savannah.« Barsch unterbricht er mich und sieht mich zum ersten Mal, seit wir diesen Raum betreten haben, direkt an. Seine Augen lodern schwarz, ich kann die Farbe seiner sonst so wundervollen grünen Iris kaum noch erkennen. Sein Blick ist eindringlich und lässt mich für einen Moment vergessen, was ich sagen wollte.

Als ich meine Stimme wiedergefunden habe, rede ich ruhig auf ihn ein. »Matt, du konntest den Typen doch gar nicht ausmachen. Woher solltest du wissen, dass er eine Waffe hat?«

»Genau das ist der Punkt. Ich hätte achtsamer sein und Deckung suchen müssen. Stattdessen hat er mich getroffen.« Sein Kiefer mahlt und sein Blick wird noch düsterer, als er wieder aus dem Fenster stiert.

»Du warst allein, Matt! Niemand hätte diese Situation vorhersagen können! Und du bist am Leben, ist das nichts?! Bitte, das kann doch nicht der Grund sein, warum du jetzt so sauer bist.«

Ich rücke ein Stück näher zu ihm heran und ergreife erneut seine Hand, doch er entzieht sie mir. Stattdessen vergräbt er sein Gesicht in den Händen, seufzt auf und stützt sein Kinn auf beiden Fäusten ab. Dann sieht er mich an.

»Weißt du, es gibt einen Grund, warum es verboten ist, sich in Klienten zu verlieben. Man wird unaufmerksam und das kann fatale Folgen für beide haben.«

Er sieht weg und die Bedeutung seiner Worte trifft mich schlagartig.

»Hast du gerade … verlieben gesagt?«, hauche ich.

Matt räuspert sich. »Ich denke das habe ich, ja.« Seine Miene bleibt ungerührt, doch seine Finger zittern leicht, weshalb er die Fäuste noch fester ballt, bis seine Handknochen weiß hervortreten.

»Matt, ich …«

»Du musst nichts sagen. Ich habe bereits mit David gesprochen, wir werden uns in den nächsten Tagen etwas Neues für dich überlegen. Meine Gefühle für dich kommen der Professionalität, mit der ich diesen Job erledigen müsste, in die Quere. Wenn es heute Boucher gewesen wäre …« Seine Stimme klingt schlagartig kalt.

»Er war es aber nicht und jetzt hör mir doch erst einmal zu!« Meine Stimme ist lauter als beabsichtig, aber sie hat den gewünschten Effekt. Er wendet sich mir zu und sieht mich aus großen Augen an, in die langsam das schönste Grün zurückkehrt, das ich je gesehen habe.

»Weißt du, warum ich so eifersüchtig war, als dich diese Tussi nach Hause gebracht hat?« Erneut lege ich meine Hand auf die seine, auf der noch immer sein Kinn ruht. »Weil ich schon seit dem Tag, an dem du an meinem Krankenbett saßt, Schmetterlinge im Bauch verspürt habe, wenn du auch nur in meiner Nähe warst.« Eine Träne kullert meine Wange hinunter. »Ich hätte nie gedacht, dass mal etwas zwischen uns passieren könnte, geschweige denn, dass du etwas für mich empfinden könntest. Aber Matt, ich habe mich auch in dich verliebt, und ich dachte, das hätte ich dir in den letzten Wochen mehr als deutlich gezeigt.«

Einen Moment sieht er mich erschrocken an, bevor er sein Gesicht wieder in seinen Händen vergräbt.

»Dann müssen wir noch schneller handeln. Ich werde David sagen ...«

Verwirrt unterbreche ich ihn. »Wie, schneller handeln? Hast du mir gerade nicht zugehört?«

»Doch, Savannah, das habe ich.« Wütend sieht er mich an und mir fällt auf, dass er während unserer Konversation mehrmals nachdrücklich meinen Namen ausgesprochen hat. Es klingt sexy, doch es macht mir seinen Ärger nur bewusster. »Und das stellt ein noch größeres Problem dar.«

»Das musst du mir erklären.« Ich werfe die Hände hoch und sehe ihn ungläubig an. »Ich dachte, wenn zwei Menschen sich gegenseitig lieben, dann ist das etwas Positives!«

Matt springt auf. »Ich kann dich aber so nicht beschützen!«

»Du brauchst mich auch nicht zu beschützen, ich kann gut auf mich selbst aufpassen!« Ich springe nun ebenfalls auf und werfe dabei meinen Stuhl um.

»Es ist mein JOB dich zu beschützen, Herrgott nochmal!« Seine Stimme bebt. »Ich werde David bitten, einen anderen Patz für dich zu finden. Einen, wo du sicherer bist.«

Matt wendet sich ab und geht ein paar Meter auf und ab.

Schlagartig wird mir klar, dass dies ein Fluchtinstinkt von ihm ist.

Meine Stimme wird sanfter. »Ich möchte aber nicht irgendwo anders hin, Matt. Ich habe mich noch nie so sicher gefühlt wie bei dir, egal, was heute passiert ist.«

»Ich werde das nicht mit dir diskutieren, meine Entscheidung steht fest.«

»Deine Entscheidung.« Ich schnaube. »Du redest mit mir wie ein trotziges Kind, habe ich nicht auch noch was zu sagen?«

»Nein.« Er schüttelt den Kopf, die Hände in die Seiten gestemmt.

»Hm. Wenn das so ist, kann ich ja auch gleich gehen.«

Verärgert greife ich nach meiner Jacke und will mich schon zur Tür wenden, als Matts Arm blitzschnell an mir vorbeischießt und gegen die Tür drückt, die ich im Begriff bin zu öffnen.

»Heute Nacht gehst du nirgendwo hin. Morgen.« Seine Stimme klingt nun ganz ruhig. Er steht direkt hinter mir.

Langsam drehe ich mich um und kann die Tränen in meinen Augen nicht unterdrücken. Er ragt vor mir auf wie ein Samurai.

»Matt.« Schniefend blicke ich in seine wundervollen Augen. Dann tue ich etwas, von dem ich vorher nicht wusste, dass ich es tun würde. Ich lege meine Hand in seinen Nacken, ziehe ihn zu mir herunter und küsse ihn.

Ich küsse ihn, wie ich ihn noch nie zuvor geküsst habe. All meine Gefühle liegen in diesem Kuss, in diesem Moment. All die Trauer, die Wut, das Verlangen, die Liebe.

Und schließlich knickt er ein.

Stöhnend drängt er mich mit all seinem Gewicht gegen die Tür, die in meinem Rücken ist. Er hebt mich hoch, sein verletzter Arm scheint ihn im Moment nicht zu kümmern, und ich schlinge die Beine um seinen Körper, nicht bereit, diesen Mann je wieder loszulassen. Seine Lust presst sich hart gegen meine Mitte, unsere Zungen verzehren sich nacheinander wie die züngelnden Flammen eines verheerenden Feuers, während mein Herzschlag sich fast überschlägt.

Wir geben uns alles, was wir zu geben haben. Unser Kuss ist pures Verlangen, unsere Lippen brennen wie Feuer. Seine rechte Hand liegt auf meinem Po, seine linke hält meinen Nacken.

Völlig außer Atem legt er schließlich seine Stirn an die meine und stöhnt meinen Namen. Ein Schauer durchläuft mich. Es hört sich anders an als die Male zuvor – diesmal liegt eine tiefe Verbundenheit in diesem einen Wort, ein Verlangen, ein Versprechen.

Und auch Verzweiflung.

Ich umfasse seinen Nacken mit meinen Händen und halte ihn einfach nur fest, schmiege meinen Körper noch dichter an seinen.

Für uns beide waren die letzten Wochen und Monate eine Zerreißprobe. Matt hat heute bitter erfahren müssen, was es bedeutet, eine Schwachstelle zu haben.

Ich kann nur hoffen, dass er sie akzeptiert und mich nicht von sich wegstößt. Genau deshalb werde ich ihm hier und jetzt zeigen, wie tief meine Gefühle für ihn sind. Und dass ich ihn will.

Sanft lässt Matt mich wieder auf den Boden sinken, hält mich aber immer noch fest.

Langsam schiebe ich ihn ein Stück zurück, gehe um ihn herum und ziehe ihn mit mir zum Bett hinüber. Duncan hat bisher alles misstrauisch vom großen Doppelbett aus beobachtet.

»Duncan«, raune ich sanft und deute auf den Boden. Sofort springt der Schäferhund vom Bett hinunter und lässt sich auf dem Teppich nieder.

»Savannah, wir ...«

»Heute Nacht wird uns keiner finden, Matt. Die drei Männer sind in Polizeigewahrsam und Steve weiß nicht, wo wir sind.«

Er sieht nicht überzeugt aus.

Ich seufze. »Wenn es dich beruhigt, werde ich wach bleiben, in Ordnung? Aber du solltest dich wirklich ausruhen. Du wurdest immerhin angeschossen.«

Nun ist es an Matt zu seufzen. »Du musst nicht wach bleiben.«

Er kommt noch einen Schritt näher auf das Bett zu, sodass er direkt vor mir steht. Meine Kniekehlen stoßen gegen die Bettkante.

»Okay«, hauche ich und sehe ihn nur an. »Ich liebe dich.«

Es jetzt noch einmal ganz offen und unmissverständlich auszusprechen scheint mir richtig, da das Gespräch vorhin in einem Streit geendet hat.

Matt holt tief Luft. Schimmern dort etwa Tränen in seinen Augen?

»Ich liebe dich auch, Savannah.« Er überbrückt die letzten Zentimeter zwischen uns und küsst mich erneut, sanfter diesmal. Ich erwidere den Kuss und lasse mich von ihm nach hinten aufs Bett legen. Unseren Kuss unterbrechen wir nur, um uns unsere Klamotten vom Leib zu reißen. Als Matt endlich in seiner ganzen nackten Schönheit über mir aufragt und sich ein Kondom überstreift, berühre ich sanft seine Wange. Ein Lächeln liegt nun zum ersten Mal seit Stunden auf seinem Gesicht und mich überkommt ein Gefühl tiefster Zufriedenheit.

Er rollt uns herum, sodass ich auf ihm sitze.

Als wir uns endlich verbinden, beuge ich mich ihm so weit wie nur irgend möglich entgegen, um meine Lippen auf seine zu legen. Unsere Bewegungen sind langsam und bedacht, aber nicht weniger schön als sonst. Ich richte mich wieder auf und schaue auf den unglaublich attraktiven Mann hinunter, der unter mir liegt. Matt blickt mir tief in die Augen, als er eine Hand zwischen uns schiebt und mich langsam zusätzlich stimuliert. Kurz bevor ich komme, zieht er mich wieder zu sich hinunter und presst seine Lippen auf die meinen in dem verzweifelten Versuch, alles von mir zu nehmen und mir alles von sich zu geben. Wir kommen gleichzeitig und unsere Körper beben noch sekundenlang, während ich auf seiner Brust liegen bleibe und seinen herrlichen Duft einatme.

Kapitel 45

SAVANNAH

In den nächsten Tagen passiert viel. Wir können erst einmal noch nicht in unsere Hütte zurück, da die Haustür erneuert werden muss und die Zimmer durch die Schießerei ganz schön mitgenommen aussehen. Wir sind allerdings nach Oakajoks in ein Motel umgezogen, da es einfach praktischer ist.

Katie hat uns zwar angeboten, ein Zimmer im Hotel ihrer Eltern zu beziehen, aber das wäre mit Duncan umständlich gewesen. Nun teilen wir uns eins in einem Motel am Rande des kleinen Ortes.

Ein paar Tage später bekommt Matt die Nachricht, dass die drei Männer tatsächlich etwas mit illegalem Wildtierhandel zu tun hatten. Der Mann, den Matt angeschossen hat, hat es leider nicht geschafft, doch das zieht keine strafrechtlichen Konsequenzen nach sich.

Es scheint Matt nicht sonderlich aus der Ruhe zu bringen. Auf meine Frage an dem Abend hin, ob er schon einmal einen Menschen getötet habe, hat er nur genickt, wollte aber nichts weiter dazu sagen, außer, dass es zu seinem Job gehöre. Daraufhin hat er mich in die Arme geschlossen und mir ins Ohr geflüstert, dass ich mir keine Sorgen um ihn machen solle. Ihm ginge es gut und er würde neben den Aussagen und dem ganzen Papierkram psychologische Gespräche in Victoria führen. Es seien Standardprozesse und es würde sich gut gekümmert werden.

Doch es geht ihm nicht gut.

Irgendetwas hat sich seit dem Tag des Einbruchs verändert. Und auch wenn er mir immer wieder beteuert, dass nichts sei und wir bei unserem Gespräch alles geklärt haben, kann ich nicht umhin zu denken, dass das nicht stimmt. Ich bekomme sein Lächeln kaum zu Gesicht und er treibt noch mehr Sport als ohnehin schon.

Er wirkt rastlos, irgendwie getrieben von einer ständigen inneren Nervosität. Als ob er immer auf der Hut ist. Doch vor wem?

Er hat mir erzählt, dass er Angst hat, mich nicht vor Steve beschützen zu können, sollte dieser uns finden.

Doch Steve kennt unseren Aufenthaltsort nicht. Er hat uns bis jetzt nicht aufgespürt und wer weiß, vielleicht hat er es ja gar nicht mehr auf mich abgesehen.

Zugegeben, das klingt nicht sonderlich wahrscheinlich. Aber wir wissen es nicht.

Was ich weiß, ist, dass ich mich in Matt verliebt habe. Und dass ich mich bei ihm sicher fühle, egal, was er sagt oder welche Bedenken er hat.

Doch so langsam bekomme ich das Gefühl, dass er das alles erst hinter sich lassen kann, wenn Steve im Gefängnis sitzt.

Selbst der Mann, Daniel Smith, der beim OWRARC aufgetaucht ist und nach dem Wolf gefragt hat, hat mittlerweile gestanden. Sobald die Haupttäter, die auch in unsere Hütte eingebrochen sind, im Gefängnis saßen – es waren tatsächlich die Anführer einer Organisation, die mit Wildtieren handelt –, ist er auf dem Revier in Oakajoks aufgetaucht und hat seine gezwungene Mittäterschaft gestanden. Er sei unter Druck gesetzt, seine Familie bedroht worden.

Den Wolfswelpen, Pip, hat er ausgesetzt. Der Befehl lautete ihn zu töten, da er mit einem gebrochenen Bein nicht von Wert war, doch er brachte es nicht übers Herz, dem Kleinen eine Kugel in den Kopf zu jagen. Vor allem, weil er so zutraulich war.

Er wusste über ihn nur, dass er in Gefangenschaft geboren und deshalb so menschenbezogen war. Ansonsten sei er nur für die Fahrerei zuständig gewesen.

Als Matt mir eines Abends davon erzählt hat, musste ich schwer schlucken.

Es ist nicht immer nur alles schwarz-weiß im Leben.

Wer weiß, wozu ein jeder von uns fähig wäre, wenn die eigene Familie bedroht wird.

Dieser Mann hat kein schlechtes Herz, auch wenn ihm jetzt natürlich trotzdem ein Verfahren droht.

Doch das alles bringt mich noch immer nicht weiter mit Matt.

Wovor hat er Angst?

Eine Woche später können wir endlich wieder in die Hütte einziehen. Es war ein ganz schönes Debakel, dem Eigentümer zu erklären, was genau sich dort abgespielt hat. Dieser war so entrüstet darüber, dass er sie uns zunächst gar nicht weitervermieten und sie stattdessen sofort verkaufen wollte.

Kurzerhand hat Matt die Hütte dann gekauft. Und obwohl ich dachte, dass ich Schwierigkeiten haben würde, an den Ort des Geschehens zurückzukehren, habe ich mich geirrt. Diese urige Blockhütte ist in den letzten Monaten so etwas wie unser gemeinsames Zuhause geworden. Ab dem Moment, an dem ich einen Fuß in das renovierte Holzhaus gesetzt habe, überkam mich dieses Gefühl von Geborgenheit wieder.

Auch Matt scheint es nun besser zu gehen. Er wirkt entspannter und da wir wissen, dass der Vorfall nichts mit Steve zu tun hatte, hatte er keine Bedenken hierher zurückzukehren. Alle, die uns etwas wollten, würden uns so oder so finden, meinte er nur schulterzuckend.

Allerdings haben wir die Sicherheitsmaßnahmen angepasst und uns eine Alarmanlage und Videoüberwachung zugelegt.

Da es mittlerweile Anfang Dezember ist und das erste Adventswochenende vor der Tür steht, spreche ich Matt auf Weihnachten an, da ich davon ausgegangen bin, dass er über die Feiertage nach Hause fahren würde.

»Natürlich wäre ich über Weihnachten auch gern bei meinen Eltern. Aber das können wir nachholen. Ich bin viel lieber hier bei dir, es würde mir das Herz brechen, wenn du allein feiern müsstest. Und ich habe mich bereit erklärt, einige Schichten zu arbeiten, damit Gunnar Zeit mit seiner Familie verbringen kann.«

»Hm. Also ich könnte ja auch Freunde einladen«, scherze ich.

»Das wäre wohl kaum dasselbe, oder?«, zieht Matt mich auf, schließt mich in seine Arme und sieht mir tief in die Augen. »Ich meine es ernst, Savannah. Ich bleibe hier.«

Wärme durchflutet meinen Körper und ich lächele. »Dann sollten wir uns wohl lieber einen Weihnachtsbaum besorgen, oder was meinst du?«

Tatsächlich fahren wir am Samstagnachmittag los und sofort wird unsere Stimmung heiterer. Wir sehen uns an einem Stand im Zentrum des Dorfes ein paar Bäume an, jedoch ist nicht der richtige dabei.

»Schaut doch mal bei Watsons vorbei. Er besitzt ein großes Waldstück am Rande der Stadt und bietet seinen Kunden jedes Jahr an, sich ihren eigenen Baum auszusuchen und selbst zu fällen. Vielleicht gefällt euch da einer!«, rät uns die zierliche Frau an der Kasse, als wir uns verabschieden wollen.

»Okay, vielen Dank!«

Wir folgen der Beschreibung, die die Kassiererin uns gegeben hat, und finden die Watson Farm relativ schnell. Auch hier herrscht reger Betrieb, wir müssen ein paar Minuten warten, bis die nächste Kettensäge frei wird. Hier ist es offenbar ebenfalls Tradition, den Weihnachtsbaum schon Anfang Dezember aufzustellen.

»Wissen Sie, wie das geht?«, fragt ein stämmiger Mann Matt, als er ihm die Kettensäge und eine Schnittschutzhose reicht. »Ansonsten sind wir euch gerne behilflich.«

»Nein, keine Sorge, das bekomme ich hin«, versichert Matt ihm und nimmt die Sachen entgegen.

»Alles klar! Dann nehmt gerne einen Wagen und ein paar Seile mit, so könnt ihr den Baum zurück transportieren. Das Areal, auf dem gesägt werden darf, ist eingezäunt, ihr könnt euch also nicht verlaufen. Normalerweise bieten wir Schlitten an, aber da es noch nicht schneit, bringt der wohl noch nicht viel«, lacht er über seinen eigenen Witz und Matt und ich stimmen schulterzuckend mit ein.

Wir bedanken uns bei dem freundlichen Mann und stapfen über einen Trampelpfad durch die Bäume hindurch.

Ich bin gespannt, wie das Wetter hier auf Vancouver Island zu Weihnachten sein wird. In Edmonton hatten wir immer sehr viel Schnee, aber die letzten Jahre hat es im Westen auch zugenommen.

Ich ertappe mich dabei zu hoffen, dass ich Weihnachten auf Vancouver Island zusammen mit Matt erleben darf. Natürlich möchte ich, dass Steve schnell gefunden wird, damit der ganze Spuk ein Ende hat, aber jetzt, da Matt und ich zusammen sind, will ich dieses Abenteuer nicht so bald hinter mir lassen. Wir würden früh genug wieder in unsere Welt zurückkehren müssen, und wer weiß schon, was dann geschieht.

Der Gedanke, dass Matt noch bis Februar hier in Oakajoks arbeiten wird, zuckt durch meinen Tagtraum. Und schon wieder keimen Zweifel in mir auf, ob die Firma meiner Eltern wirklich das ist, was ich mein Leben lang machen möchte.

Andererseits – könnte ich sie einfach hinter mir lassen?

Ihr Baby? Ihr ganzer Stolz?

Dann verwerfe ich diesen Gedanken und besinne mich darauf, alles auf mich zu kommen zu lassen. Die Sache mit Steve kann ich nicht beeinflussen, da kann ich mir noch so sehr den Kopf über die Zukunft zerbrechen.

»Alles okay?«, reißt Matt mich ins Hier und Jetzt zurück.

»Hm?« Ich sehe ihn verständnislos an.

»Du siehst nur sehr nachdenklich aus, das ist alles.« Matt zieht mich an sich.

»Oh.« Ich schiebe mir mit einer Hand eine Strähne hinters Ohr, die sich aus meinem Zopf gelöst hat. »Ja. Ich muss nur gerade darüber nachdenken, dass ich dich gefragt habe, ob du Weihnachten hier bist. Aber was passiert, wenn Steve bis dahin gefunden wird?«

Matt hält in der Bewegung inne und schaut mich mit schiefgelegtem Kopf an. »Was soll dann sein?«

»Na ja«, zögere ich und sehe mich um. »Willst du dann trotzdem, dass ich bei dir bleibe?«

Matt sieht mich entgeistert an. »Savannah, wenn dir das noch nicht bewusst ist, weiß ich auch nicht, was ich noch tun soll.« Er zieht mich an sich und gibt mir einen Kuss auf die Schläfe. »Natürlich will ich das. Ich liebe dich.«

»Ich liebe dich auch.«

Damit schiebe ich meine Gedankengänge bewusst zur Seite und konzentriere mich auf das Hier und Jetzt.

Wir gehen weiter. Nach etwa zwanzig Minuten haben wir unsern Baum gefunden. Wir haben zuerst einen etwas Größeren im Visier gehabt, aber ich habe zu bedenken gegeben, dass wir ihn transportieren und ins Haus bekommen müssen – nicht, dass ich an Matts Kraft oder seinem Pick-up gezweifelt hätte, aber wir haben letztendlich doch den kleineren genommen.

Matt sägt den Baum ab und hievt ihn auf das Wägelchen. Ich mache Anstalten, ihn von hinten anzuschieben, aber Matt wirft mir nur einen ›ich schaff das schon‹-Blick zu und ich lasse es bleiben.

Beim Auto ziehen wir den Baum mithilfe des stämmigen Mannes auf das Dach des Pick-ups, da Matt ein Verdeck über der Ladefläche angebracht hat, und zurren ihn mit den Spanngurten, die wir vorher besorgt haben, fest. Wir bedanken uns, bezahlen unseren Baum und fahren glücklich in unser kleines Zuhause zurück.

Während ich ein paar Lebensmittel und Baumschmuck, den wir ebenfalls heute Vormittag besorgt haben, ausräume, macht Matt sich an dem Baum zu schaffen.

»Warte, ich helfe dir.«

Lachend helfe ich Matt dabei, den Baum durch die Haustür und ins Haus zu schaffen. Umständlich, weil wir so lachen müssen, da Duncan den Baum anbellt, schaffen wir es irgendwie, das Ungeheuer ins Wohnzimmer zu manövrieren. Zum Glück haben wir uns für die kleinere Variante entschieden.

Als der Baum endlich in dem Ständer steht, sind wir beide erschöpft, aber glücklich.

Matt zieht mich an sich, beugt sich zu mir herunter und gibt mir einen sanften Kuss.

»Was meinst du«, fragt er dann, »schauen wir einen Film oder schmücken wir den Baum?«

»Ich glaube, das kann beides noch warten. Ich habe gerade Lust auf was anderes bekommen.«

Ich nehme ihn bei den Händen und ziehe ihn hinter mir her, während ich rückwärts in Richtung unseres Schlafzimmers gehe. Matt lacht und folgt mir dann grinsend.

Kapitel 46

MATT

In der kommenden Woche arbeite ich sehr viel. Mir lässt der Überfall auf unsere Hütte keine Ruhe, und auch wenn ich weiß, dass Boucher nicht dahintersteckt, spüre ich eine ständige innere Unruhe in mir.

Ich meinte es ernst, was ich an dem Abend zu Savannah gesagt habe.

Dass ich verstehe, warum Klienten und Schutzbeauftragte keine Beziehung führen dürfen.

Man macht Fehler.

Und diese können fatal sein.

Außerdem kenne ich mich so gar nicht. Wenn ich mir etwas in den Kopf gesetzt habe, ziehe ich es normalerweise durch. Und an diesem Abend stand für mich fest, dass Savannah anderswo besser aufgehoben ist.

Aber nicht nur ich habe einen Dickkopf, sondern eben auch sie. Und als sie dann gedroht hat zu gehen und mich danach *so* geküsst hat, konnte ich gar nicht anders als einzulenken.

Im Nachhinein bin ich froh, es getan zu haben.

Ich sitze bei der Arbeit am Schreibtisch und fahre mir mit den Händen übers Gesicht. Gerade erst gestern Abend, als Savannah in meinen Armen gelegen hat, hat sie mich wieder gefragt, ob alles okay sei.

Sie ist ziemlich gut darin, zu spüren, was in mir vor geht. Ich will sie nicht beunruhigen, indem ich meine Gedanken mit ihr teile. Sie hat schon so viel durchmachen müssen und ist so stark geworden innerhalb der letzten Wochen. Da möchte ich sie nicht wieder verunsichern.

Mein Handy klingelt, ein kurzer Blick auf das Display verrät mir, dass es David ist. Ich nehme ab.

»Matt.«

»Hi, David. Was gibt's?«

Schweigen am anderen Ende der Leitung. Ich warte einige Sekunden, doch David sagt nichts.

»So schweigsam bist du doch normalerweise nicht. Was ist los?« Beunruhigt darüber, dass mein Boss nicht wie sonst mit Smalltalk startet, keimt ein flaues Gefühl in meiner Magengegend auf.

»Wir haben einen Hinweis auf Steve Bouchers Aufenthaltsort bekommen.«

Mir stockt der Atem. Ich nehme selbst nur am Rande wahr, dass meine Tonlage sich verändert. »Wo ist dieses Arschloch?«

»Alles der Reihe nach.« David holt tief Luft. »Ein Informant hat sich bei der Polizei in Vancouver gemeldet, nachdem die Fahndung nach Steve endlich landesweit öffentlich geschaltet wurde. Demnach hält er sich dort in einem Appartement versteckt. Warte«, sagt David, als ich Luft hole, um ihn zu unterbrechen. »Ich bin bereits dabei, ein ERT-Team zusammenzustellen, um der Sache auf den Grund zu gehen, da ich denke, dass es sich diesmal tatsächlich um Boucher handeln könnte. Wir haben in letzter Zeit schon viele falsche Informationen erhalten, die ins Nichts geführt haben, aber diesmal bin ich mir sicher.« Er legt eine kurze Pause ein. »Mir ist bewusst, dass du mittlerweile ein persönliches Interesse daran hast, Boucher ein für alle Mal wegzusperren. Deshalb dachte ich, ich lasse es dich wissen und frage dich, ob du Teil des Teams sein möchtest, das morgen das Appartement durchsucht. Aber Matt«, fügt er schnell hinzu, bevor ich antworten kann, »deine Gefühle für das Mädchen dürfen hier nicht die Oberhand gewinnen. Ich weiß, dass du einen guten Job machst und ich mich auf dich und dein Urteil verlassen kann. Aber diesmal musst du ehrlich zu dir selbst sein. Packst du das?« Sein Tonfall klingt streng.

Diesmal ist die Pause lang genug, damit ich antworten kann.

»Absolut, Sir.« Meine Stimme ist fest.

Ich weiß, worauf David hinauswill. An seiner Stelle hätte ich mich dasselbe gefragt. Doch wenn sie Steve Boucher festnageln, muss ich dabei sein und es mit eigenen Augen sehen.

Für Savannah.

Und auch ein bisschen für mich selbst.

»Okay. Ich vertraue deinem Urteil.« David atmet tief ein und wieder aus. »Ich schicke dir die Details. Wir müssen uns beeilen, bevor er von der Bildfläche verschwindet, also geht es morgen schon los. Ich werde nicht dabei sein, Peter hat das Kommando. Und Matt, ich weiß, Vancouver ist nicht weit von dir entfernt. Aber keine Alleingänge, klar?«

»Glasklar.«

»Sehr gut.«

»Was denkst du, wieso er in Vancouver ist? Ob er unsere Spur verfolgt hat?« Nachdenklich runzle ich die Stirn.

»Nein«, Davids Stimme klingt fest, »wenn er euch ausfindig gemacht hätte, wäre er längst bei euch. Ich glaube, er wollte einfach nur untertauchen und hat sich in Vancouver sicher gefühlt.«

»Hoffen wir es.«

Damit legt David auf und ich checke meine Mails. Tatsächlich erhalte ich einige Minuten später die Details zu Bouchers vermutlichem Aufenthaltsort und dem Plan für unser weiteres Vorgehen. Das Team aus Edmonton macht sich schon heute Abend auf den Weg nach Vancouver.

Und ich werde sie morgen dort treffen.

Seufzend lehne ich mich auf meinem Stuhl zurück. Jetzt muss ich mir nur noch eine Ausrede für Savannah einfallen lassen.

Ich möchte ihr nicht unnötig Hoffnung machen und es ihr erst erzählen, wenn wir diesen Mistkerl ein für alle Mal hinter Gitter gebracht haben und sie sich wieder sicher fühlen kann.

Und sich nicht um mich sorgen muss.

Am nächsten Morgen stehe ich früh auf und mache mich auf den Weg nach Nanaimo, um dort die erste Fähre nach Vancouver zu erwischen.

Ich habe Savannah erzählt, dass ich gestern kurzfristig einen Einsatz rein bekommen habe, da ein Kollege sich verletzt hat und Vancouver nicht weit von mir entfernt liegt, weshalb ich schnell einspringen kann. Obwohl es in den letzten Monaten nicht vorgekommen ist, dass ich einen externen Auftrag bekommen habe, hat sie es mir zum Glück abgekauft.

Ich weiß nicht, wie lange ich in Vancouver verweilen werde, doch auch das war für sie kein Problem. Sie hat mich heute Morgen lediglich noch einmal in den Arm genommen und mir das Versprechen abgenommen, gut auf mich aufzupassen.

Bei dem Gedanken daran muss ich lächeln. Sie ist wirklich etwas ganz Besonderes, und ich weiß noch immer nicht, womit ich dieses umwerfende Mädchen verdient habe.

Ich fahre mir mit der Hand über die Augen. Am Fährenterminal stehend, warte ich darauf, dass das Boarding beginnt. Wie immer kurz vor einem Einsatz bin ich innerlich völlig ruhig und lasse die ganze Sache nicht zu sehr an mich herankommen.

Doch diesmal fällt es mir schwerer als gewöhnlich.

Es ist, wie David gesagt hat. Ich habe ein persönliches Interesse daran, Boucher hinter Gitter zu bringen.

Die Überfahrt klappt reibungslos, keine zwei Stunden später laufen wir langsam in das Terminal von Horseshoe Bay auf dem Festland ein. Ich habe mich auf das Oberdeck gestellt, um diesen Anblick in mich aufzusaugen. Es war noch dunkel während der Überfahrt, weswegen ich die wunderschöne Landschaft um mich herum nicht bewundern konnte, doch nun lugt die Sonne hinter den Berggipfeln hervor und taucht alles in ein sanftes Licht. Die Gipfel sind schneebedeckt, was das Ganze noch spektakulärer aussehen lässt.

Wenn in den nächsten Monaten Zeit dafür ist, muss ich Savannah hierherbringen.

Im Moment bin ich mir nicht sicher, ob ich überhaupt wieder nach Edmonton zurückkehren möchte, so sehr habe ich diese Gegend hier liebgewonnen.

Klar, meine Familie lebt dort und ich habe natürlich Freunde. Doch Oakajoks hat einen Charme an sich, dem man sich nur schwer entziehen kann. Auch hier haben Savannah und ich viele Freunde kennenlernen dürfen, und um sie wäre es schade, wieder wegzugehen.

Vom Umfeld erst gar nicht zu sprechen. Die Landschaft in British Columbia ist einfach atemberaubend. Die Berge, der Regenwald, das Meer. Hier hat man alles auf einmal, und ich würde es definitiv missen, nicht mehr jeden Tag mit Duncan in dieser unberührten Natur und am Wasser laufen zu gehen. Ich habe mich noch nie so angekommen gefühlt wie hier.

Und die Arbeit gefällt mir auch. Finn hat erzählt, dass auf dem kleinen Revier im Gespräch ist, jemanden zusätzlich einzustellen, da die Wache dauerhaft unterbesetzt ist. Und er hat durchblicken lassen, dass er ein gutes Wort für mich eingelegt hat – sollte ich bleiben wollen.

Doch ich schätze, das ist ein Thema, über das ich mit Savannah reden muss, sollte die Stelle wirklich ausgeschrieben werden – und die Sache mit Boucher heute klappen. Was ich einerseits hoffe, doch das danach macht mir Angst.

Auch wenn Savannah mich am Wochenende, als wir den Baum gekauft haben, gefragt hat, ob *ich* über Weihnachten bleiben wolle – würde *sie* bleiben wollen, sollte ich mich dazu entscheiden, nicht nach Edmonton zurückzukehren?

Ich hoffe es sehr.

Als wir kurz vorm Anlegen sind, begebe ich mich auf das Deck, auf dem mein Wagen geparkt ist. Die Luft hier unten ist so kühl, dass sich kleine Atemwölkchen vor mir bilden. Ich schließe meine Jacke etwas fester um mich und schwinge mich dann auf den Fahrersitz. Den Wagen starte ich erst, als die Autos vor mir sich in Bewegung setzen und langsam von der Fähre herunterrollen.

Es dauert in dem morgendlichen Verkehr, in dem viele Pendler auf den Weg nach Vancouver sind, noch einmal knapp zwei Stunden, bevor ich an dem Treffpunkt ankomme, den David mir für heute genannt hat – ein Motel, das etwas außerhalb von Downtown Vancouver liegt. Allerdings bin ich immer noch fast eine Stunde zu früh, weshalb ich mir den nächstgelegenen Tim Hortons suche und erst einmal frühstücken gehe.

Als ich zum zweiten Mal an diesem Morgen auf den Parkplatz des Motels rolle, stehen dort zwei Subs, die ich eindeutig als die meiner Kollegen identifiziere. Es sitzt jedoch keiner mehr drin, weshalb ich an die Tür des Zimmers Nummer 23 klopfe, welche David mir in seiner Mail mitgeteilt hat.

Es dauert nur ein paar Sekunden, bis die Tür einen Spalt breit geöffnet wird und Peter mir entgegenschaut. Er öffnet die Tür ein wenig mehr, sodass ich eintreten kann.

»Hey, Mann.« Er klopft mir zur Begrüßung kurz auf den Rücken, genau wie Ash, Tom und Leon. Brett ist heute von einem anderen Team als sechster Mann dabei.

Das zweite Team besteht aus Gus, Tina, Fred, Ben, Jack und Oliver. Letztere sind noch ganz neu im ERT-Team.

»Wie geht's?«, fragt Ash und klopft mir ebenfalls auf die Schulter. »Bekommt dir das Kleinstadtleben?«

Allgemeines Gelächter erfüllt unsere kleine Runde, doch es ist nicht böse gemeint. Die meisten Jungs hier können sich nur nicht vorstellen, die Großstadt hinter sich zu lassen und in ein Dorf zu ziehen.

»Auf jeden Fall«, erwidere ich und stimme in ihr Lachen mit ein.

»Und wie geht's der Kleinen?«, erkundigt Gus sich. Er hat mir damals mit der Erstversorgung geholfen, als Savannah angeschossen wurde, und sie im Krankenwagen begleitet.

»Gut, sie hat sich echt schnell erholt.«

»Ja, David meinte, wir sollen heute besonders auf dich aufpassen ... Jetzt sag nicht, da läuft was zwischen euch beiden?«

Peter sieht mich mit einem Grinsen und schiefgelegtem Kopf an. Ich wusste, dass die Jungs mich aufziehen würden. Damit muss ich jetzt wohl klarkommen.

Schnaubend zucke ich mit den Schultern, bevor ich zurück grinse. »Manchmal passieren Dinge, die man nicht beeinflussen kann.«

Daraufhin grölen die Jungs los. »Hört, hört. Bist du in den letzten Monaten ein Poet geworden, oder was? Wer bist du und was hast du mit Matt gemacht?« Ash klopft mir auf die Schulter. »Aber ich freue mich für euch, Mann.«

»Danke.« Ich streife mir meine Lederjacke ab und werfe sie auf eins der Betten in dem Zimmer. »Also, wie lautet der Plan?«

Leon runzelt die Stirn. »Hat David dir keine Mail geschickt?«

»Doch, klar, aber ich dachte, wir gehen alles noch einmal durch?«

»Logisch«, meint Peter und nimmt ein Tablet von der Kommode hinter ihm.

Ich stütze meine Hände in die Hüften und sehe mich um. Mehrere schwarze Koffer liegen auf dem Boden verteilt, in denen sich unsere Blackouts sowie Schutzausrüstung befinden.

»Also«, erklärt Peter und zieht meine Aufmerksamkeit wieder auf sich. »Boucher befindet sich laut unserem Informanten in diesem Gebäude hier.« Er öffnet eine 3D-Ansicht von einem Stadtteil in Vancouver und zoomt an eines der vielen Hochhäuser heran. »Er konnte uns sogar das Stockwerk mitteilen, laut ihm ist es das neunte.«

»Hm«, mache ich und sehe mir das Gebäude näher an. »Aber ich schätze, er konnte nicht sagen, welche der Wohnungen es konkret ist?«

»Nein. Er kennt nur das Stockwerk, da er ihn aus dem Fahrstuhl hat gehen sehen.«

»Okay, aber immerhin. Wie viele Wohnungen befinden sich auf jeder Etage?«

»Vier«, weiß Ash.

Ich schaue in die Runde. »David hat außerdem in der Mail erwähnt, dass die Sicherheitskameras auf den Fluren ausgeschaltet sind?«

Alle nicken.

»Ich würde vorschlagen, dass wir das Gebäude eine Weile beobachten. Alle Wohnungen haben Fenster nach außen hin, vielleicht finden wir ja Auffälligkeiten wie zum Beispiel geschlossene Vorhänge oder so etwas in der Art. Außerdem sollten zwei Leute von uns sich in Zivil im Gebäude positionieren. Der Rest von uns steht natürlich auf Abruf bereit.« Peter ist nach meiner Abreise aus Edmonton zum zweiten Teamleiter aufgestiegen, weshalb er nun das Kommando übernimmt, wenn David nicht persönlich dabei ist.

»Klingt gut.« Ben, der heute das Sagen über das zweite Team hat, stimmt zu und verteilt dann gemeinsam mit Peter die Rollen.

Bens Team wird die Beobachtung übernehmen – zwei in Zivil, vier außen. Peters Team, zu dem ich gehöre, bleibt im Wagen, den wir vor dem Gebäude parken, und wartet, bis Bens Team weiteres herausgefunden hat, bevor wir aktiv werden.

»Ist noch etwas unklar?«, fragt Peter, als die Anweisungen verteilt sind.

Alle schütteln die Köpfe und begeben sich in ihre Zimmer, um sich die Ausrüstung anzuziehen.

»Hey.« Peter hält mich zurück, als ich gerade Ash über den Parkplatz des Motels zu unserem Zimmer folgen will. »Bist du sicher, dass du dabei sein willst?«

Ich nicke unmissverständlich. »Ich muss dabei sein, wenn dieser Mistkerl festgesetzt wird, Pete. Du kannst dich auf mich verlassen, ich werde diesen Job genau so professionell erledigen wie all die anderen zuvor.«

Peter klopft mir auf die Schultern. »Okay, ich musste nur noch einmal fragen. Ich freu mich übrigens für euch beide.« Jetzt lacht er breit und ich muss mit einstimmen.

»Danke, Mann.«

Kapitel 47

MATT

Eine Stunde später steht unser Wagen vor dem Gebäude, in dem sich laut unseren Informationen Steve Boucher aufhält.

Bens Team hat sich abgesetzt und inspiziert nun das Gebäude und das äußere Umfeld. Ich sitze neben Peter, Ash, Leon, Tom und Brett im Wagen und warte auf eine Rückmeldung von Ben. Auch wenn ich mich vollkommen unter Kontrolle habe, bin ich doch angespannter als bei anderen Einsätzen.

Ich hoffe wirklich, dass wir diesen Mistkerl festsetzen und Savannah dann in Ruhe alles verarbeiten und sich ein neues Leben aufbauen kann.

Es dauert eine weitere Stunde, bis endlich das Go über Bens Funkgerät kommt.

»Wir haben durch ein Fenster Sichtkontakt zur Zielperson. Linke Wohnung zur Hauptstraße hinaus. Macht euch bereit.« Ein kurzer, knapper Befehl.

Offenbar ist Boucher unvorsichtiger geworden und hat sich hier in Sicherheit gewogen. Pech für ihn, gut für uns.

Tief durchatmend warte ich darauf, dass Ben und Gus zu uns stoßen, um gemeinsam mit uns zum Gebäude zu gehen. Tina und Fred bleiben in Zivil und stellen sicher, dass Boucher nicht die Flucht gelingt.

Ein leises Klopfen am Sub lässt mich aufschauen. Peter fährt eine der getönten Scheiben hinunter und als er Ben und Gus erblickt, öffnet er seine Tür.

»Bereit?«, fragt Gus und greift, genau wie Ben, nach seiner Schutzweste, seinem Helm und den Waffen.

Wir packen die Ausrüstung für Jack und Oliver ein und stürmen schließlich gemeinsam das Gebäude.

Die Menschen auf dem Bürgersteig weichen erschrocken zurück und einigen Leuten im Untergeschoss entfährt ein kleiner Schrei des Entsetzens.

Ich kann es ihnen nicht verübeln und bin solche Reaktionen bereits gewohnt. Zehn uniformierte Cops in Schutzausrüstung mit harten Waffen im Anschlag lösen sie oft aus.

»Leon, Brett, bleibt hier und seht zu, dass keiner das Gebäude verlässt. Sagt der Dame, sie soll den Fahrstuhl lahmlegen, wenn wir oben sind.«

Die beiden nicken und positionieren sich im Flur, wie bereits im Vorfeld besprochen.

Jack und Oliver haben vor dem Gebäude Stellung bezogen.

Ash, Ben und Gus nehmen den Fahrstuhl, Peter, Tom und ich laufen schnellen Schrittes die Treppen bis in den neunten Stock hinauf. Das harte Training macht sich in solchen Momenten mehr als bezahlt.

Oben angekommen haben Tina und Fred bereits ihre kugelsicheren Westen angezogen und zusammen mit Ash und Ben Position vor einer der Wohnungstüren bezogen.

»Irgendetwas?«, fragt Peter leise und will damit wohl wissen, ob ihnen schon jemand begegnet ist oder sie Geräusche gehört haben.

Gus schüttelt den Kopf und deutet dann auf eine Wohnung um die Ecke. Sie haben noch nicht vor der eigentlichen Zielwohnung Position bezogen, damit man sie durch den Türspion nicht ausmachen kann. Ein Blick in die Runde, ein kurzes Abklatschen auf die Schulter des Vordermanns, dann geht Ash mit einer Einmannramme voraus und bricht die Tür ein, damit wir das Überraschungsmoment auf unserer Seite haben.

Dann geht alles ziemlich schnell. Ich komme als Letzter in die Wohnung und höre die Befehle von meinen Kollegen, wie: »Alle auf den Boden!«, und: »Waffen runter!«

Gus und Ash biegen nach links in ein Zimmer ab und sichern es, Tina, Peter und Ben begeben sich nach rechts. Tom, Fred und ich gehen in den großen Wohnraum hinein, wo zwei Männer uns völlig überrascht anblicken und gerade nach ihren Waffen greifen wollen, doch da haben Fred und Tom die beiden schon auf den Boden geworfen. Hinter mir höre ich die Rufe »Gesichert!« von den anderen Teams, die nun zu uns stoßen.

Nach rechts geht ein weiteres Zimmer ab, welches Ash und ich nun sichern. Es handelt sich um ein Schlafzimmer, doch es ist leer.

»Gesichert!«, rufe ich und stoße zusammen mit Ash wieder zu den anderen im Wohnbereich.

Peter und Gus halten ihre Waffen auf die am Boden liegenden Männer gerichtet, bis Tom und Fred die beiden in Handschellen gelegt haben.

Ich schaue die Männer an und mir stockt kurz der Atem.

Er ist es.

Der Mann, der unter Fred auf dem Boden liegt, ist tatsächlich Steve Boucher.

Und obwohl ich immer erleichtert bin, wenn eine Mission gelingt, fällt mir in diesem Moment ein riesengroßer Stein vom Herzen. Und eine unglaubliche Wut auf diesen Mann erfüllt mich gleichermaßen. Ich kann gar nicht beschreiben, wie der Wirbelsturm sich in mir aufbauscht. Die unterschiedlichsten Gefühle stoben in mir auf und lassen den Tornado zu einer ungeahnten Größe anschwellen.

Doch ich muss mich zusammenreißen.

»Steve Boucher, Sie sind hiermit festgenommen wegen Mordes an Ihrer Großmutter, deren Ehemann sowie dessen Sohn und Schwiegertochter, Entführung von Savannah Roberts, Erpressung und weiterer Delikte. Sie haben das Recht zu schweigen. Alles, was Sie hier sagen, kann und wird vor Gericht gegen Sie verwendet werden.« Peter und Gus nehmen ihre Waffen herunter, als die beiden in Handschellen vor uns sitzen.

Und dann passiert etwas Unbegreifliches.

Boucher beginnt zu lachen.

Ein dreckiges, hohles Lachen, das mir das Blut in den Adern gefrieren lässt.

Ich wechsle einen Blick mit Tina, die neben mir steht, und sehe darin denselben Hass, den auch ich verspüre.

Dieser Mann ist krank.

Während sie abgeführt werden, verliest Peter den beiden Männern ihre Rechte und eskortiert sie gemeinsam mit Ben, Tom und Fred zu den Einsatzwagen, die unten vor dem Gebäude auf sie warten.

Den zweiten Mann kenne ich nicht, doch er wirkt ebenso heruntergekommen wie Boucher selbst und wir werden früh genug herausfinden, welcher von seinen Hintermännern er ist.

Als sie die Wohnung verlassen haben, stütze ich mich kurz auf einer Kommode ab und atme einmal tief durch. Ich spüre eine Hand auf meiner Schulter und blicke in Ashs Gesicht.

»Er ist festgesetzt, Matt. Wir haben es geschafft, deine Freundin ist wieder sicher.«

Ich nicke und klopfe ihm dankbar auf den Rücken.

Dann helfen wir Tina dabei, die Wohnung nach weiteren Hinweisen zu durchsuchen, und warten auf das Spurensicherungsteam.

Als Ash und ich am Abend fix und fertig im Motel ankommen, schnappe ich mir schnell mein Handtuch und springe zuerst unter die Dusche, während Ash eine rauchen geht.

Als ich den ganzen Stress und Schweiß vom Tag abgewaschen habe, will ich eigentlich nur noch ins Bett fallen.

Doch stattdessen klaube ich mir mein Smartphone vom Nachttisch und schlendere nach draußen, wo ich mich auf einen der Gartenstühle setze und Savannahs Nummer wähle. Ich muss ihre Stimme hören, auch wenn ich ihr nach meiner Rückkehr persönlich von der Festnahme Bouchers erzählen will. Dass er festgenommen wurde, wird erst in ein paar Tagen in den Nachrichten bekannt gegeben, da noch nicht alle Hintermänner ausgemacht wurden.

Bereits nach dem ersten Klingeln nimmt Savannah den Hörer ab.

»Hey!«, erklingt ihre Stimme erfreut.

»Hi, schönes Mädchen.« Ich muss grinsen, weil ich mir innerlich vorstelle, wie Savannah bei diesem Kosenamen das Gesicht verzieht.

»Soll das ein Kompliment sein?«

»Was denn sonst?«

»Hm.« Sie übergeht dies und ich höre im Hintergrund einen Stuhl über den Boden scharren. »Wie geht es dir? Habt ihr euren Einsatz erledigt?«

»Ja, haben wir, es hat alles geklappt.«

»Oh, da bin ich erleichtert.« Sie seufzt auf. »Kommst du morgen wieder nach Hause?«

»Ich weiß es noch nicht sicher, wir müssen morgen noch ein paar Dinge erledigen, Aussagen machen und so weiter. Aber spätestens übermorgen sollte ich wieder da sein.«

Ich schaue auf den in Dunkelheit gehüllten Parkplatz, wo gerade ein junges Pärchen mit einem schreienden Baby in den Armen zum Auto hinübergeht.

»Okay. Ich freu mich schon.«

»Ich mich auch.« Bei dem Gedanken daran, sie wieder in die Arme zu schließen, muss ich lächeln. »Was hast du heute so gemacht?«

»Ich war bei Nia im Center. Du ahnst nicht, was wir Pip heute beigebracht haben«, erzählt sie begeistert.

»Wie er euch nicht die Hand abbeißt, sobald ihr ihn füttern wollt?«, scherze ich und kassiere ein genervtes »Haha« und ein Schnauben.

»Nein, stell dir vor, er kann jetzt Sitz! Er ist wirklich wie ein Hund, ich sag's dir!«

»Geht das denn mit seinem Bein?« Ich runzle die Stirn. Nach meinem letzten Stand humpelt der Wolf immer noch ziemlich, weil sich die Wunde entzündet hatte.

»Jap, er läuft schon viel besser. Und für ein wenig Futter tut der Kleine wirklich alles.«

»Okay. Aber tu mir einen Gefallen, ja? Pass auf dich auf. Es ist immer noch ein wildes Tier.« Besorgnis schleicht sich in meine Stimme. Auch wenn ich weiß, dass Nia schon ihr ganzes Leben mit solchen zu tun hat, ist mir nicht wohl dabei, Savannah in der unmittelbaren Nähe eines Wolfes zu wissen. Auch wenn sie einen echten Narren an Pip gefressen hat, was sich gar verstärkt hat, seitdem die beiden aktiv Kontakt suchen.

»... der in Gefangenschaft geboren und mit Menschenkontakt aufgewachsen ist«, korrigiert sie mich. Diese Info hatten wir ebenfalls von Daniel Smith erhalten. »Keine Sorge, Matt. Ich pass auf, okay?« Sie schnaubt. »Ich wette, dass meine Arbeit hier im Center nicht halb so gefährlich ist wie deine, wenn du böse Jungs jagst.«

338

Nun ist es an mir zu lachen. »Böse Jungs?«

Ich sehe vor mir, wie sie die Augen verdreht. »Du weißt, was ich meine. Verbrecher und so.«

Schmunzelnd lege ich den Kopf schief. »Vermutlich hast du recht.«

»Hm«, stimmt sie mir zu und eine kurze Pause entsteht.

»Meldest du dich morgen, ob du es schaffst?«, fragt sie schließlich.

»Auf jeden Fall.« Ich schaue auf meine Armbanduhr und stelle fest, dass es bereits nach zehn ist.

»Okay.« Ihre Stimme klingt leise.

»Okay«, wiederhole ich und muss unwillkürlich lächeln.

»Savannah?«

»Hm?«

»Ich liebe dich.«

Ihr entfährt ein leises Seufzen. »Ich liebe dich auch, Matt.«

Nachdem wir aufgelegt haben, bleibe ich noch eine Weile sitzen und schaue in die Dunkelheit der Nacht hinein, die hier in der Stadt immer wieder von Lichtern durchbrochen wird. Als ich meinen Kopf in den Nacken lege, kann ich keinen einzigen Stern am Himmel ausmachen, so sehr beeinflussen sie die Nacht.

Noch ein Grund, warum ich Oakajoks so liebe. Dort könnte man jeden einzelnen Stern am Himmel zählen, wenn man wollte. Und in diesem Moment wird mir einmal mehr bewusst, dass ich wirklich gerne dortbleiben würde.

Vielleicht sieht Savannah das ja ähnlich.

Ich erhebe mich aus dem Stuhl und gehe in unser Zimmer. Ash blickt nur kurz auf, widmet sich dann aber wieder seinem Handy.

Ich schließe meins an das Ladegerät und stelle mir meinen Wecker sehr früh – morgen steht noch einiges an und ich würde gern die Fähre am Abend zurück nach Hause nehmen.

Zurück zu Savannah.

Kapitel 48

SAVANNAH

Nachdem ich gestern Abend mit Matt telefoniert habe, ist mir ein Stein vom Herzen gefallen, dass der Einsatz, auf den er geschickt wurde, gut verlaufen und er wohlauf ist. Obwohl er mir nicht verraten wollte, worum es genau geht, bin ich vom Schlimmsten ausgegangen und deshalb umso erleichterter.

Auch heute habe ich den Tag bei Nia im Center verbracht und lasse mich nun erschöpft, aber glücklich auf einen Stuhl am Küchentisch nieder und schlürfe genüsslich meinen Tee. Es ist nach neun Uhr, aber Nia ist einfach über jeden Tag, den ich ihr aushelfe, dankbar. Und mir macht die Arbeit dort wirklich Spaß.

Auch Pip wächst mir immer mehr ans Herz. Er ist wie ein kleiner Welpe und obwohl Matts Unbehagen, sein Verhalten könne irgendwann umschlagen, nicht unbegründet ist, glaube ich doch, dass dies von Tag zu Tag, an dem wir Zeit mit ihm verbringen, unwahrscheinlicher ist. Auch wenn man es natürlich nie ausschließen darf, er ist immerhin ein Raubtier.

Wir planen, ein großes Gehege auf dem Areal des Centers für ihn zu bauen, sobald das Wetter es im Frühjahr zulässt, um ihm ein Leben so frei wie möglich zu ermöglichen. In der Hoffnung, einen zweiten Wolf aus einem anderen Center zu bekommen, denn ohne Artgenossen wäre es nicht artgerecht.

Nia hat durchblicken lassen, dass es sein kann, dass sie ihn abgeben wird – in ein Center, das bereits ein Wolfsrudel hat. Doch daran möchte ich im Moment nicht denken.

Ich will das Beste für Pip – aber ich wüsste ihn gerne hier. Auch wenn ich nicht weiß, ob ich dann noch hier sein werde – ich weiß, dass ich Nia zumindest eine großzügige Spende im Namen der Firma zukommen lassen werde. Nicht nur für Pip, sondern für die ganze Arbeit, die sie hier leistet.

Wehmut überkommt mich. Ich würde wirklich gern hierbleiben, auch wenn Steve irgendwann gefasst wird. Ich fühle mich hier so ... angekommen.

Doch wie wird Matt das sehen? Er hat den Job immerhin nur für ein halbes Jahr angenommen, danach möchte er bestimmt zurück in die Großstadt. Will er dann überhaupt noch mit zusammen sein? Klappt es zwischen uns, wenn sich die Umstände ändern?

Und dann wäre da noch die Firma meiner Eltern. Seufzend lege ich die Stirn auf die Tischplatte. Es bringt nichts, sich jetzt den Kopf darüber zu zerbrechen. Und doch verselbstständigen sich meine Gedanken mal wieder und fechten einen erbitterten Kampf aus.

Ein Blick auf mein Handy verrät mir, dass noch keine neue Nachricht von Matt eingegangen ist. Er hat mir heute Mittag geschrieben, dass er die Fähre voraussichtlich nicht mehr bekommen und bis morgen in Vancouver bleiben wird. Das ist jetzt über sieben Stunden her, seitdem habe ich nichts von ihm gehört. Wahrscheinlich steckt er bis zum Hals in Arbeit.

Ich mache es mir in unserem Bett gemütlich und kuschele mich unter die Bettdecke. Eigentlich wollte ich lesen, doch meine Gedanken kreisen, wie so oft, um Matt. Gerade jetzt, wenn ich allein in unserem Bett liege, wünschte ich, er wäre hier. Ich mag es, mit ihm zusammen zu sein. Er macht einen besseren Menschen aus mir, bringt mich zum Lachen. Heitert mich auf und stärkt mich, hinterfragt meine Gedankengänge zwar manchmal, stellt mich dabei aber nie bloß. Er respektiert mich.

Und auch der Sex mit ihm ist einfach phänomenal. Ich habe schon von vielen Frauen gehört, die etwas mit angesagten, gutaussehenden Kerlen hatten und vom Sex enttäuscht waren. Wenn die Männer zu überzeugt von sich selbst sind, scheinen sie sich nicht mehr allzu viel Mühe zu geben. Sie könnten ja jede haben.

Mit Matt ist es nicht so.

Wir harmonieren einfach – im Alltag wie auch beim Sex.

Langsam fährt meine Hand unter die Bettdecke und berührt meine empfindlichste Stelle.

Ich stöhne auf und ziehe meinen Slip aus, der neben mir auf dem Bett landet. Während ich meinen Finger kreisen lasse, denke ich an Matt. Stelle mir vor, was er mit mir anstellen würde, wäre er jetzt hier. Wie er zwischen meinen Beinen knien und mich mit seiner Zunge verwöhnen würde.

Ich ziehe das Kissen unter mir hervor und packe es weg, damit ich den Kopf in den Nacken legen kann, während ich mich sanft durch meine eigene Hand stimuliere.

Als Duncan plötzlich vom Boden aufspringt und bellend in den Flur läuft, schrecke ich auf. Ich war so in Gedanken versunken, dass ich die Haustür nicht gehört habe. Habe ich sie etwa nicht abgeschlossen?

Schnell setze ich mich auf, greife nach meinem Slip und will ihn mir gerade überstreifen, als Matt im Türrahmen erscheint. Ich zucke zusammen und blicke ihn erschrocken an, als er sich nun abstößt und langsam ins Zimmer kommt.

Gott, mich könnte man so einfach überfallen.

»Hallo, schönes Mädchen.« Sein Lächeln ist umwerfend.

»Hey«, hauche ich und halte in meiner Bewegung inne. Er bemerkt es und sieht an mir hinunter. Seine Augen verdunkeln sich merklich.

»Ich wollte dich nicht unterbrechen«, raunt Matt mit tiefer Stimme.

»Hast du nicht«, krächze ich und ziehe die Bettdecke wieder etwas höher.

Matt grinst schief. »Ganz sicher?«

Hitze schießt mir ins Gesicht.

Er kommt zu mir aufs Bett – er hat es nicht einmal geschafft, sich seine Jacke und Schuhe auszuziehen – und beugt sich über mich. Seine Lippen senken sich zu einem feurigen Kuss auf meine herab und ich stöhne unweigerlich auf. Ich spüre sein Grinsen und lasse zu, dass er seine Hand unter die Bettdecke schiebt. Langsam streicht er über meinen Bauch bis hin zu der empfindlichsten Stelle zwischen meinen Schenkeln hinab, wo er seinen Finger ein wenig kreisen lässt. Kein Slip, der ihn daran hindert. Als ich erneut stöhne, wird sein Grinsen, wenn überhaupt möglich, noch breiter.

»Du bist ganz feucht, Savannah. Bist du sicher, dass ich dich nicht unterbrochen habe?« Seine Stimme ist kaum mehr als ein raues Flüstern auf meiner Haut, als er nun meinen Hals mit seinen Küssen bedeckt.

Ich nicke leicht, mein Verstand ist wie benebelt. Seine Finger bahnen sich einen Weg zurück an die Oberfläche und ich wimmere kurz auf. Doch er sucht nun wieder meine Hand und legt sie behutsam zwischen meine Schenkel.

»Nicht aufhören«, raunt er und drückt sich vom Bett hoch.

Leicht verunsichert lasse ich meine Hand, wo sie ist, und meine Finger sachte kreisen. Matt entledigt sich schnell seiner Schuhe und Socken, seiner Jacke und seines Hemds, bevor er zurück ins Bett kommt. Er sieht mich prüfend an, als er die Bettdecke von mir schiebt und ich nun ausgebreitet vor ihm liege, eine Hand zwischen meinen Schenkeln. Matts Augen werden fast schwarz, als er sich neben mich legt und meine Lippen mit seinen bedeckt. Unser Kuss ist feurig und voller Verlangen, als er sich auf mich gleiten lässt. Der Gürtel seiner Hose drückt leicht gegen meinen Bauch, aber das ist mir egal. Ich dränge mich an ihn und hebe meine Hüften an. Mein Herz schlägt Purzelbäume, mein Atem geht rasend.

Matt grinst. »Noch nicht, ich möchte dir erst noch ein wenig zusehen«, meint er und erhebt sich ein Stück, um auf mich zu sehen. Er stöhnt und setzt sich zwischen meinen Schenkeln auf die Knie, wo er seine Hand auf meine legt. Ich sehe den heißen Mann an und fahre mit meiner anderen Hand fasziniert über die stählernen Muskeln an seinem Bauch. Bei dem Adler halte ich kurz inne. Ich liebe dieses Tattoo, es passt so gut zu Matt, der genau so ein Kämpfer ist wie der Raubvogel.

Fasziniert schaut Matt nun auf meine Mitte, wo ich meine Finger kreisen lasse. Er sieht zu mir auf und beginnt, mein Top bis unter meine Achseln aufzurollen, sodass meine Brüste freigelegt sind. Langsam senkt er sich wieder auf mich herab und liebkost meinen rechten Nippel mit seinen Lippen. Ich kann ein Stöhnen nicht unterdrücken und bäume mich auf. Seine andere Hand beginnt mit meiner linken Brust zu spielen, sie zu kneten und zu streicheln.

Langsam finden seinen Lippen den Weg hinunter zu meinem Bauch und schließlich zwischen meine Schenkel. Ich ziehe meine Hand weg und lasse seiner Zunge den Vortritt. Als er meine Haut zum ersten Mal streift, keuche ich auf. Seine Berührung ist so anders als meine eigene, viel intensiver. Er weiß definitiv, welche Knöpfe er bei mir drücken muss.

Er saugt leicht an meiner Klit. Ich stöhne erneut auf und gebe mich seiner Berührung hin. Wenig später nimmt er einen Finger hinzu, den er langsam in mich gleiten lässt. Meine Beine winkele ich so weit wie möglich an und stöhne auf, als er mein Becken mit seiner anderen Hand leicht anhebt.

Das Ziehen in meiner Mitte wird immer stärker, ich genieße dieses Gefühl kurz vor der Ekstase. Als Matt jedoch einen zweiten Finger hinzunimmt und seine Zunge ein wenig kräftiger auf meine Mitte drückt, breche ich aus wie ein Vulkan. Seinen Namen stöhnend erbebe ich unter seinen Händen, während er aufstöhnt und jeden süßen Moment davon auskostet.

Als mein Beben langsam verebbt, schiebt er sich zu mir hoch und küsst mich, feurig und ungestüm.

»Matt«, hauche ich, und als würde er diesen flehentlichen Wink verstehen, streift er sich endlich seine Jeans und die Boxershorts ab, rollt sich ein Kondom über und ist in Windeseile wieder über mir.

Als er sich jetzt in mich gleiten lässt, bin ich so feucht wie ein Wasserfall und biege mich ihm ehrfurchtsvoll entgegen. Er beginnt sich langsam in mir zu bewegen und ich ziehe seine Lippen zu meinen hinunter. Dieser Kuss turnt mich an und seine Bewegungen werden schneller.

Matt keucht auf und schaut mir in die Augen. Wir versinken im Blick des jeweils anderen und finden einen gemeinsamen Rhythmus, lassen uns von ihm leiten und bis an die Spitze treiben, bevor wir ein wenig später noch einmal zusammen zum Höhepunkt gelangen.

Als die letzten Wellen unseres Verlangens verebbt sind, bleibt Matt noch eine Weile über mir liegen, sein Kopf an meiner Schulter, meine Beine um seine Hüfte geschlungen.

Irgendwann rollt er sich von mir herunter. Er streift sich das Kondom ab und wirft es weg, bevor ich mich an ihn schmiege und die Nähe und Wärme seines Körpers genieße. Gierig atme ich seinen Duft ein.

»Hey nochmal«, sage ich kichernd und küsse ihn auf die Wange.

Heiser lacht er auf. »Hey.« Er streicht über meinen Arm, der über seinem stählernen Bauch liegt, und gibt mir einen Kuss auf den Scheitel.

»Wieso hast du mir nicht gesagt, dass du heute doch kommst?« Ich richte mich ein wenig auf, um ihn anzusehen.

Den Kopf neigend sieht er mir in die Augen. »Ich wollte dich überraschen. Und das ist mir offenbar gelungen. Stell dir nur mal vor, was ich verpasst hätte, hätte ich dir etwas erzählt.«

Er grinst frech, während er mich an sich zieht, und ich gebe ihm einen sanften Klaps auf den Arm.

Dadurch lacht er nur noch mehr und lässt dabei kurz seinen Kopf auf das Kissen sinken, bevor er mich wieder ansieht. »Also fandest du es nicht gut? Hat sich nämlich anders angehört.« Wissend zwinkert er mir zu.

Ich verdrehe die Augen, muss dann aber ebenfalls schmunzeln. »Sagen wir es mal so. Allein hätte es nicht ansatzweise so viel Spaß gemacht wie mit dir«, necke ich ihn.

»Hm, genau das wollte ich hören.« Mit seiner Hand streicht er über meinen Po und gibt mir dann einen leichten Klaps.

Entrüstet kreische ich auf und lasse mich von ihm kitzeln, bis ich schließlich unter ihm liege und Matt meine Lippen mit seinen bedeckt. Erneut entflammt diese unsagbare Hitze zwischen uns auf, und als hätten wir nicht gerade erst grandiosen Sex gehabt, kann ich sein Verlangen deutlich an meinem Bauch spüren.

Ich schiebe ihn von mir herunter, greife in die Nachttischschublade und ziehe ein weiteres Kondom hervor. Rittlings setze ich mich auf ihn, streife es ihm über seine Männlichkeit und lasse mich dann auf ihm nieder. Als wir uns in die Augen blicken, kann ich das Verlangen in seinen aufblitzen sehen.

Diesmal bestimme ich das Tempo und ich reite uns beide langsam Richtung Höhepunkt. Als Matt diese sanfte Folter nicht mehr ertragen kann, packt er mich um die Hüfte, wirbelt mich herum und liegt dann über mir, ohne unsere Verbindung zu unterbrechen. Ich keuche auf, als er dabei besonders tief in mich eindringt und mir einen langen, alles verzehrenden Blick schenkt. Dann küsst er mich auf die Nasenspitze, gleitet aus mir heraus und dreht mich schwungvoll herum, sodass ich nun auf dem Bauch liege. Matt hebt mein Gesäß etwas an, bevor er in mich eindringt. Ich kralle meine Hände in das Bettlaken, während Matt sich langsam vorwagt.

Mit einem Arm stützt er sich neben mir ab, die andere greift um mich herum und findet schnell meine empfindlichste Stelle. Dann nimmt Matt Fahrt auf, seine zusätzliche Stimulierung sorgt dafür, dass ich nicht lange brauche, bis sich erneut dieses bittersüße Gefühl in meiner Mitte anbahnt. Kurze Zeit später brechen wir beide keuchend zusammen.

Als ich wenig später in seinen Armen liege, hat sich unser Puls noch immer nicht erholt. Ich kuschele mich an seine Brust und muss in mich hineinlächeln.

»Was ist?«, fragt er und blickt zu mir herunter.

Er sieht unglaublich hinreißend aus, wie er so da liegt – den anderen Arm, der mich nicht umschlingt, unter seinem Kopf verschränkt.

»Ach, ich muss nur gerade darüber nachdenken, was für ein Glück ich doch habe.« Ihn anlächelnd vernehme ich ein tiefes Grollen in seiner Brust, als er zufrieden in sich hinein grinst.

»Und ich erst.« Als er mir einen Kuss auf den Scheitel gibt, schmelze ich dahin.

Eine Weile liegen wir so da, beide in unseren Gedanken versunken und einfach froh, dem anderen so nah zu sein. Geistesabwesend streichelt Matt dabei über meinen Rücken und ich genieße diese kleine Zärtlichkeit.

»Hey Babe, willst du immer noch von dem Einsatz wissen, den ich in den letzten zwei Tagen hatte?«, fragt Matt plötzlich in die Stille hinein. Seine Stimme klingt tief und rau, fast, als wäre er sich nicht sicher bei dieser Frage.

An seiner Brust nicke ich. »Klar, aber wenn du es mir nicht erzählen darfst, ist das auch in Ordnung.«

»Hm.« Für einige Sekunden schweigt er. »Weißt du, bei diesem Einsatz ging es indirekt um dich. Und es ist einer der Gründe, weshalb ich schon heute nach Hause gekommen bin.«

Ich stemme mich hoch, stütze mich auf dem Ellenbogen ab und sehe Matt aus zusammengekniffenen Augen an. »Wie meinst du das?« Jetzt hat er mein Interesse geweckt, allerdings überkommt mich ein mulmiges Gefühl.

Matt dreht den Kopf ein wenig in meine Richtung und hält meinem Blick stand, während seine Hand meinen Rücken streichelt. »Wir haben gestern Steve Boucher festgenommen.«

Seine Stimme klingt ruhig und sachlich.

Und ich kann ihn nur anstarren.

Was hat er da gerade gesagt?

Das kann nicht sein.

Das hätte er mir doch im Vorfeld erzählt, oder nicht?

»Wie … was …«, stammele ich und bemerke, dass mir Tränen in die Augen steigen.

Matt richtet sich auf und zieht mich an seine Brust. »David hat mich am Dienstag angerufen, das weißt du ja schon. Allerdings hat er mir direkt gesagt, dass sie eindeutige Hinweise zu dem Aufenthaltsort von Boucher erhalten haben, und mich dann ins Boot geholt. Er wusste, dass die Festnahme von Boucher für mich längst von einer professionellen zu einer persönlichen Angelegenheit geworden ist.« Ein Knurren entfährt seiner Brust. »Es musste alles sehr schnell gehen, damit Boucher nicht wieder untertauchen konnte. Ich wollte dir allerdings keine allzu großen Hoffnungen machen, falls die Spur ins Nichts geführt hätte.«

Ich erschaudere. »Aber das hat sie nicht«, flüstere ich und fühle mich bescheuert, weil ich schon wieder heule. Und wie Espenlaub zittere.

Matt zieht die Bettdecke ein Stück höher und schließt mich noch fester in seine Arme. »Nein. Wir konnten ihn endlich festnehmen, Savannah.«

Stille umhüllt uns.

Tränen rinnen mir über die Wangen und mir ist unsagbar kalt.

Es sind gute Nachrichten, zweifellos. Und ich verstehe nicht, warum mich das so aufwühlt. Ich sollte froh darüber sein, dass Steve endlich hinter Gittern sitzt. Und doch überkommen mich in diesem Moment Gefühle, die ich nicht greifen kann.

Matt hält mich einfach fest. Er sagt nichts, ist nur für mich da – wie in den letzten Monaten auch.

Zweifellos ist er zu meinem Fels in der Brandung geworden, ich kann mir ein Leben ohne ihn mittlerweile nicht mehr vorstellen.

Irgendwann, eine gefühlte Ewigkeit später, seufze ich auf. »Das sind gute Nachrichten.«

»Ja, das sind sie.«

Ich weiß nicht, ob es klug ist, gerade jetzt davon anzufangen. Doch ich muss es wissen. Muss wissen, was Matt denkt und fühlt. »Wie geht es nun weiter?«

Sein Griff um meine Taille verstärkt sich. »Na ja, er wird sich vor Gericht verantworten müssen. Allerdings gibt es jetzt Beweise dafür, dass er für den Tod deiner Familie verantwortlich ist, außerdem hat er dich entführt. Er wird sich also nicht herausreden können.«

»Das meine ich nicht«, gebe ich zu und schaue auf.

Matt runzelt die Stirn. »Was meinst du dann?«

Die Augen niederschlagend zucke ich mit den Achseln. »Na ja, wie geht es mit uns weiter?«

Matt stutzt, dann meine ich, Verständnis in seiner Miene zu erkennen. Er atmet aus und überlegt einen Moment, bevor er sein Kinn auf meinen Kopf bettet und mich wieder an sich zieht. »Hm. Also ich weiß nicht, wie es dir geht, aber ich möchte dich nicht verlieren. Ich habe es ernst gemeint, als ich gesagt habe, dass ich dich liebe.«

Als ich wieder zu ihm aufschaue, lege ich all die Gefühle in meinen Blick, die seit Wochen unter meiner Oberfläche schlummern. »Ich liebe dich auch.«

Matt lächelt leicht und beugt sich hinunter, um mir einen sanften Kuss auf die Lippen zu hauchen. Danach sehe ich ihn abwartend an und hoffe, dass er eine Lösung hat.

»Weißt du, ich habe mir schon oft den Kopf darüber zerbrochen.« Er hält kurz inne, bevor er weiterredet. »Ich habe bis Ende Februar meinen Vertrag hier, das sind noch drei Monate. Und um ehrlich zu sein, gefällt es mir auf Vancouver Island ziemlich gut. Ich könnte mir vorstellen, fest hier anzufangen und in Oakajoks zu leben, falls eine Stelle ausgeschrieben wird – was gerade tatsächlich im Gespräch ist. Aber«, er sieht mich an, »mein Zuhause ist dort, wo immer du bist.«

Einen Moment denke ich nach, während ich meinen Kopf an seine Schulter lege. Meine Gedanken kreisen mal wieder wie ein Wirbelwind und ich kann keinen davon greifen.

»Glaubst du an Schicksal?«, frage ich ihn schließlich, weil es etwas ist, über das ich schon öfter nachgedacht habe.

»Hm.« Matt verschränkt seinen rechten Arm unter seinem Kopf und scheint einen Moment überlegen zu müssen. »Ich denke, ich glaube zum Teil an Schicksal, ja. Oder zumindest daran, dass Dinge aus einem bestimmten Grund geschehen. Ich glaube aber auch, dass Menschen ihr Schicksal selbst in der Hand haben und aus dem, was ihnen gegeben wird, etwas Wunderbares formen, es aber auch zerstören können. Und ich glaube auch, dass viele Menschen ihre Chancen auf Glück vertun.« Er blickt mich an. »Was denkst du?«

Ich schaue auf Matts Brust und zeichne das Adler-Tattoo, das groß auf seinem Unterbauch prangt, mit meinem Zeigefinger nach. Als ich an seiner Seite entlang fahre, zuckt er kurz zusammen.

»Ich denke, du hast es gut beschrieben.« Seufzend sehe ich Matt wieder an. »Ich glaube aber auch, dass dies alles hier aus einem bestimmten Grund passiert ist. Dass ich dich finden sollte.«

Matt lächelt. Er gibt mir einen unendlich sanften Kuss auf die Stirn und murmelt: »Es ist schön, dich das sagen zu hören. Wie kommst du jetzt darauf?«

Tränen steigen mir erneut in die Augen.

»Weil ich trotzdem denke, dass ich für einige Zeit wieder nach Edmonton muss. Ohne dich.« Bewusst sage ich ›Edmonton‹ und nicht ›nach Hause‹. Denn das ist es für mich schon lange nicht mehr.

Matt versteift sich neben mir. Er sagt nichts, wartet nur darauf, dass ich weiterspreche und ihm erkläre, was in mir vor geht.

Ich hole tief Luft. »Ich muss herausfinden, wer ich nach dem ganzen Schlamassel hier bin. Wer ich ohne dich bin und wer ich sein möchte. Was ich mit meinem Leben anfangen möchte. Was mit der Firma passiert.« Mein Blick findet den von Matt. »Verstehst du das?« Die Tränen rollen mittlerweile ungehindert über meine Wange. »Und ich muss Steve treffen. Ich glaube, dass ich erst dann mit der Sache abschließen kann, wenn ich mit ihm gesprochen habe.«

Matt blickt mich aus einer unergründlichen Miene an, ohne dass ich erahnen könnte, was in seinem Kopf vor sich geht. Dann küsst er mich erneut auf die Stirn. »Möchtest du, dass ich dich bei deinem Treffen mit Boucher begleite?«

Einen Moment überlege ich, obwohl die Antwort für mich glasklar ist. »Nur, wenn das für dich okay ist. Du musst nicht …«

»Natürlich möchte ich. Ich möchte dir helfen. Du musst da nicht allein durch.«

Eine Weile hängen wir beide unseren Gedanken nach. Unsere Umarmung ist noch fester geworden, es scheint, als würde keiner von uns den anderen je wieder loslassen wollen.

Doch ich weiß, dass es die richtige Entscheidung ist. Auch wenn sie mir eine Heidenangst einjagt.

»Versprich mir, dass du auf dich aufpasst.« Matt sieht mich aus tränenverschleierten Augen an.

Erschrocken setze ich mich ein wenig auf – es ist das erste Mal, dass ich Matt weinen sehe.

Nickend lege ich eine Hand an seine Wange.

Er schließt die Augen. »Was auch immer du entscheidest, Savannah. Ich werde dich immer lieben. Und ich werde auf dich warten.« Er seufzt. »Und ich weiß, das klingt jetzt ein wenig schräg, aber ich bin ein Stück weit froh, dass das alles hier passiert ist. Sonst wären wir beide uns niemals begegnet.«

Mit diesen Worten presst er seine Lippen behutsam auf meine. Der Kuss schmeckt salzig von unseren Tränen. Als er sich auf mich schiebt und mich erneut liebt, tut er es so sanft, als hätte er Angst uns zu zerbrechen.

Kapitel 49

SAVANNAH

Zwei Tage später fahren wir tatsächlich schon los. Es ist ein sonniger Tag, der die wunderbare Natur Vancouver Islands noch magischer aussehen lässt als sonst.

Matts Angebot, bei meinem Treffen mit Steve dabei zu sein, habe ich dankend angenommen. Es wird auch so schon schwer genug werden, ihm gegenüberzutreten, da bin ich für jeden Halt dankbar.

Da er in Vancouver sitzt, hat Matt seine Kontakte spielen lassen und wir werden dort einen Zwischenstopp machen, bevor ich von Vancouver aus nach Edmonton zurückfliege.

Ich weiß nicht, woher dieser Gedanke, für unbestimmte Zeit nach Edmonton zurückzukehren, so plötzlich gekommen ist.

Die ganzen vorherigen Tage habe ich mir nichts sehnlicher gewünscht, als bei Matt zu bleiben. Doch als er mir von Steves Festnahme erzählt hat, hat sich dieser Gedanke mit einem Mal zerschlagen. Stattdessen hat mein Verstand mir etwas anderes gesagt und ich wusste, dass ich dem nachgehen muss. Ich habe mir nicht stundenlang den Kopf darüber zerbrochen, was nicht sehr häufig vorkommt.

Im letzten Jahr habe ich genug Zeit damit vergeudet, nichts zu tun und alles einfach hinzunehmen. Und auch wenn ich in Oakajoks aufgeblüht bin, muss ich mein Leben wieder auf die Reihe kriegen. Dazu gehört, mich mit der Vergangenheit auseinanderzusetzen. Die Angelegenheiten der Firma zu regeln, meine Wohnung aufzusuchen und zu überlegen, was genau ich mit meiner Zukunft anfangen will.

Als der Wagen hält, wache ich aus meinen Gedanken auf. Ich schaue zu Matt, der sich mir ebenfalls zugewandt hat.

»Wir sind da.« Er nimmt meine Hand. »Bist du bereit?«

Ich nicke nur und wir steigen schweigend aus.

Matt hat meine Entscheidung so hingenommen, wofür ich ihm unglaublich dankbar bin. Dass er mich trotzdem hierher begleitet, zeigt mir, wie wichtig ich ihm bin. Dass er meinen Entschluss akzeptiert und mich unterstützt.

Ein heftiger Kloß bildet sich in meiner Kehle. Dieser Umstand macht es mir noch schwerer zu gehen, doch es ist das Richtige. Herauszufinden, wer ich nach all dem hier wirklich bin.

Und was ich im Leben möchte.

Wir betreten das graue schmucklose Gebäude vor uns und Matt übernimmt es, mit dem Wachmann zu sprechen. Dann gehen wir durch das große Eingangstor hindurch und mehrere Flure entlang, bis wir die Sicherheitsschleuse passieren und gründlich durchleuchtet werden, wobei das Wachpersonal uns unsere Smartphones, Brieftaschen und Schlüssel abnimmt.

Dann gelangen wir durch viele weitere Flure in einen Raum, in dem es zwei Tische gibt, die gegenüber voneinander stehen und durch eine durchgehende Glasscheibe getrennt werden.

An dem einen, den wir nicht erreichen können, befinden sich Handschellen, die an der Tischplatte verschraubt sind.

Mein Atem geht schneller bei diesem Anblick.

Matt bemerkt es und greift nach meiner Hand, ich drücke sie dankbar.

»Warten Sie bitte einen Moment«, sagt der Wachmann und geht hinaus.

»Bist du okay?«, flüstert Matt und küsst mich auf die Wange.

Ich kann nur nicken. Eigentlich geht es mir nicht gut, doch das will ich Matt nicht sagen. Dann wird er die ganze Sache hier abblasen.

Und ich muss das durchziehen.

Wir vernehmen Schritte auf dem Flur, einen Moment später erscheint ein Wachmann in der hinteren Tür.

Und direkt dahinter Steve, der in Handschellen von einer zweiten Person in den Raum geführt wird.

Mein Atem geht schnell, meine Handflächen werden feucht.

Ich kann den Mann vor mir nur anstarren, der jetzt auf dem Stuhl Platz nimmt und dessen Hände an den Tisch gefesselt werden. Selbst die Füße werden in Schellen gelegt. Er wirkt noch hagerer als sonst, sein schütteres Haar hängt ihm strähnig in die Stirn. Durch den unweigerlichen Entzug scheint er um Jahre gealtert.

»Ihr habt zehn Minuten«, lässt einer der beiden Wachmänner uns wissen, bevor beide direkt vor dem Zimmer Position beziehen. Ohne die Tür zu schließen.

Langsam hebt Steve den Blick. Als er meinem begegnet, trifft es mich wie ein Schlag.

Ich hatte die Brutalität in seinen Augen schon wieder vergessen. Diesen grauen Augen, aus denen nichts als Bosheit spricht.

»Savannah, Liebes.« Die Kälte in seiner hohlen Stimme kriecht bis in meine Knochen und beschert mir eine Gänsehaut. Er weiß genau, welche Knöpfe er drücken muss, um mich aus der Fassung zu bringen.

Dieses Arschloch.

Steve beginnt zu grinsen. Seine Augen blitzen auf und ich entdecke etwas in ihnen, kann es aber nicht ganz ausmachen. Belustigung vielleicht?

Tatsächlich. Er lacht über mich. Er verhöhnt mich.

Tränen steigen mir in die Augen, doch ich halte sie zurück. Ich werde nicht zulassen, dass dieser Mann noch mehr Macht über mich erhält und mein Leben noch weiter zerstört als ohnehin schon. Er soll nicht sehen, wie sehr er mich verletzt hat.

»Hast du dir Verstärkung mitgebracht?«, spottet er und deutet ein Kopfnicken in Richtung Matt an. Sein Blick bleibt dabei auf mir haften.

Matt richtet sich neben mir auf und ich drücke kurz seine Hand. Er versucht, uns aus der Reserve zu locken. Doch das werde ich nicht zulassen.

»Hat es dir die Sprache verschlagen?« Er spricht leise, wie ein Raubtier, das seine Beute ins Visier nimmt und nur auf den tödlichen Stoß wartet.

Ich gebe ihm nicht die Genugtuung einer Antwort, starre ihn stattdessen einfach nur an. Und beobachte, wie sein Grinsen immer breiter wird.

»Du hast meine Eltern umgebracht«, bringe ich schließlich hervor. Ich hoffe, dass meine Stimme fest klingt. »Meinen Großvater. Deine eigene Großmutter.«

Steve nickt langsam. »Ja.«

Es ist keine Reue in seinem Gesicht zu sehen. Seine Stimme ist kalt.

»Du hast meinen Hund erschossen.«

Er schnalzt mit der Zunge und zuckt kaum merklich mit den Schultern. »Kleiner Kollateralschaden.«

Kurz vergesse ich zu atmen. »Du bist doch krank.« Meine Stimme versagt beinahe.

Steve lacht erneut und Ekel keimt in mir auf. Er lehnt sich ein wenig zurück und Spott tritt in seine Augen. »Du bist naiv, kleines Mädchen. Wenn man etwas will, muss man es sich holen.«

Kopfschüttelnd schnaube ich. »Geld, Macht ... das ist nicht was zählt in diesem Leben. Du wolltest alles und jetzt sieh dich an. Du hast nichts.« Ich flüstere die Worte und speie sie ihm gleichzeitig entgegen. Meine Hände vor mir abstützend beuge ich mich ein wenig zu ihm vor, ohne ihm wirklich nahezukommen.

Ich konnte mich nicht setzen. Diese physische Überlegenheit brauche ich gegenüber Steve. »Ich sollte damals mit im Flugzeug sitzen, aber das weißt du ja.«

Beinahe genervt verdreht er die Augen. »Ja, so eine Schande, dass du krank geworden bist. Ich dachte, um ehrlich zu sein, dass du mein geringstes Problem sein würdest, deshalb habe ich dich kurzzeitig vergessen – aber als dann das Erbe an dich abgetreten werden sollte ...« Er hält mitten im Satz inne und zuckt mit den Schultern, so als wäre es lediglich eine kleine Unannehmlichkeit gewesen.

Ich schüttele den Kopf. »... hat es dir letztendlich das Genick gebrochen«, beende ich seinen Satz anders und treffe damit ins Schwarze. Und diesmal klingt meine Stimme eindeutig fest, Genugtuung schwingt darin mit.

Steve schnalzt erneut mit seiner Zunge. »Ach, Liebes, irgendwann werde ich hier rauskommen. Und dann werde ich dich zerstören.«

Er sieht mich anders an als vorhin. Hasserfüllt, seine Augen sind zu Schlitzen verengt. Als hätte ich einen wunden Punkt getroffen.

»Nein.« Jetzt ist es an mir, zu grinsen. »Du wirst es niemals schaffen, mich zu zerstören. Ich werde es nicht zulassen.« Ich beuge mich noch ein Stück weiter vor. Meine Knie zittern, doch ich bleibe standhaft. »Stattdessen wirst du hier verrotten und niemals wieder frei sein. Der Zug ist abgefahren und ich saß darin. Und egal, wie lange du versuchst, ihm hinterher zu jagen, du wirst ihn niemals einholen. Deine Zeit ist abgelaufen.«

In meiner Stimme liegt so viel Kälte, wie ich aufbringen kann. Und obwohl Steve grinst, meine ich seine Fassade bröckeln zu sehen.

Es ist mir egal, was er denkt oder wie er mich mustert.

Ich habe gewonnen.

Und er sitzt hier in Handschellen vor mir.

Jetzt kann ich die Tränen nicht mehr zurückhalten, und es ist mir egal. Kurz schließe ich die Augen, um mich zu sammeln. Als ich sie wieder öffne, kann man hoffentlich all die Wut darin erkennen, die sich über diesen Mann in mir aufgestaut hat. Den blanken Hass, den ich ihm gegenüber empfinde.

Dafür, was er mir und meiner Familie angetan hat.

Dafür, dass er mir Max genommen hat.

Ich werde mich nicht länger von ihm unterkriegen lassen.

Langsam schüttele ich mit dem Kopf. »Du wirst niemals glücklich sein, das ist ausreichend Genugtuung für mich.«

Einer der Wachmänner kommt herein. »Die Zeit ist um«, lässt er uns wissen und blickt von mir zu Matt.

Ein letztes Mal schaue ich zu Steve hinüber. Er grinst immer noch, doch ich sehe ihn nur hasserfüllt an. Eigentlich kann er einem nur leidtun, denn er hat den wahren Wert des Lebens nicht verstanden und sich an materiellen Dingen und Macht festgehalten. Wollte alles – und hat nun nichts. Doch für Mitleid ist es längst zu spät. Er hat eine ganze Familie auf dem Gewissen, inklusive Max.

Noch ein kurzer Blick, dann wende ich mich ab und verlasse zusammen mit Matt den Raum. Ich stoße die Luft aus, die ich unbewusst angehalten habe. Meine Hände zittern.

Matt bemerkt es und nimmt meine Hand fest in seine.

Dieser unglaubliche Mann an meiner Seite hat damals recht gehabt. Das Leben geht weiter, und ich muss diesen Teil meines Lebens hinter mir lassen. Auch wenn ich nicht weiß, ob es mir immer gelingen wird, habe ich heute den ersten Schritt getan.

Und darauf bin ich stolz.

Kapitel 50

MATT

Ich schließe die Haustür auf und begrüße Duncan, der freudig auf mich zu gesprungen kommt. Seitdem Savannah nicht mehr da ist, ist er am Abend deutlich unausgelasteter und verlangt einen extra großen Spaziergang.

»Hey, Buddy«, begrüße ich ihn und kraule ihn ausgiebig hinter den Ohren.

Savannah.

Meine Gedanken schweifen in der kleinen Hütte direkt wieder zu ihr. Alles hier erinnert mich an sie.

Sie ist seit zwei Wochen fort und ich habe noch nichts von ihr gehört.

Die Tage sind nur so verflogen. Zum Glück gab es auf dem Revier so viel zu tun, dass ich kaum Zeit zum Grübeln hatte. Auch die Vorbereitungen für den hiesigen Weihnachtsmarkt, der jährlich in Oakajoks stattfindet und in die Finn mich vollends eingespannt hat, haben mich abgelenkt. Ich muss sagen – wäre ich Oakajoks nicht schon vollkommen verfallen, hätte spätestens dieses urige Fest, bei dem der ganze Ort zusammenkommt, mich überzeugt.

Allerdings kreisen meine Gedanken nachts wieder, dann ist es am schlimmsten. Wenn die andere Hälfte des Bettes leer ist. Kein warmer, zierlicher Körper da liegt, der sich an mich schmiegt. Keine langen blonden Haare, die mich an der Nase kitzeln.

Es sind die kleinen Dinge, die mir am meisten fehlen, wie mir auffällt. Das Verständnis, das Savannah und ich auch ohne Worte füreinander haben.

Mich juckt es in den Fingern, ihr zu schreiben, doch ich habe ihr versprochen, ihr die Zeit zu geben, die sie braucht. Ich habe sie nicht gebeten zu bleiben. Es ist ihre Entscheidung gewesen und ich kann den Drang verstehen, den sie verspürt. Herauszufinden, wie sie nun weitermachen möchte.

Und ich habe mir geschworen, ihr nicht nachzujagen. Wenn sie für mich bestimmt ist, wird sie zu mir zurückkommen. Daran muss ich festhalten.

Aber ich habe ihr versprochen auf sie zu warten. Auch wenn ich mich mit anderen Frauen aus den umliegenden Orten treffen könnte, möchte ich niemanden außer ihr. Es ist mir egal, wie lange ich auf sie warten muss.

Ich werde es tun.

Meine Mundwinkel verziehen sich unweigerlich zu einem Lächeln. Auch wenn nicht immer alles einfach war, haben wir viel zusammen durchgemacht. Und dadurch, dass ich ihr wieder auf die Beine geholfen habe, habe ich eine Menge über mich selbst gelernt. Und über einiges nachgedacht.

Zum Beispiel darüber, dass das Leben immer neue Wendungen für uns bereithält. Und auch wenn das Glas trotz aller Bemühungen, das Positive zu sehen, manchmal eben doch nur halb leer erscheint – es ist immer halb voll.

Nachdem ich eine große Runde mit Duncan gegangen bin, lasse ich mich auf das Sofa fallen und nehme mein Buch zur Hand. Aber selbst als ich das Geschriebene vor mir sehe, kann ich mich nicht darauf konzentrieren.

Mein Handy vibriert und ich schaue auf das Display.

Verdutzt richte ich mich auf und Hitze durchströmt mich. Es ist eine Nachricht von Savannah.

Von: Savannah
An: Matt
For you I will move the stars.

Ich schaue auf die Nachricht.

Lese sie wieder und wieder.

Und ein Lächeln stiehlt sich langsam auf mein Gesicht.

Für dich werde ich die Sterne bewegen.

Wir haben uns oft zusammen die Sterne angeschaut, in einer ganz besonderen Nacht haben wir eine Sternschnuppe gesehen. Wir haben uns beide etwas gewünscht.

In diesem Moment bin ich mir sicher, dass wir uns dasselbe gewünscht haben. Und dass ich sie nicht verloren habe. Wärme durchströmt meinen Körper.

Die Türklingel läutet. Ich schaue auf die Uhr. Es ist bereits nach neun Uhr und ich erwarte heute niemanden mehr. Als ich mich vom Sofa hochgerappelt habe, schlurfe ich zur Tür hinüber. Duncan bellt ununterbrochen, auch ein »Shhh« in seine Richtung bringt ihn nicht zum Verstummen.

Als ich die Haustür öffne, traue ich meinen Augen nicht. Ich denke sogar für einen kurzen Moment, dass sie mir einen Streich spielen.

Draußen auf der Veranda steht Savannah. Ihr großer, pinkfarbener Koffer neben ihr.

Und sie sieht noch umwerfender aus, als ich sie in Erinnerung habe.

Schüchtern lächelt sie mir entgegen.

»Glaubst du an Schicksal?«

Epilog

SAVANNAH

Wir verbringen Weihnachten in unserer kleinen Blockhütte in Oakajoks.

In unserem Zuhause.

Am Weihnachtsmorgen werde ich von dem Geruch nach Rührei, Pancakes mit Ahornsirup und frisch gebrühtem Kaffee wach. Schnell schlüpfe ich in meine kuscheligen Hüttensocken und stapfe in die Küche zu Matt. Die Lichterkette am Weihnachtsbaum taucht die Hütte in einen weihnachtlichen Glanz, die leise Weihnachtsmusik rundet das Gefühl gekonnt ab. Wärme durchflutet mich.

»Guten Morgen, schönes Mädchen.« Matt wirft mir ein Lächeln über seine Schulter zu.

Ich gehe zu ihm hinüber, schlinge ihm von hinten die Arme um die Hüften und schaue an ihm vorbei in sein hübsches Gesicht. »Guten Morgen, schöner Mann.«

Er lacht und gibt mir dann einen zärtlichen Kuss. »Frohe Weihnachten.«

»Frohe Weihnachten.«

Matt trägt denselben Schlafanzug wie ich – purer Zufall.

In meiner Familie war es Tradition, dass wir uns an Heiligabend gegenseitig einen PJ schenken, den wir am Weihnachtsmorgen tragen.

Als ich neulich in Oakajoks unterwegs war, habe ich einen süßen PJ gesehen, den ich Matt einfach holen musste. Er besteht aus einer rot-weiß karierten Hose und einem weißen Oberteil, auf dem ein Rentier prangt. Nicht zu kitschig und trotzdem weihnachtlich.

Matt hatte dieselbe Idee – und kam mit demselben PJ um die Ecke. Wir haben Tränen gelacht und uns danach in den beiden PJs vor dem Kamin gekuschelt.

»Oh, Mist.« Matt schaut in die Pfanne vor sich und rührt schnell mit einem Pfannenwender in dem Rührei herum, damit es nicht ansetzt.

»Du lenkst mich ab«, tadelt er mich halbherzig, muss aber selbst schmunzeln.

»Hm.« Ich fahre mit meinen Händen über seinen stählernen Oberkörper. »Gern geschehen.«

»Savannah«, lacht er und windet sich unter meinen Berührungen. »Wenn du genießbares Frühstück möchtest, müssen wie diese Zärtlichkeiten auf später verschieben.«

Murrend lasse ich von ihm ab. Stattdessen mache ich mich daran, den Tisch zu decken.

Nachdem ich nach Oakajoks zurückgekehrt bin, haben Matt und ich genau dort angesetzt, wo wir stehengeblieben sind. Und ich bereue meine Entscheidung kein Stück. Doch ich habe die Zeit in Edmonton gebraucht, um einige Dinge zu klären.

Ich habe mich mit Jay und Veronica getroffen, die sich beide fürchterliche Sorgen gemacht hatten. Ihnen nun sagen zu dürfen, was vorgefallen war, hat mich riesig erleichtert – und mir gezeigt, dass es noch ein paar Menschen aus meinem vorherigen Leben gibt, denen ich etwas bedeute.

Außerdem war ich auf dem Friedhof, beim Grab meiner Eltern und Großeltern. Der Ausflug mit Matt auf dem See damals hat mir geholfen, Klarheit über meine Gedanken und mein Gefühlschaos zu bringen. Ich hatte nicht das Gefühl, als hätte ich ihnen damals alles gesagt und empfand nun so etwas wie Erleichterung darüber, dass Steve seine gerechte Strafe bekam. Auch wenn sie das natürlich nie zu mir zurückbringen wird, schlich sich das erste Mal so etwas wie innerer Frieden in mich.

Ich weiß, dass sie mich geliebt haben. Das habe ich ebenfalls. Und trotzdem fühlt es sich nun richtig an, mein Leben weiterzuleben, und auch wenn es schwer werden wird, habe ich Matt an meiner Seite. Den Hass auf Steve muss ich, so gut es geht, beiseiteschieben.

Die Firma meiner Eltern gehört mir zwar weiterhin, doch ich möchte sie nicht leiten. Zumindest nicht in Edmonton.

Mir kam die Idee, in Victoria eine zweite Filiale aufzubauen und die Firma von hier aus zu führen. Victoria liegt nicht weit entfernt, als mein eigener Boss könnte ich viel Homeoffice einbauen. Außerdem möchte ich die Firmierung ändern – aus ›Marketing and Communication Roberts & Sons‹ soll nun ›Marketing and Communication Roberts, Sons & Daughters‹ werden.

Doch das ist alles noch nicht in trockenen Tüchern. Erst einmal möchte ich die Zeit hier mit Matt genießen.

Matt. Wir haben viel geredet, seitdem ich wieder hier bin, und auch er möchte nicht nach Edmonton zurück.

Stattdessen hat er sich nach dem Gerede, ob eine neue Stelle geschaffen wird, informiert, ob er dauerhaft in Oakajoks bleiben kann. Und tatsächlich hat die RCMP zugestimmt. Da die Polizeiarbeit immer mehr zunimmt, werden sie Matt ab März weiterhin hier anstellen und das Revier um eine Stelle erweitern.

Als er mit seinem früheren Boss David darüber gesprochen hat, war dieser nicht begeistert von Matts Entscheidung, hat sie aber akzeptiert. Matt wird trotzdem Teil der Spezialeinheit bleiben und David und sein Team somit ab und an unterstützen.

Auch das Erbe meiner Eltern und meines Großvaters wurde endlich offiziell bekannt gegeben.

Nachdem die Ursache für den Flugzeugabsturz klar war, hat es nicht lange gedauert, bis ich einen Brief vom Notar erhalten habe, der mich wissen ließ, dass ich die Alleinerbin vom Vermögen meiner Familie bin. Die Summe hat mich schier umgehauen. Ich wusste immer, dass wir uns um Geld keine Sorgen machen mussten, doch jetzt über diese Summe verfügen zu können, ist wirklich beängstigend.

So habe ich mir direkt eine Herzensangelegenheit erfüllt und dem OWRARC eine großzügige Spende überreicht. Nia ist aus allen Wolken gefallen und wollte das Geld erst nicht annehmen, doch ich habe ihr den Scheck mit Nachdruck in die Hände gedrückt und ihr erklärt, dass mir die Zeit im Center wirklich geholfen hat, wieder auf die Beine zu kommen.

Da ich sie und die Tiere, vor allem Pip, ins Herz geschlossen habe und jetzt weiß, wie viel Herzblut Nia in ihre Arbeit mit den Tieren steckt, möchte ich gerne helfen. Und da ich mittlerweile auch weiß, wie schwierig es für Nia ist, Geld für das Center zusammenzubekommen, erschien es mir die einfachste Art zu sein.

Im Gegenzug hat Nia darauf bestanden, ihr bei der Auswilderung von Bert zu helfen. Mir wurde die Ehre zuteil, den riesigen Weißkopfseeadler wieder in die Lüfte zu entlassen – ein Moment, den ich nicht so schnell vergessen werde.

Und natürlich werde ich sie auch in Zukunft beim Marketing unterstützen.

Ich meine das ernst – ohne die Arbeit im Center und ohne Nias Freundschaft wäre ich niemals da, wo ich jetzt bin. Wir haben uns nach meiner Überraschung weinend in den Armen gelegen und ich habe ihr versprochen, auch weiterhin im Center auszuhelfen.

Dasselbe gilt für Matt. Auch er hat mir geholfen, aus meinem Loch herauszukommen und das Licht des Tages wertzuschätzen. Das Leben wieder zu genießen, mit allem, was es für mich bereithält.

Er ist mein Fels, mein Anker.

Mein Kompass, der mich immer wieder auf den richtigen Weg führt. Der die richtigen Worte findet, um mich auf den Boden der Tatsachen zurückzuholen.

Und er hatte recht mit einer Sache – die kurze Zeit hier auf Erden ist es nicht Wert, Vergeltung zu suchen und sein Leben damit zu verschwenden, Leuten hinterher zu trauern, die einen zutiefst verletzt haben. Die sich nicht um einen scheren. Verlust ist etwas, mit dem man lernen muss, umzugehen.

Denn das Leben ist dazu da, gelebt zu werden.

Und das tun Matt und ich jeden Tag.

Gemeinsam.

»Savannah?« Matt holt mich aus meinem Gedankenkarussell. An seiner Stimme erkenne ich, dass er mich nicht zum ersten Mal anspricht.

»Hm?«, mache ich und sehe ihn fragend an.

»Wir können frühstücken.« Grinsend stellt er das Rührei und die Pancakes auf den Tisch.

Auch dies ist eine Tradition, die wir beide so kennen. Zuerst das Frühstück, dann die Bescherung.

»Okay«, antworte ich und lasse mich auf meinen Stammplatz am Küchentisch fallen.

Matt holt den Ahornsirup und außerdem zwei Gläser Sekt.

»Wann hast du die denn eingeschenkt?«, frage ich verdutzt.

»Vorhin, als du am Träumen warst«, neckt er mich und stellt eins der Gläser mit der sprudelnden Flüssigkeit vor mir ab.

»Haha.« Ich schenke ihm ein Augenrollen.

Dann nehme ich mein Glas zur Hand und stoße mit Matt an, der sich neben mir niedergelassen hat.

»Auf uns«, raunt er.

»Auf uns«, wiederhole ich, und als unsere Gläser beim Aufeinandertreffen ein leises ›Pling‹ von sich geben, weiß ich, dass dies erst der Anfang von etwas Großartigem ist.

- THE END –

Nachwort

Ich bin ganz ehrlich – dieses Buch ist mein absolutes Herzensprojekt. Es bedeutet mir auf so vielen Ebenen so viel, dass ich teilweise daran gezweifelt habe, ob ich es wirklich veröffentlichen soll. Aber ich glaube, dass es die ein oder andere wichtige Botschaft für jeden von uns enthält.

Savannah und Matt sind mir sehr ans Herz gewachsen und sie waren wirklich dankbare Charaktere. Auch wenn sie ein ums andere Mal ihr Eigenleben geführt haben, ist die Geschichte dadurch nur besser geworden.

Auch wenn der Ort Oakajoks frei von mir erfunden ist, möchte ich euch noch ein wenig über Vancouver Island erzählen.

Dieser Ort – diese Insel – in Kanada hat für mich eine ganz besondere Bedeutung und ist so etwas wie mein zweites Zuhause, nachdem ich dort ein Jahr gelebt habe. Als mir die Idee für diese Reihe gekommen ist, war sofort klar, dass sie auf Vancouver Island spielen muss.

Es gibt dort viele tolle Orte, die ich um ein Leichtes für die Handlung hätte auswählen können – sei es Tofino, Nanaimo, Port Hardy oder auch Port Renfrew.

Allerdings wollte ich einen Ort, den ich nach meinen eigenen Wünschen und Vorstellungen schmieden und gestalten kann – und trotzdem verbindet Oakajoks sie alle. Oakajoks ist das, was meiner Meinung nach Vancouver Island ausmacht. Er vereint die besten Seiten der Insel, gebündelt an einem Ort.

Ich hoffe, dass Oakajoks euch das Heimatgefühl vermitteln und euch für ein paar unbeschwerte Lesestunden ebenfalls ein Zuhause sein kann.

Ich habe es geliebt, diese Geschichte aufs Papier zu bringen und hoffe, dass sie euch genauso gut gefällt. Und dass ich euch meine Liebe zu Vancouver Island, dem – für mich – wirklichen Paradies auf Erden, zeigen konnte.

Dass ihr euch hineinversetzen konntet und euch auf die Geschichten von Leah & Jackson, Nia & Noah und den anderen, die ich euch noch nicht verraten möchte, freut.

Alles Liebe
Christina

Danksagung

Ich weiß um ehrlich zu sein gar nicht, wo ich anfangen soll. Das alles hier ist noch so surreal, und diese finalen Zeilen nun zu tippen fühlt sich so unwirklich an.

Starten möchte ich mit meinen besten Freudinnen Laura, Alicia und Alina. Danke, dass ich all meine Bedenken, Fortschritte und Erfolge mit euch teilen darf. Ohne euch wäre ich nicht dort, wo ich jetzt bin.

Laura – dir darf ich immer schreiben und darauf vertrauen, dass ich deine ehrliche Antwort erhalte. Du bist die, die ich als erstes um Rat frage, egal, um was es geht. Du hast immer ein offenes Ohr und stehst mir wirklich immer mit Rat und Tat zur Seite. Danke für deine unendliche Begeisterung für mein Projekt und allem, was dazu gehört.

Alicia – deine rationale Denkweise hat mir schon so manches Mal in meiner übereiferten, vielleicht auch manchmal gefühlsgesteuerten Art geholfen und mich auf den Boden der Tatsachen zurückgeholt. Auch möchte ich dir von ganzem Herzen dafür danken, dass du mein Buch beim Testlesen so auseinandergenommen hast – so manchen Plot Hole hast du aus dem Weg geräumt und dafür gesorgt, dass die Geschichte sich inhaltlich nicht widerspricht.

Alina – dir möchte ich für die unzähligen Gespräche danken, die wir geführt haben. Wir verstehen uns auf einer Ebene, die andere nicht erreichen können. Danke für deinen Mut.

Dann möchte ich meinem Freund Patrick danken. Danke, dass du mir immer den Rücken stärkst, mir zuhörst und versuchst, eine Lösung zu finden, auch wenn ich mal wieder nur Schwarz sehe. Ich kann bei dir Ich sein, und dafür liebe ich dich. Auch wenn ich mich oft genug beschwere, dass du in deinem eingespannten Leben zu wenig Zeit hast – ohne diese Zeit wäre dieser Roman vielleicht nie entstanden.

Ein großer Dank geht auch an meine Familie – an Mum, Annika und Madita. Unseren Zusammenhalt kann nichts und niemand zerrütten. Ihr alle bestärkt mich immer immens und unterstützt mich in allem, was ich tue – auch wenn ich zum x-ten Mal die Idee habe, mal wieder nach Kanada zu fliegen und jedes Mal mit den Worten nach Hause komme „Irgendwann wandere ich aus".

(Spoiler – bisher habe ich das noch nicht wahr gemacht, aber wer weiß.)

Papa – auch du hast immer ein offenes Ohr für mich und die Gabe, durch meine Fassade zu blicken. Danke für den Mut, den du mir machst, und dass du die Freude an meinem Projekt teilst.

Friedhelm – zu dir kann ich immer kommen, wenn ich mit dem ganzen rechtlichen Kram mal wieder nicht weiter komme. Danke, dass du mich dabei unterstützt.

Mit euch allen kann ich lachen, weinen, vor Freude tanzen und am allerwichtigsten: meine Freude teilen. Es gibt mal wieder einen Spruch, den ich hier bringen muss: *„Das Glück ist das Einzige, was sich verdoppelt, wenn man es teilt" (Albert Schweitzer)*. Danke, dass ich meins immer mit euch teilen darf.

Ein großer Dank geht auch an Antonia Sanker. Du hast die wohl wundervollste Charakterkarte erstellt, die ich mir je hätte erträumen können. Danke dir dafür.

Und last but not least geht mein Dank an Nina Prömer. Du hast mich von Anfang an – auch als ich noch nicht wusste, dass ich dieses Ding mit dem Selfpublishing wirklich durchziehe – unterstützt und immer ein offenes Ohr für mich gehabt. Das schönste Cover für mein Herzensprojekt erstellt, das so gut zur Geschichte passt. Ich habe die Zusammenarbeit mit dir sehr genossen und freue mich schon unendlich auf die kommenden Projekte!

Und zum Schluss möchte ich euch danken. Jedem einzelnen, der mein Buch kauft und es liest. Danke, dass ihr mich bei meinem Traum vom eigenen Buch unterstützt und euch hoffentlich auf die noch kommenden Geschichten freut.

Ich habe diese Buch für alle geschrieben, die schon einmal geliebt und verloren haben, und ich wiederhole es gern noch einmal – gebt nicht auf. Das Leben ist es wert, gelebt zu werden. Es gibt immer Leute dort draußen, die euch so lieben, wie ihr seid.

Manchmal muss man sie nur finden.

Christina

Autorenvita

Christina Poll wurde 1996 geboren und war schon immer von bewegenden Geschichten fasziniert. Direkt nach dem Abitur hat es sie nach Kanada verschlagen, wo sie ein Jahr auf Vancouver Island gelebt und gearbeitet hat. Sie hat dieses Land mit all seinen Facetten kennen und lieben gelernt – es ist somit nicht weiter verwunderlich, dass ihr Debütroman auf der traumhaften Insel vor der kanadischen Pazifikküste spielt.

Mehr Informationen rund um meine Bücher findet ihr auf Instagram: christinapoll.autorin

Triggerwarnung

Dieser Roman behandelt sensible Inhalte wie
Entführung, Verlust von Familienangehörigen,
Tod durch Mord, Gewalt, Andeutung von Panikattacken,
Trauerbewältigung und kriminelle Organisationen.